Stürmerfoul

Stürmerfoul

Jürgen Reitemeier
Wolfram Tewes

Verlag topp+möller
Detmold 2009

Ganz herzlich bedanken wir uns bei Christiane Fischer, Arno Klönne, Martin Hostert und Andreas Naumann.

Alfons Holtgreve sorgte wieder auf beeindruckende Weise für das Titelblatt. Was wäre dieses Buch ohne die Zutaten vieler Menschen, die uns bewusst oder unbewusst mit Ideen und Anekdoten versorgten, für den Stoff, aus dem die Träume sind.

Bleibt, wie immer, noch zu sagen, sollte es Ähnlichkeiten lebender Personen und denen aus diesem Buch geben, seien es die, die auf oder gar zwischen den Stühlen sitzen, sind diese wieder mal rein zufällig.

Bibliografische Information Der Deutschen Bibliothek
Die Deutsche Bibliothek verzeichnet diese Publikation in der Deutschen Nationalbibliografie; detaillierte bibliografische Daten sind im Internet über http://dnb.ddb.de abrufbar.

ISBN 978-3-9807369-8-5

Vierte Auflage 2009

Verlag und Gesamtherstellung: topp+möller, Detmold

**„Der schönste Platz
ist immer der zwischen allen Stühlen!“**

Hauptkommissar Josef Schulte

(Prolog) 1987

Der Tierarzt Jakob zu Schwelle-Wenkhausen überquerte den vom Nebel feuchten Hof. Er wusste, dass er um bestimmte Tatsachen nicht herumreden sollte. So kam er gleich zur Sache.

„Das Rind kriegen wir wohl nicht durch. Es muss geschlachtet werden.“

Der Bauer hob die rauhen Hände, die auf seinen Oberschenkeln lagen, etwas an und ließ sie dann wieder kraftlos auf seine Beine zurückfallen.

„Dat is usse beste Kau im Stall.“

Jakob Schwelle-Wenkhausen zuckte mit den Schultern.

„Ich sehe keine andere Möglichkeit.“

Er setzte sich zu dem Bauern auf die Bank und holte eine Schachtel Zigarillos hervor. Wortlos hielt er dem alten Mann die Schachtel hin. Nachdem dieser sich bedient hatte, steckte er sich selber einen zwischen die Lippen. Die Männer zündeten sich die dünnen Zigarren an und rauchten eine Weile schweigend. Dabei sahen sie auf die große Weide, die dem Hof gegenüber lag, als hätten sie die Hoffnung, dass dort jeden Augenblick etwas Unvorhergesehenes passieren würde. Nach einigen schweigsamen Minuten versuchte der Tierarzt ein Gespräch zu beginnen.

„Die Geschichte mit Ihrem Nachbarn ist ja eingeschlagen wie eine Bombe. Ob da wohl noch andere Bauern beteiligt sind?“

Der alte Bauer hob wieder die Hände von den Oberschenkeln, stützte sich ab und erhob sich ächzend.

„Wat wäß denn ick. Kasse doch nix maken,“ war sein Kommentar. Dann ließ er den Tierarzt einfach auf der grün gestrichenen Holzbank sitzen und ging mit gekrümmtem Rücken Richtung Scheune.

Jakob zu Schwelle-Wenkhausen strich sich mit der Hand durchs Haar. Über den Skandal wollte keiner reden. Es schien so, als wüsste jeder der Bauern Bescheid, aber niemand wollte etwas dazu sagen.

Der Tierarzt war im Delbrücker Land geboren. Seine Familie lebte hier über Generationen. Er hatte im Städtchen mit dem windschiefen Kirchturm seine Jugend verbracht, war in Rietberg aufs Gymnasium gegangen und hatte die flache Landschaft nur zum Studieren verlassen. Vor drei Jahren war er mit seiner Freundin zurückgekommen, auf den elterlichen Hof. Gemeinsam eröffneten sie dort eine Tierarztpraxis. Die Tatsache, dass er von hier kam, erleichterte ihm den Start sicherlich, trotz seiner bewegten Jugend. Doch in Momenten wie eben merkte er, dass er nicht richtig dazu gehörte. Mit jedem Nachbarn hätte der Bauer über den Skandal gesprochen. Hätte das Für und Wider erörtert. Sicher auch sein Insider-Wissen zum Besten gegeben. Ihn jedoch ließ man draußen vor, obwohl ein Tierarzt hier auf dem Lande durchaus noch einen gesellschaftlichen Status hatte.

Seit Tagen versuchte Jakob zu Schwelle-Wenkhausen mit den Bauern ins Gespräch zu kommen. Schließlich ging ihn die Sache als Tierarzt auch etwas an. Doch die Leute wandten sich einfach ab, wie jetzt gerade erlebt, oder wanden sich wie Schlangen, um ja kein Wort zu viel zu sagen.

Gestern Abend, als er zurück in seine Praxis kam, steckte ein Zettel im Briefkasten, auf dem stand:

„Halt deine Nase da raus, Doktor!“

Die Buchstaben waren aus der Zeitung ausgeschnitten. Dieser Brief erreichte bei zu Schwelle-Wenkhausen jedoch nur das Gegenteil. Je mehr die Bauern versuchten, ihn aus der Angelegenheit herauszuhalten, um so mehr drängte ihn seine Neugierde. Im Übrigen empfand er es als einen Skandal, was hier mit den Tieren geschah. Und letztendlich mit den Lebensmitteln, die später die Menschen als Nahrung angeboten bekamen. Wirtschaftliche Zwänge hin oder her. Verärgert setzte er sich in seinen Mercedes-Kombi und fuhr vom Hof. Er bog rechts ab auf die B 64. Als er seinen Blick über die nebelverhangenen Felder gleiten ließ, wurde ihm bewusst, dass der Herbst Einzug ins Land hielt. Die Blätter fingen bereits an, sich zu verfärben. Obwohl es noch nicht sieben Uhr war, hatte die Dämmerung schon eingesetzt.

Plötzlich hatte er es eilig, nach Hause zu kommen. Heute Abend hatten sich Jugendfreunde angesagt, die in Delbrück auf Elternbesuch waren. Er freute sich darauf, sie wieder zu sehen. Mit ihnen hatte er vor über zehn Jahren hier die Gegend unsicher gemacht. Sie trafen sich damals immer im Victor-Jara-Zentrum. Das war ein Jugendclub, den sie sich in Eigeninitiative in einem alten Gebäude ausgebaut hatten. Jakob zu Schwelle-Wenkhausen gab Gas und der Mercedes zog kräftig an.

Mit mehr als hundertvierzig Stundenkilometern fuhr er von Wiedenbrück Richtung Delbrück, bog dann links auf einen schmalen Feldweg, der sich durch Felder und Wiesen zu dem Örtchen Schöning schlängelte. Die Gedanken an seine Jugend hatten ein beschwingtes Gefühl in ihm ausgelöst. Im Radio lief Sinead O'Connors *Nothing compares 2 U*, der Hit des Jahres. Er stellte die Musik lauter, bog dabei in eine 45-Grad-Kurve. Der Tacho zeigte immer noch über achtzig Stundenkilometer an. Als er seine Aufmerksamkeit vom Radio wieder auf die Straße richtete, stand vor ihm ein alter Trecker - mitten auf dem Feldweg. Er riss das Lenkrad zur Seite, versuchte an dem Hindernis vorbeizukommen, kam auf den Grasstreifen, fing an zu schleudern. Dann knallte der Benz gegen eine alte Birke. Der Körper des Tierarztes wurde durch die Scheibe des Autos katapultiert und gegen den nächsten Baum geschleudert.

Als der Unfall entdeckt wurde, war Jakob zu Schwelle-Wenkhausen bereits fünfzig Minuten tot. Die Sachlage war klar. Er war zu schnell gefahren, auf den Grünstreifen gekommen und hatte die Gewalt über sein Auto verloren.

Den alten Traktor, der den Entdeckern des Unfalls entgegenkam, hatte niemand beachtet.

1

Der riesige silbergraue Bus stand abfahrbereit vor dem Hotel *Iris*. Der Fahrer war nervös. Fast vierhundert Kilometer Fahrt standen ihm bevor: Die Rückfahrt von der belgischen Provinzstadt Hasselt ins heimische Lemgo. Und jetzt fehlte ihm ein Fahrgast! Vor einer Stunde hätte er bereits abfahren sollen, aber was sollte er machen? Er konnte den Mann schlecht in Belgien lassen. Eine weitere halbe Stunde... aber keine Sekunde mehr!

Vermutlich hatte der Kerl eine Frau kennengelernt und kam nun nicht aus den Federn.

Mittlerweile war es viertel vor Elf. Außerdem, es war immerhin Mitte Dezember, war für den Nachmittag Schnee angesagt.

„Hat einer mit dem Mann gesprochen?“ rief er über den Bordlautsprecher den gelangweilten Fahrgästen zu. Ein kollektives und müdes „Nö!“ schallte zurück. Die Reisenden hatten nach dem gestrigen siegreichen Champions-League-Spiel noch eine große Runde durchs ‚Dorf‘ gemacht und kräftig getankt. Hasselt hatte da einiges zu bieten. So liebten die Lemgoer Fans solche Spieltage. Sportlicher Erfolg und anschließend ’ne schöne Sause. Es war alles in allem ein schöner Ausflug gewesen.

Doch jetzt reichte es auch. Wenn sie noch am Abend zurück in Lemgo sein wollten, dann mussten sie endlich in die Pötte kommen. Der Unmut dem Vermissten gegenüber nahm zu.

„Kennt den denn einer?“

„Ja, der ist doch immer dabei!“

„Aber der spricht ja mit keinem!“ Wieder nur ein allgemeines ärgerliches Kopfschütteln. Der Mann war in Kreisen der TBV-Anhänger offenbar kein völliger Unbekannter. Aber niemand kannte ihn näher, niemand wollte je mit ihm gesprochen haben. Der Sportsfreund selbst hatte durch seine abweisende Art keine Bereitschaft zur Kontaktaufnahme signalisiert. War er überhaupt beim Spiel dabei gewesen? Keiner hatte eine Ahnung. Niemand hatte sich für ihn interessiert. Und auch jetzt wollte keiner wegen dieses muffligen Kerls die Nacht durch fahren. Am wenigsten Hans Born, der Busfahrer.

„Ich fahre jetzt los! Hat einer was dagegen?"

„Nein! Fahr endlich!" rief jemand laut von hinten. Zustimmendes Gebrummel der anderen lösten bei Born die letzten Skrupel und die Handbremse. Dann gab er Gas, zog den Bus auf den breiten Innenstadtring *Thonissenlaan* bis zur nächsten großen Kreuzung und bog dann rechts ab Richtung Autobahn E 313.

2

Maren Köster betrat gut gelaunt das Büro, obwohl an diesem Morgen schon wieder klassisches lippisches Schmuddelwetter herrschte. Was Anfang Dezember in dieser Region nun wahrhaftig eher die Regel als die Ausnahme darstellte. Aber ihr schien dies nichts anhaben zu können.

Genau gegenteiliger Laune war Bernhard Lohmann, als er ihr mit dem Sportteil der *Heimatzeitung* unter dem Arm entgegen kam. Mürrisch warf er die Zeitung in den „Rundordner".

„Na, was macht die Schwangerschaft?", fragte die Kommissarin gut gelaunt.

Lohmann war kurz davor, Opa zu werden. Nach anfänglichen Schwierigkeiten hatte er sich mit dieser Tatsache angefreundet und nahm nun regen Anteil am Zustand seiner Tochter.

„Es kann jeden Moment soweit sein", grummelte er.

Maren Köster tätschelte ihm den umfangreichen Bauch und meinte:

„Wird aber auch Zeit.“

Lohmann machte eine Handbewegung, mit der er andeutete: Gleich gibt’s was hinter die Ohren. Sagte aber:

„Kannst du nicht in dein Büro gehen? Ich kann deine gute Laune nicht ertragen. Sieh mal aus dem Fenster! Ich könnte mir glatt einen Strick nehmen. Heute Morgen war ich kurz im Garten gucken. Ein einziges Sumpfloch!“

Für Lohmann war der Winter eine schreckliche Zeit. Er war Kleingärtner mit Leib und Seele. Die tägliche Arbeit in seinem Garten war für seine Ausgeglichenheit so wichtig wie die Luft zum Atmen. Ihm fehlte das Rasenmähergeräusch wie dem Trinker der Alkohol. Sein seelisches Gleichgewicht war gestört.

Maren Köster ging nicht weiter auf sein Wehklagen ein, sondern schwatzte munter drauf los: „Bernhard, du wirst es nicht glauben, ich habe geerbt!“

„Sag nicht, deine Tante in Amerika ist gestorben und du bist jetzt weg von den armen Leuten.“

Maren Köster machte eine Handbewegung, als wolle sie einen Schwarm Fliegen verjagen.

„Meine Tante Fine ist gestorben, schon vor einem Monat. Ich habe sie, glaube ich, einmal in meinem ganzen Leben gesehen. Sagt jedenfalls meine Mutter. Na, macht ja auch nichts. Jedenfalls lag vor drei Tagen ein Brief von einem Notar in meinem Briefkasten. In dem stand, dass ich mich bei einem Rechtsanwalt melden solle, von wegen Testament. Gestern hatte ich den Termin und was soll ich dir sagen, sie hat mir ihr Häuschen in Lemgo vermacht. Hier sind die Schlüssel. Kommst du Freitag abend mit, mein neues Zuhause ansehen? Anschließend gebe ich einen aus, im *VESUVIO* in Lemgo. Das ist demnächst fast mein Nachbar.“

Lohmann stand der Mund offen.

„Na, dann meinen Glückwunsch und Friede ihrer Asche! Wenn ich nicht gerade Opa werde, komme ich natürlich mit.“

„Wo sind denn Schulte und Braunert? Die sollen auch an meinem Glück teilhaben."

„Sag mal, kriegst du nichts mehr mit? Axel hat doch seit heute Urlaub und Schulte kurvt mit dessen Auto durch die Gegend."

Maren Köster tippte sich gegen die Stirn.

„Ich bin wirklich ein bisschen durch den Wind. Die Erbschaft macht mich ganz meschugge."

In diesem Moment steckte Wachtmeister Volle sein Panzerknackergesicht durch den Türspalt.

„'tschuldigung, dass ich störe! Ich habe hier was für die Kripo."

Er legte seinen Bericht auf den Schreibtisch und verließ schleunigst wieder das Büro. Seit er vor einiger Zeit mit Lohmanns Schwiegersohn Streit hatte, ging er dem Kripomann aus dem Weg. Die nötigen Zusammentreffen versuchte er so kurz wie möglich zu gestalten, was Lohmann sehr entgegen kam.

Maren Köster nahm sich den Bericht und blätterte ihn durch.

„Bei einer Stehpizzeria in der 55er Straße hat irgend Jemand heute Nacht die Scheiben eingeworfen."

Sie zog die Stirn in Falten und warf die Akte wieder zurück auf den Schreibtisch.

„Na, ich kümmere mich darum. Ist im Moment eh nicht viel los und auf alte Fälle Einsortieren habe ich keine Lust. Man könnte meinen, vor Weihnachten reißen sich alle Ganoven zusammen in der Hoffnung, doch noch was vom Christkind zu bekommen."

„Na, mach mal langsam! Erst trinken wir noch eine Tasse Kaffee und du erzählst mir von deiner Erbtante", meinte Lohmann, jetzt doch neugierig geworden.

„Kaffee ist okay, aber über die Erbtante gibt es wirklich nichts zu sagen. Ich habe nicht mal einen Anflug von Trauergefühl. Bis gestern wusste ich wie gesagt nicht mal, dass es sie gibt. Muss ich mich eigentlich schämen, dass ich mich über das Erbe freue? Findest du mich pietätlos?“

Maren Köster war durch die Erbschaft wirklich aus dem Trott geraten. Normalerweise sprachen Lohmann und sie selten über private Dinge. Jetzt hatte sie ihn sogar zur Hausbesichtigung und anschließend zum Essen eingeladen. Maren Köster wunderte sich plötzlich über sich selber und kam ins Grübeln. Wenn sie so recht überlegte, wusste sie auch nicht, mit wem, außer ihren Kollegen, sie ihr plötzliches Glück, fast ein Lottogewinn, hätte feiern können.

Der Polizeiberuf macht einsam, dachte sie. Oder lag es an ihr? Plötzlich wollte sie nicht weiter darüber nachdenken. Mit einer fast unmerklichen Handbewegung versuchte sie die Gedanken zu verscheuchen.

3

Eine halbe Stunde später saß sie in ihrem Auto, einem roten Opel Tigra, und fuhr die wenigen Meter zu der unscheinbaren Pizzeria.

Der Imbiss war in einer ehemaligen Tankstelle untergebracht. Schon von weitem sah sie das Malheur. Die große Frontscheibe war in tausend Scherben zersprungen. Die Spurensicherung hatte schon zusammengepackt. Heinz Krause wollte gerade in sein Auto steigen. Als er jedoch Maren Köster auf den Hof fahren sah, ließ er die Autotür wieder ins Schloss fallen und ging zu ihr.

Sie stieg aus und wandte sich an den Kollegen:

„Na, Heinz! Was hast du gefunden? Kannst du schon was sagen?“

„Ich kann dir schon alles sagen. Drei Pflastersteine, wie es sie in jedem Baugeschäft zu kaufen oder auf jeder Baustelle zu klauen gibt. Sie wurden in die Scheiben und Spiegel geworfen. Keine Fingerabdrücke oder sonstige Spuren.

Das war's! Der Bericht liegt heute Nachmittag auf deinem Schreibtisch."

Der Kriminaltechniker tippte sich kurz an seine karierte Mütze und verabschiedete sich endgültig.

Maren Köster ging die paar Meter zu dem Gebäude und öffnete überflüssigerweise die Eingangstür, von der es nur noch einen schmalen Türrahmen aus Aluminium gab. Der Pizzabäcker und zwei Frauen hatten schon begonnen, die Trümmer zu beseitigen.

Als er Maren Köster sah, kam er auf sie zu und sagte in seinem italienisch gefärbtem Dialekt: „Wir haben geschlossen, Signora! Können Sie sich das nicht denken?"

Maren Köster hielt ihm ihren Ausweis unter die Nase und sagte kalt:

„Polizei"

Der Pizzabäcker starrte auf ihren Ausweis.

„Eine Frau als Commissario? Signora, hier ist ein Verbrechen passiert! Das ist Männersache!"

Er fuchtelte der Polizistin mit drei zusammengedrückten Fingern unter der Nase herum, um seiner Aussage einen gewissen Nachdruck zu verleihen.

Maren Köster wurde wütend. Sie sah ihn mit einem Gesichtsausdruck an, der das sofortige Todumfallen ihres Gegenübers hätte zur Folge haben müssen. Unbekannte, aber mächtige übernatürliche Kräfte ließen den Pizzabäcker überleben.

„Mit einem Commissario kann ich nicht dienen! Jetzt setzen Sie sich verdammt noch mal auf diesen Stuhl und geben mir einen Überblick über den Vorgang!"

Diese Reaktion hatte der Mann nicht erwartet. Kleinlaut drückte er sich auf den Stuhl. Die Kommissarin setzte sich auf den anderen. Sie kramte ein Notizbuch und einen kurzen Bleistift aus der Manteltasche.

„Wie heißen Sie?"

„Giovanni Panini!"

Johannes das Brötchen, dachte Maren Köster. Genau der richtige Name. Ich werde ihm schon zeigen, zu was eine Frau als Commissario so alles in der Lage ist. Der Pizzabäcker schien sich langsam von dem Anraunzer zu erholen.

„Wo leben wir, Frau Commissario? Ich dachte immer so etwas passiert in Sizilien, aber doch nicht hier bei uns in Lippe. Mamma Mia! Kommt da doch vor einer Woche so ein Junge, nicht älter als elf, zwölf Jahre und übergibt mir einen Brief. Er war schneller wieder verschwunden, als ich den Umschlag aufreissen konnte.

In dem Brief stand, ich solle am nächsten Tag dreihundert Euro unter meine Fußmatte legen, wenn ich schließen würde. Dann wäre meine Pizzeria sicher. Elf, zwölf Jahre, Frau Commissario, wo leben wir? Ich habe es natürlich nicht getan. Ich habe mir gedacht: Komische Spiele spielen die Kinder heute.“ Er wischte sich den Schweiß von der Stirn.

„Na und was passiert? Sehen Sie sich das an, Frau Commissario! So etwas machen Kinder! Ich verstehe das nicht!“

Der Pizzabäcker wies mit beiden Händen auf einen schon zusammengekehrten Scherbenhaufen.

Bevor Giovanni Panini sich weiter ereifern konnte, fragte Maren Köster nach dem Aussehen des Jungen.

„Na, wie sah er aus? So eine Mütze..., wie sagt man in Deutschland? Pudelmütze! Bis ins Gesicht gezogen, dass man denkt, da sind überhaupt keine Ohren, und so eine Jacke, grau oder schwarz, wie sie alle tragen und eine viel zu große Hose. So eine, bei der man Angst haben muss, dass er im nächsten Moment durch sie ins Stolpern gerät und fällt. Na und eben diese dicken Schuhe.“

„Könnte es auch ein Mädchen gewesen sein?“

„Ein Mädchen!? Madonna, wo leben wir! Ein Mädchen, das soll kochen und nähen, aber doch keine Steine in Schaufenster von Pizzeria schmeißen. Frau Commissario, wo leben wir?“

„Es könnte also auch ein Mädchen gewesen sein?“

„Ja, ja! Auch ein Mädchen. Mamma Mia! Was für eine Welt!“

„Mit anderen Worten, Sie wissen nicht einmal, ob es sich um einen Jungen oder ein Mädchen gehandelt hat?“

„Nein, ich weiß es nicht! Aber Mädchen machen doch so etwas nicht. Heilige Maria! Kleine Mädchen bei der Camorra!“

Maren Köster bekam keine weiteren Einzelheiten mehr aus dem Italiener heraus, nur, dass er die Welt nicht mehr verstand.

Da sie unterdessen mehr und mehr zu dem Schluss gekommen war, das Verhör würde sie im Moment nicht weiter bringen, brach sie es ab und machte sich an die Befragung der Nachbarn. Hier stellte sich heraus, dass die Scheibe gegen drei Uhr eingeworfen worden war und dass die Stadt Detmold in bestimmten Bereichen nachts jede zweite Straßenlaterne abschaltete, so dass nichts zu beobachten war. Mit dieser schalen Ausbeute fuhr die Polizistin nach fast zwei Stunden wieder zurück zur Kreispolizeibehörde.

4

Schneematsch. Kalter Wind. Gedränge. Quengelnde Kinder. Adventsmusik.

Hauptkommissar Josef Schulte verabscheute Weihnachtsmärkte. Keinen Meter konnte er ungehindert durch die Detmolder Lange Straße gehen. Überall blieben bummelnde Passanten einfach mitten auf dem Weg stehen und bestaunten die Auslagen der Weihnachtsmarkt-Blockhäuschen. Dort, wo keine Menschen gingen oder standen, versperrten ihm Kinderwagen oder angeleinte Hunde den Weg. Und immer und überall diese süßliche Weihnachtsmusik, die sich ebenso klebrig im Gehör festsetzte wie der lauwarme

Glühwein auf der Zunge. Schulte betrachtete kurz einen kleinen Jungen, der sich, unbeobachtet von seiner Glühwein trinkenden Mutter, einen roten Paradiesapfel von einem Stand gegriffen hatte und nun herzhaft hineinbiss. Der rote Zuckerguss lief ihm an den Wangen herunter und machte sich auf seinem hellblauen, astronautenähnlichen Schneeanzug breit, wo ihn der Golden Retriever der Familie wieder fröhlich ableckte. Und was hier alles angeboten wurde. Wer braucht denn so was? Was um Himmels Willen machen die Menschen mit diesen erzgebirgischen Holzschnitzereien? Den Weihnachtspyramiden? Den zipfelmützigen Weihnachtsmännern? Nein! Das war nicht seine Welt. Noch vier Tage musste er irgendwie durchhalten, sich anschließend den ersten Weihnachtsfeiertag über gründlich verkriechen. Am zweiten hatte er Dienst, und dann war der Spuk endlich vorbei.

Erschöpft erreichte er den Hasselter Platz, auf dessen Parkfläche sein Auto stand. Eigentlich nicht seines. Der stadtbekannte goldfarbene Granada-Kombi war rettungslos hinüber nach seinem Einsatz am Velmerstot[1]. Schulte hatte eine Zeitlang ein Dienstfahrzeug gestellt bekommen. Jetzt war er dazu übergegangen, unter dem Vorwand, bereits ein neues Auto bestellt zu haben, sich reihenweise die Wagen seiner Kollegen auszuleihen. An diesem feucht-kalten Dienstag hatte er den blauen BMW Z3 seines Kollegen Axel Braunert geschnorrt. Braunert war in den Ski-Urlaub geflogen und benötigte den Flitzer nicht. Schulte ruckte sich in dem schnittigen, engen Sportwagen zurecht, schaltete die Sitzheizung ein und fischte im Handschubfach nach einer von Braunerts CDs. Dann ließ er den Motor an, schob die CD in den CD-Player und startete. Sekunden später gab es eine Detonation in seinem Gehör und alle Weihnachtsmarkt-Musik war vergessen. Kurt Cobain von *Nirvana* jagte ihm mit brachialer Leidenschaft sein *Smells Like Teen Spirit* durchs gezuckerte Hirn. Das war eigentlich nicht die Musik

[1] siehe DER BERBER

seiner Altersgruppe, aber sie gefiel ihm. Genau das richtige Gegengift zu *Süßer die Glocken nie klingen*! Der Hauptkommissar gab richtig Gas und fuhr entspannt lächelnd am Finanzamt vorbei Richtung Bahnhof.

In seiner rot geklinkerten Dienststelle an der Bielefelder Straße waren einige Schreibtische frei. Der Kollege Axel Braunert war im Urlaub. Der Chef des Ganzen, Polizeirat Klaus Erpentrup, war bis zum Ende des Jahres zu einem Seminar *Verwaltungsreform der Polizei.* So blieb außer ihm und dem eher behäbigen Kollegen Lohmann nur die Kollegin Maren Köster, um auf die lippische Verbrecherwelt Eindruck zu machen.

Wahrscheinlich wieder mal ein Fall für die Ablage, dachte sie, als sie ihr Büro betrat. Sie ging alles noch einmal durch, legte eine Akte an, schrieb dann einen kurzen Bericht. Danach ging sie mit einer leeren Kaffeetasse in Schultes Büro.

Dieser hatte die zweitunterste Schublade aufgezogen, seine Füße darauf gelegt und las in der Mitgliederzeitung der Polizeigewerkschaft.

„Hallo!“, grüßte ihn Maren Köster, „herrscht in Axels Auto schon das gleich Chaos wie in deinem Büro?“

„Wieso?“, fragte Schulte scheinheilig.

„Also, mein Auto bekommst du jedenfalls nur noch, wenn du mir vorher den schriftlichen Vertrag einer Autoreinigungsfirma vorlegst, in dem steht, dass nach Gebrauch deine Spuren von dieser Firma beseitigt werden. Und in diesem Vertrag muss weiter stehen, dass diese Dienstleistung von dir vorher bezahlt wurde.“

„Sag mal, Maren! Was ist denn dir über die Leber gelaufen? Suchst du einen, an dem du rumnörgeln kannst?“

„Nein, nein, schon gut. Mich hat eben nur ein Pizzeriabesitzer geärgert. Außerdem habe ich einen Fall am Hals, der wahrscheinlich unsere Negativstatistik verstärken wird. Das wiederum wird Signiore Panini veranlassen zu sagen: Wenn

Frauen schon zur Polizei gehen, Mamma Mia, dann kann ich die Verbrechen auch gleich selber aufklären!"

Schulte zuckte mit den Schultern.

„So ist das Leben! Also, was willst du wirklich?"

„Dich einladen, mit Lohmann und mir mein neues Haus anzusehen. Morgen Abend. Anschließend wollte ich mit euch beim *Vesuvio* in Lemgo essen gehen. Obwohl, nach meinem letzten Erlebnis ist mir eigentlich gar nicht mehr nach italienisch essen."

Schulte glotzte sie an, als hätte er sich verhört.

„Wie, neues Haus ansehen? Was denn für ein neues Haus?"

„Mein neues Haus!"

Der Hauptkommissar schluckte.

„Wie kommst du denn an ein Haus? Spielst du Lotto oder woher dieser unerwartete Reichtum? Du bist doch auch nur eine unterbezahlte Polizistin. Ich muss dir mal den Korruptionsverantwortlichen auf den Hals schicken."

„Nix Lotto, nix Schmiergeld! Ich habe geerbt. Ein Haus in Lemgo, von Tante Fine. Gott hab sie selig!"

Mit diesen Worten tänzelte sie raus. Schulte staunte noch immer, als sein Telefon wimmerte.

„Hei Paps! Hier spricht deine Tochter. Welche? Ina! Erkennst du mich nicht mehr an der Stimme? Du bist mir vielleicht ein Vater! Sag mal, hast du Heiligabend was vor?"

„Was soll ich denn da vorhaben?"

„Ja, Heiligabend zelebrieren eben. Mit Bescherung und so. Gehst du zu irgendwelchen Freunden? Oder hast du eine Frau eingeladen und feierst mit ihr ganz romantisch zu zweit? Oder was machst du sonst?"

Schulte brummte.

„Nichts mache ich! Wenn ich Glück habe, wird irgendwo in Lippe ein Weihnachtsmann ausgeraubt und ich darf Dienst schieben. Wenn ich Pech habe, bleibe ich zu Hause. Dann lege ich die heftigste Rockmusik auf, die ich finden kann. Gieße mir ’ne Flasche Bier ein. Dann werde ich vielleicht...“

„Super! Dann können wir ja kommen!“

„Wer kommt?“ Schulte war verwirrt.

„Ja, wir beide. Deine beiden Töchter! Lena und ich haben gestern telefoniert und festgestellt, dass wir über die Feiertage keine Lust auf unsere Kerle haben. Da haben wir uns gedacht, machen wir doch was zusammen. Besuchen wir einfach unseren alten siechen Vater! Wie findest du das? Stark, nicht wahr? Sag doch was.“

Josef Schulte war baff.

„Äh, ja sicher! Finde ich großartig! Ich bin nur so überrascht. Aber klar, ich...“.

„Schön! Dann sind wir Heiligabend so gegen 17 Uhr bei dir. Du, ich muss Schluss machen, mein Handy... die Karte ist fast alle! Mach’s gut! Tschüss!“

Der ‚alte und sieche’ Hauptkommissar saß noch eine kleine Weile wie benommen an seinem Schreibtisch. Die Anrufe seiner Tochter Ina waren immer wie ein Überfall. Zu Wort kam er dabei selten. Aber trotzdem: Das war eine Perspektive für die trübsinnigen Feiertage. Er sah seine beiden Kinder, sie waren von unterschiedlichen Müttern und ebenso unterschiedlichem Naturell, nur selten. Aber das Verhältnis zwischen Vater und Töchtern war liebevoll und von gegenseitigem Respekt geprägt. Er mochte seine (fast) gleichaltrigen (Lena war eine Woche älter) Mädels und sie mochten ihren struppigen, nicht immer gesellschaftsfähigen Erzeuger. Schön! Er rieb sich die Hände. Sehr schön! Was sollte er nur kochen? Ein weiterer Anruf unterbrach ihn.

„’n Abend, Herr Hauptkommissar! Rodehutskors hier. Mir drückt da so ein bisschen der Schuh. Können wir uns heute nach Feierabend kurz unterhalten? Wie wäre es mit einem Bierchen in der *Braugasse*?“

Schulte war einverstanden. Normalerweise würde ein Bürger, der mit der Kripo etwas zu besprechen hat, aufgefordert, in das Polizeipräsidium an der Bielefelder Straße zu kommen. Hermann Rodehutskors nahm hier eine Sonderstellung ein. Dieser stark übergewichtige alte Redakteur der *Heimatzeitung* hatte der Polizei schon so oft bei der Aufklärung ihrer Fälle wertvolle Hilfe geleistet, dass sie ihm einfach verpflichtet war. Auch musste man Josef Schulte nicht foltern, damit er sich zu einem Bier in der *Braugasse* überreden ließ. Hier trafen Pflicht und Neigung zusammen.

Maren Köster schaute, bevor sie Feierabend machte, noch einmal bei ihm rein.

„Hallo Jupp!“ grüßte sie ihren Vorgesetzten locker. „Ist es bei dir auch so ruhig? Außer diesen kriminellen Blagen ist nichts los, oder?“

„Ja, komisch! Jetzt haben wir unseren obersten Chef in der Schule, den Kollegen Axel im Urlaub und Bernhard ist nicht zu gebrauchen, weil er nun Opa wird. Eigentlich müssten wir beiden Überlebenden dick im Stress stecken. Aber die schweren Jungs packen wahrscheinlich alle ihre Weihnachtsgeschenke ein. Kann man denn die Feiertage schöner verbringen als im Knast? Ohne Blockflöte spielende Kinder, ohne über unsinnige Geschenke Freude heucheln zu müssen?“

„Oh, oh! Da ist aber einer ganz schlecht drauf! Magst du Weihnachten etwa nicht?“

5

Es war kurz vor sieben, als Schulte sein Büro verließ und mit Braunerts Auto die Bielefelder Straße in Richtung Innenstadt hinunterdonnerte. Eigentlich hätte er den kleinen Sportflitzer gern mal zum Cabrio umfunktioniert, aber bei drei Grad Celsius und Schneeregen bot sich das nun mal nicht an. Als er die Treppe in die behagliche Kellergaststätte hinuntergestiegen war, sah er an einem Tisch im hinteren

Gastraum bereits den kleinen, fast kugelrunden älteren Herrn sitzen. Rodehutskors winkte ihn fröhlich zu sich.

„Herr Schulte! Schön, dass Sie gekommen sind. Was trinken Sie?"

Ja, Hermann Rodehutskors traf immer gleich den richtigen Ton. Zumindest bei Schulte. Dieser bestellte sich ein naturtrüb gebrautes Bier, das eigens für diese Gaststätte hergestellt wird. Er sah, dass sein Gegenüber einen Teller mit Pickert vor sich stehen hatte und bekam Hunger. Als Zugezogener hatte er noch immer keinen Zugang zu dieser lippischen Spezialität gefunden. Für ihn war Pickert nach wie vor nur ein zu dick geratener Pfannkuchen. Er bestellte sich eine Portion Wurstebrei.

Minuten später fragte Schulte, mit vollen Backen mampfend:

„Worüber wollen Sie denn mit mir sprechen?"

Dann nahm er laut schlürfend einen kräftigen Schluck Bier. Einen seelisch weniger gefestigten Menschen als Rodehutskors hätten Schultes Manieren schon irritieren können, aber diesen alten Journalisten brachte so schnell nichts aus seiner Ruhe. So antwortete er seelenruhig mit seiner tiefen und immer etwas heiseren Stimme:

„Ja, ich weiß eigentlich gar nicht so richtig, ob ich die Polizei damit belästigen sollte. Sie haben wahrscheinlich genug um die Ohren. Oder?"

Schulte wedelte hingebungsvoll kauend mit der Gabel, was Rodehutskors als Aufforderung interpretierte, weiterzusprechen.

„Es geht um einen meiner Kollegen. Rauscher heißt der. Marco Rauscher. Ist 'ne komische Type, dieser Rauscher. Ein muffliger Eigenbrötler, den keiner in der Redaktion so richtig leiden kann. Und er kann auch niemanden leiden. Kurz und gut, dieser Kollege ist seit über einer Woche überfällig. Er hatte sich einen Freitag freigenommen und ist übers Wochenende mit dem Fanbus des TBV Lemgo nach

Belgien gefahren. Nach Hasselt. Das ist zufällig die Partnerstadt von Detmold, aber es ging da um irgendein internationales Handball-Pokalspiel. Hatte mit Detmold nichts zu tun. Reiner Zufall! Das fanden wir ja noch alles nachvollziehbar, denn Rauscher hat neben vielen anderen Macken vor allem eine: Er ist Sportfan! So ein richtiger, mit Vereinsschal und Tröte. Das hat noch nie zu diesem spröden Menschen gepasst. Gut, jeder muss wissen, wie er seine Freizeit verbringt. Am Montag hätte er wieder zur Arbeit kommen sollen. Ist er aber nicht. Erst dachten wir, er sei krank. Als dann kein Anruf kam und auch kein Krankenschein, haben wir versucht, ihn zu Hause zu erreichen. Aber er ging nicht ans Telefon und es öffnete auch niemand die Haustür. In seinem Briefkasten steckte noch die Post der letzten Tage. Offensichtlich war er nicht zu Hause. Wir haben dann bei dem Busunternehmen nachgefragt. Die haben uns bestätigt, dass ein Fahrgast auf der Rückfahrt gefehlt hat. Das war offenbar mein Kollege. Jetzt können Sie mich auslachen, aber ich bin seit fast vierzig Jahren Journalist und ich weiß, wann an einer Geschichte was faul ist. Und hier ist was faul! Hundertprozentig!“

Schulte spülte einen Bissen mit Bier hinunter.

„Warum glauben Sie das? Vielleicht hat er er eine Frau kennen gelernt und hat Raum und Zeit vergessen. Das kommt vor!“

Rodehutskors lachte.

„Bei Ihnen kann ich mir das auch vorstellen, Herr Schulte. Aber nicht bei Marco Rauscher. Das passt nicht zu ihm. Der ist nicht so wie wir. Wir beide, wir lieben das süße Leben. Das sieht man uns beiden auch an. Rauscher liebt Probleme. Er ist immer auf der Suche nach der Geschichte hinter der Geschichte. Das ist ja eigentlich für einen Journalisten eine positive Eigenschaft. Aber bei ihm hat sich das zu einer ausgewachsenen Macke entwickelt. Er glaubt zum Beispiel ernsthaft, es gäbe keine Zufälle. Haben Sie schon mal so was Dummes gehört? Dabei ist die Weltgeschichte zu mindestens neunzig Prozent eine Summe aus Zufällen und menschlichen Fehlern, die allein aus Unvermögen heraus entstanden sind. Nein, er wittert hinter allem eine Absicht, am liebsten eine Verschwörung. Er sieht hinter jedem Busch einen Feind. Ein Stimmungskiller und ein Komplizierer, wie er im Buche steht. Na, wir lassen's uns trotzdem schmecken, oder?"

Mit diesen Worten nahm er ein weiteren kräftigen Schluck aus dem Bierglas und wischte sich mit dem Ärmel den Mund ab.

„Haben Sie denn irgendeine konkrete Sorge?"

„Nein! Habe ich nicht. Aber hier stimmt was nicht, da bin ich mir ganz sicher. Gut, wir haben ein bisschen die Sorge, dass er vielleicht an einem Thema gearbeitet hat, das für ihn eine Nummer zu groß war. Er hat in letzter Zeit so merkwürdige Andeutungen gemacht, von wegen ‚großer Durchbruch' und so weiter. Das hat zwar keiner richtig ernst genommen, aber nun..., wer weiß? Vielleicht hat er sich ja wirklich an was ganz Großes herangewagt und es ist ihm über den Kopf gewachsen. Verstehen Sie, deshalb möchten wir auch keine offizielle Ermittlung mit lautem Getöse und so. Da er Single ist, vermisst ihn keiner. Also stellt auch niemand einen Vermisstenantrag. Vielleicht können Sie ja inoffiziell mal ein bisschen recherchieren, ohne gleich die Pferde scheu zu machen. Das wäre auch im Sinne meines Verlegers."

Schulte hatte gerade wieder beide Backen voll. Deshalb fuchtelte er einige Zeit mit der Gabel durch die Luft, um anzukündigen, dass er etwas sagen wollte.

„Da gibt es zwei Probleme. Zum einen habe ich meine Dienstvorschriften. Ich kann nicht einfach so, ohne jede Grundlage, irgendeinen Vorgang bearbeiten. Zum anderen haben wir im Moment ein akutes Personalproblem. Und dann..."

Rodehutskors wurde jetzt ernst.

„Als ich Ihnen in den letzten Jahren mehrfach sehr gute Tipps gegeben habe, hat mich mein Verleger dafür auch nicht bezahlt. Und Personalprobleme haben wir auch. Vergessen Sie das nicht, Herr Schulte!"

Schulte schluckte.

Einmal, um den Mund frei zu bekommen, aber auch aus Verlegenheit. Dann klopfte er Rodehutskors auf die Schulter.

„Sie haben ja recht! Tut mir leid! Was trinken Sie?"

6

Willi Potthast war gerade eingeschlafen, als er von seiner Frau Mechthild unsanft den Ellenbogen in die Rippen bekam.

„Irgendwann gibt es getrennte Schlafzimmer," maulte sie, „du schläfst wie ein Stein und ich werde laufend von irgendwelchen Anrufen gestört und kann danach nicht mehr einschlafen."

Potthast rieb sich die Augen.

„Wer ist es denn?", fragte er.

„Von meinem Kaffeekränzchen ist es jedenfalls keine! Mal wieder deine Firma!"

Sie reichte den Telefonhörer an ihren Mann weiter. Dieser meldete sich und lauschte in den Hörer.

„Okay, ich bin in einer halben Stunde da. Wo, sagst du, wurde der Tote gefunden? In Elsen, von-Ketteler-Straße? Wie war noch die Hausnummer?"

Der Polizist kramte in der Tasche seiner Hose, die er vor einer halben Stunde ordentlich zusammengefaltet über einen Stuhl gelegt hatte, nach Stift und Zettel.

„Wo soll das sein? Fast direkt an der Kirche? Ja, das finde ich, bis gleich!"

Er drückte die Taste seines Telefons, die dazu diente, die Verbindung zu unterbrechen, und machte Anstalten sich anzuziehen.

„Warum musst eigentlich immer du raus?", fragte seine Frau verschlafen und schlecht gelaunt. „In ein paar Tagen ist Weihnachten und ich sehe unsere Familie schon wieder ohne dich unter dem Weihnachtsbaum sitzen."

Potthast ging zu ihr, nahm sie in den Arm, gab ihr einen Kuss auf die Stirn und sagte:

„Lass mal gut sein, Tildchen. Am ersten Januar bekommen wir einen zusätzlichen Mann und im März soll noch eine Kommissarin bei uns anfangen. Dann bleibt nicht mehr alles an mir hängen. Wenn wir es jetzt wirklich mit einem Mord zu tun haben, kommt der Neue vielleicht schon ein paar Tage früher. Wir sind wirklich zu bis oben hin. Noch einen weiteren Fall verkraftet unser kleines Team nicht und schon gar keinen Mord."

Zehn Minuten später saß Hauptkommissar Potthast in seinem Audi A4 und fuhr durch das verschlafene Wewer Richtung Elsen. Er hatte die Sitzheizung angestellt und auch die Klimaanlage war auf der höchsten Wärmestufe. Auf WDR 4 sang Mireille Mathieu *Tarata Ting, tarata tong.*

Willi Potthast war ein alter Freund von Josef Schulte. Schon seit dem ersten Tag auf der Polizeischule hatten sie dort gemeinsam die Schulbank gedrückt und seitdem jeden Lehrgang gemeinsam absolviert. Sie trafen sich auch heute noch regelmäßig zum Biertrinken. Hin und wieder gingen sie gemeinsam zu Arminia Bielefeld. Sie waren Fans dieser Fahrstuhlmannschaft, sie hielten ihr in ihrem ständigen Wechsel, sowohl in der einen Saison in der zweiten, als auch in der nächsten Runde in der ersten Bundesliga die Treue und das jetzt schon über ein Jahrzehnt. Damit endete jedoch die Liste ihrer Gemeinsamkeiten. In vielen Bereichen hatten sie nämlich überhaupt nichts gemeinsames. Politisch standen sie sich ähnlich gegenüber wie Don Camillo und Peppone. Dennoch waren die Unterschiede, die den weitaus größeren Teil ihrer Berührungspunkte ausmachten, kein trennender Faktor in der jahrelangen guten Freundschaft.

Hauptkommissar Potthast war begeisterter Schützenbruder des Wewerschen Schützenvereins. Politisch war er so schwarz, dass er, wie Schulte immer zu sagen pflegte, selbst im Kohlenkeller einen Schatten warf.

Potthast hatte seine Jugendliebe Mechthild geheiratet und zwei Jahre nach der Hochzeit hatten sich die beiden ein Haus in Paderborn-Wewer gebaut. „Man muss drum herum gehen können“, hatte er Schulte damals gesagt, als er ihm von dem Bauvorhaben berichtete.

Während der Bauphase war Potthast jeden Sonntag zur Kirche gegangen und hatte gebetet, dass die Fahnder des Arbeitsamtes, die auf Baustellen nach Schwarzarbeitern suchten, um sein werdendes Haus einen weiten Bogen machten. Denn während dieser Zeit hatte er seinen halben Schützenverein unter heimlichem Vertrag. Immer noch dachte er als gläubiger Katholik hin und wieder mal darüber nach, wer wohl der Schutzpatron der Schwarzarbeiter war.

Bald war auch der Hausbau ausgestanden und wieder ein Jahr später wurde Potthast zum ersten Mal Vater. Ein Junge, zwei weitere Kinder gleichen Geschlechts stellten sich im Verlauf der nächsten Jahre ein. Potthasts Frau Mechthild übernahm wie selbstverständlich die Kinderpflege und -aufzucht, kümmerte sich um Haus und Garten und war auch sonst der gute Geist.

Für den Vater Willi blieb die Aufgabe, die Kinder, die allesamt begnadete Fußballer wurden, samstags und sonntags zu den entsprechenden Spielen zu fahren.

Das Haus, in dem der Tote gefunden wurde, war nicht zu übersehen. Es standen drei Streifenwagen vor der Tür. Trotz der späten Stunde hatten sich einige Schaulustige eingefunden. Bei einem Streifenwagen rotierte noch das Blaulicht. Potthast ärgerte sich immer wieder über Gaffer und so fiel seine Laune innerhalb der nächsten Sekundenbruchteile auf den Nullpunkt.

Der Polizist parkte seinen Wagen und betrat den Hausflur. Eine ausgesprochen hübsche Polizistin mit blondem Pferdeschwanz kam ihm entgegen. Noch bevor sie Potthast begrüßen konnte, muffelte er sie an: „Sagen Sie mal Kollegin, sind drei Streifenwagen vor dem Haus nicht ein bisschen übertrieben? Macht doch wenigstens das Blaulicht aus!“

„Wird sofort gemacht! Das haben wir nur Ihnen zuliebe angelassen, damit Sie das Haus besser finden konnten. Wir wollten einfach nicht, dass Sie halb Elsen auf den Kopf stellen. Der andere Wagen fungiert als Fahrdienst. Gockeln Franz war auf einer Weihnachtsfeier und hatte schon ein paar Bier intus. Weil wir aber noch heute Abend mit der Spurensicherung anfangen wollten, haben wir ihn abgeholt.“

Potthast winkte ab und ließ sich von der Polizistin zum Tatort führen. Der Spurensicherer war schon bei der Arbeit. Potthast wehte Bierdunst entgegen.

„Na, Franz? Lassen sie dich nicht mal auf ’ner Weihnachtsfeier in Ruhe?“

„Halb so wild! Bei unserem Gesangverein Concordia Benhausen ist sowieso der Wurm drin. Den machen wir bald zu, kein Nachwuchs. Hatte aber schon ein paar Bier weg, als der Anruf kam. Kennste ja!“

„Und was ist passiert?“

„Es handelt sich bei der Leiche um eine männliche Person. Er wurde aus nächster Nähe erschossen. War aber wahrscheinlich kein Selbstmord. Die Tatwaffe lag drei Meter von der Leiche entfernt und ist offenbar fein säuberlich abgewischt worden. Der Schuss hat den Mann sofort getötet.“

„Also Mord! Scheiße! Und das jetzt vor Weihnachten, wo wir sowieso schwach besetzt sind. Da wird bei uns der

Haussegen schief hängen und vernünftig arbeiten kannste auch nicht. Erreichst doch keinen! Wann ist denn der Tod eingetreten?"

„Nach der Totenstarre zu urteilen wahrscheinlich irgendwann gestern Nachmittag. Genaueres wird dir der Pathologe morgen sagen können."

„Wie hat man den Toten denn gefunden?" fragte Potthast die Polizistin. „Und wer ist es?"

„Rudolf Kötterhagen hieß er. War siebenundsechzig Jahre. Er spielte jeden Donnerstag Skat mit seinem Bruder und einem weiteren Bekannten. Da er sich nicht abgemeldet hatte, ist sein Bruder nachsehen gegangen und hat ihn gefunden. Der Mann steht unter Schock. Wir haben sofort den Notarzt geholt. Der hat ihn versorgt und ins Josefskrankenhaus bringen lassen. Mit der Vernehmung müssen wir warten. Ich glaube, heute Nacht können wir nicht mehr viel machen."

7

Joachim Struckmeier startete gegen Mitternacht seinen Computer. Nach kurzer Zeit war er hochgefahren, doch die Oberfläche des Betriebssystems hatte sich irgendwie verändert. Wo waren die vielen Icons seiner Anwenderprogramme? Wo die seiner ganzen Spiele? Er ging mit dem von seiner Maus angesteuerten Pfeil auf den Button, der mit dem Wort *Start* beschriftet war. Ein Pull-up-Menue wurde aufgeklappt. Er ging auf das Feld *Programme*. Klickte es an, doch es war leer.

Langsam wurde er nervös. Wo waren seine ganzen Arbeiten? Alles gelöscht? Das würde Stress geben. Bis morgen konnte er das nicht mehr wieder hinkriegen. Seine Hände wurden feucht. Er begann zu schwitzen. Da fiel sein Blick auf einen Ordner der anscheinend neu war. Er klickte ihn an und es erschien ein Text:

Wenn du deinen PC zukünftig noch nutzen willst, würden wir dir raten, für uns zu arbeiten. Ansonsten wirst du jeden Tag eine neue unangenehme Überraschung erleben. Ebenso werden dich alle Übel dieser Welt heimsuchen, wenn du mit jemandem über dies oder ein anderes Ereignis, das mit uns in Verbindung gebracht werden kann, sprichst. Große Aufgaben erwarten dich! Wenn du sie erfüllst, wirst du reich belohnt. Ansonsten öffnet sich das Tor zum Wahnsinn. Neue Anweisungen wirst du in Kürze erhalten.

Dieser Text wird sich nach Schließen des Ordners löschen.

Die Aktionsgemeinschaft

DAS BLAUE WUNDER

Josef Struckmeier bemerkte, wie ihn Angst ergriff. In was für ein Spiel sollte er hier verwickelt werden?

8

Am nächsten Morgen fuhr Potthast widerwillig ins Büro. Mit einem Grummeln im Bauch dachte er an seinen übervollen Schreibtisch. Alles nur Kinkerlitzchen, wie er zu sagen pflegte. Dennoch mussten sie bearbeitet werden. Dann heute Nacht noch der Tote. Der passte ihm überhaupt nicht in den Kram. Jetzt drohte die Arbeit über ihm zusammenzubrechen. Von Vorweihnachtsstimmung konnte keine Rede sein.

Potthast dachte über den kommenden Tag nach. Bevor er in dem Mordfall auch nur einen Finger rühren würde, müsste er zunächst ein Gespräch mit seinem Chef führen, um die Ernsthaftigkeit der Situation zu schildern. Der für Januar angekündigte Kollege aus Dortmund musste schon jetzt kommen. Das war die einzige Möglichkeit, der Arbeitssituation auch nur ansatzweise gerecht zu werden. Allein würde er die Ermittlungen nicht führen. Eher besorge ich mir einen gelben Schein, dachte der Polizist und wusste gleich, dass dies aber auf keinen Fall in Frage käme. Schlecht gelaunt bog Potthast in die Rathenaustraße ein und stand kurze Zeit später auf einem Parkplatz des Gebäudes der Kreispolizeibehörde Paderborn. Es roch feucht, muffig und nach Abgasen. Diese Eindrücke verbesserten seine Laune nicht gerade. Er nahm die speckige Aktentasche, die er vor über zwanzig Jahren schon gebraucht von seinem Vater geerbt hatte, aus dem Kofferraum und schlug den Weg zu seinem Büro ein.

Potthast dachte über den bevorstehenden Tag nach. Heute musste er unbedingt zum Fahrradladen der *P.I.G.A.L.*, um das bestellte Mountainbike, das Weihnachtsgeschenk für seinen Jüngsten, abzuholen. Schon dreimal hatte er von seiner Frau Mechthild diesen Auftrag bekommen und ebenso oft im Trubel des Tages vergessen. Würde er heute Abend wieder ohne das Fahrrad nach Hause kommen, wäre die Geduld seiner Frau mit Sicherheit endgültig am Ende.

Völlig in Gedanken ging er den Flur entlang und wäre beinahe mit seinem Chef Heiner Schmitz zusammengestoßen. Da dieser ebenfalls Schützenbruder und CDU-Mitglied im Ortsverein Wewer war, hatten die beiden Männer trotz der unterschiedlichen Dienstgrade ein vertrautes Verhältnis miteinander.

„Na Potthast, was träumst du denn so vor dich hin?"

„Träumen! Hör bloß auf, aber du kommst mir gerade recht. Zu dir wollte ich sowieso gerade. Ich muss unbedingt mit dir reden."

„Was hast du denn so Dringendes? Komm, wir gehen in mein Büro. Ich habe gerade einen frischen Kaffee gekocht."

Die beiden Männer setzten sich an den Besprechungstisch. Der Polizeioberrat Heiner Schmitz holte zwei Tassen aus dem Schrank und schenkte Kaffee ein.

„Na, dann schieß mal los. Wo brennt's denn?"

„Du hast sicher schon gehört, dass wir heute Nacht einen Toten hatten. Zu fünfundneunzig Prozent handelt es sich um

Mord und wir sind hoffnungslos unterbesetzt. Ich weiß kaum noch wo mir der Kopf steht. Bei uns zu Hause herrscht mittlerweile eine Laune, die ist nicht auszuhalten. Ich brauche dringend Verstärkung."

Heiner Schmitz kannte Mechthild Potthast und wusste, dass sie sonst eine recht verständnisvolle Frau war. Bis deren Nerven blank lagen, musste es schon heftig kommen. Daher nahm der Polizist den Hilferuf seines Kollegen nicht auf die leichte Schulter.

„Hast du dir schon Gedanken gemacht, wie wir die Kuh vom Eis bekommen?"

„Siehst du eine Möglichkeit, dass der neue Kollege aus Dortmund ein paar Tage früher kommt? Am besten schon morgen. Wir brauchen einfach Hilfe und eine gewisse Kontinuität."

„Wenn der jetzt neu dazu kommt, gehe ich doch davon aus, dass er nicht gleich Bäume ausreißt."

„Das vielleicht nicht, aber er kann den Kleinkram erledigen. Das würde mich auch schon weiter bringen."

Schmitz wiegte den Kopf hin und her.

„Na gut, werde sehen, was sich machen lässt. Ich spreche mit dem Landrat und rufe mal den Polizeipräsidenten von Dortmund an. Ich erzähle dir heute Mittag was dabei rum gekommen ist."

Anschließend saßen die beiden Männer schweigend am Tisch, hielten die Kaffeetassen in ihren Händen und hingen, jeder für sich, ihren Gedanken nach. So vergingen einige Minuten. Plötzlich nahm Potthast einen großen Schluck aus seiner Tasse und stemmte sich mit einer Dynamik, als hätte jemand nach ihm gerufen, von seinem Stuhl hoch.

„Nutzt ja nichts! Heiner, ich mache mich auf die Socken. Mal sehen, ob wir schon die ersten Ergebnisse von der Spurensicherung haben. Vielleicht gibt es ja ein Adventswunder und wir haben den Fall bis Weihnachten aufgeklärt. Also dann...!"

In seinem Büro angekommen, ließ er keine Minute mehr unnütz verstreichen. Er zog das Telefon zu sich heran und wählte die Nummer der Spurensicherung. Franz Gockeln war sofort am Apparat.

„Hier Willi! Na, hast du schon Ergebnisse?“

„Ja also...“

„Komm, lass uns das nicht am Telefon besprechen“, unterbrach Potthast den Spurensicherer. „Komm in mein Büro, da können wir über alles in Ruhe reden. Ich brauche auch jemanden, mit dem ich mich über den Fall austauschen kann. Dies Grübeln, alleine im stillen Kämmerlein, bringt mich nicht weiter.“

„Okay“, sagte Gockeln und legte auf.

Potthast tippte schon wieder eine Zahlenkombination auf der Tastatur seines Telefons. Er rief in der Zentrale der Paderborner Polizeibehörde an.

„Ja, hier Willi!“, meldete er sich. „Gib mir doch mal die Nummern der beiden Kollegen, die heute Nacht zuerst am Tatort waren.“

Er lauschte in den Hörer, dann sagte er:

„Ich weiß, dass die beiden jetzt Feierabend haben! Dennoch, gib mir die Nummern! Es ist wichtig.“

Er griff sich einen Stift und kritzelte die Zahlen auf seine Schreibtischunterlage. Dann bedankte er sich, legte auf und wählte erneut. Eine verschlafene Frauenstimme meldete sich mit: „Ja bitte?“

„Frau Hofer?“, fragte Potthast. „Hier Potthast! Tut mir leid, dass ich Sie um Ihren wohlverdienten Schlaf bringe. Aber ich brauche Ihre Hilfe. Würde es Ihnen etwas ausmachen, wenn Sie gleich in mein Büro kämen? Ich weiß, dass Sie heute eine harte Nacht hatten, aber ich weiß nicht, wie ich in dem Fall ohne ein sofortiges Gespräch mit Ihnen weiter vorgehen soll.“

„Schon in Ordnung! Ralf und ich haben schon damit gerechnet, dass unsere Nachtruhe heute kürzer sein würde als sonst. Ich rufe ihn gleich noch kurz an. Wir sind spätestens in einer Stunde da."

„Danke!"

Potthast legte den Hörer auf. Er zog die Aufzeichnungen der letzten Nacht aus seiner speckigen Aktentasche, las sich alles noch einmal durch und fing an, die Fakten für sich zu sortieren. Dann machte er einen Plan für das Gespräch, das er gleich mit seinen Kollegen führen wollte und schrieb sich auf, was er selbst heute noch zu erledigen hatte.

Anders als sein Freund Schulte, der meist intuitiv und bauchgesteuert seine Fälle bearbeitete, ging Potthast sehr formal und mit einem hohen Maß an Systematik an seine Aufgaben heran. Er plante jeden Schritt durch und versuchte Überraschungen zu vermeiden.

Zunächst würde er noch einmal in die Wohnung des Toten gehen, um sich einen Eindruck zu verschaffen. Dann würde er den Bruder verhören, der die Leiche gefunden hatte. Doch bevor er dies alles tat, wollte er beim Fahrradladen der *P.I.G.A.L.* vorbeifahren und das Fahrrad für seinen Filius abholen.

Er schrieb alles auf einen Zettel und ging die einzelnen Punkte noch einmal durch. Er war noch nicht ganz fertig, da klopfte es, und Franz Gockeln steckte seinen falkenähnlichen Kopf durch den Türspalt. Potthast winkte den Mann herein und registrierte erfreut, dass dieser eine große Thermoskanne mit Kaffee in der Hand hielt und einen großen ungespülten Becher, den die *DPG* vor Urzeiten unter die Leute gebracht hatte.

Potthast ging zum Schrank und kramte ebenfalls einige Tassen hervor, die offenbar auch schon einiges von der Welt gesehen hatten. Bei einer fehlte der Henkel. Die beiden anderen waren erheblich vermackelt.

„Melanie Hofer und Ralf Kröger, die beiden Kollegen von der Streife, kommen gleich auch noch. Ich habe sie angerufen."

Franz Gockeln nickte zustimmend.

„Die Kleine, die Melanie, das ist ’ne Pfiffige. Die ist nicht auf den Kopf gefallen“, sagte er anerkennend. „Wär auch schade um das hübsche Köpfchen!“ Dann rückte er einen Stuhl zurecht und setzte sich an eine Ecke von Potthasts Schreibtisch.

„Wird zwar ein bisschen eng, so zu viert hier in der Bude, aber ich habe keine Lust, in ein Besprechungszimmer umzuziehen.“

Wieder nickte Gockel zustimmend. Er drehte am Deckel seiner Thermoskanne und schenkte sich Kaffee ein. Kaum hatte er den ersten Schluck genommen, da steckte eine junge Frau den Kopf durch die Tür.

„Bringen Sie bitte noch einen Stuhl vom Flur mit herein“, sagte Potthast und goss unaufgefordert das braune Lebenselixier in die restlichen Tassen.

Nachdem alle mit dem Getränk versorgt waren, ergriff Hauptkommissar Potthast das Wort: „Wachtmeisterin Hofer und Wachtmeister Kröger, Sie waren zuerst in der Wohnung des Toten. Was ist Ihnen am Tatort aufgefallen oder zunächst einmal, was haben Sie vorgefunden?“

„Zunächst war da ein völlig aufgelöster Mann,“ begann die Frau. „Der war total am Ende. Er war nicht einmal in der Lage, auch nur die einfachste Frage zu beantworten. Er sagte immer nur: Mein Bruder, mein Bruder! Also haben wir gleich den Notarzt angerufen. Der hat ihm eine Beruhigungsspritze gegeben und ihn dann ins Krankenhaus eingewiesen. Als das erledigt war, haben wir uns in der Wohnung umgesehen. Sie war aufgeräumt und ordentlich. Alles stand an seinem Platz. Mit anderen Worten: Der Mörder hat nicht nach irgendetwas gesucht. Wahrscheinlich kannte der Tote den Mörder. Denn es standen zwei Biergläser auf dem Tisch und zwei angefangene Flaschen alkoholfreies Bier. Sonst ist mir eigentlich nichts weiter aufgefallen. Dass die Waffe einige Meter vom Toten entfernt lag, obwohl er aus nächster

Nähe erschossen wurde, hatten wir ja gestern Abend schon festgestellt."

Dann wandte sich Potthast an den Spurensicherer:

„Franz, was hast du gestern Abend noch gemacht?"

„Nur Fotos von dem Toten, bevor er in die Pathologie abtransportiert wurde. Außerdem habe ich die Lage der Leiche aufgezeichnet und die Waffe sichergestellt. Alles Weitere wollte ich heute machen."

„Warte damit bitte noch zwei Stunden. Ich möchte mir die Wohnung vorher noch einmal ansehen. Ich rufe dich an, wenn ich das gemacht habe."

Der Spurensicherer nickte.

„Ich muss gleich sowieso erst mal ins Krankenhaus. Der Pathologe aus Münster ist auf dem Anmarsch. Wenn der sich die Leiche ansieht, möchte ich ganz gerne dabei sein."

„Okay", sagte Potthast, „dann gehst du zur Pathologie und ich sehe mir noch einmal die Wohnung des Toten an. Anschließend werde ich versuchen, den Zeugen, den Bruder, zu vernehmen. Ich hoffe, der hat sich wieder gefangen. Vielleicht kommt ja was dabei heraus." Dann wandte er sich noch einmal an Melanie Hofer und ihren Kollegen.

„Was meinen Sie? Ist alles besprochen worden oder haben wir etwas übersehen?"

Die beiden Polizisten zuckten mit den Achseln.

„Nicht das ich wüsste", sagte die Polizistin. „Aber mal was anderes. Sind wir nicht ein bisschen schwach besetzt für diesen Fall? Sie selbst sehen auch nicht aus, als hätten Sie gerade Urlaub gemacht."

Potthast war verwundert über die Vertrautheit, die seine Kollegin an den Tag legte und gleichzeitig über ihre feinsinnige Beobachtungsgabe. Oder merkte ihm sein Ausgebranntsein schon jeder an?

„Ich habe mit dem Chef gesprochen. Wenn ich Glück habe, kommt der neue Kollege aus Dortmund ein paar Tage früher."

„Das wäre natürlich was. Komm Ralf, lass uns gehen! Ich muss noch ein paar Stunden schlafen."

Wenige Minuten später war Potthast wieder allein in seinem Büro. Er packte seine Unterlagen in die alte Aktentasche und machte sich auf den Weg zu seinem Auto. Weitere zehn Minuten später öffnete er die Tür das Fahrradladens.

Ein alles andere als dünner Mann mit Vollbart schniefte in ein großes kariertes Stofftaschentuch, zog dann eine Pillendose aus dem blauen Overall und warf sich einen der kleinen Muntermacher in den Mund. Dann hantierte er weiter an einem Fahrrad. Ohne noch einmal den Kopf zu heben, sagte er:

„Wir haben heute geschlossen. Ich bin hier der Einzige heute. Die anderen sind alle krank. Ich kann nicht gleichzeitig Fahrräder reparieren und verkaufen. Das müssen Sie einsehen."

Potthast bekam einen kleinen Schock.

„Machen Sie mich nicht fertig! Seit Tagen liegt mir meine Frau in den Ohren, das Fahrrad meines Sohnes bei Ihnen abzuholen, das wir schon vor Monaten hier bestellt haben. Heute habe ich endlich daran gedacht, hier vorbei zu fahren, und jetzt wollen Sie das Ding nicht rausrücken? Wenn ich heute Abend ohne Mountainbike nach Hause komme, hängt der Haussegen schief."

Das schien den Mann zu beeindrucken.

„Also gut, auf welchen Namen ist das Rad bestellt worden?"

„Potthast."

„Für den Polizisten?"

„Woher wissen Sie, dass ich Polizist bin?"

„Zeitung", sagte der Mann wortkarg und ging in den Nebenraum. Nach nicht mal einer Minute schob er ein fabrikneues Fahrrad in die Werkstatt. Nach weiteren fünf Minuten lag das Rad auseinandergebaut im Kofferraum des Audi A4 und Potthast fuhr um über tausend Mark ärmer Richtung

Elsen. Komisch, dachte er, dass sich die Leute Namen aus der Zeitung merken. Für sich konnte er sich so etwas nicht vorstellen. Wenn er sich nicht jedes Mal die Namen von fremden Personen aufschriebe, bekäme er keinen Fall gelöst. Wie hieß doch noch der Tote von letzter Nacht? Der Polizist war geneigt, in seiner Aktentasche zu kramen.

Jetzt noch um die Kurve und dann parkte er am Tatort. Es handelte sich um ein Wohnhaus aus den siebziger Jahren, einen riesigen Kasten. Seine Eltern hatten ein ähnliches. Damals hatte sein Vater gesagt:

„Wir bauen auf jeden Fall ein Zweifamilienhaus. Dann zahlen erst die Mieter für uns das Haus ab und nachher kann mal eins von unseren Kindern da einziehen."

Potthast hatte mittlerweile die Haustreppe betreten. Auch dies Gebäude hatte zwei Wohnungen, wie es aussah. An der zweiten Klingel war jedoch schon vor längerer Zeit das Schild entfernt worden. Der Polizist brach das Siegel auf und öffnete mit dem Schlüssel, den ihm Franz Gockeln gegeben hatte, die Haustür. Es gab in der Tat zwei Wohnungen. Zu der zweiten hatte er jedoch keinen Schlüssel und die Tür war verschlossen. Also betrat Potthast die Räumlichkeiten, in denen der Tote gefunden wurde. In den Zimmern roch es muffig. Wahrscheinlich war hier schon seit längerer Zeit nicht regelmäßig gelüftet worden.

Der Polizist betrat das Wohnzimmer. Schwere Eichenmöbel mit Schnitzereien und eine ausladende Polstergarnitur füllten den großen Raum. Auch die Möbel stammten aus den siebziger Jahren. Damals nannte man den Stil wohl Bauernmöbel. Alles was der Polizist sah, deutete auf das Bemühen hin, mit geringen Mitteln den Eindruck von Wohlsituiertheit herzustellen. Potthast setzte sich in einen der Sessel und schaute sich in dem Raum um. Er versuchte, sich die Anordnung der Möbel einzuprägen. Auf dem schweren Marmortisch lag eine Fernsehzeitung. Potthast griff in seine Aktentasche und suchte nach ein paar Gummihandschuhen, die er sich überzog. Er zog die Zeitung zu sich heran. Auf den oberen Rand der Seiten, welche Auskunft über das Fernsehprogramm des gestrigen Tages gaben, war eine sechsstellige Zahl geschrieben. Sie sah ganz nach einer Telefonnummer aus. Potthast notiere sie auf seinem Block. Im Anschluss daran blätterte er die Zeitung durch. Er fand jedoch keine weiteren Spuren.

Telefonnummer, dachte der Polizist. Stand auf und suchte nach dem Apparat. Er stand auf einem kleinen Schränkchen im Flur. Es handelte sich um ein altes analoges Gerät, das jedoch eine Redial-Taste hatte. Potthast drückte sie. Nach dem dritten Signalton meldete sich die Zentrale der Paderborner Polizei.

Potthast legte auf. Wäre ja auch zu schön gewesen, wenn jetzt der Mörder am Telefon gewesen wäre, dachte er. Dann öffnete er die nächste Tür und befand sich im Schlafzimmer. Hier stand ein Ehebett. Jedoch nur auf einem der beiden Betten lagen fein säuberlich glatt gestrichene Kissen. Auf einer Spiegelkommode lag ein Kamm und in einer Glasschale einige Nägel, ein paar Groschen, ein Feuerzeug und eine angebrochene Packung Aspirin.

Potthast öffnete die Türen eines riesigen Kleiderschrankes. Er fand fünf Anzüge, einige Hosen, Mäntel, Jacken, Unterwäsche und große Mengen Handtücher und Bettwäsche. Alles fein säuberlich aufgestapelt. Der Polizist suchte nicht weiter in dem Schrank. Den würde sich der Spurensicherer Franz Gockeln noch in aller Gründlichkeit vornehmen. Nach einer halben Stunde hatte er sich die Wohnung angesehen. Bis auf die Zahlen auf der Fernsehzeitung hatte er nichts Auffälliges gefunden. Den Schreibtisch und das kleine Arbeitszimmer wollte sich Potthast noch einmal gesondert ansehen.

Der Polizist dachte bei sich, dass es sich auch um die Wohnung seines Vaters handeln könne, der mittlerweile ebenfalls Witwer war und der auch versuchte, seine Wohnung allein in Ordnung zu halten. Lediglich einmal in der Woche kam für vier Stunden eine Putzfrau.

Richtig, dachte Potthast, nach einer solchen muss ich mich bei seinem Bruder erkundigen. Der Hauptkommissar verließ die Wohnung, verschloss sie sorgfältig und klebte wieder ein Siegel auf die Tür. Er stieg ins Auto und griff nach seinem Handy.

„Brüderkrankenhaus Paderborn! Guten Tag! Sie sprechen mit Frau Stamm. Was kann ich für Sie tun?“, meldete sich eine säuselnde Frauenstimme, ohne dabei außer Atem zu kommen. Potthast stellte sich vor und verlangte nach dem behandelnden Arzt des eingelieferten Herrn Kötterhagen. Die Stimme sagte:

„Moment bitte, ich funke den Herrn Doktor an.“

Dann stellte sie den Polizisten in eine Warteschleife.

Potthast wollte gerade auflegen, als sich der Arzt mit: „Doktor Mallinkrott“, meldete.

Der Polizist stellte sich vor und kam dann gleich zur Sache.

9

Nach Beendigung des Telefongespräches dachte er darüber nach, wie es jetzt weitergehen könnte. Alles in allem war der Fall recht unbefriedigend. Ein älterer Mann war umgebracht worden. Es handelte sich um einen unbescholtenen Bürger, der, so wie er es zum jetzigen Zeitpunkt beurteilen konnte, nicht auffällig geworden war. Es sah auch nirgends ein Motiv für einen Mord. Den Polizisten beschlich das Gefühl, dass er am Anfang langwieriger komplizierter Ermittlungen stand. Wieder wurde ihm deutlich, dass er ohne Verstärkung nicht einen Schritt weiter kommen würde.

Potthast lenkte seinen Audi auf die Bahnhofstraße, ließ das Arbeitsamt rechts liegen und bog hundert Meter weiter rechts in die Rathenaustraße ein. Eine Minute später stand er an der Kreuzung Rathenaustraße / Riemekestraße. Er sah links auf das weiße Eckhaus und erinnerte sich daran, dass seiner Meinung nach in der Garage dieses Gebäudes einst die besten Brat- und Currywürste Paderborns verkauft wurden. Potthast wunderte sich über seine Gedankensprünge. Wie kam er von einem wahrscheinlich schwierigen Fall zur besten Currywurst Paderborns?

Hinter ihm erklang das wütende Hupen des nachfolgenden Autos. Der Polizist war so in seine Gedanken vertieft gewesen, dass er nicht mehr auf die Verkehrszeichen geachtet hatte. Er legte den Gang ein und versuchte anzufahren. Doch der Audi ruckelte nur kurz und würgte dann ab. Als Potthast den Motor wieder gestartet hatte, sprang die Ampel wieder auf rot. Das Hupen hinter ihm wurde aggressiver. Jetzt wurde es ihm zu bunt. Er zog die Handbremse an, stieg aus dem Auto, ging zu dem Fahrer des nachfolgenden Wagens, der sich als rothaarige Frau herausstellte, hielt ihr den Polizeiausweis unter die Nase und sagte: „Folgen Sie mir bitte! Alles andere klären wir auf dem Parkplatz der Kreispolizeibehörde.“ Dann drehte er sich um und ging zurück zu seinem Auto. Er meinte noch das Wort „Bullenarsch“ vernommen zu haben, als die Scheibe der Fahrertür wieder hochkurbelt wurde. Aber sicher war er sich nicht. War ihm auch letztlich egal. Er wartete wieder auf grün, legte den Gang ein und fuhr erst rechts in die Riemekestraße ein und gleich wieder links auf den Hof der Paderborner Polizeibehörde.

Hier stieg er aus, wartete auf die Frau und forderte sie auf mitzukommen. Er ging mit ihr in die Telefonzentrale und sagte zu einem der Polizisten: „Wachtmeister Kröger, kümmern Sie sich mal um die Dame! Sie möchte ein Bußgeld wegen Lärmbelästigung zahlen. Von Nötigung wollen wir mal absehen.“

Dann überließ er die Frau dem Kollegen.

Potthast hörte noch, wie dieser sich als Wachtmeister Karl Kröger vorstellte und die Worte: „Was haben Sie denn mit dem gemacht, der ist doch sonst nicht so?“ Dann schloss er die Tür hinter sich.

Auf dem Weg zu seinem Büro lief ihm sein Chef über den Weg.

„Ach, da bist du ja Willi. Ich habe eine gute und eine schlechte Nachricht. Welche willst du zuerst hören?“

„Mach’s nicht so spannend! Die gute natürlich.“

„Morgen kommt der neue Kollege. Er war zwar nicht begeistert, aber er hat sich wohl gedacht, wenn er sich jetzt krumm legt, ist der Einstieg in Paderborn versaut. Der einzige Nachteil an der Sache ist, dass er noch nicht in seine Wohnung kommt. Bis zum zweiten Januar kommt er mit dem Zug. Das heißt, er steht nur von cirka acht Uhr bis um fünf zur Verfügung.“

„Besser als gar nichts“, grummelte Potthast. „Wenn’s mal später wird, findet sich auch bei uns ein Plätzchen zum Schlafen. Und? Was gibt es noch?“

Gockeln sah auf die Uhr. „In zehn Minuten ist eine Pressekonferenz zu dem Mordfall. Es ließ sich nicht vermeiden. Der Landrat wollte es so!“

„Ach du Scheiße! Was sollen wir den Zeitungsleuten denn erzählen? Wir wissen doch noch gar nichts.“

„Erzähl ihnen das!“

„Wieso ich?“

„Bearbeitest du den Fall oder ich?“

Potthast schnaufte „Wer dich zum Freund hat, braucht keine Feinde. Bist du wenigstens dabei?“

„Keine Zeit, muss zum Landrat.“

„Kameradenschwein! Na, dann hole ich mal meine Unterlagen.“ Potthast setzte seinen Weg fort. Wenigstens konnte er nun seiner Frau Mechthild erzählen, dass er ab morgen einen neuen Mitarbeiter hatte. Vielleicht stimmte sie das ja ein bisschen versöhnlich. Das Mountainbike für seinen Sohn hatte er auch im Auto. Was wollte sie mehr? Mit ein bisschen Glück würde es vielleicht sogar noch ein netter Abend. Er öffnete die Tür zu seinem Büro, griff sich die Hängeregistratur mit den Aufzeichnungen und stand zwei Minuten später in dem Besprechungszimmer, in dem immer die Pressegespräche abgehalten wurden. Im Raum saßen fünf Männer und zwei Frauen, anscheinend war von den örtlichen Zeitungen jemand geschickt worden, aber auch einige Presseleute überregionaler Zeitungen und ein Fernsehteam hatten sich eingefunden. Eine junge Frau, die ein Mikrofon mit der Aufschrift *Radio Hochstift* in der Hand hielt, betrat in diesem Moment den Raum. Potthast setzte sich an den für ihn vorgesehenen Tisch, begrüßte die Anwesenden und stellte sich vor. Dann kam er gleich zur Sache. „Gestern in den frühen Abendstunden ist in Elsen ein älterer Herr mit ziemlicher Sicherheit ermordet …"

Die Besprechungszimmertür öffnete sich erneut. Die Potthast mittlerweile bekannte rothaarige Frau betrat ohne anzuklopfen das Zimmer. Von ihr ging eine gehörige Portion Selbstsicherheit aus.

„Es tut mir leid, dass ich zu spät komme", sagte sie mit einem süffisanten Grinsen in Richtung Potthast. „Ich wurde aufgehalten."

Nicht nur ein beschissener Fall, dachte Potthast, auch noch schlechte Presse. Dann fuhr er in seinen Ausführungen fort.

10

Punkt achtzehn Uhr stand Schulte mit Braunerts *BMW Z3* vor Maren Kösters Wohnung und hupte. Die leeren Coladosen, die bis vor fünf Minuten noch im Fußraum der Beifahrerseite schepperten, hatte er noch kurz in einen Mülleimer an der Tankstelle entsorgt.

Da anscheinend nur die stets wachsame Nachbarin von Schultes Hupkonzert zu beeindrucken war, er von Maren Köster aber nichts zu sehen und zu hören bekam, quälte sich der Polizist dann doch aus dem Sportflitzer und stieg die Treppe zur Haustür empor. Kaum hatte er die letzte Stufe erklommen, öffnete sich die und Maren stand vor ihm.

„Sag mal, bist du von allen guten Geistern verlassen? Du kannst doch hier nicht so einen Lärm machen!"

„Wieso, du ziehst doch aus?"

„Wie kommst du denn auf die Idee?"

„Na, du hast doch geerbt! Außerdem hupst du bei mir vor dem Haus doch auch immer!"

„Ich bitte dich, du wohnst am Ende der Welt. Der einzige, der sich da gestört fühlen könnte, ist Anton Fritzmeier. Außerdem möchte ich deinem Hund Monster nicht begegnen. Der springt doch jeden an, vor allem wenn er vorher in irgend einem Schlammloch gelegen hat. Und was das Ausziehen betrifft, wer weiß, was das Haus für eine Bruchbude ist."

„Anton Fritzmeier ist sensibel. Wahrscheinlich tausend mal mehr als deine überdrehte Nachbarin. Mein Hund ist die Sauberkeit in Person und deine Bruchbude, die werden wir uns jetzt mal ansehen", konterte Schulte.

Während ihrer kurzen Auseinandersetzung waren sie zurück zum Auto gegangen. Schulte öffnete Maren Köster die Autotür. Die Polizistin war durch dieses unerwartete Höflichkeitsritual so beeindruckt, dass sie die nächste spitze Bemerkung herunter schluckte und sich schweigend auf dem Beifahrersitz niederließ. Irgendwer muss guten Einfluss auf Schulte ausgeübt haben, dachte sie und wurde misstrauisch.

Schulte parkte den Wagen auf dem Parkplatz nahe der Alten Abtei in Lemgo, in der heute die VHS untergebracht ist. Hier trafen sie Lohmann, der schon auf sie wartete. Gemeinsam gingen die drei die Breite Straße hinunter und bogen links ins Rampendal ab. Von hier noch einmal rechts und dann nach links. Maren Köster überprüfte die Hausnummern.

„Sieben, dies muss es sein."

Sie standen vor einem wirklichen Kleinod aus dem vergangenen Jahrhundert. Maren Köster holte einen Schlüsselbund hervor, sie öffnete die Haustür. Die Polizisten betraten einen sandsteingefliesten Flur. Dieser war durch eine Glastür im Abstand von zwei Metern von der Eingangstür noch einmal geteilt, um so den Effekt eines Windfangs zu erzielen. Von der eigentlichen Diele gingen vier Türen ab. Eine alte Eichentreppe führte in den ersten Stock. An den Wänden hingen einige Stiche, die Lemgo im neunzehnten Jahrhundert darstellten. Auf dem Boden lagen zwei Seiden-Isfahane.

Lohmann pfiff durch die Zähne. Um diese Teppiche zu erstehen, muss ein einzelner Polizist schon den einen oder anderen Monat arbeiten, dachte er.

„Mensch Mädchen, ich glaube, jetzt bist du ne gute Partie", sagte er laut.

Maren Köster knuffte mit ihrem Ellenbogen gegen seinen umfangreichen Bauch und sagte:

„War ich schon immer, weiß anscheinend nur keiner. Jetzt ist zu meinen inneren Werten nur noch ein bisschen Geld dazu gekommen."

Im Verlauf der nächsten Stunde inspizierten die drei Polizisten das Haus, als handele es sich um einen Polizeieinsatz. Mit großer Gewissenhaftigkeit wurde jedes Zimmer unter die Lupe genommen. Dann hatten sie einen Überblick. Maren Köster hatte von einer wohlhabenden alten Tante ein geschmackvoll und mit wertvollen Möbeln eingerichtetes altes Haus geerbt. Über eine verglaste renovierungsbedürftige Veranda bestand die Möglichkeit, in einen unerwartet großen Garten zu gelangen, der mit einer Bruchsteinmauer eingefriedet war. Draußen hatte jedoch der lippische Landregen wieder eingesetzt. So schenkten sie sich die Besichtigung des Außenbereiches.

Gut gelaunt machten sich die Kollegen also auf den Weg zu dem ein paar Straßen weiter gelegenen italienischen Restaurant.

Maren Köster konnte sich nicht erinnern, wann es ihr das letzte Mal so gut ging. „Heute seid ihr meine Gäste“, schwadronierte sie, „ihr könnt essen und trinken soviel ihr wollt und danach lasse ich euch alle mit einem Taxi nach Hause fahren. Auch das geht auf meine Rechnung!“

„Maren, du als echte Lipperin so freigiebig?“, foppte Schulte sie, „pass bloß auf, dass du nicht noch wegen Verschwendungssucht des Landes verwiesen wirst.“

„Ich rede kein Wort darüber“, schaltete sich Lohmann, ebenfalls echter Lipper, in das Gespräch ein. Schließlich bestand die Möglichkeit etwas für umsonst zu bekommen. „Sie kann ruhig alles bezahlen, das bleibt unter uns“, lachte er.

Maren Köster hakte sich bei ihren Kollegen unter und so zogen sie durch das verregnete Lemgo in Richtung Gaststätte.

„Ist das ein schöner Ort“, bemerkte Maren Köster. „Ich habe mal von irgend jemandem gehört, der Lemgo als Zuckerbäckerstadt bezeichnete. Treffender hätte ich es auch nicht sagen können“, meinte sie versonnen.

„Jetzt besitzt sie gerade mal ein paar Stunden ein Haus in Lemgo und schon wird sie abtrünnig. Das Apenberg-Syndrom wirkt schneller, als ich dachte“, bemerkte Schulte und machte ein ernstes Gesicht. Für diese Bemerkung rammte ihm Maren Köster ihren Ellenbogen mit ziemlicher Kraft in die Seite. Trotzdem griente Schulte übers ganze Gesicht.

„Wieso können sich Lemgoer und Detmolder eigentlich nicht aufs Fell gucken?“ fragte die junge Frau.

„Es gibt sicher viele Gründe,“ dozierte Lohmann, „aber ich glaube, dass hängt damit zusammen, dass die reichen Bürger der alten Hansestadt sich Detmold, das irgendwann auch für sie Residenzstadt wurde, nicht unterordnen wollten. Dann, nach der letzten Gebietsreform, wurde der Kreis Lemgo zu Detmold geschlagen. All diese Dinge vergisst man nicht. Da gibt es dann immer wieder Nickeligkeiten, welche die alten Wunden offen halten!"

„Das ist doch Kinderkram!" schaltete sich Maren ein. „Da stehen wir doch drüber."

Am Vesuvio angekommen, setzte sich das Glück von Maren Köster weiter fort. An sich war es so kurz vor Weihnachten fast nicht möglich, in diesem Lokal ohne Voranmeldung einen Platz zu bekommen. Doch gerade, als sie das Lokal betraten, wurde ein Tisch für vier Personen frei, den sie sogleich in Beschlag nahmen.

Kurze Zeit später stand die erste Flasche Rotwein auf dem Tisch und das Essen ließ nicht lange auf sich warten. Die drei Polizisten ließen es sich gut gehen.

„Kochen können sie ja, die Italiener", schwärmte Lohmann gerade, als sich sein Handy meldete.

„Was, es ist so weit? Ihr seid auf dem Weg zum Krankenhaus? Hier nach Lemgo? Ich stehe in der Engelbert-Kämpfer-Straße vor der TBV-Geschäftsstelle. Ja, ich gehe gleich los!" Lohmann drückte das Gespräch weg und sprang auf.

„Maren, tut mir leid, ich muss los, unsere Rebecca bekommt ihr Baby. Meine Frau lädt mich gleich ein und dann geht es ab zum Krankenhaus." Lohmann stürmte Richtung Garderobe ohne die Erwiderung von Köster und Schulte abzuwarten. Die beiden Polizisten sahen dem Kollegen mit offenem Mund nach. Dann brach Schulte das Schweigen:

„Na, das wurde aber auch Zeit. Ich hatte schon Angst, die Scheinschwangerschaft von Lohmann ginge nie zu Ende."

Er grinste versonnen und meinte:

„Wie wäre es mit einem kleinen Grappa?"

„Na gut, einen, aber dann bestellen wir ein Taxi. Ich bin schon ganz beschwippst. Außerdem habe ich morgen Dienst."

„Wieso Taxi, wir können doch im Haus deiner Tante schlafen!"

„Nä!! Das hättest du wohl gerne, ich mit dir alleine bei meiner Tante im Bett."

„Wieso?" meinte Schulte unschuldig, „wir nehmen noch ein Fläschchen Wein mit, schmeißen den Kamin an und machen es uns so richtig gemütlich."

Maren Köster schaute auf die Uhr.

„Klar, und in einer Stunde erscheint uns der Geist von Tante Fine. Nix! Wir trinken noch den Grappa und dann geht's ab nach Detmold. Ich habe morgen noch was vor."

„Wieso Maren, das läuft doch nicht weg. Und außerdem, wann haben wir beide schon mal die Möglichkeit gemeinsam vor einem Kaminfeuer ..."

Die Polizistin fiel Schulte ins Wort:

„Eben und deshalb ordere ich jetzt das Taxi! Salute!"

Maren Köster prostete ihrem Kollegen zu.

„Maren, jetzt sei doch nicht so spießig. Was du schon wieder denkst, lass uns doch ein bisschen Spaß haben! Du erbst doch nicht jeden Tag." versuchte es Schulte erneut. Doch das einzige, was er zu hören bekam, war ein deutliches: „Nein". „Dann wenigstens noch zwei Grappa!", versuchte es Schulte erneut.

Maren Köster winkte dem Kellner, bestellte, wie von Schulte gewünscht, für jeden einen Trester, verlangte die Rechnung und bat darum, ein Taxi zu bestellen.

„Maren, ... "

„Du wolltest doch noch zwei Grappa", tat Maren Köster ahnungslos.

Schulte gab es auf. So saßen sie zwanzig Minuten später im Taxi nach Detmold. Gerade dachte Maren darüber nach, ob sie sich auf den Spaß, den Schulte ihr vorgeschlagen hatte, nicht doch hätte einlassen sollen und wollte ihn gerade noch zu einem Kaffee zu sich einladen, als Schulte dem Taxifahrer bestimmt sagte: „Nach Heidental bitte!"

Maren Köster wachte mit einem Brummschädel auf. Den letzten Schnaps hätte sie nicht mehr trinken sollen oder noch drei. Was wäre besser gewesen? Wenn sie sich drei weitere Gläser dieses edlen Tropfens gegönnt und Schulte heute Morgen im Bett ihrer Erbtante neben ihr gelegen hätte? Um Himmelswillen! Die Kopfschmerzen wären dann nebensächlich gewesen. Jetzt profitierte zwar die Firma Bayer von ihrem Lebenswandel, aber dafür hatte sie sich mit Sicherheit das ein oder andere Problem erspart.

Sie schloss wieder die Augen. Scheißleben!, dachte sie. Doch dann erinnerte sie sich an ihr neues Haus. Mochte auch der Alltag wieder nach ihr greifen, in der nächsten Zeit gab es jede Menge Ablenkung. Nach Lemgo ziehen oder nicht? Das Haus vermieten? Nee, ihr war jetzt schon klar, sie würde es sich zukünftig in der alten Hansestadt gut gehen lassen. Lemgoerin hin oder her!

Sie öffnete die Augen wieder, stemmte sich hoch und schwang sich aus dem Bett, ging ins Bad, löste zwei Aspirin mit Vitamin C in ihrem Zahnputzbecher und verschwand in der Dusche.

Eine Stunde später betrat sie das Büro. Es war kälter geworden. Sollte es zu Weihnachten noch schneien? Sie sah sich um. Irgendetwas stimmte heute Morgen nicht. Sie überlegte. Richtig! Lohmann war noch nicht da. Sie schmunzelte in sich hinein. Wahrscheinlich hatte er sich noch Einen auf das Opadasein gegönnt. In diesem Moment riss sie das Telefon aus ihren Gedanken. Sie griff zum Hörer.

„Köster, Kripo Detmold."

„Maren, ich bin es, Bernhard."

Lohmann hörte sich herzerweichend an.

„Was ist los? Ist was schief gelaufen?"

„Doch, doch, ist alles gut gelaufen, die in Lemgo im Krankenhaus sind schon ok. Wenn du also mal schwanger bist, kannst du da ruhigen Gewissens hingehen. Alles total nette Ärztinnen. Unser Ronaldo war schneller auf der Welt als wir gucken konnten. Als ich die Station 41 betrat, kam mir unser Schwiegersohn schon entgegen gestürzt und jubelte. Mutter und Kind wohlauf, rief er mir freudestrahlend entgegen."

„Ja und dann habt ihr dem frisch gebackenen Vater erst mal gezeigt, wie die Lipper so einen Stammhalter richtig pinkeln lassen, oder?"

„Maren, hör auf, hätten wir ja gerne, aber was macht der Verrückte, der nimmt mich und wirbelt mich vor Freude durch die Gegend. Gott sei Dank ist es kein Bandscheibenvorfall, sondern nur eine Zerrung. Die haben mich gleich eine Station weiter gebracht und durch die Röhre geschoben. Bis Weihnachten falle ich mindestens aus. Gut, dass im Moment sowieso tote Hose ist. Na jedenfalls braucht ihr in den nächsten Tagen nicht mit mir zu rechnen."

„Na, Bernhard, dann schon dich mal, wir werden das Kind schon schaukeln", beschloss Maren Köster das Gespräch. Sie legte den Hörer auf und suchte nach der Kaffeedose. Doch wieder war das Schallsignal des Telefons zu vernehmen.

Erneut meldete sie sich mit: „Köster, Kripo Detmold!"

„Giovanni Panini hier! Frau Commissario, sind Sie es?"

„Ja hier ist Maren Köster, wir hatten gestern das Vergnügen. Was ist? Hat man Ihnen schon wieder die Scheibe eingeworfen?"

„Nein, aber man hat mich gestern angerufen. Es war wieder eine Kinderstimme. Vielleicht sogar ein Mädchen."

„Und, was wollte dieses Kind von Ihnen?"

„Diesmal wollte es achthundert Mark. Es fragte nach meiner Handy-Nummer. Nachdem ich sie ihm gegeben hatte, legte es auf. Kurze Zeit später rief mich das Bambino wieder an. Es sagte, ich sollte das Geld nehmen und Richtung Stadtmitte gehen. Dann dirigierte es mich in die Bachstraße. Ich musste rechts in die Emilienstraße abbiegen und wieder rechts in die Moltkestraße. Hier standen vor jedem

Haus Mülltonnen. Ich sollte das Geld unter die dritte Tonne legen. Dies tat ich. Dann sollte ich weitergehen in die Drakestraße. Ich wollte testen, ob ich beobachte wurde, also bog ich einfach nach rechts in die Hermannstraße ab. Doch ich war keine zwei Meter gegangen, da schrie das Kind in sein Handy: In die Drakestraße du Arschloch! Frau Commissario, stellen Sie sich das vor, das ist schlimmer als in Sizilien! Die Kinder-Camorra hat mich in ihren Klauen."

Maren Köster sah geradezu vor sich, wie ihr Gesprächspartner auf der anderen Seite der Leitung sein rot kariertes Taschentuch herauszog und sich über die Stirn wischte.

„Wieso haben Sie uns nicht sofort angerufen?", entgegnete sie ärgerlich.

„Es ging alles so schnell, ich konnte kaum denken."

Das ist sowieso nicht deine Stärke, dachte die Kommissarin. Zu dem Mann sagte sie: „Ich erwarte Sie um elf Uhr in der Kreispolizeibehörde zu einer Aussage!"

„Das geht nicht, wer kümmert sich um meine Pizzeria? Außerdem darf ich keine Polizei einschalten. Die schmeißen mir wieder die Scheiben ein!"

„Elf Uhr, zweiter Stock, Zimmer achtundzwanzig, klar!" Maren Köster knallte den Hörer hin und blies sich wütend eine Haarsträhne aus dem Gesicht. Dann suchte sie erneut nach der Kaffeedose.

11

An diesem Vormittag suchte Hauptkommissar Josef Schulte die Telefonnummer der Polizei in Hasselt heraus. Er war in seiner Jugend häufig in Holland gewesen, hatte sich da vor allem im Amsterdamer Vondelpark herumgetrieben und sprach ein paar Brocken Niederländisch. Da Hasselt im flämischen Sprachgebiet von Belgien lag, verstand man ihn einigermaßen, als er sich vorstellte und darum bat, mit einem Kollegen verbunden zu werden.

Der Kollege war ein Kommissar Frans Koster und entpuppte sich als jovialer und hilfsbereiter Mensch.

„Wie heißt dieser Mann? Marco Rauscher? Und er ist seit dem sechzehnten Dezember vermisst? Hast du eine Beschreibung von ihm?“

Das lockere „Du“ irritierte Schulte erst, gefiel ihm aber dann als Basis für ein Gespräch unter Kollegen ganz gut. Er teilte Koster alles mit, was er wusste. Viel war es ja nicht. Nach kurzem Überlegen kam dann von Koster die Antwort:

„Also, eine Leiche haben wir in der letzten Zeit nicht gefunden. Wir haben auch keinen Mann aufgegriffen, der verwirrt war und nicht mehr wusste, wer er ist und wo er ist. Das würde bedeuten, dass euer Mann, wenn er dennoch in Hasselt ist, sich hier freiwillig aufhält und dass es ihm wahrscheinlich gut geht. Wir haben hier schöne Frauen, vielleicht hat er ...“

„Nein!“ Schulte erklärte ihm die Einschätzung von Rodehutskors. Koster gab sich damit aber nicht zufrieden.

„Na, na. Ob ein Arbeitskollege da so genau Bescheid weiß? Das kann ich mir nicht vorstellen. Auf jeden Fall gibt es noch lange keinen Grund, sich große Sorgen zu machen. Ihr Deutschen seid immer so ängstlich. Aber immerhin rufst du aus Detmold an. Aus unserer Partnerstadt. Das ist schon was Besonderes und deshalb verspreche ich dir auch, dass ich mal in unseren Hotels nachfragen werde. In welchem Hotel haben denn die Fans aus deiner Gegend gewohnt? Hotel Iris? Wenn du mir ein Bild von dem Mann schickst, per Fax oder Mail, dann könnte ich auch in unseren Bordellen, ja, so was haben wir hier auch, mal nachfragen. Vielleicht kennt ihn da eine. Aber mach dir keine großen Hoffnungen. Ich denke, der Mann ist längst ganz woanders. In Brüssel vielleicht, oder Antwerpen. Vielleicht solltest du EUROPOL einschalten.“

Schulte bedankte sich und versprach, sofort ein Bild von Rauscher per E-Mail zu schicken. Dabei fiel ihm auf, dass er erst mal so ein Bild auftreiben musste. Er rief Rodehutskors an, der ihm zusicherte, sofort einen Volontär mit einem brauchbaren Bild vorbeizuschicken.

Dann suchte er sich die Telefonnummer des Handball-Bundesligisten TBV Lemgo heraus. Die Geschäftsstelle des TBV war trotz des Wochenendes besetzt, da an diesem Samstag ein Spiel gegen GWD Minden angesetzt war, und da gab es allerlei vorzubereiten. Eine freundliche junge Damenstimme teilte ihm mit, dass in der Regel die Fan-Busse von den Fanclubs eigenständig organisiert werden und er solle doch mal beim Fanclub *Lemgoer Drachen* anrufen.

Gesagt, getan. Der Vorsitzende des Fanclubs bestätigte ihm, dass der Bus zu dem Champions-League-Spiel von diesem Fanclub gechartert worden war. So was wie eine Teilnehmerliste würde aber nicht geführt. Wozu denn auch?

„Warum interessiert sich überhaupt die Polizei dafür?" wollte der Mann, nicht völlig unberechtigt, wissen. „Haben wir irgendwas falsch gemacht?"

„Nein! Machen Sie sich keine Sorgen. Aber in dem Bus ist auf dem Hinweg ein Passagier mitgefahren, der seitdem vermisst wird. Vielleicht wissen Sie ja etwas über diesen Mann."

Der Vorsitzende dachte nach.

„Stimmt! Als wir am Morgen nach dem Spiel wieder nach Hause fahren wollten, fehlte ein Fahrgast. Der gehörte nicht zu unserem Fanclub. Einige kannten ihn vom Sehen, aber keiner hatte je mit ihm gesprochen. Wir haben angemessen lange gewartet und sind dann ohne ihn gefahren. Was hätten wir machen sollen?"

„Nichts! Ich wäre auch losgefahren. Aber darum geht es mir nicht. Sagen Sie mal, besteht die Möglichkeit, dass Sie mir etwas bei der Suche helfen?"

„Und wie?"

„Es wäre sehr hilfreich, wenn Sie einmal bei Ihren Clubmitgliedern nachfragen, ob irgend jemand etwas zu diesem Mann sagen kann. Hat ihn einer nach dem Spiel noch gesehen? Vielleicht sogar mit ihm geredet? Wenn ich recht informiert bin, ist doch heute Abend ein Heimspiel. Da sehen sie sich doch alle, oder?“

Der Vorsitzende sagte ohne große Begeisterung seine Hilfe zu und versprach, spätestens am Montag bei der Detmolder Kripo anzurufen, um die Ergebnisse seiner Bemühungen mitzuteilen.

Schulte wollte gerade wieder auflegen, da sagte der Fanclubvorsitzende: „Wie wäre es, wenn Sie heute mit nach Minden fahren? Gerade ist nämlich jemand abgesprungen. Es ist also noch ein Platz frei. Bei diesen OWL-Derbys ist immer schwer was los. Im übrigen können Sie dann gleich selber mit dem Einen oder Anderen, der mit in Hasselt war, sprechen. Ich mache einfach eine Lautsprecherdurchsage und bitte die Leute, sich an Sie zu wenden. Ganz nebenbei sehen Sie auch noch ein tolles Handballspiel.“

Da Schulte nichts Besonderes an diesem Abend vorhatte, entschloss er sich, das Angebot anzunehmen. Der Fanclubvorsitzende sagte, wo er in den Bus einsteigen solle. Danach verabschiedete sich der Polizist.

Schulte war pünktlich an der Bushaltestelle. Es waren schon über zwanzig Personen an der Haltestelle. Es wurde gefachsimpelt, gelacht und schon mal das eine oder andere Bier getrunken.

Schulte hatte im letzten Jahr einen Schal von seinen Töchtern zum Geburtstag bekommen.

Natürlich selbst gestrickt, wie sie behaupteten. Blau-Weiß.

„Kannst du nehmen, wenn du zu Arminia gehst“, hatte die eine gesagt.

„Kannst du aber auch benutzen, wenn du mal Handball guckst“, sagte die andere.

Schulte war seit Jahren begeisterter Arminia Bielefeld-Fan. Von Handball hatte er wenig Ahnung. Als er sein erstes Handballspiel in der Lipperlandhalle sah, hatte er manchmal zwar nicht gewusst, warum die Schiedsrichter dieses und jenes abpfiffen. Von der Stimmung in der Halle, vom Tempo des Spiels und von der technischen Brillanz war er jedoch so begeistert, dass er sich nun öfter mal ein Handballspiel gönnte.

Auch heute Abend hatte Schulte seinen blau-weißen Schal umgebunden. So wurde er gleich als Fan eingebürgert und bekam kurze Zeit später die erste Flasche Bier in die Hand gedrückt.

Später im Bus wurde der Kommissar vorgestellt und sein Anliegen bekannt gegeben. Gleich meldeten sich Leute, die Rauscher kannten. Gut kam der Mann jedoch bei keinem weg und keiner hatte wohl privat mit ihm zu tun. Schulte schrieb sich noch ein paar Adressen und Telefonnummern auf und sagte, falls nötig wolle er sich wieder melden. Dann war man auch schon an der Kampahalle angekommen.

In der Halle herrschte eine gute Stimmung. Die Mindener Fans waren sich sicher, die Punkte an der Weser behalten zu können. Doch es kam anders. Die Mindener Mannschaft verschlief geradezu die erste Halbzeit. Die Lemgoer ließen jedoch nichts anbrennen und nutzten die Schwächen der Weserstädter konsequent aus. Der Neuzugang Christian Schwarzer zauberte gemeinsam mit Daniel Stephan und so warfen diese beiden Spieler schon allein dreizehn Tore. Den Rest erledigten Baur, Ganschow, Zerbe und der wieder zurückgekehrte Schweizer Baumgartner. So stand es denn auch am Ende zwanzig zu siebenundzwanzig für die Lipper. Entsprechend feucht-fröhlich war die Rückfahrt in die Hansestadt.

12

Mechthild Potthast schenkte ihrem Mann eine weitere Tasse Kaffee ein. Sie hatte schlechte Laune und ließ es ihren Gatten spüren. „Musst du unbedingt den Samstag vor Weihnachten zum Dienst“, fragte sie quengelig. Potthast war kurz davor wütend zu werden, doch er versuchte es noch einmal mit Reden.

„Tildchen“, sagte er zärtlich, „nun sei mal nicht so nöckelich. Es lässt sich nicht vermeiden, wir haben nun mal einen Mord am Hacken. Im Übrigen mache ich doch alles was du möchtest. Hauptsache, du bist glücklich.“ Vielleicht ein bisschen zu dick aufgetragen, dachte er, gleich nachdem er den Satz beendet hatte. Fuhr dann aber fort: „Sieh mal, ich habe dem Alten Druck gemacht, dass er so schnell wie möglich für Verstärkung sorgt. Der neue Kollege kommt übrigens schon heute. Ich habe das Fahrrad für unseren Kurzen abgeholt. Ich lese keine Zeitung beim Frühstück, obwohl wahrscheinlich ein Artikel drin steht, der mich brennend interessiert. Ich ...“

„Das wäre ja wohl auch das Letzte, wenn du jetzt auch noch Zeitung lesen würdest!“, fiel Mechthild ihrem Mann mürrisch ins Wort. Sie war im Begriff, weiter schlechte Laune zu verbreiten, doch ihr Mann kam ihr zuvor. Er nahm einen großen Schluck aus seinem Kaffeebecher, setzte diesen dann etwas kräftiger als nötig auf die Tischplatte zurück, stand auf und ging zur Tür.

„Wo willst du denn jetzt schon wieder hin?“, fragte seine Frau ungnädig. Die Tonlage verriet, dass sich ihre Laune wieder ein paar Grade verschlechtert hatte.

„Ins Büro!“, kam die Antwort, „Dort trinke ich in Ruhe meinen Kaffee und lese meine Zeitung. Sollte da jedoch auch nur ansatzweise irgend jemand auf die Idee kommen, an diesem Ort der Ruhe rumzunörgeln oder sonst wie versuchen, mir den Tag zu verderben, dann werde ich ihn achtkantig rausschmeißen.“

Potthast zog die Tür hinter sich zu. Fünf Sekunden später steckte er dann noch einmal den Kopf in die Küche und sagte: „Ach, übrigens, wenn die Stimmung in diesem Hause heute Abend ähnlich schlecht ist wie jetzt, gehe ich in die Kneipe.“

Die Küchentür schloss sich wieder. Ein Kleiderbügel klapperte an der Flurgarderobe. Kurze Zeit später wurde die Haustür ins Schloss gezogen.

Mechthild war sprachlos. So hatte sie ihren Willi selten erlebt. Meist ließ er ihre schlechte Laune, wenn sie denn mal welche hatte, ohne große Regungen über sich ergehen. Sie fing an, sich über sich zu ärgern. Im Moment ging es ihr aber auch wirklich nicht sehr gut. Diese kurzen Tage und das Schmuddelwetter schlugen ihr wie jeden Winter aufs Gemüt. Dann brauchte sie jemanden, der sie in den Arm nahm. Sie gebärdete sich in solchen Situationen jedoch immer so kratzbürstig, dass ihre Mitmenschen sie nicht mal mit der Kneifzange anfassen wollten. Solche Stimmungen waren ein Teufelskreis. Jetzt hatte sie ihren Willi verärgert. Mechthild wählte die Handy-Nummer ihres Mannes, um sich zu entschuldigen.

Doch auch nach diesem Telefongespräch wurde die Laune von Potthast nicht besser. Er hasste es, wenn ihn Einflüsse von außen daran hinderten, seine Arbeit voll konzentriert zu verrichten. Besonders sensibel reagierte er auf die Stimmungslagen seiner Frau. Es war komisch, wenn es ihr schlecht ging, hatte er keine Chance, sich diesen Einflüssen zu entziehen. Er war auf ein harmonisches Familienleben angewiesen. Die einzige Möglichkeit, sich vor solchen Einflüssen zu schützen, war es, sein Zuhause zu meiden. Doch er wusste, dass diese Fluchten in den Job und die Wewersche Dorfkneipe ihn stehenden Fußes wieder einholten. Denn kaum war er heimgekommen, kam der Vorwurf seiner besseren Hälfte, dass er ja nur noch unterwegs sei. Es war schon ein elend. Er konnte nicht ohne seine Frau, aber manchmal ging es eben auch nur schwer mit ihr. In solchen Momenten beneidete er seinen Kumpel Josef Schulte, der als einsamer Wolf anscheinend ganz glücklich auf seinem lippischen Domizil lebte.

Die Tatsache, dass er vor der Paderborner Polizeibehörde stand, ließ ihn zusammenschrecken. Wie er hierher kam, war ihm völlig unklar. Wie viele Menschen hatte er wohl auf dem Weg von Wewer nach Paderborn überfahren, ohne dass er es bemerkt hatte? Potthast parkte seinen Audi A4 und untersuchte sicherheitshalber noch einmal, ob das Auto irgendwelche Unfallspuren aufwies. Dabei fiel ihm auf, dass sein Wagen doch schon einige Jahre auf dem Buckel hatte. Er erinnerte sich daran, dass das Auto vor einigen Jahren von einer Autoschieberbande gestohlen worden war.

Damals hatte Schulte den Fall gelöst und ihm sein zu dem Zeitpunkt fast neues Auto wieder beschafft.[2] Heute würde wahrscheinlich keiner mehr auf die Idee kommen, seinen Wagen zu klauen.

Der Hauptkommissar öffnete den Kofferraum und entnahm ihm sein Markenzeichen, die speckige Aktentasche. Im Allgemeinen enthielt sie um diese Zeit zwei von Mechthild geschmierte Brote mit einem seiner Lieblingsbrotaufstriche. Heute nicht!

Missmutig stieg der Polizist die Treppen zu seinem Büro hinauf. Scheißtag!, dachte er, öffnete die Tür zu seinem Arbeitsplatz und pfefferte die Tasche ganz gegen seine sonstige Art in die Zimmerecke. In dem Moment meldete sich auch schon sein Telefon. Er griff zum Hörer.

„Willi, schön dass du schon da bist!“, antwortete sein Chef Heiner Schmitz am anderen Ende der Leitung. „Komm doch gleich mal rüber zu mir! Ich sitze hier schon mit unserem zukünftigen Kollegen. Ich würde euch gerne miteinander bekannt machen. Dann kannst du ihn anschließend gleich unter deine Fittiche nehmen.“

„Gibt es Kaffee?“, entgegnete Potthast.

[2] Fürstliches Alibi

„Was ist denn mit dir los?“, kam die Gegenfrage aus dem Hörer.

„Hatte Stress mit Mechthild. Winterdepressionen oder so was.“

„Ach so“, Schmitz schien zu verstehen. „Klar gibt es Kaffee, also komm in die Gänge, sonst wird er noch kalt.“

Willi Potthast sortierte noch schnell die Unterlagen durch, die zum Fall gehörten, dann machte er sich auf den Weg. Die Aussicht auf eine frisch gekochte Tasse von dem braunen Lebenselixier ließ seine Laune wieder auf ein erträgliches Maß steigen.

Bei Schmitz im Zimmer saß ein gutaussehender junger Mann. Trotz der winterlichen Jahreszeit war er braungebrannt. Er trug einen eleganten Anzug und hatte leicht gelockte, fast schwarze Haare.

Die Person erweckte eher den Eindruck eines Models, weniger den eines Polizisten.

Schmitz und sein Besucher erhoben sich, als Potthast das Zimmer betrat. Gegen den Neuen wirkte sein Chef mit seinen ein Meter fünfundachtzig fast klein und zierlich.

Der würde innerhalb von drei Tagen allen Polizistinnen dieser Behörde den Kopf verdreht haben, dachte Willi. Er gab ihm die Hand und stellte sich vor. Schmitz grüßte er mit einem Kopfnicken.

„Heimfried von Grothenburg“, stellte dieser den neuen Polizisten vor.

„Von Grothenburg“, wiederholte Potthast. „Und haben Sie auch ein Schloss?“

„Im Moment nicht mal eine Wohnung.“

Der Mann setzte sich wieder. Mit einem Selbstbewusstsein, als würde er schon Jahre in Paderborn arbeiten und als sei er der Chef der Behörde, sagte er dann zu Potthast: „Ich heiße Heimfried.“

„Willi“, entgegnete Potthast über sich selbst verwundert. Sonst war er nicht so freizügig mit dem Du.

Schmitz schenkte Kaffee ein, dann besprachen sie den Fall und die möglichen Formen der Zusammenarbeit. Als alles gesagt war, sah Potthast auf die Uhr. Es war kurz nach zwölf. Hunger machte sich bei ihm bemerkbar.

Zu von Grothenburg sagte er „Kommst du mit in die Stadt? Ich brauche was zwischen die Zähne."

„Ja, aber ich möchte nichts essen. Ich habe meiner Mutter versprochen, das mit ihr heute Abend zu tun. Wenn ich bei ihr zu Gast bin, lasse ich immer das Mittagessen aus." Er deutete auf seinen nicht vorhandenen Bauch. Der Nachmittag dieses Tages brachte nicht mehr viel. Potthast und von Grothenburg sprachen noch mit der Spurensicherung, Aber auch Franz Gockeln hatte nichts Neues zu berichten. Ein Anruf beim Arzt, ob der Bruder des Toten, Norbert Kötterhagen jetzt vernommen werden könne, wurde abschlägig beschieden. Sie kamen nicht weiter. Daher machte Potthast den Vorschlag, sich noch einmal den Tatort anzusehen. „Danach kannst du dann ja Feierabend machen."

„Dann bin ich ja heute früher zu Hause als geplant", entgegnete von Grothenburg. „Da wird sich Mutter aber freuen."

Was hat der Typ nur immer mit seiner Mutter, dachte Potthast dann überlegte er, dass er sich schon lange nicht mehr bei seinem Kumpel Schulte gemeldet hatte. Er zog das Telefon heran und wählte dessen Nummer.

13

Auf der anderen Seite der Leitung meldete sich Josef Schulte nach dem dritten Signalton.

„Hey Willi! Lange nichts mehr von dir gehört, was gibt es Neues in Haderzorn? Steht der Dom noch?"

„Erwartest du etwas anderes? Alles beim Alten. Was macht der Job?"

„Hier in Detmold ist es im Moment recht ruhig. Sieht so aus, als wollten sich die Ganoven vor Weihnachten nichts mehr zuschulden kommen lassen. Will keiner was mit der Rute haben. Wir haben hier lediglich ein paar Erpressungsversuche von einer Jugendbande. Bearbeitet Maren Köster. Ich selber helfe gerade unserem Zeitungsmann Rodehutskors bei einer Sache. Ein Kollege von ihm ist wohl Handballfan. War letzte Woche mit zu einem Spiel in Hasselt. Ist aber nicht wieder gekommen. Keiner vermisst ihn, aber dennoch soll ich ihn suchen. Vielleicht springt ja noch ein kleiner Urlaub in Belgien dabei rum, und die Heimatzeitung bezahlt. Ich bin mir aber noch nicht im Klaren darüber, wie ich mich entscheiden soll. Und, was machen die Banditen in Paderborn?"

„Hör bloß auf, ich habe hier den totalen Stress. Vorgestern ist in Elsen ein alter Mann tot aufgefunden worden. Er ist aus nächster Nähe erschossen worden. Sieht nach Mord aus, aber ich glaube mehr an Unfall. Dann haben wir keine Leute. Ein Kollege aus Dortmund, der eigentlich erst im Januar kommen sollte, hat heute schon seinen Dienst angetreten …"

„Hat der 'nen Vogel? Das könnte mir nicht passieren!"

„Von Dortmund nach Paderborn gehen oder zehn Tage vor Beginn den Dienst bei einer neuen Behörde antreten?"

„Beides!"

„Glaube ich nicht! Ist ja auch egal. Aber ein komischer Vogel ist das schon. Hat ein Kreuz wie' n Kleiderschrank. Sieht aus wie Adonis und hat, glaube ich, den Rockzipfel seiner Mutter noch nie losgelassen."

„Woher weißt du das?"

„Nur so' n Gefühl!"

„Mal was anderes, Willi. Willste nicht dein Auto verkaufen? Ich brauche unbedingt ein neues. Seit es meinen Granada zerrissen hat, schnorre ich mich bei meinen Kollegen durch. Ich habe aber den Eindruck, dass die das nicht mehr lange mitmachen. Ich brauche unbedingt was Neues."

„Bist du verrückt! Wenn ich Mechthild mit einem neuen Auto komme, setzt sie mir den Stuhl vor die Tür."

„Wieso? Hast du zuhause nichts zu melden?"

„Meistens schon, aber im Moment ist Mechthild so was von genervt! Du würdest sie nicht wiedererkennen. Ich sage dir, die meckert an allem herum. Ich glaube, die kommt in die Wechseljahre oder so was."

„Das klingt ja heftig."

„Ich sage es dir! Aber um noch mal auf ein Auto zurück zu kommen: Der Einzige, den ich zur Zeit kenne, der sein Auto verkaufen will, ist mein Nachbar. Die Sache hat nur einen Haken. Der ist Besitzer eines Bestattungsinstituts und das Auto ist ein alter Leichenwagen, so ein Volvo, ein riesiges Schiff."

„Hört sich Klasse an! Hat der noch TÜV? Was soll der denn kosten?"

„Weiß ich alles nicht, aber das lässt sich regeln. An sich sieht die Karre ja noch gut aus, wenn nur diese Palmenblätter auf den Scheiben nicht wären."

„Was hast du gegen Blumen? Super, den nehme ich! Wann kann ich ihn haben?"

„Moment mal, vielleicht ist der ja auch schon verkauft."

„Das wäre Mist! Mensch Willi, endlich mal ein vernünftiges Auto. Ich bin richtig heiß drauf. Ruf bloß sofort an, damit er mir nicht durch die Lappen geht!" Schulte legte auf.

Fünf Minuten später fiepte sein Telefon wieder. Potthast meldete sich:

„Du kannst das Auto haben. Am zwanzigsten Januar kommt sein neuer Wagen. Durch den TÜV ist der VOLVO gerade gebracht worden und kosten soll er sechstausend Mark."

„Gemacht Willi, das Auto nehme ich. VOLVO fahren wollte ich immer schon mal."

„Jupp, aber eins will ich dir sagen, blamier mich nicht! Wenn mein Nachbar hinter dem Geld herlaufen muss, bekommst du Ärger mit mir. Ich habe in Wewer schließlich einen Ruf zu verlieren."

„Willi, was denkst du von mir? Seit meine Töchter aus dem Gröbsten raus sind, habe ich fast keine Schulden mehr."

„Ich sag' s ja nur. Also Jupp, wir hören voneinander. Allzeit gute Fahrt. Und frohe Weihnachten!"

Damit war das Telefongespräch beendet und Schulte hatte eine Sorge weniger.

14

Pünktlich um elf Uhr an diesem Heiligabend betrat Giovanni Panini das Büro von Maren Köster. Aufgeregt wrang er seine Schlägermütze, als gelte es, Wasser aus ihr heraus zu pressen.

„Frau Commissario ...", sagte er schüchtern.

Maren Köster ging ihm entgegen, begrüßte ihn und wies ihm einen Platz zu. Dann holte sie eine Mappe aus dem unteren Fach einer Hängeregistratur und begann das Verhör.

„Frau Commissario", sagte der Pizzabäcker nach einiger Zeit verzweifelt, „was soll ich Ihnen noch sagen. Ich habe Ihnen ja schon alles erzählt! Alles was ich weiß! Ich musste zahlen! Ich kenne das aus Italia. Jedesmal ein kaputtes Lokal und jedes Mal ein paar Millionen Lire mehr. Glauben Sie mir, es war das Beste. Aber was soll ich der Familie erzählen, wenn sie gesehen haben, dass ich zur Polizei gegangen bin. Mamma Mia, mein neuer Spiegel, ich sehe ihn schon wieder in tausend Stücke zerbrochen auf dem Fußboden liegen."

Signior Panini machte ein verschrecktes Gesicht. Er rollte mit den Augen, als hätte er gerade den Teufel gesehen.

„Sagen Sie einfach, ich hätte diesen Termin schon gestern mit Ihnen abgesprochen. Wären Sie nicht gekommen, wäre dies um so verdächtiger gewesen."

Der Italiener schien beruhigt, fast dankbar. Dann begann Maren Köster mit dem Verhör. Sie ließ ihn seine Aussagen wiederholen. Versuchte ihn in Widersprüche zu verwickeln, aber seine Grundaussagen blieben wie am ersten Tag. Gerade wollte die Polizistin das Gespräch beenden, doch in diesem Moment ertönte der Signalton des Telefons.

Maren Köster meldete sich. Dann hörte sie eine Zeit gespannt zu.

„Wie sagen Sie heißen Sie? Özkan? Es war jemand an Ihrem Döner-Stand und hat Ihnen einen Brief überreicht? Was stand denn drin? Ah so! Heute Abend, fünfhundert Mark in einen Couvert. Wo denn? Zu Hause? Alles andere würde man Ihnen telefonisch mitteilen?"

Die Kommissarin hatte wegen der Sprachschwierigkeiten unbeabsichtigt laut gesprochen.

„Handelt es sich bei dem Überbringer des Briefes um einen Jugendlichen?"

Sie lauschte gespannt der Antwort. Kurze Zeit später zog sie einen Block heran, schrieb die Adresse auf und versprach, am frühen Nachmittag einen Kollegen vorbei zu schicken.

Der Italiener hatte gespannt zugehört. Dies war ihr gar nicht recht, doch es ließ sich nicht mehr rückgängig machen.

„Hat die Camorra wieder zugeschlagen?"

„Camorra? Hören Sie auf, Herr Panini! Es handelt sich allem Anschein nach um eine Kinderbande, die austestet, wie weit sie gehen kann. Machen Sie bloß nicht alle Pferde scheu."

Maren Köster sagte dies im Brustton der Überzeugung, insgeheim glaubte sie ihren Worten jedoch selbst nicht richtig.

„Das sagen Sie! Sie kennen die Familie nicht. Ich aber komme aus Italia, ich weiß, wovon ich rede. Ich kenne die Methoden der Mafia. In Milano gibt es zig Kinderbanden, die jedes Jahr Milliarden Lire ergaunern. Ich schwöre Ihnen, die lassen die Kinder für sich arbeiten. Sie werden schon sehen!“

Maren Köster wurde zornig.

„Ja, wir werden sehen! Jetzt entschuldigen Sie mich bitte. Sie haben ja gehört, es gibt ein neues Opfer. Vielleicht bringt uns Ihr türkischer Kollege ja weiter. Sie hören von mir.“

Maren Köster öffnete die Tür und wies den Pizzabäcker an, den Raum zu verlassen. Dieser nahm seine Mütze und ging. Er hatte gerade den ersten Fuß über die Schwelle gesetzt, da rief ihn Maren Köster noch einmal zurück.

„Eins möchte ich Ihnen noch mit auf den Weg geben. Rufen Sie uns das nächste Mal sofort an, wenn Sie etwas von den Jugendlichen hören! Ist das klar?“

Der Mann seufzte. Er ging rückwärts, sich leicht verbeugend, durch die Tür, drehte sich plötzlich schnell um und lief mit eiligen Schritten den Gang hinunter Richtung Ausgang.

15

Giovanni Panini traute seinen Augen nicht. Ein Junge mit einer Wollmütze auf dem Kopf, die er bis in die Augen gezogen hatte, betrat seinen Laden. Weiter war er bekleidet mit einer viel zu großen Hose und einer braunen Winterjacke.

Wagte dieser unverschämte Bengel sich doch tatsächlich noch hier her. Mit so einer Unverfrorenheit hatte der Pizzabäcker selbst in seinen schlimmsten Träumen nicht gerechnet. Kam jetzt etwa die nächste Aufforderung, Schutzgeld zu zahlen? Panini war ratlos. Was sollte er nur tun? Die Kommissarin anrufen oder gute Miene zum bösen Spiel machen? Er bekam feuchte Hände. Der Italiener war so mit Nachdenken beschäftigt, dass er erschrak, als er die Stimme des Jungen hörte.

„Eine Calzone bitte! Mit Spinat, Lachs und Mozzarella.“

„Einen Moment“, entgegnete der Pizzabäcker und ging eilig nach hinten. Er kramte die Visitenkarte von Maren Köster aus seiner Geldbörse und zückte sein Handy. Die Kommissarin meldete sich nach dem dritten Signalton.

„Er ist wieder da,“ hörte sie eine Flüsterstimme.

„Wie? Er ist wieder da!“, blaffte sie ärgerlich ins Telefon.

„Na, der Junge von der Mafia“, flüsterte Panini zurück.

Jetzt erst wusste Maren Köster, mit wem sie es zu tun hatte.

„Ich schicke sofort einen Streifenwagen“, sagte sie sachlich.

„Nein, keinen Streifenwagen, Sie müssen selber kommen, Frau Commissario.“

Obwohl der Mann auf der anderen Seite flüsterte, hatte Maren Köster den Eindruck, dass es völlig hysterisch klang.

„Seien Sie nicht albern, die Kollegen wissen schon, was sie zu tun haben.“

Maren Köster legte auf und wählte die hausinterne Nummer der Zentrale.

„Bitte schickt so schnell wie möglich einen Streifenwagen in die 55er Straße zu der Stehpizzeria! Dort hält sich eine verdächtige Person auf, die eventuell für den Vandalismus, der dort vor einigen Tagen stattfand, verantwortlich ist. Welche Besatzung ist denn gerade in der Nähe?“

„Nübel und Nolte“, kam die Antwort.

„Alles klar, sag’ ihnen, sie sollen vorsichtig sein und möglichst unauffällig agieren.“ Die Kommissarin legte auf. Sie rieb sich die Hände. Es schien Bewegung in den Fall zu kommen.

Panini hatte sich wieder nach vorn, in die Geschäftsräume, begeben und begann die Pizza vorzubereiten. Hätte er doch nur nicht angerufen, dachte er. Hoffentlich kamen die Polizisten zu spät.

„Was sollte noch auf die Pizza, Signiore?“

„Spinat, Lachs und Mozzarella! Sie sind aber heute durch den Wind“, stellte der Junge mit der Mütze fest. In dem Moment betraten zwei Polizisten den Imbiss.

16

Es war kurz vor Mittag. Josef Schulte hatte alle Einkäufe erledigt. Nun standen etliche Plastiktüten mit Lebensmitteln auf seinem Schreibtisch und machten ein ordentliches Arbeiten unmöglich. Er war ein ganz brauchbarer Koch. Wenn seine beiden Töchter zu Weihnachten kamen, dann war das schon was Besonderes. Das forderte ihn heraus. Und besondere Situationen erfordern besondere Maßnahmen. Also hatte er sich in ein Kochbuch vertieft, sich etwas ausgesucht und zielgerichtet eingekauft. Mit den Gedanken war er mehr am Herd als bei seiner Arbeit. Als Maren Köster in sein Büro kam, machte sie große Augen.

„Willst du hier im Büro überwintern? Mit diesen Vorräten kommst du locker bis Ostern! Was machst du damit?“

Schulte erzählte ihr begeistert vom Weihnachtsbesuch seiner Töchter. Als Maren Köster dies hörte und sie sah, wie viel Mühe Schulte sich beim Einkaufen gegeben hatte, war sie gerührt und spürte eine leichte Woge von Sympathie aufsteigen.

Er hatte bei all seiner Eigenwilligkeit so etwas Unbefangenes und Unschuldiges, dem konnte sie einfach nicht widerstehen. Und nun diese rührende Vorfreude auf seine Kinder! Sie kannte die Geschichte dieser beiden jungen Damen. Schulte hatte seinerzeit innerhalb eines Abends zwei Frauen geschwängert. Dieser plötzliche und ungeplante Kindersegen hatte ihn gezwungen, alle Studienpläne fallen zu lassen, um sich sein Brot zu verdienen und um Geld zu haben, seine Alimente zahlen zu können. So wurde aus Josef Schulte ein Polizist. Es war nicht sein Traumberuf, aber er erwies sich hier trotz aller Marotten als tüchtig und stieg immerhin bis zum Hauptkommissar auf.

Maren Köster hatte aber noch etwas auf dem Herzen.

„Du, ich habe den Jungen ausfindig gemacht, der letztens die Geldforderung zu der Pizzeria gebracht hat. Der Bengel ist gerade mal zwölf Jahre alt. Seine Eltern sind ganz normale, eher wohlhabende Leute. Der Vater ist irgend so ein Ingenieur, der ständig auf Außendienst ist, die Mutter ist Rechtsanwältin. Der Junge wird vermutlich zu Hause alles haben, was er sich wünscht. Warum der so eine Dummheit macht, leuchtet mir nicht ein. Was meinst du, sollen wir ihn hierher holen lassen oder sollen wir ihn zu Hause besuchen?"

Sie wartete auf seine Antwort. Als nicht sofort eine kam, meinte sie zögernd:

„Ich weiß nicht so recht. Am Heiligabend ein Kind in ein polizeiliches Verhör zwingen? Stell dir vor, wir können vielleicht nachher nichts beweisen. Was glaubst du, was die Eltern uns die Hölle heiß machen! Hast du da Lust zu?"

Schulte dachte nach, dann schlug er mit der flachen Hand auf den Schreibtisch.

„Nein! Habe ich auch nicht. Lass uns bis nach Weihnachten warten. Der läuft uns ja nicht weg. Rechtsanwältin und irgend so ein Ingenieur, der nie da ist. Was für eine Mischung! Das kann ja nichts werden. Der arme Junge!"

Er schob krachend eine Schreibtischschublade zu.

„Sag mal, Maren, haben wir heute sonst noch was zu erledigen? In meinem Aufgabenbereich gibt es nichts, was nicht bis nach den Feiertagen warten könnte. Und am zweiten Weihnachtstag habe ich ja auch schon Dienst. Wie sieht es bei dir aus?"

„Na, ja! Ich habe schon mit dieser Kinder- oder Jugendbande einiges um die Ohren. Heute Morgen haben sie einen Döner-Stand zu erpressen versucht. Der Inhaber scheint aber Mumm in den Knochen zu haben. Der hat sich nicht einschüchtern lassen. Ich fahre ihn gleich besuchen. Sonst ist nichts."

„Okay! Dann brennt hier ja nichts an. Ich muss jetzt dringend nach Hause und kochen. Wenn ich auch etwas hinfällig bin und nichts mehr auf die Reihe kriege, aber was Ordentliches zu essen kommt bei mir immer noch auf den Tisch. Hast du nicht Lust zu kommen?"

Sie schien tatsächlich eine Sekunde zu überlegen.

„Das ist nett, aber wenn deine Töchter schon mal kommen, dann würde ich stören. Außerdem muss ich mich um das Haus kümmern. Da steckt 'ne Menge Arbeit drin!"

„Schade!" Schulte schaltete seinen PC aus und damit war für ihn der Arbeitstag beendet. Auf die Idee, seinen Schreibtisch aufzuräumen, war er in über zwanzig Dienstjahren noch nie gekommen. Er überlegte kurz, ob er die vorweihnachtliche Friedensstimmung dazu ausnutzen solle, seine Kollegin einmal kräftig in den Arm zu nehmen, traute sich dann aber doch nicht. Einige der Plastiktüten klemmte er sich unter den Arm, den Rest nahm er in die Hand und ging aus seinem Büro.

17

Zwei Stunden schon war er zu Hause und hatte das Abendessen vorbereitet, da rief Lena an, seine zweite Tochter.

„Paps, es tut mir ganz furchtbar leid, aber wir beiden können nicht kommen!"

„Was könnt ihr nicht?"

„Ich weiß, dass es für dich 'n bisschen blöd ist, aber unsere Kerle streiken. Inas Freund ist stocksauer, dass sie weg will und meiner auch. Was hältst du davon, wenn wir am zweiten Weihnachtstag kommen?"

„Da muss ich arbeiten! Entweder heute oder gar nicht."

„Tja, tut mir leid, wie gesagt. Ich hoffe, dass du jetzt nicht irgendwas vorbereitet hast, oder so...“.

„Nicht der Rede wert! Wie kommst du darauf? Frohe Weihnachten!“

Bitter enttäuscht legte Schulte den Hörer auf. Frustriert schaute er auf die Arbeitsplatte seiner Küche, wo er bereits ein komplettes Abendessen für drei Personen vorbereitet hatte. Er war nie eifersüchtig auf die Freunde seiner Töchter gewesen, aber jetzt so offensichtlich in die zweite Reihe versetzt zu werden, das war schon hart. Monster, sein Mischlingshund, gesellte sich zu ihm und legte ihm den großen struppigen Kopf aufs Knie. Wieder einmal war Schulte überrascht, wie sensibel Hunde auf die Stimmungen ihrer Menschen reagieren. Dankbar streichelte er das Tier, welches er vor einigen Monaten in seinem Garten gefunden hatte, lebensgefährlich verletzt.

Er ging zu einem alten Schrank und kramte eine halbvolle Flasche spanischen Brandy raus. Eine Stunde später war die Flasche fast leer und Schulte fast voll.

Mittlerweile wurde es draußen dunkel. Er stellte sich vor, wie jetzt in vielen Familien stolze Väter die Weihnachtsbaumkerzen anzündeten und sich schon auf die leuchtenden Augen ihrer Kinder freuten. Eigentlich war er kein rührseliger Typ, aber jetzt wurde ihm brutal seine Einsamkeit vor Augen geführt. Plötzlich saß ihm ein dicker Kloß im Hals.

Als er gerade überlegte, ob er das Essen einfrieren oder einfach in den grünen Eimer werfen solle, schrillte die Haustürklingel. Wer konnte das sein? Anton Fritzmeier, sein Nachbar? Auf den hatte er jetzt überhaupt keine Lust. Oder ein Streifenwagen, der ihn zu einem Einsatz holen wollte? Oder, noch schlimmer: Eine Frau von der örtlichen Kirchengemeinde, die am Heiligabend alte und einsame Menschen besucht? Voll böser Vorahnung ging er zur Haustür.

Dann staunte er. Fröhlich lachend trat die Staatsanwältin von Detmold, Wilma Müller-Stahl, in seinen Flur. Mit dieser nicht mehr jugendlichen, aber noch sehr reizvollen Frau hatte Schulte im letzten Sommer eine kleine, nette Affäre gehabt. In den letzten Wochen war die Beziehung zwischen ihnen ziemlich eingeschlafen, da ihr Ehemann, der sonst als Ingenieur in aller Welt herumtourte, einen längeren Heimaturlaub in Detmold verbracht hatte. Sie drückte ihm ein kleines, in Geschenkpapier eingewickeltes Päckchen in die Hand.

„Frohe Weihnachten, mein Lieber! Ich hoffe, ich störe nicht.“

Schulte war erst vor Überraschung völlig sprachlos, dann spürte er, wie sich bereits etwas an Verkrampfung und Frust in ihm löste.

„Stören? Richtiger hättest du gar nicht kommen können!“

Dabei zeigte er auf das vorbereitete Abendessen und erklärte ihr kurz den Grund.

„Mir geht es ähnlich. Mein Mann ist gestern überraschend wieder abgereist. Angeblich gibt es Probleme mit einer Bohranlage in Kuwait. Manchmal glaube ich aber, er flüchtet vor mir. Vor allem an solchen Tagen wie heute.“

Sie schauten sich lange in die Augen. Dann lagen sie sich plötzlich in den Armen und begannen, sich gegenseitig gierig die Kleider vom Leib zu reißen. Monster, der Hund, schaute sich alles interessiert und amüsiert an. Die Menschen sind schon ein merkwürdiges und kompliziertes Völkchen!

Am Morgen des ersten Weihnachtstages wurden die beiden jäh durch Schultes Haustürklingel aus dem Schlaf gerissen. Der nahm eine sitzende Haltung ein und schaute auf seinen Wecker. Es war 9.15 Uhr. Wer wollte denn zu dieser unchristlichen Zeit was von ihm? Mürrisch stand er auf und schlurfte zur Haustür. Als er sie aufgerissen hatte, stockte ihm der Atem. Draußen stand seine Mitarbeiterin Maren Köster. Sie sah mit ihren durch die feuchte Kälte leicht geröteten Wangen und dem vom Wind zerzausten Haar einfach großartig aus. Im Arm hielt sie eine Papiertüte. Schulte war sprachlos.

„Hallo Jupp! Frohe Weihnachten! Ich dachte, wir könnten vielleicht zusammen frühstücken. Mit deinen Töchtern. Ich habe ’ne Menge Brötchen mitgebracht.“

Schulte brauchte noch einige Sekunden, um die Situation zu erfassen. Dann stammelte er:

„Das ist furchtbar nett! Aber weißt du...“

In diesem Moment trat Frau Müller-Stahl, die einen morgendlichen Besuch von Schultes Nachbarn, Anton Fritzmeier, erwartet hatte, freundlich lächelnd aus dem Schlafzimmer in den Eingangsbereich. Sie stutzte, als sie die Polizistin sah, die ihr natürlich durch häufige Zusammenarbeit bekannt war.

Maren Kösters Lächeln erstarrte zu Eis. Dann ganz leise:

„Ach so ist das! Dann bin ich hier wohl überflüssig!“

Mit diesen dürren Worten drehte sie sich um und ging steif den gepflasterten Weg entlang zu ihrem Auto.

Josef Schulte blickte ihr völlig entgeistert hinterher.

18

Es war Abend geworden an diesem feuchtkalten ersten Weihnachtstag. Josef Schulte hatte einen kleinen Bummel durch sein Dorf gemacht. Weniger für sich als für seinen Hund. Der Tag war für ihn nicht sehr glücklich verlaufen. Nach dem unglücklichen Zusammentreffen am Morgen hatte die Staatsanwältin sich direkt nach dem sehr schweigsamen Frühstück verabschiedet. In jedem Haus blinkten Weihnachtsbaumkerzen, fast jedes Haus war sogar von außen weihnachtlich geschmückt. Schulte hatte den Eindruck, dass dieses Hausschmücken von Jahr zu Jahr extremere Formen annahm. War es vor zwei Jahren noch das kleine Tannenbäumchen mit Lichterkette im Vorgarten, so waren heute ganze Fassaden übersät mit kleinen Lichtern. Anscheinend trieben hier völlig entfesselte Familienväter die Ansprüche immer höher. Wer gestern noch als total verrückt gegolten hätte, setzte heute Maßstäbe für morgen. War hier überhaupt noch eine Steigerung möglich? Mit Sicherheit! Schulte schüttelte amüsiert den Kopf und ging in sein rundum dunkles Haus. Drinnen klingelte das Telefon.

„Frohe Weihnachten, Herr Schulte! Rodehutskors hier. Ich will Sie nicht groß stören, aber haben Sie schon was herausgefunden? Wir machen uns wirklich Sorgen. Ich habe nämlich vor ein paar Stunden eine interessante Information erhalten. Können wir uns heute noch mal treffen? Ich erzähle Ihnen dann alles. Haben Sie übrigens das Foto von Rauscher bekommen?"

„Ja, habe ich. Ich habe es auch gleich an die belgischen Kollegen geschickt, per E-Mail. Die Belgier wollten sich melden, sobald sie sich ein Bild gemacht haben. Aber, wenn Sie wollen, rufe ich gleich mal an. Vielleicht gibt es ja schon was Neues. Ich melde mich auf jeden Fall heute Abend noch mal bei Ihnen."

Rodehutskors bedankte sich und legte auf.

Schulte suchte die Telefonnummer der Hasselter Polizei. Er hatte sie auf einen kleinen Abreißzettel geschrieben und den in irgendeine Tasche gesteckt. Aber in welche? Welche Hose hatte er an? Welche Jacke? Irgendwann fand er den Zettel und wählte sorgfältig die lange Nummer. Es dauerte eine Weile, dann wurde er zum Kommissar Koster durchgestellt. Koster war offensichtlich überarbeitet und hatte schlechte Laune.

Es gab so viel Wichtiges zu tun in seiner Stadt, da kam dieser vermisste Deutsche, der wahrscheinlich schon ganz woanders war, ziemlich unpassend. Schulte musste alle seine Holländischkenntnisse und sein nicht stark ausgebildetes diplomatisches Geschick in die Waagschale werfen, um überhaupt eine Information zu bekommen.

„Wir haben alles abgesucht, alles! Verstehst du?" brummte der Belgier. „Meine Leute waren in jedem Hotel, in jedem Einkaufszentrum und in jedem Puff. Nichts! Absolut nichts! Diesen Mann gibt es bei uns nicht. Nicht tot und nicht lebendig. Ist das klar?"

Schulte sah ein, dass hier nichts zu holen war, bedankte sich ausgesucht höflich und legte auf.

19

Kurz darauf saß er zusammen mit dem rundlichen Rodehutskors im Detmolder *Brauhaus* in der *Lange Straße* bei einem Glas hauseigenem dunklen *Kellerbier.* Sein Gegenüber war sichtlich und hörbar erregt. Seine Bass-Stimme war etwas höher gestimmt als sonst.

„Wissen Sie, Herr Schulte, in meiner Funktion als Journalist war ich schon recht häufig in Hasselt. Es ist ja immerhin eine unserer Partnerstädte. Bei diesen Gelegenheiten war ich manchmal in der Redaktion der dortigen Tageszeitung Het Belang van Hasselt und kenne einige der Redakteure dort ganz gut. Das gleiche gilt, sogar noch viel mehr, auch für den Kollegen Rauscher. Der war nämlich noch öfter da. Kurz und gut: Heute Morgen rief einer der belgischen Kollegen bei mir an. Wegen einer ganz anderen Sache, es war reiner Zufall. Er heißt übrigens Piet van Duin, falls das eine Rolle spielt."

Hermann Rodehutskors nahm einen kräftigen Schluck aus dem schief geformten Bierglas.

„Der Kollege erzählte mir mehr beiläufig, dass Rauscher bei ihm war. Ja, wirklich! Rauscher sei am dreizehnten Dezember, an einem Freitag, zu ihm in die Redaktion gekommen und habe ihn gebeten, sich einige alte Zeitungsbände anschauen zu dürfen. Van Duin hat natürlich ja gesagt, hat sich aber nicht weiter für die Sache interessiert. Er hatte viel zu tun. Zum anderen mag auch er den Kollegen Rauscher nicht besonders. Er hat ihn dann dem Hausmeister empfohlen und der ist dann mit ihm in den Keller gegangen, wo die alten Bände archiviert sind. Sehen Sie die Brisanz?"

Schulte sah sie.

„Klar! Er war also nachgewiesenermaßen zwei Tage nach Abfahrt des Busses noch in Hasselt. Und er scheint da irgendwas zu recherchieren. Ich nehme an, er hat keinen diesbezüglichen Auftrag von Ihrer Zeitung, oder?"

Rodehutskors schüttelte den grauen Kopf.

„Nein! Natürlich nicht. Sonst würden wir uns ja keine Sorgen machen. Was mir auch Gedanken macht, ist, dass Rauscher mit dem belgischen Kollegen nicht ein Wort darüber geredet hat, was er eigentlich sucht. Gut, Rauscher ist nun mal ein Eigenbrötler, aber das hätte schon die Höflichkeit erfordert. Ich sage Ihnen, da stimmt was nicht!"

Schulte fiel noch etwas auf.

„Die Hasselter Polizei hat nach eigenen Angaben, und ich habe keinen Grund an denen zu zweifeln, alle Hotels und Pensionen angerufen. Nirgendwo war ein Marco Rauscher registriert. Das kann bedeuten, dass er privat untergekommen ist, bei Bekannten. Das kann aber auch heißen, dass er unter einem falschen Namen dort gewohnt hat oder noch wohnt. Dass er praktisch untergetaucht ist. Wenn er das gemacht hat, dann ist an der Geschichte wirklich was faul."

„Sag ich doch! Rauscher ist zwar ein unangenehmer Zeitgenosse, aber er ist kein Abenteurer. Wenn der so was macht, dann nur aus einem Grund: Weil er nicht anders kann!"

Schulte bestellte eine neue Runde. Beide saßen schweigsam, bis eine der hübschen und kompetenten Kellnerinnen die Biere brachte.

„Tja," meinte Schulte. „Was machen wir?"

Rodehutskors wischte sich den Schaum von den vollen Lippen.

„Hinfahren!"

„Wer?"

„Wir beide! Wer denn sonst?"

Schulte staunte.

„Wie stellen Sie sich das vor? Ich kann nicht ins Ausland fahren und da als Hauptkommissar ermitteln. So einfach geht das nicht. Das gibt's nur in Fernsehkrimis. Ich müsste mir das auch von meinem Chef genehmigen lassen. Völlig ausgeschlossen, zumal der im Augenblick gar nicht da ist. Vergessen Sie es!"

Der ältere Mann schmunzelte.

„So habe ich mir das auch gar nicht vorgestellt. Natürlich können Sie nicht offiziell im Ausland ermitteln. Aber Sie können doch Urlaub nehmen, nicht wahr? Was Sie in diesem Urlaub machen, geht doch niemanden was an, oder?"

„Halt!" rief Schulte dazwischen. „Also bei aller Liebe, Herr Rodehutskors. Aber mit meinem Urlaub kann ich was besseres anfangen als nach einem verschollenen Eigenbrötler zu suchen. Ich bin keine zwanzig mehr, ich brauche meinen Urlaub zum Entspannen. Wenn Sie mir so einen Job im sonnigen Süden offerieren würden, okay. Aber Belgien im Winter? Nochmals, Herr Rodehutskors: Vergessen Sie es!"

„Ich habe die Angelegenheit mit meinem Verleger besprochen. Nicht in allen Einzelheiten, aber so in groben Zügen. Wir würden alle Auslagen bezahlen, also Reise, Hotel, Verpflegung und so weiter. Und ich sage Ihnen, die Belgier verstehen durchaus was von gutem Essen und Trinken. Hört sich das nicht gut an?"

Schulte lächelte.

„Hört sich sehr gut an. Aber ich rate Ihnen: Nehmen Sie sich einen guten Privatdetektiv. Wenn der klare Indizien dafür hat, dass hier etwas Kriminelles passiert ist, von wem aus auch immer, dann kann ich mich wieder einschalten und über offizielle Kanäle die Sache in die Hand nehmen. Mehr geht nicht, glauben Sie mir."

Rodehutskors winkte leicht enttäuscht ab.

„Also unser Angebot steht jedenfalls. Überlegen Sie es sich. Sie sagten ja, dass Sie ab morgen wieder im Dienst sind. Ich rufe tagsüber mal an, okay?“

„Machen Sie das. Ich werde Ihnen morgen einen anständigen Privatdetektiv raussuchen.“

Die beiden Männer schüttelten sich die Hände und gingen.

20

Am nächsten Morgen kam Hauptkommissar Josef Schulte nur zwanzig Minuten zu spät zum Dienst. Das war für seine Verhältnisse ganz ordentlich. Auf dem Flur traf er Maren Köster, die ihn jedoch keines Blickes würdigte und erst recht kein Wort zu ihm sprach. Schulte ging weiter in sein Büro und warf dort seine speckige Lederjacke auf den überquellenden Schreibtisch. Er ließ sich auf den Schreibtischstuhl fallen, legte beide Füße auf den Tisch und dachte nach. Um Maren Köster machte er sich keine Sorgen. Die würde sich schon wieder einkriegen. Was ihm die ganze Nacht im Kopf herumgespukt hatte, war der völlig unrealistische Vorschlag von Rodehutskors. Einfach naiv! Was sollte denn dabei herauskommen? Außerdem würde über kurz oder lang sein Chef Erpentrup alles heraus bekommen und ihm garantiert ein Disziplinarverfahren an den Hals hängen. Außerdem waren sie zur Zeit nur zu zweit, da konnte er unmöglich weg. Ausgeschlossen!

Er vergrub sich in seine langweiligen Akten und mühte sich eine Weile redlich, sie spannend zu finden. Eine Viertelstunde später ging das Telefon und sein Mitarbeiter, der Kommissar Axel Braunert war am Telefon.

„Was willst du denn? Du bist doch im Ski-Urlaub. Wieso rufst du an?“

„Ich bin nicht mehr im Urlaub. Wir sind schon wieder zurückgefahren, weil..."

„Wieso wir? Ich denke, du bist allein losgefahren?"

Ein kurzes Zögern am anderen Ende der Leitung.

„Mein Freund musste dringend wegen einer Familienangelegenheit nach Hause. Da bin ich mitgefahren. Allein macht Skifahren doch keinen Spaß."

Wieder einmal ärgerte sich Schulte über sein Unvermögen, das Schwulsein seines Kollegen als selbstverständlich hinzunehmen. Es befremdete ihn nach wie vor, auch gegen seinen Willen.

„Auf jeden Fall wollte ich fragen, ob du was dagegen hast, wenn ich schon morgen wieder zum Dienst komme? Was soll ich hier zu Hause herumsitzen? Den Resturlaub kann ich doch besser ein anderes Mal abfeiern."

Zwei Dinge schossen Schulte gleichzeitig durch den Kopf. Wenn Braunert vorzeitig wiederkommen würde, müsste er ihm den BMW zurückgeben. An den hatte er sich gerade so schön gewöhnt. Andererseits bedeutete dies auch, dass durch Braunerts vorzeitigen Dienstantritt das Personalproblem gelöst wäre und ihm dies den Weg nach Hasselt frei machen würde.

„Okay! Finde ich prima! Deinen Wagen kriegst du allerdings nicht zurück, den habe ich bereits auf meinen Namen umschreiben lassen! Die Mädels sind einfach grell auf diese Kiste!"

Schon wesentlich besser gelaunt stand Schulte auf und ging über den Flur in das Büro seiner Kollegin Maren Köster. Diesmal klopfte er sogar an, mit Sicherheit eine Premiere. „Hallo! Tut mir leid mit dem Frühstück. Aber wegen mir hättest du gern bleiben können. Dann hätten wir eben zu dritt gefrühstückt."

„Das hätte dir gefallen, was?" quetschte sie zwischen geschlossenen Zähnen durch. „Mit zwei Frauen! Das wäre was gewesen für einen echten Kerl. Klar!"

„Maren, du bist doch nicht etwa eifersüchtig? Das klingt fast so."

Zu seiner großen Genugtuung sah er, dass ihre Gesichtsfarbe deutlich in dunkelrosa umschlug. Aus Wut oder aus Verlegenheit, das vermochte Schulte noch nicht zu sagen.

„Bist du eigentlich größenwahnsinnig, Schulte?" Es war wohl doch eher Wut. „Wer denkst du denn, wer du bist? So einer wie du fehlte mir gerade noch!"

Er lächelte boshaft.

„Lass mal stecken, Mädel! Qualität setzt sich immer durch. Manchmal dauert es eben nur ein bisschen. Eines Tages wirst du merken, was du an mir hast. Hundertpro!"

Und in völlig anderem Tonfall:

„Maren, jetzt bleib mal auf dem Teppich. Ich finde es zwar ganz witzig, wenn du mir eine Affäre mit unserer Staatsanwältin unterstellst. Ich muss dich jedoch enttäuschen", log er. „Wilma Müller-Stahl ist seit vielen Jahren mit der Familie meines Freundes Detlef Dirkes, genauer gesagt mit dessen Frau Lisa befreundet. Über diese Verbindung haben wir uns vor einiger Zeit kennen gelernt. Seither besuchen wir uns manchmal. Heiligabend war sie ebenso allein wie ich. Meine untreue Brut hatte nämlich kurzfristig ihren Weihnachtsbesuch abgesagt. Also habe ich die Staatsanwältin bekocht. Wir hatten ein paar Flaschen Wein getrunken. Sie hat daher bei mir übernachtet. Im Zimmer meiner Töchter. So, und jetzt noch zwei Punkte: Erstens finde ich es ganz reizend, wie du dich über mein Lodderleben aufregst. Und zweitens fand ich es ausgesprochen schade, dass du nicht mit uns gefrühstückt hast. Es wäre bestimmt ein schöner Morgen geworden."

Jetzt war Maren rot bis hinter beide Ohren. Und zwar aus Verlegenheit. Sie war, was selten vorkam, sprachlos. Also fuhr Schulte fort: „Ich habe zwei gute Nachrichten für dich. Die erste: Axel kommt ab morgen wieder zum Dienst. Die andere: Ich werde ein paar Tage Urlaub machen. Ab morgen. Das ist doch was, oder? Ich bin in den nächsten Tagen zuhause nicht zu erreichen. Praktisch unbekannt verzogen."

Damit ließ er sie in ihrem kleinen, aber ordentlichen und liebevoll mit Blumen geschmückten Büro zurück. Als er in sein eigenes, etwas größeres und völlig chaotisches Büro trat, hatte er ein leicht schlechtes Gewissen. Warum hatte er sie eigentlich belogen? Was hatte Maren überhaupt falsch gemacht? Nichts, wenn er ehrlich war. Im Gegenteil! Sie hatte mit den Brötchen zum Weihnachtsfrühstück eigentlich eine tolle Idee gehabt. Und unter anderen Umständen wäre er begeistert gewesen. Die Frau, die schon so lange durch seine Fantasien spukt, ganz intim bei ihm zuhause. Sollte er sich vielleicht entschuldigen? Vielleicht, aber nicht jetzt. Später.

Er rief Rodehutskors an.

„Alles klar! Ich mache mit!"

Er konnte hören, wie Rodehutskors durchatmete.

„Großartig, Herr Schulte! Wann können Sie denn?"

„Von mir aus kann es morgen losgehen, kein Problem. Wer weiß eigentlich von dem Plan?"

„Nur mein Verleger und wir beide! Und ich denke, es sollte auch dabei bleiben. Schön! Dann besorge ich ein Hotel. Am besten nehmen wir das gleiche wie damals die TBV-Fans. Wir können mit meinem Auto fahren. Ich schlage vor, wir starten ganz früh. Vielleicht schon um fünf Uhr. Dann haben wir den ganzen Tag vor uns. Klappt das?"

Nun war Frühaufstehen nicht Schulte stärkste Begabung. Aber dafür ein paar Tage kostenlosen Urlaub? Das war es wert, einmal den Schlaf abzubrechen.

„Okay! Ich werde um fünf Uhr Gewehr bei Fuß vor meiner Haustür stehen und auf Sie warten. Sind Sie pünktlich? Es ist morgens kalt draußen."

„Keine Sorge! Sie können pünktlich in ein sauberes, gut geheiztes Auto einsteigen und von mir aus gleich weiterschlafen. Ich fahre gern!"

Schulte warf den Hörer auf die Gabel und rieb sich lächelnd die Hände. Das war doch nicht schlecht. Ein paar ruhige Tage, ein bisschen bummeln, ein bisschen essen und trinken, hier eine Frage stellen, da eine Frage stellen... so richtig locker angehen lassen. Und die *Heimatzeitung* bezahlt! Das waren doch Perspektiven!

21

Josef Schulte sah auf seine Uhr. Sie zeigte kurz nach neunzehn Uhr an. Jetzt würde sein Nachbar und Vermieter Anton Fritzmeier seine alltägliche Stallarbeit erledigt haben. Also zog sich der Polizist noch einmal seine gefütterten Winterschuhe an und sah aus dem Fenster. Es hatte wieder angefangen zu schneien. Also holte er auch noch seine alte abgetragene Lederjacke aus dem Schrank, warf sie über und verließ seine Wohnküche.

Sein Hund Monster hatte seine Aktivitäten bereits bemerkt und stand, in der Hoffnung auf einen zusätzlichen Abendspaziergang, schon schwanzwedelnd vor der Haustür. Schulte folgte ihm, öffnete die Tür und trat in den Garten. Er zog den Kopf in den Nacken, um zu verhindern, dass ihm Schneeflocken in den Kragen fielen und stapfte durch den frisch gefallenen Schnee zu seinem Nachbarn.

Die Deelentür war wie immer nicht verriegelt. Schulte drückte sie auf und trat ein. Noch vor ihm stürzte sein Hund in den Raum und jagte sofort Fritzmeiers Katzen, die es sich gerade in einem Heuhaufen bequem gemacht hatten. Panisch flüchteten sie auf den Heuboden.

Schulte öffnete die Tür in der linken Deelenwand und betrat den Hausflur des Wohnhauses, wendete sich nach rechts und betrat nach kurzem Klopfen an der Tür die Küche.

Fritzmeier hatte eine Brille auf der Nase und studierte die *Heimatzeitung*. Als sich die Tür öffnete, sah er auf.

„Ach, guck an! Der Herr Kommissar mit sein Polizeihund.“

Monster trottete schwanzwedelnd auf den Bauern zu, legte seine Vorderpfoten auf die Schultern des Mannes und schleckte ihm durchs Gesicht.

„Altes Fickel!“, rief der Bauer und schuppste den Hund wieder dahin, wo er hingehörte.

„Will'sse 'n Bier? Ich hab chrade ne neue Kiste von Strates cheholt.“

„Wer fragt, gibt nicht gern“, gab Schulte zum Besten.

Fritzmeier machte eine abweisende Handbewegung und ging in die Speisekammer. Schulte hörte, wie Flaschen aneinander schlugen und dann kam er auch schon mit vier *Detmoldern* zurück.

Schulte setzte sich an den großen Küchentisch und ließ es sich schmecken. Der Hund hatte es sich bereits vor dem alten Küchenofen, der noch mit Holz befeuert wurde, bequem gemacht, er grunzte behaglich.

„Na, was treibt dich denn noch aus dem Haus?“, fragte Fritzmeier nach ein paar Schweigeminuten.

„Anton, ich muss morgen für ein paar Tage nach Hasselt. Das liegt in Belgien. Da wollte ich fragen, ob du dich um den Hund kümmern würdest und mein Haus jeden Tag ein bisschen durchheizen könntest. Man weiß ja nicht, wie kalt es wird.“

„Hasselt? Wat will'sse da denn? Ich dachte, du wolltes getz char keinen Urlaub machen.“

„Wollte ich auch nicht. Aber ich muss Rodehutskors einen Gefallen tun, da komme ich nicht drum rum.“

„Rodehutskors? Dieser Zeitungsfritze? Kommt der mit?“

Schulte nickte.

„Dann steck dich ment 'n bisschen Chelt mehr ein, der weiß es zu leben.“

„Apropos Geld! Kannst du dann auch noch für mich zur Sparkasse gehen und mir ein paar Euro besorgen? Diese

Starterkits oder wie die heißen? Ich weiß nämlich noch nicht so genau, wann ich zurück kommen werde."

„Sach mal, watt will'sse denn mit den Euros? Mein'sse denn, dass die sich hier durchsetzen? Ja, in Detmold vielleicht, aber hier bei uns auffen Dorfe? Dat chlaube ich nich. Ich hole für mich ers ma keine. Nachher habe ich dat neue Cheld inne Ecken rummliegen und werde et nich mehr los."

Schulte starrte Fritzmeier an, als spräche er eine andere Sprache. Wollte er ihn verarschen oder war das wirklich seine Meinung?

Fritzmeier hingegen tat so, als wäre das, was er gerade gesagt hatte, das Normalste der Welt. Dann wechselte er das Thema: „Sach mal, was has'sse denn neulich mit der kleinen Köster chemacht? Die kam mir am ersten Weihnachtstach morgens entchegen, als wenn se hinter ihr her wären. Die hätte mich doch bald chlatt übern Haufen cherannt. Wo se doch sonst immer so nett is." Jetzt tat Schulte so, als sei dies das Normalste von der Welt.

22

Die Uhr zeigte kurz nach fünf, als das Auto von Rodehutskors vor Schultes Haus hielt. Der Polizist wunderte sich, dass das Auto so tief lag. Der Zeitungsmann drückte zwar jede Waage locker über die Hundert-Kilo-Marke, das konnte jedoch nicht der Grund für das niedrig hängende Autoheck sein. Schulte nahm seine Tasche und öffnete die Kofferraumklappe, um sein Gepäck zu verstauen. Da sah er den Grund dafür, dass der Wagen so in den Federn hing. Der Kofferraum war vollgepackt mit Stratebier. Also schloss er den Deckel wieder und packte seine Tasche auf den Rücksitz. Dann setzte er selbst sich auf den Beifahrersitz.

Kaum hatte Redakteur das Auto auf die Straße gelenkt, fragte Schulte neugierig:

„Sagen Sie mal, Herr Rodehutskors, Detmolder Bier nach Belgien fahren, ist das nicht wie Eulen nach Athen tragen?"

„Herr Kommissar, Sie werden es mir nicht glauben, ich habe Freunde in Hasselt, die würden es mir persönlich übel nehmen, wenn ich dort ohne Stratebier ankommen würde. Ein kleiner Türöffner kann manchmal gar nicht schaden."

Dazu sagte Schulte nichts mehr.

Eigentlich waren sie bis jetzt gut durchgekommen. Abgesehen von zwei kleinen Staus bei der Abfahrt Wuppertal-Katernberg und auf dem Kölner Ring. Aber damit hatten sie gerechnet. Jetzt saß der Detmolder Hauptkommissar Josef Schulte auf dem Beifahrersitz eines geräumigen Audi A6 und hoffte darauf, bald und unversehrt anzukommen. Hermann Rodehutskors mochte ein brillanter Journalist sein; als Autofahrer war er ein kompletter Reinfall. Er fuhr unkonzentriert, redete viel und fuchtelte dabei mit beiden Händen herum. Das hielt ihn aber nicht davon ab, ein ziemlich strammes Tempo zu fahren. Immer wieder fuhr er viel zu dicht auf und schimpfte dabei auf die anderen Autofahrer. Schulte war als Autofahrer auch kein Kind von Traurigkeit, aber da saß er dann ja selbst am Steuer. Als Beifahrer litt er jetzt bereits seit über zwei Stunden. Endlich überfuhren sie die holländische Grenze. Das bedeutete drastische Temporeduzierung! Schulte atmete erleichtert durch. Sie durchquerten den südöstlichen Zipfel Hollands auf der E 314, bogen aber kurz vor Maastricht wegen einer Baustelle von der Autobahn ab und folgten einer gut beschilderten Landstraße. Hinter der Maas kam sofort die belgische Grenze und die N2 führte sie durch flaches Land, das zu dieser frühen Morgenstunde von leichtem Raureif bedeckt war.

Sie kamen auf dem breiten Kuringersteenweg ins Zentrum von Hasselt. Es war neun Uhr und die Straßen waren an diesem kalten Wintermorgen angenehm frei. Kaum Fußgänger. Die beiden bogen am Ende der Koningin-

Astrid-Laan nach rechts ab auf den innerstädtischen Ring und folgten diesem einmal rund um die Altstadt herum. Links tauchte irgendwann ein Wochenmarkt auf, rechts später ein kleines Hafenbecken. Auf halber Höhe der Thonissenlaan sahen sie dann das Hotel, welches Rodehutskors über das Internet gebucht hatte. Ein sechsstöckiger rot-brauner Klinkerbau, das Hotel *Iris.*

„Na, das ging ja flott!" freute sich Rodehutskors. „Da sind wir ja schon! Jetzt müssen wir nur noch einen Parkplatz finden!" Doch das war nicht so einfach. Sie durchquerten mehrfach das Viertel rund um die Manteliusstraat... nichts! Kein einziger Parkplatz! Irgendwie gelangten sie dann in Hafennähe. Hier gab es Parkplätze. Aber hier wollte Rodehutskors nicht.

„Viel zu weit weg! Ich will direkt am Hotel parken oder gar nicht!"

Als sich Schulte schon auf *gar nicht* eingestellt hatte, tauchte vor ihnen ein großes Schild *Parking Molenpoort* auf. Das Parkhaus lag innerhalb des Altstadtringes und es gab freie Stellplätze. Kaum zu fassen. Auf dem über dem Parkhaus liegenden Molenpoort-Platz testete Schulte sein dürftiges Niederländisch, das dem Flämischen ja sehr nahe kommt und fragte nach dem Weg. Er bekam eine sehr freundliche und gut verständliche Antwort. Sie schlürten ihre Koffer über die schmale, mit grauem Schneematsch bedeckte Isabellastraat bis ins Hotel. Rodehutskors musste alle fünfzig Meter anhalten und verschnaufen.

An der sehr schlicht gehaltenen Rezeption checkten sie ein, freundlich bedient durch eine dunkelhaarige, etwas dralle jüngere Frau, so Mitte Dreißig. Auf dem Namensschild an der hellblauen, prächtig gefüllten Bluse stand *Marijke,* wie Schulte mit schnellem und sicherem Polizistenblick feststellte. Er füllte das Anmeldeformular aus, legte seinen Personalausweis vor und erhielt keinen Schlüssel, sondern eine Art Lochkarte.

„Ihre Zimmer befinden sich im 5. Stock!“ säuselte Marijke. „Leider wird unser Lift gerade repariert und ich muss Sie bitten, das Treppenhaus zu benutzen.“

Die Nachricht war für Rodehutskors an sich schon schlimm genug. Als er aber in das sogenannte „Treppenhaus“ kam und sich dieses als eine gerade mal einen Meter breite und äußerst steile Treppe erwies, die zu allem Überfluss auch noch fast völlig dunkel war, schnappte der massige Mann erst mal nach Luft, da der Wartungstrupp des Fahrstuhls die Sicherungen herausgedreht hatte.

„Da gehe ich nicht rauf!“ schnaubte er. „Ich bin doch kein Eichhörnchen!“

Das hatte Schulte auch nie vermutet.

„Geben Sie mir Ihren Koffer! Dann wird es ein bisschen leichter!“

Vorsichtig stieg er mit je einem Koffer in der Hand die engen Stufen hinauf. Mit den beiden Koffern nahm er die gesamte Breite der Treppe ein und stieß daher ständig an die Wand. Hinter ihm schnaufte Rodehutskors. Er nahm jede Stufe einzeln und machte dann eine kleine Pause. Es dauerte eine geraume Zeit, bis die beiden völlig außer Atem und verschwitzt im 5. Stock ankamen. Rodehutskors bedankte sich für das Koffertragen und verschwand im Zimmer Nr. 504. Schulte überlegte, wie er wohl die Lochkarte in den Schlitz stecken müsse. Aber wie er es auch anstellte, die Tür wollte nicht aufspringen. Als er aus reiner Verzweiflung bei seinem Zimmernachbarn Rodehutskors klopfen wollte, war es dann doch so weit und er konnte in das kleine, saubere Hotelzimmer Nr. 505 eintreten. Aus seinem Fenster blickte er über die Dächer des nördlichen Stadtteils, einer schmucklosen, von Kleingewerbe dominierten Gegend.

23

Der kleine Zeiger in Maren Kösters Büro bewegte sich auf die Drei zu. Sie war unsicher, ob sie Schulte auf den Leim gegangen war. Ganz konnte sie die Schilderungen, die ihr Kollege über die Nacht von Heiligabend auf den ersten Weihnachtstag abgegeben hatte, nicht glauben. Aber sie hatte keine gegenteiligen Beweise und Schulte würde sich vermutlich noch Wochen darüber amüsieren. Doch jetzt musste sie ihren Kopf für den Fall Kinderbande frei bekommen. In fünfzehn Minuten würde der Jugendliche, den Panini als Überbringer der Schutzgelderpressung identifiziert hatte, wahrscheinlich mit seinen Eltern vor ihrem Schreibtisch stehen. Um sich noch etwas auf die Befragung vorzubereiten, zog sie die Akte hervor und vergegenwärtigte sich noch einmal die Chronologie des Falls und dessen Besonderheiten.

Nach wenigen Minuten hatte sie sich so in ihre Aufzeichnungen vertieft, dass sie weder das Klopfen noch das Eintreten der Frau bemerkt hatte. Maren Köster hätte beinahe ihren Ordner fallen lassen, als sie in Gedanken hoch sah und in das Gesicht der Staatsanwältin blickte.

Was will die denn hier? Auf ein Gespräch, das womöglich noch eine ähnliche Richtung nahm wie das mit Schulte vor ein paar Stunden, hatte sie nun überhaupt keine Lust.

„Frau Müller-Stahl, mit Ihnen habe ich ja nun überhaupt nicht gerechnet. Was kann ich für Sie tun? Ich habe wenig Zeit, weil ich einen Jugendlichen mit seinen Eltern vorgeladen habe."

„Genau deswegen bin ich hier", antwortete die Staatsanwältin.

Mutter Juristin, ging es Maren Köster durch den Kopf. Da hat schon jemand sein Vitamin B spielen lassen. Eine Krähe hackt der anderen eben kein Auge aus. Zu Frau Müller-Stahl gewandt sagte sie:

„Ich wusste gar nicht, dass die Sache schon bei der Staatsanwaltschaft angekommen ist. Vor allem wundert es mich jedoch, dass Sie der Angelegenheit einen solchen hohen Stellenwert beimessen, dass Sie bei dem Verhör selber anwesend seien wollen."

„Der Fall ist in der Tat noch nicht bei der Staatsanwaltschaft angekommen. Jedenfalls nicht bei mir", antwortete Frau Müller-Stahl. „Ich messe der Angelegenheit jedoch einen äußerst hohen Stellenwert bei, denn bei dem beschuldigten Jungen, Lennart Stahl, handelt es sich um meinen jüngsten Sohn. Ich komme ohne ihn, da er mit seinen Großeltern in Skiurlaub gefahren ist. Ich habe ihm diese Reise gestattet, obwohl er unter einem Verdacht steht. Der Urlaub war gebucht und wir hätten die Reise auf jeden Fall bezahlen müssen. Ich schwöre Ihnen aber, sollte Lennart auch nur die kleinste Kleinigkeit mit der Sache zu tun haben, dann wird er konsequent die Härte des Gesetzes zu spüren bekommen."

Die Staatsanwältin hatte plötzlich einen so energischen Gesichtsausdruck angenommen, dass es selbst Maren Köster eiskalt den Rücken herunter lief.

„Aber bevor ich mich aufrege, berichten Sie doch mal, was mein Sohn wieder ausgefressen haben soll?"

Maren Köster schluckte, blätterte in ihren Akten, legte ein paar Seiten heraus und berichtete.

„Seit dem siebzehnten September macht eine Bande von sich reden. Sie versucht in Imbissbuden und Stehpizzerien Schutzgeld zu erpressen. Meines Erachtens handelt es sich um eine Jugendgang. Ihr Sohn Lennart wurde von einem der Opfer angeblich wiedererkannt. Dem Jungen wird vorgeworfen, am Sonntag, den sechzehnten Dezember gegen achtzehn Uhr dem Pizzeriabesitzer Giovanni Panini einen Brief übergeben zu haben, in dem der Mann aufgefordert wurde, ein Schutzgeld in Höhe von sechshundert Mark zu zahlen."

Das Gesicht der Staatsanwältin entspannte sich.

„Wann sagen Sie, soll das gewesen sein? Am sechzehnten Dezember? Dann kann es mein Sohn nicht gewesen sein: Der war an diesem Wochenende bei eben besagten Großeltern in Köln und hat seinen Skiurlaub mit denen geplant. Ich habe ihn selbst erst um neunzehn Uhr in Bielefeld am Bahnhof abgeholt."

„Glück für Sie, schade für mich", sagte Maren Köster als sie das hörte. „Ich hatte gehofft, dass wir über den Verdächtigen, Ihren Sohn, im Fall Jugendbande einen Schritt weiter kommen. Jetzt habe ich wieder keinen einigen Ansatzpunkt, wie ich mit der Angelegenheit weiter umgehen soll."

„Wenn die Angelegenheit mit meinem Sohn formal aus dem Wege geräumt ist, möchte ich mich doch mit dieser Angelegenheit weiter beschäftigen", sagte die Staatsanwältin. „Wie gehen wir jetzt weiter vor?"

„Ich nehme Ihre Aussage zu Protokoll und dann ist Ihr Sohn aus der Sache raus."

„Okay, dann würde ich Ihnen vorschlagen, dass wir uns am zweiten Januar einmal zusammensetzen und die ganze Angelegenheit durchsprechen. Vorher habe ich Urlaub. Also Frau Köster: Guten Rutsch!"

„Guten Rutsch!", entgegnete Maren Köster aus purer Höflichkeit und dachte bei sich: Auch das noch! Jetzt stehe ich nicht nur wieder ganz am Anfang, sondern muss auch noch mit dieser Tante zusammenarbeiten.

24

Eigentlich könnte Potthast jetzt hinter dem heimischen Ofen sitzen, sich die Füße wärmen und genüsslich an Mechthilds selbst gemachtem Spritzgebäck knabbern. Doch es hielt ihn nichts zu Hause. Seine Jungen hatten ihre Freundinnen mitgebracht. Heute morgen saßen gleich zwei junge Frauen am Frühstückstisch, deren Gesichter er noch nie in seinem Leben gesehen hatte. Er wusste, Silvester könnten es schon wieder andere sein, und das in seinem katholischen Haushalt. Sodom und Gomorra! Doch das schlimmste an der ganzen Angelegenheit war, er hatte nichts zu melden. Mechthild tat, als sei es das Normalste von der Welt. Seine Sichtweise der Dinge übergingen seine Jungen mit einer Renitenz, die ihm die Wut in den Bauch trieb, ihm aber auch gleichzeitig das Gefühl von Ohnmacht gab.

Als er heute morgen den Spruch riskiert hatte, dass man früher mit Steinen nach Menschen geworfen hätte, die einen solchen Lebenswandel führten, wie seine Zöglinge ihn an den Tag legten, konterte sein Jüngster lapidar, das sei ja auch in der Steinzeit gewesen. Potthast überkam nach dieser Bemerkung eine bleierne Schwere. Wortlos aß er seine letzte Brötchenhälfte. Dabei fing er an sich darüber zu ärgern, dass seine ganze Privatsphäre langsam, aber sicher zum Teufel ging. Er kämpfte mit sich und entschied sich für Flucht. Er trank seinen Kaffeebecher in einem Zuge leer, schnappte seine Aktentasche, seinen Mantel und lenkte fünf Minuten später seinen Audi Richtung Büro. Freiwillig, redete er sich ein. Da sollte noch einmal jemand sagen, die Beamten seien faul.

Jetzt im Auto ließ er sich die ganze Situation am Frühstückstisch noch einmal durch den Kopf gehen. Er musste zugeben, dass seine Söhne in puncto Frauen durchaus einen guten Geschmack an den Tag legten. Er schmunzelte. Aber wo blieb die Moral? Er würde Mechthild fragen und sich ihrer Meinung unterwerfen.

Minuten später saß er im Büro und sichtete noch einmal die Unterlagen zu dem Mordfall Rudolf Kötterhagen. Den Bruder des Toten, Norbert Kötterhagen, der die Leiche fand, hatte er mittlerweile gesprochen. Die Vernehmung war nicht sehr ergiebig gewesen. Der Tote war bis vor einigen Jahren Futtermittelhändler. Er hatte das gesamte Paderborner Land beliefert und große Teile des Kreises Gütersloh. Der gut florierende Handel wurde vor sechs Jahren mit hohem Gewinn verkauft. Davon hatte der Ermordete, damals zeitgleich mit dem Ausscheiden aus dem Berufsleben, das Haus in Elsen gekauft, um hier sein Rentnerdasein zu verbringen. Der Zeuge Norbert Kötterhagen selbst, ein jüngerer Bruder des Toten, war noch Lehrer an einer hiesigen Hauptschule. Von seiner Pensionierung trennten ihn nur Monate, so erzählte er. Einmal in der Woche, und zwar jeden Donnerstag, spielten die beiden Brüder mit einem befreundeten Landwirt, Albrecht Greifenberg, Karten. „Immer reihum“, berichtet der Zeuge. Am Todestag wollte er seinen Bruder abholen, um mit ihm gemeinsam zu Greifenberg zu fahren. An dieser Stelle des Berichtes versagten seine Nerven. Der Bruder des Toten fing hemmungslos an zu weinen. Dieser Gefühlsausbruch zog sich länger hin, und so sah Potthast davon ab, die Befragung fortzusetzen. Er verabschiedete sich mit dem Hinweis zu einem späteren Zeitpunkt wiederzukommen.

Er hatte sich noch die Adresse des Landwirts geben lassen, aber auch dieses Gespräch war nicht sehr ergiebig. Potthast hatte jedoch am Ende des Verhöres zum ersten Mal das Gefühl, dass ihm etwas verschwiegen wurde. Er kannte diese Situationen und er wusste aus Erfahrung, dass hier oft der Schlüssel zum kriminalistischen Erfolg lag. Jedoch war der gesamte Fall sehr diffus. Das Packende fehlte ihm noch. Bei der Sichtung gerade war ihm aufgefallen, dass zwischen dem Zeitpunkt, an dem der Bruder den Futtermittelhändler abholen wollte, und dem Zeitpunkt, an dem der Mord gemeldet wurde, eine erhebliche Spanne lag.

Er brauchte Leute, mit denen er den Fall noch einmal durchsprechen konnte. Sein neuer Kollege hatte Bereitschaft. Es gab also durchaus die Chance, ihn in seinem Büro anzutreffen. Vielleicht war auch Gockeln, der Mann von der Spurensicherung, im Hause. Er griff zum Telefon und wählte die Nummer von Franz Gockelns Büro. Noch vor dem dritten Klingeln meldete sich der Kollege. Da er den Namen von Potthast schon auf dem Display seines Telefons gelesen hatte, kam Gockeln gleich zur Sache.

„Na Willi, geht dir das Weihnachtsbrimborium auch auf den Zeiger, oder lässt dir dein Mordfall keine Ruhe?“

„Beides! Da es dir anscheinend ähnlich geht, wie wäre es, wenn du mal bei mir im Büro vorbei kämest? Ich würde den Fall ganz gerne noch einmal durchsprechen. So richtig komme ich nämlich noch nicht auf einen grünen Zweig bei der ganzen Angelegenheit. Und dann ist da auch so ein Gefühl, dass bei der ganzen Sache irgendwas nicht so ganz koscher ist.“

„Ich muss hier gerade noch mal die Ergebnisse der Spurensuche neu zusammenstellen, dann komme ich rüber. So etwa in einer viertel Stunde. Der Neue ist doch auch im Hause, oder nicht?“ Potthast bejahte die Frage.

„Dann kannst du Ihre Durchlaucht ja auch dazu holen. Dann ist unser Heimfried auch gleich auf dem laufenden.“

Gockeln brummelte noch so etwas wie, „bis gleich“ und beendete das Telefongespräch.

Potthast hingegen wählte sofort die Nummer von Grothenburg, doch es ertönte das Besetztzeichen. Der Polizist legte den Hörer wieder auf und machte sich auf den Weg, um Wasser für Kaffee zu holen. Auf dem Rückweg kam er an dem Büro des Neuen vorbei. Er hörte eine Stimme. Also klopfte er kurz und trat in das Zimmer. Heimfried von Grothenburg war nicht im Raum. Hinter seinem Schreibtisch saß jedoch eine gut aussehende ältere Dame, die telefonierte. Sie sah Potthast mit empörtem Gesichtsausdruck an. In den Hörer des Telefons sagte sie: „Elvira, Liebste, wir werden gestört. Hier betritt gerade so ein ungehobelter Mensch das Büro. Ich rufe dich später wieder an. Tschüss meine Liebe!“

Dann wandte sich die Frau empört an Potthast: „Was bilden Sie sich ein, hier einfach so einzutreten, ohne das Herein abzuwarten? Haben Sie keine Manieren?“

Potthast war einen Moment sprachlos. Damit hatte er nicht gerechnet. Dann meldete sich jedoch sein Kleinhirn, durch die Ausschüttung eines Stoffes, der bei jedem Menschen Wut erzeugt. Er bekam einen leicht roten Kopf, schnappte noch einmal kurz nach Luft und ging in die Offensive.

„Über meine Manieren reden wir, wenn überhaupt, später. Zunächst erklären Sie mir, wie Sie in dieses Büro kommen und warum Sie auf Kosten der bundesdeutschen Steuerzahler mit der liebsten Elvira telefonieren!“

„Sie Popanz Sie!“

Potthast sah sich nach Gegenständen um, die dazu dienen könnten die Frau zu erschlagen. In diesem Moment öffnete sich die Tür Heimfried von Grothenburg betrat sein Büro. Er erstarrte zu einer Salzsäule.

„Mutter!“, presste er heraus. „Was machst du hier?“

Die Frau blitzte ihren Sohn kampfbereit an. „Heimfried, ich weiß wie schwer es ist, sich in einer fremden Stadt zurechtzufinden.“

Heimfried von Grothenburg holte Luft, um etwas zu sagen.

„Widersprich mir nicht, mein Sohn! Ich habe schließlich neununddreißig Jahre mehr Lebenserfahrung als du. Im übrigen solltest du mir dankbar dafür sein, dass ich dich in einer fremden Stadt nicht gleich allein lasse. Dein Büro habe ich auch schon aufgeräumt. Auf deinem Schreibtisch sah es aus, als hätte eine Bombe eingeschlagen. Na, das habe ich erst einmal gerichtet. Doch eins muss ich dir noch einmal ausdrücklich sagen! Deine Handschrift ist schrecklich! Ich habe die ganzen Zettel, die du voll geschmiert hast ...“.

Wieder holte der Polizist Luft, um etwas zu sagen, doch die Frau hob ihre Hand, um sich Ruhe auszubieten.

„Ja! Vollgeschmiert! Diese Zettel und Schnipsel habe ich

alle in den Papierkorb geworfen. Ich erwarte von dir, dass du das alles noch einmal neu schreibst. Dein Vater hatte eine so schöne Handschrift und deine war als Kind ebenso schön. Ich finde es unverantwortlich, wie du deine Gaben verkommen lässt. Dass du zur Polizei gegangen bist konnte ich leider nicht mehr verhindern! Aber das habe ich mir geschworen! Ich werde darauf achten, dass das deine letzte unüberlegte Tat war. Schließlich bist du ein von Grothenburg! Du hast es nicht nötig, Verbrecher zu jagen. Das können die machen ...".

Willi Potthast hatte sich dies alles mit wachsender Verwunderung angesehen. Jetzt platzte ihm der Kragen.

„Sie können aufräumen wo Sie wollen, Frau von Grothenburg! Aber nicht in diesem Polizeirevier. So und jetzt muss ich Sie bitten, zu gehen. Ihr Sohn und ich haben zu arbeiten."

Potthast öffnete die Tür und wies ihr mit dem rechten Arm die Richtung aus dem Zimmer.

„Popanz!"

Der Hauptkommissar sagte jedoch nur, und das laut und deutlich: „Raus!"

„Heimfried! Tue etwas!"

Von Grothenburg rührte sich nicht und sagte nichts.

„Das wird ein Nachspiel haben! Ich werde mich beim Landrat beschweren! Und wir beide, mein lieber Sohn, werden uns heute Abend weiter unterhalten!" Die Frau fuchtelte drohend mit dem Zeigefinger der rechten Hand unter der Nase des Polizisten, der gleichzeitig ihr Sohn war, herum.

„Raus!", versuchte Potthast es noch einmal und gab sich Mühe, den Nachdruck in seiner Stimme zu erhöhen.

Frau von Grothenburg raffte ihren Mantel vom Haken. Ihr Sohn wollte ihr beim Anziehen helfen, doch sie verhinderte, dass er das Kleidungsstück in die Hand nahm und trat wütend, aber erhobenen Hauptes, den Rückzug an. Als sie das Zimmer verlassen hatte sagte von Grothenburg kleinlaut

„Danke“ zu Potthast.

„Sag mal, was ist denn mit deiner alten Dame los?“, kam es von Potthast.

„Siehst du doch. Lass uns ein anders Mal darüber reden. Ich muss erst mal wieder meine Sachen ordnen.“

Von Grothenburg fing an, im Papierkorb zu kramen.

„Kannst du das später machen? Ich wollte mit dir und Franz Gockeln von der Spurensicherung, den Fall Rudolf Kötterhagen noch einmal durchgehen.“

„Gerade dann musst du dich noch fünf Minuten gedulden. Was meinst du, was meine Mutter gerade in den Papierkorb geworfen hat? Meine gesamten Überlegungen und Aufzeichnungen zu dem Fall.“

„Okay Heimfried, wir erwarten dich in zehn Minuten!“

„Ach Willi!“

Potthast, der gerade den Raum verlassen wollte, drehte sich wieder zu seinem Kollegen hin.

„Es wäre schön, wenn die Sache eben unter uns bleiben könnte.“

„Klar!“, nickte der Hauptkommissar und war im nächsten Moment durch die Tür verschwunden.

Er holte den mittlerweile fertigen Kaffee und Tassen, dann machte er sich auf den Weg zu seinem Zimmer. Als er die Tür öffnete, saß Gockeln schon auf einem der wackligen Besucherstühle und blätterte in seinen Akten.

„Ach Franz, schön, dass du schon da bist. Ich bin leider etwas aufgehalten worden. Heimfried kommt gleich. Er hatte auch eine Kleinigkeit zu erledigen.“

„Was habt ihr denn alle für einen Stress? Zwischen den Feiertagen ist doch an sich nichts los, aber wenn ich euch so sehe, habe ich den Eindruck, dass ihr alle gar nicht zur Ruhe kommt.“

Potthast winkte ab.

„Hör bloß auf, bei uns saßen heute morgen wieder mal zwei fremde Mädchen am Kaffeetisch. Haben bei unseren

Jungens im Zimmer geschlafen. Däumchen gedreht haben die bestimmt nicht. Unser Kleiner fängt auch schon an, den Mädchen hinterher zu steigen und Mechthild tut so, als sei das alles so normal wie nur was. Sollte mich nicht wundern, wenn unser Pastor irgendwann von der Kanzel aus verkündet, dass bei uns zu Hause Sexorgien gefeiert würden."

„Mensch Willi, da brauchste dich wirklich nich drüber aufregen. Das war bei unseren Jungen genau so. Nach ner Weile haste dich dran gewöhnt, dann interessiert dich der Pastor auch nicht mehr. Kannse mir ruhig glauben. Ist doch bei allen so. Die einzigen, die et nicht mitkriegen wollen, sind die Pastöre. Dürfen se ja auch nicht, sonst würde bei denen doch ne Welt zusammenbrechen."

In dem Moment öffnete sich die Tür. Heimfried von Grothenburg betrat das Zimmer. Er trug eine Umlaufmappe, zwischen deren Pappendeckeln sich unterschiedlich große, oft zerknitterte, handschriftlich beschriebene Zettel befanden.

Unaufgefordert setzte sich der Mann auf den zweiten Besucherstuhl, legte seine Mappe auf den Tisch, stand wieder auf, gab Gockeln die Hand und murmelte so etwas wie: „Frohe Weihnachten Franz". Gockeln war so verwundert über diese Förmlichkeit, dass ihm die Sprache weg blieb.

Potthast griff zur Kaffeekanne und verteilte den Inhalt. Dann ergriff er das Wort. Er sagte: „Schön, dass ihr heute auch in der Behörde seit. Das gibt uns die Möglichkeit, alles was wir zu dem Fall Rudolf Kötterhagen haben, noch mal durchzugehen. Ich muss gestehen, ich bin mit meinem Latein am Ende. Ich finde im Moment einfach keinen Anfang. Meine erste Frage geht an dich, Heimfried. Du warst bei den Verhören dabei, die ich mit Norbert Kötterhagen und dem Landwirt Albrecht Greifenberg durchgeführt habe. Ich würde dich bitten, dass du mal deine Sichtweise schildern würdest. Im Anschluss daran würde ich dich bitten, Franz, mit uns noch einmal die Ergebnisse durchzugehen, die du und deine Leute von der Spurensuche herausgefunden haben. Mal sehen, ob wir noch ein paar Mosaiksteinchen finden. Heimfried leg los!"

Umständlich kramte der Neue zwischen seinen Zetteln und fischte ein jetzt vierfach gefaltetes DIN A 3 Blatt hervor. Es war vollgekritzelt mit Kreisen, Verbindungslinien und Sprechblasen. An manchen Stellen hatte der Polizist Symbole und kleine Figuren eingezeichnet. Das Gesamtwerk sah aus wie das Ergebnis einer Kunststunde, das ein Zehnjähriger verzapft hatte.

Potthast begann, die Mutter seines Kollegen zu verstehen. Der Sohn erstellte wirklich Kritzeleien.

Heimfried breitete das Blatt auf dem Tisch aus.

„Was is denn das?", brach es aus Franz Gockeln hervor.

„Das ist eine Methode die sich Mind Mapping nennt. Entwickelt hat sie ein gewisser Tony Buzan. Mit Hilfe dieser Technik kann man, wenn man verschiedene Regeln einhält, in wesentlich kürzerer Zeit mehr lernen, also auch mehr erfassen (...).

„Okay!", mischte sich Potthast ein. „Das wissen wir nun. Alles andere hierzu später. Heimfried, lass uns auf den Fall Kötterhagen zusprechen kommen!"

Wieder beugten sich die Männer über die ‚Kritzelei'. Von Grothenburg erklärte systematisch, was er beobachtet hatte, was ihm aufgefallen war, wo er Zusammenhänge sah. Die beiden anderen Polizisten waren fasziniert von der Systematik, mit der er den Fall erfasste.

„(...) wenn ich jetzt noch einmal auf meinen subjektiven Eindruck zu sprechen kommen darf, so drängt sich mir bei dem Bruder des Toten, Norbert K., das Gefühl auf, dass sein Schmerz über den Verlust des Bruders im Moment alles dominiert. Somit werden alle anderen Ereignisse und Phänomene von diesem dominanten Gefühl überlagert, so dass sein Verhalten, das jemand im Allgemeinen bei einer Lüge an den Tag legt, auch bei guter Beobachtung nur schwerlich sichtbar wird, da der Schmerz und die Trauer das bestimmende Moment sind. Wir müssen noch eine gewisse Zeit warten, bis sich die normalen Verhaltensweisen von Norbert K. wieder einstellen.

Bei Albrecht Greifenberg hingegen spielt die Trauer über den Tod seines Freundes eine nur untergeordnete Rolle. Dieser Mann hat sich völlig anders verhalten. Seine ganze Körpersprache und sein Verhalten deuteten darauf hin, dass er uns etwas verschweigt, uns belügt oder sonst irgendetwas dieser Art. Er trat uns nicht offen gegenüber. Gab verwässerte Antworten auf präzise gestellte Fragen. Er wich an verschiedenen Punkten aus. Ich finde, diesen Mann sollten wir uns noch einmal vornehmen", endete der Vortrag von Heimfried von Grothenburg.

Die beiden Kollegen sahen sich an und schwiegen. Nach einigen Minuten ergriff Franz Gockeln das Wort.

„Sag mal, bist du sicher, das du Polizist bist?"

Von Grotenburg grinste. „Ganz sicher! Doch bevor ich mich dazu entschlossen hatte, in den Polizeidienst zu gehen habe ich Psychologie studiert. Aber in dem Job habe ich mich nicht sehr wohl gefühlt und habe mich daher dazu durchgerungen, etwas anderes zu machen. Zum Leidwesen meiner Familie." Von Grothenburg warf Potthast einen verschwörerischen Blick zu.

„Ich fasse es nicht! Wir haben uns einen Seelenklempner angeheuert," äußerte sich Franz Gockeln. „Hört sich aber gar nicht so schlecht an, was du da gesagt hast. Was meinst du Willi?"

„Ich habe auch schon in die Richtung gedacht, hatte aber nur so ein Gefühl. Durch die Ausführungen von Heimfried ist mir die Sache jedoch klar geworden. Den Greifenberg nehmen wir uns vor! Und zwar sofort."

Potthast ging um seinen Schreibtisch herum, schlug sein Notizbuch auf und wählte eine Nummer.

„Guten Tag, hier spricht Hauptkommissar Potthast. Ich

hätte gerne noch einmal Herrn Greifenberg gesprochen."

Der Polizist schwieg und hörte seinem Gegenüber zu. Dann sagte er: „Albrecht Greifenberg, ich vermute Senior."

Wieder hörte er zu.

„Aha, ist heute Morgen von Paderborn/Lippstadt nach Mallorca geflogen. Wissen Sie, für wie lange?"

„Vierzehn Tage! Vielen Dank und guten Rutsch Frau Greifenberg."

Potthast knallte den Hörer auf die Gabel. „So ein Mist! In diesem Fall passt aber auch gar nichts zusammen. Greifenberg Senior macht sich mit seiner Frau, wie jedes Jahr zum Jahreswechsel, zwei schöne Wochen auf Mallorca. Die Bauern von heute sind auch nicht mehr das, was sie früher einmal waren."

„Ist nun mal so, Willi. Du hättest Greifenberg, so wie die Dinge im Moment liegen, auch nicht an seiner Urlaubsreise hindern können," versuchte Gockeln die Sache zu relativieren.

Potthast nickte.

„Also machen wir weiter! Ich habe noch eine Sache, die mir aufgefallen ist. Die Zeitspanne zwischen dem Zeitpunkt, an dem der Mord entdeckt wurde, und dem Zeitpunkt, als er gemeldet wurde, erscheint mir reichlich lang."

„Habe ich auch schon bemerkt und überprüft. Der Bruder von Kötterhagen sagte, er sei einfach zu konfus gewesen. Daher habe er versäumt, gleich die Polizei anzurufen", meldete sich von Grotenburg. „Erscheint mir auch glaubhaft", tat er seine Einschätzung noch kund.

„Was gibt es bei dir Franz?", fragte Potthast.

„Wir haben nichts Auffälliges gefunden. Die Wohnung gibt nichts her. Keine außergewöhnlichen Substanzen oder Spuren. Es gibt bis jetzt fünfzehn verschiedene Fingerabdrücke, die wir noch überprüfen. Auf den Abschlussbericht des Pathologen warte ich noch. Heute ist ja alles zentralisiert. In solchen Fällen kommen immer die Leichenfledderer von Münster, und wenn die viel zu tun haben, geht es entweder nach Dringlichkeit der Sachlage oder nach Wichtigkeit der Personen.

Dann habe ich noch die Ziffernkombination auf der Fernsehzeitung überprüft. War die Telefonnummer eines Pizzabringdienstes."

Potthast legte seine Aufzeichnungen auf seinen Schreibtisch und seufzte.

„Wieder mal ein Tag, der uns nicht weiter gebracht hat. Na wenigstens haben wir ein paar vage Annahmen, denen wir in nächster Zeit nachgehen können."

Er sah auf seinen Chronometer. Er zeigte kurz nach siebzehn Uhr. Draußen war es dunkel geworden. Er hatte keine Lust nach Hause zu gehen.

„Wie wäre es, wenn wir einen Happen zusammen essen würden?", fragte er seine Kollegen.

„Meinetwegen", entgegnete Heimfried von Grothenburg. „Ich muss nur noch meinen Wohnungsschlüssel abholen, dann kann ich morgen anfangen, zu renovieren."

„Wo musst du denn hin?"

„Zum Turnplatz! Geht aber schnell."

„Dann können wir uns ja um 18.30 im La Bodega treffen. Das ist direkt gegenüber an der Kilianstraße. Ein guter Spanier! Kommst du auch mit, Franz?"

„Warum nicht, aber muss es denn immer was Ausländisches sein? Ein gutes Kotelett tut es doch auch."

„Kannst ruhig mal was Neues ausprobieren!", meinte Willi Potthast und klopfte ihm kumpelhaft auf die Schulter.

Anschließend ging jeder der Männer seinen Angelegenheiten nach.

25

Die beiden Belgienbesucher hatten abgemacht, erst mal einen kurzen Mittagsschlaf zu halten. Schulte erwachte durch Rodehutskors energisches Türklopfen. Es war mittlerweile fast sechzehn Uhr. Sie stiegen das Treppenhaus hinunter, denn der Fahrstuhl war noch immer nicht in Betrieb. Immerhin gab es mittlerweile wieder Licht. An der Rezeption lächelte Marijke, als könne sie sich kein größeres Glück vorstellen, als diese beiden Männer zu beherbergen.

„'n kleines bisschen zu rundlich, aber ein hübsches Gesicht!" wurde sie zum Dank für ihr Lächeln von Schulte eingeordnet. Rodehutskors grinste verschwörerisch zurück.

„Das gibt's doch gar nicht!" rief Schulte, als sie vor die Hoteltür traten und schräg gegenüber auf der Altstadtseite des Thonissenlaan das große langgestreckte Gebäude der Hasselter Polizei sahen. Der eher schmucklose Bau aus gelbem Klinker wirkte nicht eben einladend. Aber in der Regel werden die Menschen in ein Polizeigebäude auch nicht eingeladen, sondern vorgeladen und dann ist die Frage nach dem Ambiente und dem Wohlfühlfaktor sekundär.

„Wollen Sie da nicht reingehen und sich vorstellen?" fragte Rodehutskors überrascht, als Schulte locker an dem Polizeigebäude vorbeiging. Der Polizist drehte sich um und strich sich nachdenklich eine der unzähmbaren Locken aus der Stirn.

„Nein! Ich habe mir während der Fahrt Gedanken gemacht, wie ich diese Ermittlung am besten anfasse. Ich bin zu dem Ergebnis gekommen, hier auf gar keinen Fall als deutscher Polizist erkannt zu werden. Einmal muss ich mich als Polizist an Regeln halten, an die ich als Privatmann nicht gebunden bin. Zum anderen bin ich für meine Detmolder Kollegen und Vorgesetzten im Urlaub. Wenn ich mit der Hasselter Polizei zusammenarbeite, dringt mit Sicherheit etwas davon nach Detmold. Partnerstadt und so! Das gibt nur

Ärger. Also: Ich bin ein ganz normaler Tourist, bin an Kultur und Stadtgeschichte interessiert und werde wie jeder ordentliche Belgientourist furchtbar viele Pommes und Muscheln essen und möglichst viele von den Tausenden von Biersorten probieren. Alles Weitere sollten wir beiden gleich bei einem Gläschen besprechen. Dieser kleine Ausflug wird Ihren Verleger ordentlich was kosten, das garantiere ich Ihnen!"

Damit hatte Rodehutskors keine Probleme.

Sie schlurften gemütlich durch die schmale Diesterstraat. Hier wurden die Häuser älter, aber auch hübscher. Als sie allerdings kurz darauf nach rechts in die Maagdendries blickten, erschraken sie fast wegen eines besonders großen und hässlichen Verwaltungsgebäudes, das in groteskem Kontrast zu den hübschen Gründerzeit-Häuschen der Umgebung stand. Hier hatte die in Hasselt an jeder Ecke vorkommende *Fortis-Bank* einen furchtbaren Geschmack bewiesen.

Dann folgten sie geradeaus der Kapelstraat und wunderten sich.

„Wenn das meine Frau sehen würde... die kriegte ich hier gar nicht mehr weg! Da würde ich ja arm!" staunte Rodehutskors. Und wahrhaftig: Auf beiden Straßenseiten Boutiquen! Aber nicht irgendwelche. In dieser unscheinbaren Straße waren so ziemlich alle namhaften, edlen und teuren Modemarken vertreten.

„Wer kauft denn das alles?" Rodehutskors war sprachlos.

Schulte beeindruckte das weniger. Mode war eindeutig nicht sein Revier. Er strahlte, als sie kurz darauf den ersten Blick auf den *Grote Markt* warfen. Der selbst bei Schneematsch wunderschöne rechteckige Platz war umsäumt mit Cafes und Brasserien. Die Fassaden auf der linken Seite waren übersät mit Leuchtreklamen verschiedenster Biersorten, die jetzt bei einsetzender Dunkelheit bereits leuchteten. Rechts die elegante überdachte Cafeterrasse des *Café Wembley.* Witzig fand Schulte am Anfang des Platzes eine bronzene Figurengruppe. Eine Frau mit keckem Hütchen und ein

Mann sitzen Händchen haltend auf einer Bank. Die beiden schauen so selbstverständlich und auch so munter auf den Platz, als würde ihnen hier ständig aufs Neue etwas Aufregendes geboten. Die durstigen Detmolder Touristen kehrten auf der linken Seite in der *Brasserie Drugstore* ein und bestellten ein *Cristal Alken* Bier, welches sie dann trinkbar, aber schlapp fanden. Nach einigen Minuten Entspannung fragte Rodehutskors durch den Dampf seines Zigarillo:

„Wie packen wir es denn nun an? Sie sind der Fachmann!"

Schulte setzte sich aufrecht hin.

„Ich schlage vor, dass wir heute Abend erst mal ein bisschen die Stadt kennen lernen. Morgen früh gehen wir zusammen zur Redaktion der Zeitung. Het Belang van Hasselt, richtig? Sie sprechen mit dem Redakteur, der Rauscher ins Archiv gelassen hat. Vielleicht hat er ja etwas mitbekommen, was Rauscher gesucht hat. Wie hieß dieser Mann noch mal?"

„Van Duin! Piet van Duin. Ein interessanter Mann, Sie werden schon sehen. Für unsere lippischen Verhältnisse ein bisschen merkwürdig. Aber tüchtig in seinem Beruf. Wie soll ich Sie denn vorstellen? Doch wohl nicht als Polizist, oder?"

„Bloß nicht! Nein, ich denke, Sie befördern mich ab sofort zu einem Ihrer Kollegen bei der Heimatzeitung. Ich kenne genug Leute bei Ihrem Blättchen, falls van Duin mit mir Small-talken will. Da kann nichts passieren."

„Alles klar! Aber warum erst morgen früh? Zeitungsleute sind schließlich nicht im öffentlichen Dienst. Wir arbeiten auch nach 18 Uhr noch. Ich wette, wenn wir jetzt geradewegs zum Het Belang van Hasselt fahren, treffen wir van Duin dort an. Wenn er nicht gerade zu einem Termin ist, aber das kann uns morgen auch passieren. Was hindert uns?"

Schulte dachte kurz nach.

„Nichts! Kennen Sie den Weg?"

„Ich hoffe. Schließlich war ich schon einige Zeit nicht mehr hier. Aber ich denke schon."

Sie zahlten und staunten über die erschreckend hohen Preise. Dabei hätten sie damit rechnen können. Exponierte Lagen und tolle Aussichten lassen sich Gastronomiebetriebe überall in der Welt gut bezahlen. Dafür gibt es auch in Ostwestfalen-Lippe einige traurige Beispiele.

Draußen war es mittlerweile völlig dunkel. Der Platz übte durch die vielen Leuchtreklamen eine faszinierende Wirkung auf die beiden aus. So was gab es in Detmold nicht.

26

Schulte und Rodehutskors fanden schnell ein Taxi und fuhren über den Havermarkt aus der Altstadt heraus. Die Fahrt über die ihnen bereits bekannte Koningin-Astrid-Laan führte nach rechts auf den Teil des äußeren Stadtringes, der Herkenrodesingel heißt.

Hier residierte die Tageszeitung *Het Belang van Hasselt.* Rodehutskors führte den Polizisten in das große Gebäude, fragte bei der Empfangssekretärin nach van Duin und wurde in die dritte Etage verwiesen. Es herrschte noch reges Treiben im dritten Stock, der Redaktionsetage.

Piet van Duin löste bei Schulte leichte Verwunderung aus. Die dünne und lange Gestalt des Mittfünfzigers war ein expressionistischer Farbenrausch. Ganz unten blaue Cowboystiefel, darüber eine schreiend rote enganliegende Hose. Über einem grünen, sehr gut gebügelten Oberhemd mit jeweils zwei goldenen Manschettenknöpfen prangte eine gelbe, zugeknöpfte Weste. Dazu eine korrekt gebundene, mehrfarbige Krawatte. Über allem thronte ein schmaler, habichtsähnlicher Kopf, der überwuchert war mit viel zu langen, ungekämmten grauen Haaren. Die dunklen, hellwachen Augen waren unter den struppigen, überhängenden Augenbrauen kaum zu sehen. Dieser Mann war ein einziger Stilbruch! Als hätte ein ungeschickter Amateurkünstler versucht, aus unterschiedlichsten Farbfotoschnipseln eine Collage zu basteln. Hier passte nichts zusammen.

Immerhin begrüßte er Rodehutskors recht herzlich und gönnte auch dem vermeintlichen Kollegen Schulte ein freundliches Lächeln.

Rodehutskors, ein eher gemütlicher Typ, war nicht derjenige, der sofort zur Sache kam. So redeten die beiden Journalisten, van Duin in recht ordentlichem Deutsch, erst einige Minuten über alte Zeiten und den Niedergang der freien Presse, bevor Schulte, mehr ein Freund der direkten Offensive mit wenig Begabung zur Geduld, endlich aufs Thema kommen konnte.

„Du weißt ja schon Bescheid," meinte er zu van Duin. „Wir machen uns Sorgen um unseren Kollegen Marco Rauscher. Nach allem, was wir bisher rausgefunden haben, bist du der letzte gewesen, der ihn gesehen hat. Nun..."

„Entschuldige, aber als letzter hat ihn unser Hausmeister gesehen, als er mit ihm im Archiv war", unterbrach in van Duin. „Allerdings ist der zu dieser Uhrzeit nicht mehr im Dienst. Den könnt ihr erst Morgen wieder sprechen. Aber womit kann ich euch weiterhelfen?"

„Was genau wollte Rauscher denn sehen? Welches Thema, welcher Zeitraum? Hat er irgendwas angedeutet?"

Van Duin dachte eine Weile nach.

„Ihr kennt euren Kollegen ja besser als ich. Sehr gesellig war der noch nie. Unter uns gesagt: Besonders sympathisch war er mir auch nicht. Aber erzählt's nicht weiter. Ihr könnt euch denken, dass ich froh war, als er mit dem Hausmeister ins Archiv abgezogen ist und ich wieder in Ruhe arbeiten konnte. Ich hatte ihm jedenfalls kein Gespräch aufgezwungen. Aber lasst mich überlegen. Als er reinkam, habe ich ihn nicht gleich erkannt. Ich habe ihn schließlich erst einmal bei einem Besuch in Detmold gesehen. Seinen Namen hatte ich schon wieder völlig vergessen. Also, er stellte sich etwas beleidigt vor. Er hatte wohl damit gerechnet, hier begeistert aufgenommen zu werden. Dann erzählte er was von einer Story, an der er gerade arbeite. Offen gestanden habe ich nicht richtig zugehört. Es hat mich nicht die Bohne interessiert! Ich weiß nur noch, dass er wissen wollte, wie unser Archiv aufgebaut ist. Nach Themen oder nach Zeiträumen."

„Und?" wollte Schulte wissen. „Wie ist es aufgebaut?"

„Beides! Es gibt einmal die Sammlung alter Original-Zeitungsbände. Die ist selbstverständlich nach Jahrgängen geordnet. Aber da kommt normalerweise keiner ran. Für den täglichen Gebrauch sind diese Bände alle auf Microfilm. Die letzten fünf Jahrgänge sind sogar alle digital abgespeichert. Da gibt es natürlich verschiedenste Suchalgorithmen. Das kann ein Zeitraum sein aber auch ein Stichwort. Das habe ich Rauscher erklärt, dann kam auch schon der Hausmeister und hat ihn ins Archiv begleitet."

Rodehutskors war stark beeindruckt. Auf so ein Archiv konnten zwar die Redakteure der *Heimatzeitung* zu Hause auch zugreifen, aber dass die hier in Belgien auch schon so was Nobeles hatten... wer hätte das gedacht?

„Was machte Rauscher denn für einen Eindruck? Wirkte er ruhig oder gestresst? Was hattest du für ein Gefühl?" bohrte Schulte nach.

„Der macht doch wahrscheinlich schon seit seiner Geburt ein Gesicht, als stünde er kurz vor dem Nervenzusammenbruch. Ruhig und entspannt wirkte er jedenfalls nicht. Aber mal was anderes: Habt ihr euch schon überlegt, was ihr heute Abend essen wollt?"

Die beiden Detmolder waren vom plötzlichen Themenwechsel überrascht. Schulte, der sich ein bisschen über van Duins ausweichende Art ärgerte, sagte daher etwas bissiger als eigentlich beabsichtigt:

„Gibt's denn hier noch was anderes als Pommes Frites?"

Van Duin antwortete ähnlich gereizt:

„Nein! Gibt es nicht. Genauso wenig, wie es bei euch zuhause was anderes als Sauerkraut und Knödel gibt."

Rodehutskors spürte die Spannungen zwischen den beiden Männern und versuchte, zu vermitteln.

„Im Namen meines Verlegers lade ich euch beide zum Essen ein! Piet kennt bestimmt ein nettes Restaurant. Da können wir alles Weitere in gemütlicher Runde besprechen. Einverstanden?"

Schulte und van Duin brummelten beide noch etwas, stimmten aber dem Vorschlag zu. Dann fuhren sie mit van Duins Auto zurück in die Altstadt. Sie parkten am Zuivelmarkt. Rund um diese etwas breitere Straße war offenbar das Kneipen- und Restaurantviertel Hasselts. Allein in dieser Straße waren so viele Restaurants wie in ganz Detmold. Gegenüber einem Antiquariat sahen sie einen sehr dezent angebrachten Restaurantnamen *De groene Hendrickx.* Die drei Männer gingen durch eine unscheinbare Hofeinfahrt in einen sehr gepflegten Hof, der im Sommer vermutlich ein wunderschöner Bier- und Speisegarten sein musste. Innen empfing sie ein großer, aber sehr behaglicher Raum mit dunklen Möbeln auf zwei Ebenen.

„Früher war dies eine Geneverfabrik," dozierte van Duin, als sie an einem der Tische Platz genommen hatten. Die beiden Lipper waren mit der Wahl des Restaurants zufrieden. Restlos erstaunt waren sie aber, als der Kellner die Bestellung aufnahm und van Duin nicht etwa ein bestimmtes Gericht bestellte, sondern einfach nur den Preis nannte. Er wollte ein Menü für umgerechnet sechzig Mark. Mit dieser Auskunft schien der Kellner vollkommen zufrieden zu sein. Als van Duin die verblüfften Blicke der beiden sah, lachte er.

„Ich habe vergessen, euch darauf hinzuweisen. Eine der Besonderheiten dieses Restaurants ist das so genannte ‚angepasste Menü'. Du nennst dem Kellner die Summe, die du ausgeben willst und der Koch stellt dir passend ein Menü zusammen. Meistens ist das sehr gut!"

Die anfänglichen Spannungen zwischen ihm und Schulte verflogen mit jedem Bier ein wenig mehr. Es entspann sich ein leidenschaftlicher Disput über Essen. Während van Duin als Verfechter einer stark veredelten raffinierten Küche auftrat, positionierte sich Rodehutskors als leidenschaftlicher Anwalt einer einfachen, aber guten regionalen Küche. Er hielt überhaupt nichts von Gourmet-Schnickschnack. Sein Plädoyer gipfelte in der Aussage:

„Kartoffelsalat! Jawohl, meine Herren. Wo finden Sie heute noch einen anständigen Kartoffelsalat? Wer kann das überhaupt noch? Ich sage Ihnen: Kartoffelsalat müsste man unter Artenschutz stellen!" Drohend schaute er um sich. Als keiner widersprach, fuhr er fort.

„Ich liebe die Mama-Küche! Jawohl! Es geht doch nichts über die Küche einer guten erfahrenen Hausfrau. Die gilt es wiederzuentdecken! Ich will euch was sagen: Wenn diese Kochmützen-Heinis wüssten, wie ein Gulasch bei meiner Frau schmeckt, dann würden sie ihre Hummer und Trüffel verschenken und noch mal in die Berufsschule gehen!"

Es wurde ein rundum netter Herrenabend. Hätte Schulte zu diesem Zeitpunkt gewusst, dass ihm in den nächsten Tagen eher unangenehme Stunden bevorstanden, hätte er ihn wohl kaum so unbefangen genießen können.

27

Es hatte wieder angefangen zu schneien, als Maren Köster kurz vor sieben aus dem Fenster sah. Wenn sie in das Licht der Straßenlaterne vor ihrem Haus sah, konnte sie die kleinen Flocken sehen, die vom Himmel rieselten.

Die Polizistin zog sich ihren Morgenmantel über und schlang ihn eng um ihren Körper. Sie ging ins Badezimmer, drehte die Heizung auf die höchste Stufe, um dann weiter in die Küche zu gehen. Schon auf dem Weg dort hin hörte sie, wie ihre JURA-Kaffeemaschine ansprang und die Kaffeebohnen für die erste Tasse des Tages zerkleinerte. Die wichtigste Anschaffung meines Lebens, dachte Maren Köster, als ihr der Duft ihres Lieblingsgetränkes in die Nase strömte. Sie nahm den gestern schon hingestellten Kaffeebecher und füllte ihn mit aufgeschäumter Milch auf, tat etwas Zucker hinzu, rührte um und lag wenige Sekunden später wieder im warmen Bett. Die dampfende Tasse umschloss sie mit beiden Händen, nahm ab und an einen Schluck und wurde von Sekunde zu Sekunde wacher. Was war mit Schulte los? Der wirkte gestern so euphorisch, dachte sie. Wieso nahm er sich so plötzlich Urlaub. Sollte er etwa mit der Staatsanwältin ... ? Das würde sie nachprüfen. Gleich heute morgen. Eine gewisse Zeit dachte sie noch an ihren Kollegen. Sie ließ ihren Blick durchs Zimmer schweifen und ließ ihn auf einem Foto des Hauses verweilen, das sie seit über einer Woche ihr Eigen nennen konnte. Sie würde umziehen, nach Lemgo, das wurde ihr immer klarer. Zwar war das Anwesen viel zu groß für eine Person, aber daran wollte sie jetzt keinen Gedanken verschwenden.

Heute würde Axel Braunert wieder kommen. Sie freute sich auf ihn. Er war ihr Lieblingskollege. Axel war immer ausgesprochen höflich, ja geradezu galant. Er hatte nie diese chauvinistischen Sprüche drauf wie Schulte und Lohmann. Ihm würde sie heute von ihrer Erbschaft erzählen und ihm ihr zukünftiges Domizil zeigen.

Die Polizistin sah auf den Boden ihrer Kaffeetasse. Der Tag schien vielversprechend zu werden. Plötzlich bemerkte sie Lebenslust und Unternehmungswut in sich. Sie warf die Bettdecke zur Seite und bekam Lust auf den Tag, als sie sich wenige Minuten später das warme Wasser in den Nacken prasseln ließ.

Eine halbe Stunde später war das Gefühl: ‚Her mit dem Leben' schon wieder etwas verflogen. Wütend rüttelte Maren Köster an der Fahrertür ihres Autos. Das Schloss des roten Opel Tigras war zugefroren und sie hatte natürlich weder Enteisungsspray, noch ein Feuerzeug zur Hand. Nach kurzer Überlegung zückte sie ihr Telefon und wählte Braunerts Nummer.

„Hallo Axel, hier Maren, wo bist du?"

„Ich bin gerade im Begriff, in mein Auto einzusteigen. Wieso?"

„Macht es dir was aus, mich mitzunehmen? Mein Türschloss ist total vereist."

„Bin in drei Minuten unten an der Kreuzung", antwortete Braunert. „Da lade ich dich ein. Bis gleich!" Maren Köster verstaute ihr Telefon in ihrer Handtasche und machte sich auf den Weg.

Auf dem Weg zur Kreispolizeibehörde wurde Axel Braunert über alles informiert, was in den letzten zwei Wochen in Detmold passiert war. Plötzlich sah sich Maren Köster im Auto um und sagte: „Sag mal, hast du eine Nachtschicht eingelegt? Das Auto ist ja total aufgeräumt und sauber. Als Schulte mir mein Auto das letzte Mal zurückgab, habe ich es erst einmal drei Tage zu einer Grundreinigung weggegeben."

„Nee, war alles bestens gestern, als er mir den Wagen vorbei brachte."

„Dann ist da eine Frau im Spiel, Axel, das schwöre ich dir. Schulte räumt sonst nie auf. Auch nicht Autos, die er sich von anderen Menschen leiht. Ich wette, der hat was mit der Staatsanwältin."

„Glaube ich nicht, Maren, die beiden sind doch völlig unterschiedlich. Die Müller Stahl verkehrt in Detmolds besseren Kreisen. Das sind Sphären, da darf Schulten Jupp nicht mal durchs Schlüsselloch gucken."

Maren Köster ließ sich jedoch nicht beirren. „Weibliche Intuition, du wirst schon sehen."

Braunert steuerte den BMW Z 3 auf den Dienstparkplatz der Polizeibehörde, sprang aus dem Auto und öffnete Maren

Köster die Tür. Als sie weiter schwatzend kurze Zeit später das gemeinsame Büro von Braunert und Lohmann betraten, saß dieser wie üblich schon an seinem Schreibtisch. Im Allgemeinen lag die geöffnete *Heimatzeitung* vor ihm und er war schon bestens informiert. Heute jedoch sah Lohmann verträumt auf ein Polaroid-Foto.

„Na, Bernhard, wieder fit?", begrüßte Maren den Kollegen.

„Unter fit verstehe ich was anderes. Das Kreuz tut mir immer noch weh, aber zu Hause fällt mir einfach die Decke auf den Kopf. Da dachte ich, gehe ich einfach wieder arbeiten. Aber das scheint ja noch anderen Leuten so zu gehen." Der Polizist deutete auf Braunert, der jedoch nur etwas verlegen grinste.

Lohmann drückte sich ächzend von seinem Stuhl hoch, griff mit seinen fleischigen Fingern nach dem Foto und zeigte es in die Runde. „Guckt euch den zukünftig besten Libero Lippes an, ist er nicht ein properer Bengel?" Maren und Braunert beeilten sich beizupflichten, konnten sich ein heimliches Grinsen jedoch nicht verkneifen.

„Liberos gibt es doch gar nicht mehr," lachte Braunert. „Die spielen doch jetzt nur noch mit Viererkette!"

„Abwarten!" grummelte Lohmann. „Das ändert sich auch mal wieder. Der Libero lebt! So, dann will ich mich mal um Kaffee kümmern."

Das Grüppchen löste sich auf. Maren Köster verließ das Büro der beiden Kollegen, betrat ihr eigenes und hängte den Mantel auf einen Bügel. Da trat auch schon ein Kollege in Uniform nach kurzem Klopfen ein. Er hatte einen Stoß Papier in der Hand. Auf die Blätter waren mit Bleistift Notizen gekrickelt.

„Frau Köster, ich glaube, wir kriegen Stress. Vor zwei Stunden ist schon wieder die Scheibe von einer Imbissbude zertrümmert worden. Mein Kollege und ich waren zufällig in der Nähe, als es passierte. Ein Mann, der nicht mehr schlafen konnte, hat einen nächtlichen Spaziergang mit seinem Hund gemacht. Er hörte das Klirren der zerspringenden Scheibe und ist hin. Sah aber nur ein paar schwarz gekleidete und vermummte Personen. Er meint, es war nichts zu erkennen. Das einzige, was er sagen konnte ist: es handelt sich um Halbwüchsige"

„Langsam nimmt der Fall Formen an, die ich vor knapp einer Woche niemals so eingeschätzt hätte," sagte Maren Köster. „Ich glaube, da müssen wir jetzt doch etwas mehr Man-Power investieren. Habt Ihr der Spurensicherung schon Bescheid gesagt?"

„Die arbeitet schon auf Hochtouren. Von unserer Seite läuft alles wie am Schnürchen", antwortete der Polizist.

„Super, Meierkort! Dann nehme ich mir mal den Besitzer der Imbissbude vor. Haben Sie die Adresse?"

„Das schon, wir waren auch schon da, um ein Erstgespräch zu führen. Aber der Mann war so besoffen, vor heute Mittag brauchen Sie den nicht anzusprechen."

„Okay, dann sehe ich mir mal den Tatort an und um zehn machen wir eine Dienstbesprechung. Es wäre schön, wenn Sie auch teilnehmen könnten. Ach ja, und schicken Sie einen Streifenwagen bei dem Mann vorbei mit einer Vorladung heute Nachmittag in die Kreispolizeibehörde. Er soll um fünfzehn Uhr hier sein."

„Wird gemacht Frau Köster! Ich bin dann um zehn hier."

„Ach übrigens, was ist aus der Geldübergabe mit diesem Dönerbudenbesitzer Ötzkam eigentlich rausgekommen?"

Ist ausgegangen wie das Hornberger Schießen. Es war niemand da, der das Geld abgeholt hat. Den Bericht bekommen Sie noch." Maren Köster nickte. „Danke!"

Der Polizist tippte mit zwei Fingern an die Schläfe und verließ das Büro.

Maren Köster nahm sich nachdenklich ihre Tasse und machte sich wieder auf den Weg zu Lohmann und Braunert ins Büro. Die beiden Männer saßen schweigend an ihren

Schreibtischen. Jeder hielt einen Becher mit dampfendem Kaffee in der Hand. Auch Maren Köster bediente sich und setzte sich auf einen freien Stuhl. Sie nahm vorsichtig einen kleinen Schluck. Dann sagte sie:

„Jungens, ich glaube, es kommt Arbeit auf uns zu und zwar mehr als uns lieb ist. Eben war Hauptwachtmeister Meierkort bei mir und hat mir den nächsten Fall der Kinderbande auf den Tisch gelegt. Wir haben jetzt in etwas mehr als einer Woche drei Versuche von Schutzgelderpressung und zwei zertrümmerte Ladenlokale. Keinerlei Spuren, außer, dass an jedem Überfall und jeder Erpressung Jugendliche beteiligt waren. Die Angelegenheit nimmt Formen an, die wir ernst nehmen müssen. Ich würde euch bitten, um zehn im kleinen Besprechungszimmer zu sein. Ich brauche Hilfe."

Kaum hatte sie den letzten Satz beendet, da klopfte es. Nach einem deutlich vernehmbaren Herein von Lohmann steckte Meierkort schon wieder den Kopf in die Tür.

„Frau Köster, darf ich Sie noch einmal stören?"

„Komm rein Karl-Heinz!", donnerte Lohmann. „Willste 'nen Kaffee?"

Meierkort betrat das Büro und setzte sich. Braunert schenkte Kaffee ein und stellte die Tasse vor den Polizisten auf den Schreibtisch.

„Hast du etwas Zucker?", fragte Meierkort in Richtung Lohmann. Dieser schob ihm wortlos eine schlampig aufgerissene Schachtel mit kleinen weißen Würfeln hin.

„Was gibt es denn noch?", fragte Maren Köster.

„Volle hat gestern auch noch drei Anzeigen aufgenommen. Jedes Mal ging es um die gleiche Sache. Schutzgelderpressung. Volle hat der Angelegenheit wohl nicht so eine große Bedeutung beigemessen. Er hat die Fälle zwar aufgenommen, hat dann aber Feierabend gemacht. Ich habe eben noch mal kurz das Wachbuch durchgeblättert. Da habe ich die Eintragungen gefunden."

Maren Köster stieg die Zornesröte ins Gesicht

„Wieso hat der nicht die nötigen elektronischen Formulare ausgefüllt und ins Netz gestellt. Wozu haben wir denn die PC's?"

„Ich glaube, Volle hat noch keine Schulung bekommen", versuchte Meierkort den Kollegen zu verteidigen.

„Sie meinen wohl, der hat noch an keiner teilgenommen!", sagte die Polizistin wütend.

Niemand sagte etwas.

„Damit hätten wir sechs Fälle", konstatierte Maren Köster. „Langsam komme ich mir vor wie in Palermo."

Die Polizistin nahm einen großen Schluck aus ihrem Becher stand auf und sagte:

„Ich fahre mal zum letzten Tatort. Ihr könnt ja mal in Erfahrung bringen, was Volle so zu berichten hat. Wir sehen uns um zehn Uhr im kleinen Besprechungszimmer."

Braunert hob den Finger mit seinem Autoschlüssel. „Deiner ist eingefroren meine Liebe."

„Ich gehe kurz an einer Tankstelle vorbei und kaufe mir Enteisungsspray. Ich brauche das Auto."

Im nächsten Moment wurde die Tür von außen geschlossen. Zwei Sekunden später tauchte Marens Kopf jedoch noch einmal im Türspalt auf.

„Ach übrigens, könnt ihr die Staatsanwältin zu der Sitzung einladen?" Noch bevor jemand fragen konnte, seit wann das denn üblich sei, hatte sie die Tür schon wieder hinter sich zugezogen. Die Männer sahen sich verdutzt an.

Diesmal lag die Imbissbude mitten in der Fußgängerzone. Es handelte sich um einen Dönerstand. Er war ähnlich zertrümmert wie die Pizzeria von Panini. Die Spurensicherung war schon abgezogen. Maren Köster stand vor einem Schlachtfeld. Anders als bei Panini machte jedoch noch niemand Anstalten, die Trümmer zu beseitigen. Der Tatort lag verlassen da. Der nasskalte winterliche Morgen und der Schneematsch in der Fußgängerzone taten ihr übriges, um die Szenerie trostlos erscheinen zu lassen. Maren Köster zog ihren Mantel zusammen. Plötzlich spürte sie ein Gefühl, das sie für sich als Frösteln bezeichnete. Sie griff zum Handy und wählte die Nummer der Spurensicherung.

Heinz Krause meldete sich nach dem zweiten Signalton.

„Hallo Maren, guckst du dir das Elend gerade an? Von mir kannst du nicht all zu viel erwarten. Keine Spuren. Die Pflastersteine sind die gleichen, die bei Panini auch benutzt wurden. Wenn das so weitergeht, haben sämtliche Imbissbuden Lippes demnächst keine Scheiben mehr und wir sind immer noch kein Stück weiter."

Maren Köster zuckte mit den Achseln. „Ich weiß im Moment auch nicht weiter. Okay, ich fahre dann mal wieder zur Kreispolizeibehörde. Ich würde gleich ganz gerne eine Dienstbesprechung durchführen. Wäre schön, wenn du dabei sein könntest. Kleines Sitzungszimmer, zehn Uhr!"

„In Ordnung Maren. Ich bin da." Krause legte auf.

Fünfzehn Minuten später betrat die Kommissarin ihr Büro. Sie griff sich sofort ihre Unterlagen, um sich auf die anstehende Sitzung vorzubereiten, als Axel Braunert ins Zimmer kam. Als die Kommissarin zu ihm hoch sah, grinste er sie verschmitzt an. „Maren, du hast mir gar nicht erzählt, dass du dich während meiner Abwesenheit in die Gruppe der Erben eingereiht hast. Was interessiert mich Schultes Liebesleben, wenn du Hausbesitzerin geworden bist?"

„Ach ja, komm lass gut sein, ich kann mich selber noch nicht daran gewöhnen. Bis jetzt ist es immer noch eine gedankliche Leistung, mir klar zu machen, dass ich jetzt ein Haus in Lemgo habe. Wenn du heute Mittag Zeit hast, können wir ja mal hinfahren, dann zeige ich dir das Schmuckstück. Jetzt lass uns erst mal die Sitzung hinter uns bringen."

Zwei Stunden später saßen vier ratlose Polizisten und eine nicht minder planlos dreinblickende Staatsanwältin in einer Runde, in der jedem Einzelnen klar war, dass die letzten beiden Stunden sie keinen Schritt weiter gebracht hatten.

„Ich fasse also noch einmal zusammen“, sagte Maren Köster. „Wir haben innerhalb von zehn Tagen sechs uns bekannte Schutzgelderpressungen. Die Erpresser spaßen nicht. Die Wahrscheinlichkeit, dass es sich um eine Jugendbande handelt, ist zwar gegeben, aber nicht zwingend. Wir tappen im Dunkeln. Axel und ich werden weiter die Zeugen verhören und Lohmann übernimmt die Koordination. Schade, dass Schulte nicht da ist, den könnten wir jetzt gut gebrauchen. Wo ist der eigentlich?“

„Jedenfalls nicht zu Hause“, antwortete die Staatsanwältin. Drei Augenpaare richteten sich plötzlich auf sie, die Wilma Müller-Stahl jedoch nicht wahrzunehmen schien. Während Maren Köster dachte: Die weiß also auch nicht, wo Jupp sich aufhält oder sie ist durchtriebener als ich dachte.

28

Schulte reckte sich, aber die Schläfrigkeit wollte trotz kalter Dusche einfach nicht vergehen. Gestern Abend war es doch noch später geworden. Wie viele Kneipen hat dieses Hasselt eigentlich? Wie konnten die alle überleben? Wer sollte eigentlich gegen dieses monströse Bier- und Geneverangebot antrinken? Unglaublich, diese Belgier! Ein Frühaufsteher war Schulte auch ohne Kater nicht, aber es gab nach neun Uhr kein Frühstück mehr. Zu seiner Überraschung funktionierte der Fahrstuhl wieder. Unten angekommen, empfing ihn mit hinreißendem Lächeln eine gut ausgeschlafene Marijke. Heute in einer dunkelblauen Bluse. Nettes Mädchen, fand Schulte, ging zu ihr und plauderte munter mit ihr über das Wetter, über die schöne Stadt Hasselt und über das Leben an sich. Er stellte Rodehutskors als seinen gestrengen Chef vor, der mit ihm auf Geschäftsreise sei. Dann folgten noch einige flotte Komplimente an die junge Frau und schon wurde es höchste Zeit fürs Frühstück. Im Frühstücksraum traf er auf einen gut gelaunten, frischen Rodehutskors. Diese alten Herren, dachte Schulte. Sehen aus, als würden sie jeden Moment tot umfallen und dann saufen sie dich unter den Tisch.

Das Frühstück war sehr bescheiden. Die Eier waren kalt und den Kaffee mussten sie sich selbst holen. Immerhin war er kräftig genug, um Schultes Kopfschmerzen zu vertreiben.

„Ich habe mir überlegt, Herr Rodehutskors, dass es vielleicht besser ist, wenn jeder für sich ermittelt. Wenn wir ständig zusammen bleiben, ist das nicht sehr effektiv. Wir können in der gleichen Zeit viel mehr erreichen, wenn jeder andere Aufgaben übernimmt. Was meinen Sie dazu?"

Der dicke Mann mampfte glücklich ein wabbeliges Brot mit Marmelade.

„Ganz meine Meinung! Ich mache Ihnen einen Vorschlag. Sie gehen heute noch einmal zu der Zeitung und sprechen mit dem Hausmeister. Ich werde mir heute Vormittag mal in Ruhe die kulturellen Einrichtungen der Stadt anschauen. Vielleicht findet sich da ein Hinweis."

Schulte unterdrückte ein Lachen. Dieser Vorschlag war nichts anderes als eine Rechtfertigung dafür, sich auf Kosten seines Arbeitgebers ein paar schöne Tage in dieser hübschen und lebendigen Stadt zu machen. Mitarbeiten wollte Rodehutskors offenbar nicht. Schulte war dies eher recht, denn nachdem der Journalist seine Beziehungen bei der Tageszeitung hatte spielen lassen, war sein Nutzen auch erschöpft. Alles weitere ließ sich besser allein durchführen.

Eine Stunde später war Schulte, er hatte sich Rodehutskors' Auto ausgeliehen, wieder im Verlagsgebäude an der Herkenrodesingel. Sein Besuch war dem Hausmeister durch van Duin bereits angekündigt worden. Der Hausmeister erwies sich als älterer, rundlicher Mann mit Stirnglatze, gewaltigem Schnauzbart und grauem Kittel. Er sprach kein Deutsch und Schulte musste seine gesamten Sprachkenntnisse aufbieten. Es dauerte eine Weile, bis er dem Mann überhaupt erklärt hatte, um welche Person es ging. Danach taute der Hausmeister sichtbar auf und zeigte sich als jovialer und redefreudiger Mensch.

„Ein unfreundlicher Mann war das“, brummte der Hausmeister, als sie zusammen in den Keller gingen. Er führte Schulte in einen großen Raum, der mit bis an die Decke reichenden Regalen vollgestellt war. Die Regale waren bestückt mit Zeitungen, die wie große Bücher eingebunden waren. Jeweils ein halber Monat pro Buch, penibel geordnet nach Jahrgängen.

„Hier hat der Mann sich zwei Tage lang aufgehalten! Was mich, ehrlich gesagt, ein bisschen verwundert hat. Normalerweise können Externe, die in unser Archiv kommen, die Zeitungen nur auf Mikrofilm einsehen. Dieser Herr Rauscher durfte in den Originalen stöbern. Wahrscheinlich weil der sozusagen Zeitungskollege war. Er wollte die Bände von 1982 bis 1988 durchsehen. Das sind hundertzweiundsiebzig Bände! Es dauert eine Zeit, wenn man nicht genau weiß, wonach man sucht. Und das schien so zu sein. Der hatte, glaube ich, keine genaue Vorstellung von dem, was er gesucht hat. Der hat nur auf gut Glück so reingeschaut!“

Das nahm Schulte mal nicht so wörtlich. Der Eindruck des Mannes jedoch war wichtig. „Und was glauben Sie, hat er gefunden, was er gesucht hat?“

„Auf jeden Fall! Irgendwann knallte er den Band, an dem er gerade las, auf den Tisch, ließ durch mich mehrere Fotokopien von Seiten machen, drückte mir einen Geldschein in die Hand, lief raus und kam nie wieder. Er hatte mit Sicherheit was gefunden und hatte es plötzlich eilig. Also wenn Sie mich fragen, mit dem Kerl stimmte irgendwas nicht! Kannten Sie ihn gut?“

Schulte umging dieses Thema und fragte seinerseits:

„Wissen Sie noch, welcher Zeitungsband das war? Könnten Sie mir den besorgen?“

Der Hausmeister dachte eine Zeitlang nach.

„Das wird schwierig. Ich habe den Band damals einfach wieder zurückgestellt, ohne darauf zu achten, welcher das war. Warum sollte ich auch? Mein Job ist es, hier Ordnung zu halten. Es interessiert mich nicht, wer hier was sucht. Ich glaube, ich habe den Band in das Regal da...", er zeigte auf eines der großen Gestelle. „Ja, es muss da gewesen sein!" Er ging hin und las die Jahreszahl auf den Buchrücken.

„1983! Das muss es gewesen sein. Aber was genau, dass weiß ich nicht mehr! Wenn Sie wollen, hole ich Ihnen die Bände raus. Dann können Sie in Ruhe durchschauen."

Was blieb Schulte anders übrig? Er begann mit der ersten Hälfte des Januars. Den überregionalen Teil überflog er nur, da war wohl kaum was zu erwarten. Dafür hätte er nicht nach Belgien fahren müssen, das hätte er auch zuhause recherchieren können. Der Lokalteil war wichtiger! Es musste einfach etwas im Lokalteil gewesen sein. Gegen vierzehn Uhr hatte er sich bis Ende Februar durchgekämpft, aber nichts Interessantes gefunden. Die Suche war für ihn doppelt schwer, weil seine Sprachkenntnisse sich auf einfachste Konversation beschränkten. Seine Schriftkenntnisse waren mehr als bescheiden und den Hausmeister konnte er nicht mehr fragen

Der war längst gegangen, um woanders seine Pflicht zu tun.

Schulte nahm sich vor allem die Sportberichte vor, da Handball der einzige Anhaltspunkt war, den er hatte. Doch außer der Erkenntnis, dass der H.C. Initia Hasselt in der belgischen Handballwelt eine ganz beachtliche Rolle spielt, kam bei seiner Recherche nichts Brauchbares heraus. Er hatte überhaupt keine Vorstellung, wo er ansetzen sollte.

Wütend warf er den Februar-Band auf den Tisch. So hatte das alles keinen Sinn. Sollte er nicht besser das ganze Unternehmen abbrechen, bevor er sich bis auf die Knochen blamierte? Er hatte etwa zehn Minuten sinniert, als der Hausmeister fröhlich und Schnurrbartzwirbelnd wieder hereinkam. Schulte starrte ihn müde an.

„Hat der Mann wirklich nichts gesagt?"

Der Hausmeister schüttelte den Kopf.

„Oder hat er irgendetwas hinterlassen? Egal was!"

Wieder der Ansatz eines Kopfschüttelns, dann aber schien der Mann eine Idee zu haben.

„Warten Sie! Es könnte sein, dass...". Er ging mit raschen Schritten zu einem Papierkorb in der anderen Ecke des Raumes.

„Der Mann hat sich Notizen gemacht. Ein paar Mal hat er einen Zettel aus seinem Notizbuch herausgerissen und zusammengeknüllt. Vielleicht..., solange ist das ja noch nicht her."

Mit diesen Worten kippte er den ganzen großen Papierkorb auf einen leeren Tisch und begann in den Papieren, die entweder zusammengepresst oder zerrissen waren, herumzustöbern. Schulte fand das ja ganz rührend, versprach sich aber nichts von der Aktion. Doch nach einiger Zeit riss der Hausmeister triumphierend einen zerknüllten Zettel aus der Masse und hielt ihn hoch.

„Hier! Hier steht was auf Deutsch! Lesen Sie mal!"

Schulte sprang auf und riss ihm den Zettel förmlich aus der Hand. Er glättete ihn und las eine hingehuschte Notiz: *Artikel zur Eröffnung am 21. April 1983*! Ob das überhaupt Rauschers Handschrift war?

„Kann das überhaupt sein? Der Besuch des Mannes war doch immerhin vor fast drei Wochen? Wurde der Papierkorb denn seitdem nicht geleert?"

„Das ist sogar sehr gut möglich! Hier unten dauert es Wochen, bis der Papierkorb voll ist. Und vorher leere ich den auch nicht aus, warum auch?"

Also doch! Schulte lief zurück zu den Bänden von 1983, blätterte die zweite April-Hälfte heraus und suchte hektisch nach dem 21. April. Dann nahm er sich den Lokalteil vor und untersuchte konzentriert jeden Artikel. Nichts fiel ihm auf. Nirgendwo konnte ein Zusammenhang mit dem verschwundenen Marco Rauscher hergestellt werden. Aber es musste einfach einer der Artikel eine Bedeutung für Rauscher gehabt haben. Also nahm Schulte sich noch mal diesen Tag vor. Einer der umfangreicheren Artikel handelte von der Einweihung einer neuen Fabrik in der Nähe von Hasselt. Den hatte er bisher nur überflogen. Nun las er gründlicher.

Es handelte sich um drei Fotos und einen Artikel. Zwei Fotos zeigten Männer, die an irgendwelchen technischen Geräten hantierten. Schulte hatte keine Vorstellung davon, um was es sich handeln könnte. Auf dem dritten Foto bildete ein stattliches Fabrikgebäude den Hintergrund, davor standen drei elegant gekleidete Männer. Die Namen waren in der Bildunterschrift aufgeführt. Der Artikel handelte, soweit Schulte alles richtig übersetzen konnte, von der Einweihung einer komplett neu erbauten Fabrik im Gewerbegebiet Trichterheide, direkt am Albertkanal. Es ging um eine Chemiefabrik namens *HELI*. Diese Fabrik würde in der ersten Ausbaustufe bereits achtzig Arbeitsplätze schaffen, nach zwei weiteren Stufen sei ein Mitarbeiterkontingent von rund zweihundert angepeilt. Das musste im Jahre 1983, auf dem Höhepunkt der belgischen Stahlkrise, in einer Industriestadt wie Hasselt von riesiger Bedeutung gewesen sein. Die Fabrik würde vor allem Düngemittel und andere Produkte für die Landwirtschaft herstellen. Auf dem Gruppenfoto waren der damalige Bürgermeister von Hasselt, ein Vertreter der Provinzregierung der Provinz Limburg und der gesamte Vorstand von *HELI* versammelt. Schulte las aufmerksam die Bildunterzeile, aber keiner der Namen sagte ihm irgendwas. Er ging mit dem Zeitungsband zu einem Fotokopierer und kopierte Foto und Text.

Das war es auch schon an Informationen. Sollte es wirklich das gewesen sein, was Rauscher so wichtig war? Was sollte einen lippischen Lokalredakteur an dieser Fabrik interessiert haben? Schulte konnte sich darauf keinen Reim machen. Was tun? Mittlerweile war es fast sechzehn Uhr. Er ging den Hausmeister suchen, erklärte ihm, dass er fürs erste fertig sei, bedankte sich und ging raus. An der Rezeption der Zeitung lief er Piet van Duin über den Weg. Der heute papageienhaft gekleidete Journalist winkte ihn zu sich. Die beiden setzten sich auf eine Couchgarnitur.

„Na, haben Sie was gefunden?“ fragte van Duin. Schulte berichtete kurz von seiner Recherche. Van Duin grübelte eine Weile.

„HELI? Kenne ich gar nicht! Wo soll die sein?“

Schulte nannte ihm die Adresse. Van Duin schüttelte den Kopf.

„Da gibt es keine Firma HELI. Garantiert nicht!“

„Wie lange wohnst du denn schon in Hasselt?“

„Seit 1995! Vorher habe ich in Antwerpen gelebt. Klar, die Firma gab es wahrscheinlich mal und mittlerweile sind die pleite. Dann kann ich sie auch nicht kennen!“

„Eben!“

Die beiden Männer wollten sich gerade verabschieden, als van Duin noch etwas einfiel.

„Ach ja! Als Rauscher damals bei uns war, da hat er mir so einen kleinen elektrischen Heizlüfter abgekauft. Der stand bei mir im Büro und wurde nicht benutzt. Er sagte, er könne ihn gut gebrauchen. Anscheinend hatte er eine sehr bescheidene Unterkunft. Er sagte einmal irgendwas wie: Es ist kaum weniger feucht und zugig als in einem offenen Ruderboot, oder so ähnlich! Ich habe das nicht ernstgenommen, weil Rauscher ein notorischer Nörgler ist. Wahrscheinlich war oder ist es einfach nur eine ziemlich billige Pension. Der Kerl ist obendrein auch noch geizig!“

Ein echter Lipper eben, dachte Schulte bei sich.

29

Maren Köster und Axel Braunert hatten gemeinsam zu Mittag gegessen. Anschließend hatte Maren Axel eine Führung durch ihr geerbtes Haus zukommen lassen. Gerade verschloss sie die Eingangstür ihres neuen Hauses in Lemgo.

„Mensch Maren, ich beneide dich. Das ist ja ein richtiger Palast, unglaublich!"

„Stimmt, im Grunde viel zu groß für mich. Aber ich werde in das Haus einziehen. Diesen Entschluss habe ich über die Feiertage gefasst. Der Zuschnitt ist ja so, dass man ohne Probleme zwei Wohnungen in dem Haus unterbringen kann. Sag mal, willst du nicht mit einziehen?"

Braunert sah sie erst einen Moment verwundert an, dann dachte er nach.

„Wenn es dich nicht stört, dass ich ab und zu Männerbesuch habe, würde ich das glatt machen."

Die Kommissarin grinste: „Ich hoffe doch, dass ich auch ab und zu Männerbesuch haben werde." Dann hielt sie ihm die Hand hin. „Gemacht, schlag ein." Ihr Kollege tat, wie ihm geheißen.

„Okay, so viel zu unserer neuen Hausgemeinschaft. Nun wollen wir uns mal um den Imbissbudenbesitzer kümmern."

Maren Köster und Axel Braunert fuhren direkt zu der Imbissbude, auf die in der vergangenen Nacht der Anschlag verübt worden war. Vor dem Gebäude stand ein Mann, der sich die Haare raufte. Die Polizisten stiegen aus und hielten ihm die Polizeimarke unter die Nase. „Sind Sie der Besitzer?", fragte Maren Köster und deutete auf das zertrümmerte Ladenlokal. Der Mann sah zu den beiden Polizisten hin. Diesen wehte eine Alkoholfahne entgegen, so dass Maren Köster sich veranlasst sah, sich Frischluft zuzuwedeln. Er nickte. „Haben Sie eine Erklärung, wieso jemand so etwas tut?"

Jetzt zuckte er mit den Schultern „Dummerjungenstreich, weißt du.“

„Sie wollen damit sagen, es war vorher niemand bei Ihnen, der den Überfall angekündigt hat, oder der Geld haben wollte?“, fragte jetzt Axel Braunert.

„Nein, es war niemand da, der etwas wollte oder etwas gesagt hat.“

„Und wie kommen Sie dann darauf, dass es sich um einen Dummenjungenstreich handelt?“, nahm jetzt Maren Köster das Gespräch wieder auf.

„Sagt man doch so in Deutschland, oder?“

Maren Köster stieg die Zornesröte ins Gesicht. „Sagt man doch so in Deutschland! Hören Sie mir jetzt mal genau zu, Herr Ünal. Wir haben die Absicht, eine Straftat aufzuklären und nicht das Verlangen, deutsche Redensarten kennen zu lernen. Also noch einmal! Sie wissen nicht, was eventuell hinter dem Anschlag stecken könnte?“

„Nein, weiß ich nicht“, kam die völlig emotionslose Antwort.

Jetzt schaltete sich wieder Axel Braunert in das Gespräch ein. „Herr Ünal, ich habe den Eindruck, Sie sind gar nicht betroffen oder verärgert darüber, dass man Ihnen die Scheiben eingeschlagen hat.“

„Herr Kommissar, was nutzt Ärger? Ist passiert. Würde ich mich ärgern, würde ich früh sterben. Also was soll es? Versicherung bezahlt und wenn Sie Glück haben, finden Sie den Täter. Das Leben geht weiter.“

Axel Braunert griff in die Innentasche seines Mantels und zog ein Mäppchen mit Visitenkarten hervor. Er nahm eine heraus und gab sie dem Mann.

„Für heute haben wir keine Fragen mehr. Ich möchte Sie jedoch bitten, morgen früh um zehn Uhr in der Kreispolizeibehörde zu sein.“

Der Mann nahm wortlos die Karte entgegen und steckte sie achtlos in seine Jackentasche.

Axel Braunert nahm Maren Köster bei der Schulter und zog sie zur Seite. Er beugte seinen Kopf zu ihr hinunter und sagte: „Das bringt heute nichts mehr! An der Sache ist was faul, das schwöre ich dir, aber ich weiß noch nicht, wie wir die Angelegenheit anfassen sollen. Lass uns mit der harten Tour noch warten, bis wir mehr Klarheit haben." Maren Köster zuckte mit den Schultern und wandte sich Richtung Auto.

30

Draußen auf dem breiten Herkenrodesingel wurde es bereits dunkel. Schulte verspürte Hunger. Durch seine Kellerarbeit war das Mittagessen glatt ausgefallen. Jetzt freute er sich auf eine ordentliche Portion belgische Pommes mit einer dieser wunderbar dekadenten Saucen. Fast gegenüber der Tageszeitung war zu seinem Glück eine *Fritterie.* Während des Essens machte Schulte Pläne. Wie sollte er weiter verfahren? Er hatte nichts wirklich Brauchbares herausgefunden. Die Chemiefabrik erschien ihm uninteressant, allerdings gab es vorerst keine bessere Spur. Was sprach dagegen, sich die Fabrik einmal von außen anzuschauen, um einen kleinen Eindruck zu bekommen? Er schaute auf den Stadtplan.

Dann fuhr er den Herkenrodesingel Richtung Osten, überquerte den Yachthafen von Hasselt, fuhr weiter über den Gouverneur Verwilghensingel bis zur Kunsthochschule, wo er links abbog und in das weitläufige Industriegebiet fuhr. Nach zwei weiteren Kurven kam die Vissersstraat, der Standort der Chemiefabrik. Schulte fuhr die kurze Straße durch bis zum Albertkanal, der an dieser Stelle, im Bereich der Schleusen, teilweise über hundert Meter breit ist. Im Sommer war dies wahrscheinlich ein Wassersportparadies, jetzt dümpelte hier nur ein trostloser rostiger Frachtkahn. Da es mittlerweile völlig dunkel war, konnte Schulte vom Auto aus nicht viel erkennen. So parkte er den Wagen direkt am Kanal und ging zu Fuß die Vissersstraat entlang.

Nur gut, dass die Belgier so großzügig mit ihrer Straßenbeleuchtung umgehen, dachte Schulte, als er kurz darauf vor einer hohen verputzten Mauer stand und problemlos den Firmennamen lesen konnte, der links vom vergitterten Eingangstor in den Putz gearbeitet war. *ChemIn.* stand da, nicht wie erwartet *HELI.* Dabei war die Adresse zweifellos richtig. Offenbar hatte die alte Firma bereits das Zeitliche gesegnet und eine völlig andere hatte die Fabrik bezogen. Das ging ja heutzutage recht schnell. Dann hätte van Duin mit seiner Vermutung recht gehabt. Leicht enttäuscht versuchte Schulte trotzdem, durch das Torgitter zu blinzeln. Er konnte aber, da die Gitterstäbe in zwei Reihen versetzt angebracht waren, nichts erkennen. Allzu lange wollte er hier auch nicht stehen bleiben, um dem Mann im Pförtnerhaus an der rechten Torseite nicht aufzufallen.

Locker bummelnd ging er weiter an der Mauer entlang. Nach dreißig Metern knickte die Mauer nach links ab. Nur ein schmaler, völlig unbeleuchteter Fußweg führte daran entlang. Eigentlich machte seine kleine Exkursion ja keinen Sinn mehr, da die gesuchte Firma nicht mehr, zumindest nicht an diesem Ort, existierte. Aber wo er schon einmal hier war...

Schulte blickte in alle Richtungen. Als er sah, dass ihn niemand beobachtete, überlegte er nicht länger und folgte dem Fußweg. Es war empfindlich kalt geworden. Dafür war er nicht passend gekleidet. Nach nur zwanzig Metern war der Weg nicht mehr asphaltiert und lag nun auch völlig im Dunkeln. Schulte fluchte leise, als er in eine große Pfütze trat. Was machte er hier eigentlich? Was erwartete er hier? Das wusste er selbst nicht. Als er die Fabrik zur Hälfte umrundet hatte, reichte es ihm. Seine Schuhe waren völlig durchnässt, die Hose schlammverspritzt. Also kehrt

Marsch? Ach was, nur noch ein paar Meter, dann konnte er immer noch umkehren.

Dann sah er im fahlen Mondlicht eine Lücke in der mächtigen Mauer. Die Lücke war ein kleines Tor, mit einer hohen Eisengittertür verschlossen. Die Tür hatte neben vielen vertikalen auch drei horizontale Gitterstäbe. Schulte gelang es, sich auf die mittlere davon zu stellen, so dass er mit dem Kopf über das Tor schauen konnte.

Plötzlich ein greller Lichtschein!

Schulte sprang erschrocken wieder auf den Boden zurück. Was war das? Als er sich wieder leicht erholt hatte, war ihm klar, dass er soeben von einer Kamera mit Bewegungsmelder fotografiert worden war.

„Sch...!" Schnell hastete Schulte zurück. Die schlimmsten Pfützen waren ihm nun bekannt und er konnte den meisten ausweichen. Auf dem Bürgersteig an der Vissersstraat angekommen, atmete er erst mal tief durch. Es wurde höchste Zeit für ihn, wieder mal den Polizeisport mitzumachen. Offenbar war er nicht gut in Form.

Dann trottete er, so lässig wie möglich, am Haupttor vorbei. Im Pförtnerhaus standen nun zwei Männer in Uniformen. Vermutlich diskutierte jetzt der Wachschutz das Foto, ohne zu ahnen, dass der Abgelichtete gerade seelenruhig am Haupteingang vorbei zu seinem Auto ging. Schulte fühlte sich doch erleichtert, als er Rodehutskors' Audi startete und die finstere Gegend Richtung Innenstadt verließ. Diese Spur konnte er abhaken. Was war aus der ursprünglichen Firma geworden? Er schaute auf die Uhr am Armaturenbrett. Es war gerade neunzehn Uhr, der Abend fing erst an.

Marijke hatte heute nicht nur Früh-, sondern auch Spätschicht. Eigentlich schien sie immer da zu sein. Schulte hatte die Rezeption des Hotels noch nicht ohne diese herzerwärmende junge Dame gesehen. Sie begrüßte den Gast mit einem so strahlenden Lächeln, dass er die klirrende Kälte draußen sofort vergaß.

„Ihr Chef lässt ausrichten, dass er sein Abendessen im Restaurant *De Geletterde Mens* einnimmt. Sie möchten bitte nachkommen!"

„Wo ist das denn?"

„Das liegt am Kolonel Dusartplein. Moment, ich zeig es Ihnen auf dem Stadtplan!"

Der Plan hing neben der Rezeption. Sie verließ ihre Theke und stellte sich neben Schulte vor den großen Stadtplan. Als sie sich etwas reckte, um ihm die genannte Straße zu zeigen, sog er genussvoll den Duft ihres sehr sinnlichen Parfüms ein. Es kostete ihn einiges an Selbstdisziplin, seine Finger still zu halten. Die Aussicht, statt dessen Rodehutskors zu treffen, erschien ihm wenig reizvoll. Lieber ein trockenes Butterbrot in Gesellschaft von Marijke als ein Fünf-Gang-Menü mit Rodehutskors. Aber, wer die Musik bezahlt... Übrigens entdeckte Schulte keinen goldenen Ring an ihrer linken Hand. Das musste zwar nichts bedeuten, ein Ring hätte ihr auch nichts von ihrer persönlichen Anziehungskraft genommen, aber seine Abwesenheit steigerte den Reiz der Verfügbarkeit erheblich. Schulte zog sich um und machte sich zu Fuß auf den Weg zum Kolonel Dusartplein.

„Na, dann erzählen Sie doch mal. Was hat denn der Detektiv heute so alles kombiniert?"

Schulte war verblüfft. Eine so dumme Frage hatte er von Hermann Rodehutskors eigentlich nicht erwartet. Aber vermutlich wollte der alte Journalist nur witzig sein. Und so erzählte ihm Schulte von seinem mäßig erfolgreichen Besuch bei der Tageszeitung und von dem ergebnislosen Versuch, die Firma *HELI* zu finden. Davon, dass er fotografiert worden war, erzählte er jedoch nichts. Das war ihm doch etwas peinlich.

„Alles in allem kein durchschlagender Erfolg! Aber ich habe schon Tage erlebt, da gab es überhaupt keine Ergebnisse. Wir sollten nicht zu schnell zu viel erwarten!"

Viel erwarten konnte er jedoch von seiner Bestellung. Er hatte eine gemischte Grillplatte bestellt und die stand nun dampfend und in höchstem Maße Appetit anregend vor ihm.

„Ja, das ist doch mal eine anständige Portion!“, freute er sich. „Diese Belgier wissen wenigstens, dass ein erwachsener Mann gelegentlich was Richtiges zu sich nehmen muss!“

Dann folgte minutenlanges Schweigen, während dessen Schulte mit Hingabe seinen Teller leer schaufelte.

31

Der nächste Tag, es war Samstag, der neunundzwanzigste Dezember, brachte Schulte nicht weiter. Die Büros der Tageszeitung *Het Belang van Hasselt* waren heute geschlossen, daher konnte er nicht an das Archiv. Ebenso wenig waren ihm am Wochenende andere Quellen, wie Stadtverwaltung, Gericht oder Heimatmuseum zugänglich. Er hatte es in einem Internet-Cafe versucht, konnte aber auch im Web nichts über den Verbleib der Firma *HELI* herausfinden. Das Auto hatte heute Rodehutskors selbst beansprucht. Um die Mittagszeit gab Schulte alle Bemühungen auf und setzte sich in eine Kneipe. Draußen erschreckten Jungens ältere Damen mit Böllern. Zum Herumbummeln war es eindeutig zu kalt. Schulte spürte eine Erkältung aufkommen und fühlte sich nicht wohl. Ihn verlangte es nach irgendeiner Form von Wärme. Jetzt hätte er gerne im Hotel ein wenig mit Marijke geflirtet, aber selbst die war heute unerreichbar. Sie hatte ihren freien Tag. Rodehutskors war nach dem gemeinsamen Frühstück, bei dem er sich wieder über die kalten Eier und den schlappen Kaffee aufgeregt hatte, eigene Wege gegangen. Was der wohl den ganzen Tag so machte? Hatte der vielleicht eine Freundin in Hasselt? War das der eigentliche Grund, warum er Schulte begleitet hatte? Denn eigentlich machte doch seine Anwesenheit keinen großen Sinn. Und so reizvoll war selbst Hasselt bei Frosttemperaturen nicht.

Schulte langweilte sich den ganzen Vormittag. Er besuchte das *Genevermuseum* in der Witte Nonnen Straat, aber sehr spannend fand er das nicht. Zumal das im reichlich hohen Eintrittspreis inbegriffene Glas Genever am Ende des Rundganges nicht seinem Geschmack entsprach. Das Getränk erinnerte ihn doch sehr an den heimatlichen Wacholderschnaps, den er auch verabscheute. Immerhin wärmte das Zeug für eine kurze Zeit.

32

In Detmold schneite es kräftig, als ein blasser Junge, der seine schwarze Mütze tief in sein Gesicht gezogen hatte, den Gong einer Villa am Bandelberg bediente. Kurze Zeit später öffnete sich der rechte Flügel der Haustür, in der ebenfalls ein Junge sichtbar wurde.

Wortlos gab er seinem Freund ein Zeichen, ihm zu folgen. Er ging vor und führte ihn in ein Zimmer, das eindeutig seins war. Er fläzte sich in einen abgeschabten Ledersessel und wies dem anderen Jungen einen Platz auf dem Sofa an.

„Na, wie sieht es aus?", begrüßte ihn der Ankömmling.

„Prima! Wir haben jetzt insgesamt zwölf Leute, die wir zu unserem Club zählen dürfen. All diese haben ihre Probeaufgaben zu unserer Zufriedenheit erfüllt. Vier Kandidaten haben gekniffen. Ihre Festplatten sind gerade zerstört worden. Einer von den Abtrünnigen war übrigens Pinball Wizard. Den wird es besonders hart treffen. Ich denke, wir haben ihm seinen florierenden Schwarzhandel mit Computerspielen erst mal gründlich versaut. Es sei denn, der hat Sicherheitskopien angelegt, wovon ich nicht ausgehe. Der

Blödmann wird sich demnächst dreimal überlegen, sich unseren Befehlen zu widersetzen.“

„Was, du hast seine gesamte Software gelöscht?“

„Nicht nur das, auch seine Festplatte ist physikalisch zerstört, die kann er wegschmeißen.“

„Das ist natürlich Mist! Pinball hatte nämlich noch drei Spiele, die mir fehlten. Die hätte ich natürlich noch gerne gehabt.“

„Kein Problem, bevor ich die Platte gehimmelt habe, habe ich alles von seiner Festplatte runtergesaugt, was drauf war. Sclbst ’nc Datei mit Pornobildern. Scharfe Sachen, musst du dir mal ansehen! Das einzige Problem war, dass mein Virenprogramm bald ausgeflippt ist, so verwanzt war die Software. Dem seine Spiele sind die reinsten Dreckschleudern. Wer von dem gekauft hat, hat die neuesten Computerviren gleich gratis mitgeliefert bekommen. Was machst du für ein belämmertes Gesicht? Hast du etwa auch Spiele von ihm?“

Der blasse Junge nickte.

„Kein Problem, wenn ich mal wieder bei dir bin, nehme ich mir deine Kiste mal vor. Das kriegen wir schon wieder hin.“

„Wie viel Geld haben wir denn jetzt?“, wechselte der Junge mit der Mütze, die er im übrigen immer noch auf hatte, das Thema.

„Wenn wir die Löhne abziehen, viertausend Mark für jeden.“ „Der Chef der Moskau-Fighters hat heute Nacht übrigens den türkischen Imbiss auseinandergepflückt. Erste Sahne sage ich dir. Während er die Bude auseinandergenommen hat, kam ein Mann mit einem Hund vorbei, das hat ihn überhaupt nicht beeindruckt. Wenn er noch eine Woche dicht hält, hat er seine Prüfungen alle bestanden. Dann kann er seine ganze Gang mit einsetzen und wird auch Chef von den anderen Clubmitgliedern. Ich denke, wenn seine Leute auch noch für uns arbeiten, ist unsere Truppe komplett.

Fighter ist dann der Einzige, der noch von uns Anweisungen bekommt. Die anderen müssen spuren. Wenn die Sache mal auffliegt, werden alle glauben, er sei der große Kopf. Wenn er dann was von dem großen Unbekannten erzählt, wird ihm keiner glauben. Von uns werden sie keine Spuren finden. Alle E-Mails, die ich verschicke, löschen sich zehn Minuten nach dem ersten Öffnen."

„Ich finde deine Ideen ja genial. Aber mal ne andere Sache, warst du heute Morgen etwa schon in der Stadt und hast dir den zertrümmerten Landen angesehen?"

„Quatsch, ich habe dem Fighter den Auftrag gegeben, heute Morgen um fünf Uhr zuzuschlagen. Das hat er getan und ich habe mir die Aktion aus der Ferne angesehen. Ich finde ab und an muss man seine Leute auch mal kontrollieren."

„Wie, du bist mitten in der Nacht aus dem Haus? Was sagen denn deine Eltern dazu?"

„Das haben die doch nicht mitgekriegt und selbst wenn, es wäre ihnen völlig egal, was ich in den Ferien mache. Hauptsache meine Zeugnisnoten stimmen. Und das tun sie."

„Meine Mutter ist da anders, die kontrolliert mich auf Schritt und Tritt. Wenn ich um fünf Uhr morgens aufstehen würde, stünde sie hinter mir, noch bevor ich meine Hose angezogen hätte. Gut, dass ich heute Abend bei dir pennen kann, sonst könnte ich gar nicht mit nach Lemgo. Mal was anderes, was mich an dem Fighter wundert, ist die Tatsache, dass der mit einem PC umgehen kann. Ich dachte immer, der könnte nur kloppen."

„Nur kloppen? Bei dem war es am schwersten, in sein System zu kommen. Fighter hat sogar Ahnung von LINUX, der hatte 'ne Firewall, die war vom Feinsten. Gegen dessen Rechner war der von Pinball ein Haus der offenen Tür."

Der andere Junge sah auf die Uhr.

„Du, es ist gleich Mittag, ich gehe mal nach Hause, sonst mault meine Mutter wieder. Die hat gerade so 'nen Spleen, dass jetzt, wo mein Vater Urlaub hat, die Familie gemeinsam zu Mittag isst. Ich kann es nicht ändern." Der Junge zuckte mit den Schultern. „Also, wir sehen uns um fünf."

„Man müsste deine Mutter auch mal etwas erziehen, damit sie großzügiger wird."

„Nee lass mal! Im Grunde ist sie ja in Ordnung und wenn wir Pech haben, erreichen wir nur das Gegenteil, dann darf ich womöglich noch weniger. Sie will mich eben vor der bösen Welt beschützen."

33

Irgendwann am späten Nachmittag rief Rodehutskors auf dem Handy an, um sich mit ihm zum Abendessen und einer Besprechung zu verabreden.

Um punkt zwanzig Uhr traf Schulte im *Cafelatino* in der Zuivelstraat ein. Das rustikal wie eine Hazienda eingerichtete Lokal hatte im hinteren Bereich eine recht nette Außenanlage, die zu anderer Jahreszeit bestimmt reizvoll gewesen wäre. Die Karte bot das übliche Spektrum eines spanisch orientierten Restaurants mit einer reichen Fülle an Tapas.

Rodehutskors erzählte in groben Zügen vom Verlauf des Tages. Er habe Bekannte aus früheren Hasselt-Besuchen aufgesucht und Beziehungen vertieft. Was immer das nun heißen mag, dachte sich Schulte. Aber dann kam etwas, was ihn aufhorchen ließ.

„Aber eines fand ich heute komisch. Vielleicht können Sie mir das erklären. Als ich vorhin ins Parkhaus zurückkam, waren da zwei Männer. Ein Riesenkerl und ein etwas kleinerer, aber immer noch größer als wir beiden. Die guckten mich alten Mann höchst interessiert an. Dann kamen sie näher, gingen einmal mit prüfenden Blicken um das Auto herum. Als ich sie, natürlich auf Deutsch, fragte, ob ich ihnen helfen könne, antworteten sie irgendwas auf holländisch oder flämisch oder was immer die hier sprechen. Ich habe sie jedenfalls nicht verstanden. Ich bin dann ein bisschen wütend geworden, denn mir kam so ein Verhalten doch recht merkwürdig vor. Auf Englisch habe ich gefragt, was das Ganze solle. Dann erklärte mir einer der beiden, in ziemlich schlechtem Deutsch, dass sein Auto gestern von einem anderen angefahren worden sei. Das Auto habe genauso ausgesehen wie meines, auch mit deutschem Nummernschild. Der Fahrer habe Fahrerflucht begangen und sie seien jetzt auf der Suche nach ihm. Ich zeigte ihm, dass an meinem Auto nicht der kleinste Kratzer war und dass sie auf der falschen Fährte seien. Sie gingen dann, ohne sich zu entschuldigen, einfach wortlos weg. Merkwürdig, nicht? Sagen Sie mal, als Sie gestern mein Auto benutzt haben, hat es da eine kitzlige Situation gegeben? Natürlich ohne Blechschaden, das ist mir schon klar, das hätte ich gesehen. Aber vielleicht sind Sie ja haarscharf an einem Unfall vorbeigekommen und haben es nicht so empfunden."

„Nein! Absolut nein! Da war nichts, gar nichts!" sagte Schulte sehr bestimmt. „Ich denke eher, die wollten Sie ausrauben und sind dabei von anderen Parkhausbesuchern gestört worden. Waren zu dem Zeitpunkt noch andere Leute da?"

Rodehutskors dachte nach.

„Kann schon sein. Daran kann ich mich nicht mehr entsinnen. Aber meinen Sie wirklich? Ausrauben? Da hätte ich ja echt Glück gehabt. Verdammt noch mal!"

Bei diesen Worten legte er angeekelt die Gabel zur Seite, als hätten die beiden Finsterlinge seine Gambas nach galizischer Art vergiftet. Aber bereits nach wenigen Minuten hatte er das Thema vergessen und fragte Schulte nach dessen Tagesverlauf. Dieser berichtete vom restlos verplemperten Tag. Rodehutskors war darüber nicht glücklich.

„Klar! Das leuchtet mir schon ein. Was hätten Sie auch anderes machen sollen, an einem Samstag? Aber mein Verleger hat mich heute schon angerufen und gefragt, wie weit die Ermittlungen seien. Der hat verständlicherweise Sorge um sein Geld und will, dass alles recht schnell geht. Er will Morgen wieder anrufen. Was soll ich ihm da sagen?"

„Sagen Sie ihm die Wahrheit! Dass wir hier praktisch eine Undercover-Ermittlung durchführen und nicht die offiziellen Quellen und Hilfsmittel nutzen können. Das dauert seine Zeit. Wenn ihm das nicht gefällt, dann soll er das sagen. Dann fahren wir noch am selben Tag wieder zurück. Ich muss das hier doch nicht machen. Es ist jetzt Samstag Abend. Ich könnte durchaus jetzt auch gemütlich in Detmold mit guten Freunden in der Kneipe sitzen. Oder mich zuhause im Bett warm einpacken und meinen Schnupfen pflegen. Er soll sich entscheiden: Entweder er bekommt seinen Mitarbeiter wieder und eine gute Story, das kostet aber Zeit und Geld, oder eben nicht. Basta!"

Dem konnte Rodehutskors zwar nichts entgegensetzen, aber die Atmosphäre war danach irgendwie gestört und die beiden Männer brachen bereits um zweiundzwanzig Uhr auf. Rodehutskors wollte noch in die Spätvorstellung eines Kinos. Schulte fühlte sich etwas fiebrig und sehnte sich nach einer heißen Dusche und dem Bett. Müde und mit schmerzenden Gliedern schlurfte er allein durch die Hasselter Altstadt.

34

An diesem letzten Samstag Abend im Jahr war richtig was los vor der Lipperlandhalle. Es hatte den Eindruck, als wollten alle, die hier auf den Eingang zuströmten, die weihevolle Weihnachtsatmosphäre vergessen. An Stelle von Stille Nacht, Heilige Nacht und Friede den Menschen auf Erden wollten die Menschen hier ein hochklassiges Handballspiel sehen, wollten sich die Seele aus dem Leib schreien, wenn Zerbe und seine Truppe dem Torwart von Wallau-Massenheim die Bälle um die Ohren warfen. Und dann, nach dem Spiel, wollten sie nicht etwa Lebkuchen knabbern, sondern das ein oder andere Bier auf den zu erwartenden Lemgoer Sieg trinken und fachsimpeln.

Zwei Jugendliche hielten sich etwas abseits von dem Geschehen. Plötzlich duckten sie sich hinter Mülltonnen. Anscheinend veranlasste eine größere Gruppe ebenfalls junger Leute die beiden zur Vorsicht.

„Er ist doch mit seiner ganzen Clique gekommen“, zischte einer der beiden hinter den Mülltonnen.

„Na, der wird was erleben! Wer sich nicht an Anweisungen hält, wird bestraft“, tuschelte der andere zurück.

Plötzlich hob einer der Jungen, wahrscheinlich der Anführer der unerwarteten Gruppe den Arm, und sagte etwas auf russisch. Darauf drehten sich die restlichen Mitglieder der Gang grummelnd um und trollten sich Richtung Bierstand davon, der vor der Lipperlandhalle aufgebaut war.

Der kräftig gebaute, blonde junge Mann machte sich allein in die entgegengesetzte Richtung auf den Weg.

„Der spurt ja doch“, wurde wieder hinter den Müllbehältern genuschelt. „wenn der jetzt sein erstes Geld bekommen hat und merkt, wie einfach es zu verdienen ist, dann werden er und seine Bande noch ganz andere Sachen für uns machen. Komm, lass uns gucken, ob er sich das Geld wirklich holt.“

Die beiden Gestalten hinter den Mülltonnen schlugen sich quer durch die Gärten und waren nach nicht mal zwei Minuten auf der anderen Seite des Häuserblocks angelangt. Sie schienen sich hier auszukennen, denn sofort drückten sie sich wieder in den Schatten eines Carports, als der Blonde auch schon um die Hausecke bog.

„Da ist er“, wurde in der Dunkelheit der Holzgarage geflüstert.

„Pst!“, war die prompte Antwort.

Im nächsten Moment bog ein schwarzer Mercedes der S-Klasse langsam um die Ecke. Das Auto fuhr im Schritttempo hinter dem Jungen her und überholte ihn nur langsam. Auf gleicher Höhe angekommen, stürzten zwei Männer aus dem Auto und überwältigten ihn in Bruchteilen von Sekunden. Der Junge lag auf dem Boden. Einer der beiden kniete auf ihm. Plötzlich hatte der andere eine Pistole, mit Schalldämpfer in der Hand. Im nächsten Moment war ein trockenes „Pock" zu hören. Der Körper auf dem Boden zuckte noch einmal und sackte dann leblos zusammen. Die beiden Männer erhoben sich, schoben die Leiche mit den Füßen unter die herabhängenden Zweige der angrenzenden Hecke. Als sie gerade wieder ins Auto steigen wollten, hörten sie im Inneren des Carports ein Würgen. Sie sahen zwei Gestalten in der Dunkelheit des Gartens verschwinden. „Gawno!", zischte der eine der beiden Männer durch die Zähne und nahm die Verfolgung auf. Der Zweite folgte ihm. Er war schneller als sein Kollege. Bereits am Carport waren sie auf gleicher Höhe. Sie bogen gleichzeitig und mit hoher Geschwindigkeit in die Garage ein. Ein ungeheurer Lärm, Schmerzensschreie und Flüche beendeten die Verfolgung der beiden Jungen. Diese kannten ihren Fluchtweg gut. Wenige Augenblicke später schluckte sie die Menge der zur Halle strömenden Handballfans.

„Scheiße, ich habe mir voll über die Jacke gekotzt."

„Halt die Klappe! Die kannst du dir auf dem Pott wieder sauber machen. Viel wichtiger ist, dass wir hier noch rein kommen, sonst sind wir am Arsch!"

Mittlerweile waren die Jungen an der Kasse angekommen. „Gibt es noch Karten?"

„Es sind gerade noch zwei Sitzplätze zurück gegeben worden. Wenn ihr die haben wollt? Sind aber nicht billig."

„Nehmen wir!" sagte einer der beiden und zog einen Hundertmarkschein aus der Tasche. Er nahm die Karten und das Wechselgeld entgegen und zog seinen Freund, der mittlerweile seine Jacke ausgezogen hatte, in das Foyer der Halle. Plötzlich fing der Freund hemmungslos an zu weinen. Immer wieder stammelte er vor sich hin:

„Das gibt es doch gar nicht. Ich halte das nicht aus. Das gibt es doch gar nicht.“

„Mensch, hör auf zu flennen und mach endlich deine verdammte Jacke sauber. Wir sind erst mal in Sicherheit. Nach dem Spiel sehen wir weiter. Los!“, er drängte seinen Freund in Richtung Toiletten.

Nach fünf Minuten kam dieser mit einem riesigen Wasserfleck auf der Jacke und total verweintem Gesicht zurück. Er wurde von seinem Kumpel in Empfang genommen und in Richtung der Tribüne gezerrt, auf der sich ihre Sitzplätze fanden.

35

Als Schulte um die Ecke Minderbroedersstraat/Dorpstraat bog, stand dort ein auffallend großer Mann in einem dunklen langen Mantel, der ihn auf Holländisch nach dem Weg zum Bahnhof fragte. Hilfsbereit wollte er gerade seinen Stadtplan aus der Jackeninnentasche ziehen, als er bemerkte, dass sich in seinem Rücken ein zweiter Mann näherte. Bevor er reagieren konnte, wurde ihm eine Jute-Einkaufstasche über den Kopf gestülpt, dann zogen ihn die beiden in einen dunklen tiefen Hauseingang. Der größere der beiden drückte ihn brutal gegen die Wand. Das sind die beiden aus dem Parkhaus, schoss es Schulte durch den Kopf. Dann knallte ihm was brutal an denselben. Ein stumpfer, heftiger Schmerz durchfuhr ihn, dann spürte er, wie ihm etwas Warmes ins linke Auge lief. Blut? Eine leichte Panik durchfuhr Schulte. Was hatten die mit ihm vor? Er sah doch nun wirklich nicht aus wie ein typisches Straßenraubopfer. Waren es die gleichen denen Rodehutskors begegnet war?

Warum jetzt er? Die Panik wuchs und löste bei ihm den Reflex Gegenangriff aus. Er trat und schlug um sich, stets völlig im Dunkeln. Bis er einen so harten Schlag in den Magen bekam, dass ihm die Luft weg blieb, ihm schwarz vor Augen wurde und er zusammensackte. Als er wieder aufwachte, fühlte er sich erneut an die Hauswand gepresst. Doch jetzt war in ihm keine Kraft mehr zum Widerstand und er hielt still, als einer der beiden Männer auf Englisch sagte:

„Morgen früh bist du nicht mehr hier. Du setzt dich mit deinem dicken Freund in dein Auto und dann fahrt ihr nach Deutschland zurück. Ist das klar? Schnüffler wollen wir hier nicht haben. Wenn wir dich morgen Mittag noch hier sehen, dann machen wir euch beide fertig, aber richtig. Verstanden?“

Er wurde dreimal schnell um die eigene Achse gedreht und bekam noch eine harte Kopfnuss. Dann verschwanden die beiden Männer. Schulte versuchte tief durchzuatmen, um dem Schwindel Herr zu werden. Aber das wurde durch die Schmerzen im Unterleib recht schwierig und er brauchte einige Minuten, um sich der Jutetasche zu entledigen und wieder einen festen Stand zu finden. Von den Tätern war nichts mehr zu sehen.

Josef Schulte schleppte sich weiter und überquerte den vielbefahrenen Thonissenlaan. Vor seinem Hotel drehte er sich um und sah im Polizeigebäude auf der anderen Straßenseite noch Lichter. Sollte er da hingehen und den Vorfall melden? Wäre das nicht, vor allem für einen Polizisten, der richtige Weg? Andererseits: Was sollte dabei herauskommen, außer stundenlangem Herumsitzen? Wenn er jetzt irgendwas wirklich dringend brauchte, dann war das ein Bett.

Gott sei dank war die Hotelrezeption nicht besetzt und Schulte nahm sich seine Steckkarte selbst von der Wand. Auch der Fahrstuhl machte keine Schwierigkeiten. Und so gelang es ihm, völlig unbemerkt und unbedrängt von dummen Fragen sein Zimmer zu erreichen. Als er sich im Spiegel sah, wäre er beinah wieder ohnmächtig geworden. Da, wo sonst die linke Augenbraue war, klaffte nun eine offene Wunde, die nach wie vor blutete. Da hier wohl keine Verschmutzung der Wunde zu befürchten war, reinigte Schulte sie so gut wie es ging mit einem Mittel aus seiner kleinen Reiseapotheke. Dann ein Stück Mullbinde mit Pflaster drauf befestigt. Das musste reichen. Erst als er im Bett lag, spürte er die heftigen Kopfschmerzen richtig. Das Gefühl im Bauchbereich war ebenfalls kein Grund zur Freude. Wie sollte er sich jetzt verhalten? Keine Frage. Natürlich würde er nach Hause fahren. Für was oder für wen sollte er denn hier den Kopf hinhalten? Was hatte er persönlich mit der ganzen Geschichte zu tun? Nichts! Wenn Rodehutskors bleiben wollte, dann sollte er doch. Er, Schulte, würde jedenfalls spätestens morgen Mittag Richtung Detmold fahren. Ob im Auto oder mit der Bahn. Auf jeden Fall weg von hier.

Trotz allem schlief er sofort ein.

Als er um vier Uhr aufwachte, erschreckte ihn der Gedanke daran, wie denn wohl Rodehutskors nach Hause gekommen sein mochte. Doch er fühlte sich so schwach, dass er den Gedanken verdrängte und gleich wieder einschlief.

36

„Natürlich! Der Fanclub schließt mal wieder die Halle ab.“

Hinter einer Gruppe gut gelaunter TBV-Fans tauchte der Hausmeister der Lipperlandhalle auf. Von der Größe her wäre er auch als Spieler durchgegangen.

Karl Kopmann, der Wortführer der Truppe, drehte sich um und sah die gemütliche Runde im schnee- und windgeschützten Foyer der Halle gefährdet. Es hatte wieder zu schneien begonnen. Dazu war auch noch Wind aufgekommen. Der wirbelte die Schneeflocken über den Vorplatz der

Halle und drückte sie gegen die großen Glasscheiben der Eingangstüren, an denen sie schnell zu Wasser zerschmolzen.

„Komm, Langer, trink noch einen mit!“ Ehe sich der Hausmeister versah, hatte er schon ein Bier von Kopmann in die Hand gedrückt bekommen. In diesem Moment rief der Zapfer hinter der Theke:

„Letzte Runde! Wir machen gleich Feierabend!“

„Ja, haben sich denn alle gegen uns verschworen? Seht mal aus dem Fenster, was da draußen für ein Sauwetter ist! Ihr wollt doch wohl nicht, dass die treuesten Handballfans des TBV alle an Lungenentzündung sterben. Los Paul, mach noch mal die Luft aus den Gläsern!“ Kopmann machte eine ausladende Handbewegung über den leeren Gefäßen.

„Dann ist aber Schluss! Ich will auch noch was vom Feierabend haben.“

„Feierabend? Willste etwa nach Hause? Da kennen se dich doch. Trink lieber einen mit! So jung kommen wir nicht mehr zusammen.“

Alle Überredungskünste nutzten nichts. Eine Viertelstunde später trollte sich die Gruppe angetrunkener Handballfans in Richtung Fachhochschule. Kopmann führte weiterhin das Wort.

„Mensch, war das ein Match! Baumgartner kommt immer besser ins Spiel. Heute hat er schon mal viere geworfen. Ich sage euch, diese Saison machen wir den Dreierpack. Wer kennt schon Kiel?“

Die Männer bogen in eine Seitenstraße ein, um den Weg zu ihrer Stammkneipe abzukürzen. Links und rechts neben Kopmann gingen seine Kumpanen. Sie hatten die Kragen ihrer Jacken hochgeschlagen, um sich wenigstens etwas gegen den Schnee und den Wind zu schützen. Dennoch hörten sie aufmerksam zu, wie Kopmann in den höchsten Tönen die Stärken der Lemgoer Mannschaft lobte.

Plötzlich stolperte Kopmanns rechter Nachbar.

„Wer hat denn hier was hingeschmissen? Beinahe hätte ich mich voll auf die Fresse gelegt!“, fluchte er. Die anderen Männer wandten sich dem Hindernis zu. Einer zog ein Feuerzeug aus der Tasche, bückte sich und leuchtete unter die Hecke. Im nächsten Moment richtete er sich erschrocken auf.

„Mensch, da liegt ja einer! Ich glaube der ist tot! Da ist alles voll Blut!“

Je mehr dem Mann der grausame Fund klar wurde, desto bleicher wurde er. Auch die anderen sahen nun unter die Zweige der Hecke. Mit schreckensweiten Augen sahen sie sich an. Kopmann unterdrückte einen Brechreiz. Dann fand er als erster Worte.

„Hat einer von euch ein Handy dabei? Wir müssen die Bullen anrufen.“

Jemand drückt ihm ein Telefon in die Hand. Er sah es an. „Warum soll ich anrufen?“, fragte er, drückte dann trotzdem die Eins Eins Null.

37

Lohmann war längst vor dem Fernseher eingeschlafen als das Telefon Signaltöne von sich gab. Erschrocken fuhr er hoch, versuchte sich zu orientieren und hielt dann Ausschau nach dem grauen Plastikgehäuse, das unter Fernsehzeitungen, *Sportbild* und *Goldenes Blatt* verzweifelt durch Summ- und Klingelgeräusche auf sich aufmerksam zu machen versuchte. Endlich hatte er es gefunden.

„Ja, Lohmann!“

„Hier spricht Wachtmeister Volle“, hörte der Polizist eine metallene Stimme.

„Volle, was gibt es?“, fragte Lohmann kurzangebunden. Er konnte diesen Kollegen noch nie leiden. Doch seit Volle im Sommer letzten Jahres Lohmanns Schwiegersohn zu nahe getreten war, war er bei ihm restlos unten durch. Daraus machte der Kommissar auch keinen Hehl. Entsprechend ungern begegnete Wachtmeister Volle ihm.

„Bernhard, in Lemgo ist ein Toter gefunden worden. Die Kollegen meinten, ich müsste dir Bescheid sagen, es sei wohl Mord."

„Die Kollegen meinten, du müsstest mir Bescheid sagen", äffte Lohmann sein Gegenüber nach. „Volle du bist ein hoffnungsloser Fall. Also, wo muss ich hin?"

„Nach Lemgo", sagte Volle verunsichert.

Lohmanns Gesicht nahm die Farbe einer reifen Tomate an. Er schrie ins Telefon:

„Das sagtest du bereits! Welche Straße, welche Hausnummer?"

Volle gab ihm die Daten durch.

„Okay", sagte Lohmann, „weiß Braunert schon Bescheid?"

„Wie, Braunert?" fragte Volle. Die Überforderung war seiner Stimme anzuhören.

„Ja, meinst du, ich haue mir die Nacht alleine um die Ohren!", brüllte Lohmann weiter. „Schließlich haben wir beide Bereitschaft."

In dem Moment öffnete sich die Tür zu Lohmanns Wohnzimmer. Seine Frau stand in kariertem Flanellnachthemd, Lockenwickler und mit Gurkenmaske, einem Gespenst ähnlich, im Zimmer. Sie zeigte ihrem Mann einen Vogel. Dann flüsterte sie:

„Schrei hier nicht so rum, der Kleine schläft!" Und schon war sie wieder verschwunden.

Lohmann sah zu der Erscheinung, die seiner Frau ähnelte, und danach wieder zum Telefon. Dann sprach er wieder in den Hörer:

„Ist die Spurensicherung schon verständigt?"

„Weiß nicht, werden die Kollegen wohl schon gemacht haben", antwortete Volle.

„Volle! Wenn ich gleich zum Tatort komme und ich stehe da allein auf weiter Flur, dann reiße ich dir den Arsch auf bis zum Stehkragen. Das schwöre ich dir!“ Lohmann schaltete wütend das Telefon ab.

Zwanzig Minuten später bog der Polizist von der Liebigstraße in die Maxwellstraße ein. Der Tatort war weiträumig abgesperrt. Die Spurensicherung hatte ihre Arbeit bereits aufgenommen. An einem Polizeibulli stand eine zitternde Gruppe Männer. Alle waren mit blau-weißen Schals bekleidet und mit Mützen in den gleichen Farben. Der Kommissar sah den Chef der Spurensicherung, Krause, an einem Carport stehen. Er überstieg die Absperrung und ging zu ihm. Er hatte noch nicht den halben Weg zurück gelegt, da kletterte auch Braunert über das rot-weiße Band. Lohmann blieb stehen und wartete auf seinen Kollegen. Dieser war völlig außer Atem.

„Sag mal Bernhard, was ist denn los? Volle hat mich angerufen und hat gesagt, ich müsste sofort hierher kommen. Es sei brandeilig. Du würdest schon auf mich warten.“

„Ach, Volle, das ist doch ein Vollidiot.“

Gemeinsam gingen Lohmann und Braunert zu Krause. Dieser gab beiden die Hand und sagte: „Die ganze Zeit war es ruhig, aber Weihnachten spielen alle verrückt. Der Tote ist achtzehn, höchstens zwanzig Jahre alt. Er ist regelrecht hingerichtet worden. Der Schuss wurde aufgesetzt, das kann man jetzt schon mit hundertprozentiger Sicherheit sagen. Die Männer da braucht ihr heute Nacht nicht mehr zu vernehmen.“ Der Spurensicherer wies mit seiner rechten Achsel in Richtung Polizeibulli, vor dem die TBV-Fans standen. Die Hände ließ er dabei weiterhin bis zu den Ellenbogen in den Taschen seiner Lederjacke. Dann fuhr er fort: „Wenn ich euch einen Rat geben darf, schickt sie nach Hause, die sind allesamt fertig mit der Welt und frieren sich noch dazu schon seit über einer Stunde den Arsch ab.“

Lohmann nickte.

„Wird wohl das Beste sein." Er war gerade im Begriff, sich umzudrehen, als die Techniker die jetzt aufgestellte Scheinwerferanlage anschalteten. Einer der Strahler warf sein Flutlicht direkt in das Carport. Krause pfiff durch die Zähne. In der Garage lagen Blutlachen und Erbrochenes. „Na, wenn es da keine Zusammenhänge zu dem Mord gibt", sagte er mehr zu sich selbst. Dann, an Lohmann und Braunert gewandt: „Kümmert euch um die TBV-Fans! Ihr bekommt morgen gegen zehn Uhr meinen ersten Bericht."

Die beiden Männer wandten sich ab und stapften durch den Neuschnee zu der Gruppe mit den blauweißen Schals hinüber. Die waren immer noch kreidebleich. Keiner sprach. Die Freude über das gewonnene Spiel war dem Schrecken gewichen.

„N'Abend Männer!", übernahm wieder Lohmann das Wort. Braunert hatte den Eindruck, hier sprach ein Fußballtrainer zu seiner Mannschaft, die gerade Null zu Sechs verloren hatte und dringend ein Aufbaugespräch benötigte.

„Schlimme Sache", fuhr Lohmann fort. „Ich denke, heute können wir sowieso nicht mehr viel machen. Habt ihr schon eure Adressen angegeben?"

Die Männer nickten.

„Wo kommt ihr denn her? Hier aus Lemgo?"

Wieder die gleiche Kopfbewegung.

„Na, dann würde ich euch vorschlagen, ihr gebt uns jetzt noch eure Namen und kommt morgen alle um vierzehn Uhr in das Polizeirevier in die Pagenhelle. Dann besprechen wir alles Weitere. Jetzt geht erst mal nach Hause und erholt euch von dem Schrecken."

Einige Männer murmelten ein „In Ordnung!", andere ein „Okay!". Dann machte sich der Trupp wortlos auf den Heimweg.

Lohmann wandte sich an Braunert. „So Axel, für mich ist der Tag auch gelaufen. Ich denke, wir sollten uns auch auf den Heimweg machten. Morgen früh sehen wir weiter."

Braunert nickte wortlos. Er merkte, dass er hundemüde war.

„Also", sagte Lohmann. „Dann will ich mal sehen, dass ich bei unser Mutter ins warme Bett kriechen kann." Er klopfte Braunert noch einmal auf die Schulter, drehte sich um und strebte seinem Auto zu.

38

Am nächsten Morgen weckte Schulte bohrender Kopfschmerz. Erst hatte er einige Mühe, sich das Geschehen des gestrigen Abends zu vergegenwärtigen, dann kam die Erinnerung wieder. Und mit der Erinnerung an die Prügel auch sein Vorsatz, an diesem Tag nach Hause zu fahren. Sein Spiegelbild verstärkte diese Entscheidung. Die Platzwunde hatte über Nacht weiter geblutet. Die Region drum herum schimmerte in allen Farben des Regenbogens. Den furchtbaren Schlag in den Bauch hatte er offenbar besser weggesteckt. Abgesehen von einem großen blauen Fleck war hier nichts mehr zu sehen. Aber die ganze Bauchfläche war so reizempfindlich wie bei einem Sonnenbrand. Ganz vorsichtig duschte er, trocknete sich noch vorsichtiger ab und zog frische Klamotten an. Dann ging er über den Hotelflur zu Rodehutskors' Tür und klopfte an. Der Zeitungsmann war anscheinend schon lange wach, denn er öffnete sofort und mit fast unanständig guter Laune. Sein Lächeln fror ihm aber ein, als er Schultes Zustand sah.

„Was haben Sie denn gemacht? Sind Sie die Treppe runtergefallen?"

Schulte winkte müde ab, ging weiter durch ins Zimmer und ließ sich stöhnend in einen bereits etwas verschlissenen Polstersessel fallen. Rodehutskors setzte sich neugierig und besorgt ihm gegenüber. Seine Sorgen nahmen zu, als Schulte so detailgetreu wie möglich den Ablauf seines

Heimweges schilderte. Am Ende der Erzählung saß er etwas belämmert da und wusste nichts zu sagen.

„Wie sind Sie denn zum Hotel gekommen?" fragte Schulte. „Ich will Ihnen keine Angst machen, aber offenbar wissen die beiden Ganoven, dass es zwischen uns einen Zusammenhang gibt. Das heißt, auch Sie sind massiv gefährdet, Herr Rodehutskors!"

Dieser schluckte.

„Das sieht ganz so aus. Was sollen wir machen?"

„Was wir machen sollen?" Schulte bekam schon allein von der Frage neue Kopfschmerzen. „Es gibt zwei Möglichkeiten. Entweder wir tun, was die beiden verlangen und fahren sofort nach dem Frühstück nach Hause. Oder wir spielen Helden und landen mit dem Gesicht nach unten im Albert-Kanal. Was erscheint Ihnen vernünftiger?"

Rodehutskors blickte ihn verzweifelt an.

„Ja, aber..." stammelte er. „Aber Sie haben natürlich Recht. Ich bin nun wirklich nicht der Prototyp eines Helden. Und das alles wegen des unangenehmsten Kollegen, den ich habe? Nein! Wir trinken jetzt unten noch einen Kaffee und dann packen wir unsere Sachen zusammen und fahren. Ich bin doch nicht verantwortlich für Rauschers Eskapaden. Ich doch nicht!"

„Gut!"

Die beiden standen auf und gingen zum Lift. Während Rodehutskors nun fest zur Abreise entschlossen war, rangen bei Schulte Vernunft und Trotz um die Oberhand. Sein Verstand sagte ihm klar, dass er so schnell wie möglich fahren müsse. Sein ostwestfälischer Dickschädel hingegen muckte auf und Gedankenfetzen, wie: Sich einschüchtern lassen? Von solchen primitiven Schlägern? Nicht mit mir! blitzten wie Feuerwerkskörper immer wieder grell auf.

An der Rezeption erwartete Schulte an diesem Morgen wieder das herzerwärmende, wundenverschließende und schmerzstillende Lächeln von Marijke. Er fühlte sich gleich wohler, stärker und angriffslustiger. Auch sie erschrak, als sie ihn sah. Ihr gegenüber konnte er unmöglich erzählen, was wirklich geschehen war. Also erfand er schnell eine Geschichte mit Bananenschale und Ausrutschen und Hinstürzen und Verletzen und so weiter. Er konnte ihr ansehen, dass sie ihm kein Wort glaubte, aber fürs erste war er aus dem Schneider. Allerdings bat er sie um einige Aspirin, die ihm Marijke mit besorgter Miene umgehend an den Frühstückstisch brachte.

„Wirklich ein nettes Mädchen!" schwärmte Rodehutskors. Schulte schlürfte schweigend seinen Kaffee.

„Wissen Sie eigentlich, dass morgen Silvester ist?" fragte er etwas später sein Gegenüber. „Also ich hatte das schon völlig vergessen. Was machen Sie denn Silvester?"

„Tja, wenn ich ehrlich sein soll, dann weiß ich das noch nicht so richtig. Ich hatte mich darauf eingestellt, dass wir über Silvester in Hasselt bleiben. Deswegen habe ich zuhause nichts geplant. Wahrscheinlich werde ich jetzt versuchen, für mich und meine Frau noch einen Tisch im Detmolder Hof zu kriegen. Vielleicht klappt's ja!"

Wieder schwiegen beide eine Weile. Appetit hatte auch keiner. Dafür konnte man vom schlappen Kaffee Unmengen trinken, ohne einen Herzkasper zu bekommen. Nach der vierten Tasse sprach Schulte langsam und betont, mehr zu sich, als zu seinem Gesprächspartner:

„Ich bleibe hier!"

Rodehutskors starrte ihn völlig entgeistert an.

„Wie, was? Hier bleiben?" Er war fassungslos. „Trotz allem?"

Schulte stoppte ihn mit einer energischen Handbewegung.

„Wir machen das so: Wir checken hier gleich beide aus. Sie bezahlen die Rechnungen. Dann setzen wir uns in Ihr Auto und fahren einmal komplett um die Innenstadt herum, damit uns auch möglichst jeder sieht. Anschließend fahren wir weiter Richtung Maastricht. Dort werde ich mich von Ihnen verabschieden, mit ganz kleinem Gepäck am Bahnhof aussteigen und mit der Bahn wieder zurück nach Hasselt fahren. Sie grüßen die Heimat von mir und bezahlen anschließend meine Spesen. Okay?“

„Aber wie wollen Sie...,“ Rodehutskors schnappte nach Luft.

„Ich weiß, was ich mache! Zu zweit sind wir viel zu auffällig. Überlegen Sie mal, wie schnell wir durch unsere harmlose Schnüffelei irgendwelchen Leuten bedrohlich erschienen sind. Sonst hätte man nicht zwei Gorillas auf uns angesetzt. Allein kann ich mich freier bewegen, glauben Sie mir.“

Rodehutskors, der sich verantwortlich fühlte, da von ihm die ganze Reise ausgegangen war, versuchte weiterhin, Schulte dessen Plan auszureden.

Aber in Schulte hatte jetzt der Querkopf aus der Warburger Börde endgültig die Oberhand gewonnen. Seufzend willigte Rodehutskors ein.

Kurz darauf waren die Koffer gepackt und die beiden Männer standen an der Rezeption. Rodehutskors übernahm beide Zimmerrechnungen. Schulte hatte das Gefühl, das erklären zu müssen. Er zeigte auf Rodehutskors und sagte zu Marijke:

„Ich habe hier gute Arbeit geleistet, deswegen zahlt der Chef. Sonst muss ich immer selbst bezahlen!“

Sie nickte lachend. Schulte plapperte weiter.

„Vielleicht komme ich demnächst schon wieder. Ich hätte dann gern das selbe Zimmer. Kann ich mich da auf Sie verlassen?“

„Sie können sich an mich persönlich wenden,“ lächelte Marijke. Dann nahm sie eine der Hotelvisitenkarten, schrieb eine Nummer auf die Rückseite und gab sie Schulte.

„Das ist meine Handynummer. Sie können mich jederzeit anrufen.“

Der war baff. War das nun überdurchschnittliches Engagement einer hochmotivierten Angestellten oder war das eine Einladung?

Als sie anschließend mit dem Auto das Parkhaus verließen, sah Schulte am Kassenautomaten zwei in lange Mäntel gehüllte Männer stehen. Einer der beiden war auffällig groß. Aber das konnte auch Zufall sein.

39

Als Bernhard Lohmann an diesem Sonntag Morgen aufwachte, fühlte er sich wie gerädert. Es war kurz nach drei Uhr, als er in das warme Bett seiner Frau gestiegen war. Doch einschlafen konnte er nicht. Immer wieder kroch ihm das Bild des toten Jugendlichen auf die Bettdecke. Als die Erschöpfung sich dann doch irgendwann durchsetzte und er wegnickte, hatte er Alpträume. Schweißgebadet wachte er wieder auf. Er zwang sich zu entspannen. Er wurde ganz leicht. Die Konturen des Schlafzimmerschrankes, die in einem diffusen Licht zu sehen waren, verschwammen. In diesem Moment klingelte der Wecker. Lohmann fluchte. Ächzend versuchte er aufzustehen, aber immer wieder fiel er zurück in die Kissen. Er musste sich eingestehen, er war alt geworden. Bald würde er nicht mehr für den Polizeidienst taugen, dachte er wehleidig und kam sich vor wie der Esel der Bremer Stadtmusikanten.

Lohmanns körperliche Befindlichkeit hatte erheblichen Einfluss auf seine Laune. Missmutig räumte er in seiner Hängeregistratur herum, als Braunert das Büro betrat. Auch ihm steckte die Nacht in den Knochen, und so saßen die beiden Männer kurze Zeit später an ihren Schreibtischen und schwiegen sich an. Nach Lohmanns fester Überzeugung gehörte ein anständiger Bürger sonntagsmorgens auch nicht an seinen Arbeitsplatz, sondern an den Frühstückstisch mit seiner Familie. Aber Mord ist die Extremsituation, da gelten die üblichen Regeln nicht. Nach weiteren zehn Minuten sah Maren Köster kurz in das Büro der Kollegen, schloss die Tür jedoch sofort wieder. Kam aber, es waren noch keine drei Minuten vergangen, wieder ins Zimmer. Diesmal trug sie ein Tablett mit Tassen und einer Kaffeekanne. Wortlos schenkte sie den beiden Männern ein Tasse ein, was sie sonst aus emanzipatorischen Erwägungen nicht tat, und schob ihnen die dampfenden Becher hin. Anschließend bediente sie sich selbst. Wieder gingen Minuten des Schweigens ins Land. Dann durchbrach Bernhard Lohmann die Stille.

„So schlecht wie letzte Nacht habe ich schon lange nicht mehr geschlafen. Ich habe das Bild von dem toten Jungen einfach nicht aus dem Kopf gekriegt. So etwas habe ich während meiner gesamten Zeit als Polizist noch nicht erlebt. Ich wette, das war eine Hinrichtung. So was Kaltblütiges! Das widert mich an! Bah!"

Braunert nickte kommentarlos.

„Jetzt erzählt mal von Anfang an. Ich kenne ja nur Bruchstücke!", bat Maren Köster die beiden Kollegen.

Braunert berichtete von den Ereignissen des gestrigen Tages. Den Bericht trug er mit einer solchen Perfektion vor, dass Lohmann nichts zu ergänzen hatte.

„Wisst ihr was, Männer?", sagte die Kommissarin, nachdem sie das Gehörte hatte sacken lassen, „ich habe so ein verdammtes Gefühl, als wenn der Mord was mit meinem Fall zu tun hat."

„Wie kommst du denn auf das schmale Brett?", kam Lohmanns Frage.

„Stellt euch vor, da spielen so ein paar Jungens Mafia und kommen damit der echten in die Quere. Die fackeln nicht lange und bringen einen, vielleicht den Anführer der Bengel, um. Warum sollte sonst irgend jemand ein halbes Kind mit einem aufgesetzten Schuss töten?"

Die beiden Männer schwiegen, bis Lohmann wieder das Wort ergriff:

„Ist auf jeden Fall nicht ganz abwegig, was du sagst. Wir sollten deine Theorie mit berücksichtigen, uns aber nicht darin verrennen. Es gibt keinerlei Beweise oder Hinweise, die in diese Richtung deuten. Es ist eine reine Hypothese."

„Das stimmt zwar, aber welche Annahmen legst du denn zu Grunde?"

Lohmann zuckte mit den Schultern.

„Keine, ich will ja auch gar nicht gegen deine These reden. Ich finde deine Schlüsse nur etwas voreilig. Okay, aber ich will sie auch nicht ausschließen."

„Wie gehen wir also vor?", stellte Braunert die alles entscheidende Frage.

„Warte noch einen Moment!", sagte Maren Köster plötzlich. „Erinnerst du dich an den Türken gestern? Den Imbissbudenbesitzer! Wie der rumgeeiert hat, das kam mir gleich so komisch vor, ich sage euch, der wusste was."

„Wieder so eine mit der heißen Nadel gestrickte These", sagte Braunert. „Aber auch diese Idee ist nicht ganz von der Hand zu weisen. Der Mann hat sich wirklich seltsam benommen. Wir sollten ihn also in unsere Ermittlungen mit einschließen. Also noch einmal die Frage, wie gehen wir vor?"

„Die Schulen abklappern", sagte Bernhard Lohmann.

„Kannst du vergessen, es sind Ferien!", kam die prompte Antwort von Maren Köster.

„Also Jugendzentren!", schob Braunert sofort nach. „Dann die Krankenhäuser der Region und die Ambulanzen und ärztlichen Notdienste."

„Wieso die?", fragte Lohmann.

„Erinnere dich an das Blut im Carport. Vielleicht ist einer der Beteiligten so schwer verletzt, dass er nicht ohne ärztliche Hilfe auskommt. Warum sollen wir warten, bis die Ergebnisse der Spurensicherung da sind? Wenn wir das tun, verlieren wir doch nur Zeit", entgegnete Braunert.

„Hast du auch wieder recht“, meinte Lohmann anerkennend.

„Was ist mit den Angehörigen des Jungen? Ist er schon identifiziert?“, kam jetzt die Frage von Maren Köster.

„Bis jetzt noch nicht“; antwortete Lohmann. „Den ersten Bericht von der Spurensicherung haben wir auch noch nicht. Krause hat mir aber zugesagt, so schnell wie möglich damit rüberzukommen. Mit Jakobskrüger muss ich noch telefonieren. Die Zeugen müssen auch noch vernommen werden. Die habe ich um vierzehn Uhr nach Lemgo in die Polizeiwache bestellt.“

„Scheiße, wir sind zu wenige Leute!“, warf Maren Köster wenig damenhaft ein. „Und Schulte, der alte Sack, hat sich in den Urlaub verdrückt. Der fehlt einfach.“

„War ja nicht abzusehen, dass hier zwischen den Feiertagen noch so ein Verbrechen passiert“, stellte sich Lohmann gleich schützend vor seinen Kollegen.

„An solchen Tagen passiert doch immer was!“ kam es wie aus der Pistole geschossen von ihr.

„Er ist nicht da, also was soll das Lamentieren?“, brachte Braunert die Sache auf den Punkt. „Wer koordiniert den Fall? Bernhard, machst du das?“ Der nickte.

„Also alle Berichte an Lohmann,“ fuhr Braunert fort. „Die Zeugenverhöre übernimmt ebenfalls Bernhard. Maren, du klapperst die Jugendzentren ab, und ich übernehme die Krankenhäuser. Wir treffen uns heute Abend um fünf zu einer weiteren Besprechung. Dann werden wir auch die ersten Infos von der Spurensicherung haben.“ Axel Braunert übernahm wie selbstverständlich die Führungsrolle, die sonst Schulte innehatte, jedoch auf seine Art. Weder Maren noch Lohmann fanden es in irgendeiner Weise anmaßend.

„Und was ist mit meinem Türken?“, warf Maren Köster ein.

„Der läuft dir nicht weg, Mädchen!“ entgegnete Lohmann.

Maren Köster ließ das ,Mädchen' an dieser Stelle ausnahmsweise einmal durchgehen. Die Polizisten tranken einen letzten Schluck Kaffee, dann machten sie sich an die Arbeit.

40

Es war später Sonntag Nachmittag, die Dämmerung setzte gerade ein, als Josef Schulte mit einem Rucksack auf den Bahnhofsvorplatz, den Stationsplein, in Hasselt trat. Er hatte sich in Maastricht noch einige neue Kleidungsstücke gekauft und sah jetzt mit seinem dunkelblauen, dicken Seemannspullover und der ebenfalls dunkelblauen Pudelmütze ohne Pudel aus wie ein Seemann auf Heimaturlaub. Die tief ins Gesicht gezogene Mütze überdeckte wirkungsvoll das große Pflaster auf der linken Augenbraue.

Er schlurfte auf die Telefonzelle zu und rief die handgeschriebene Nummer auf der Rückseite einer Visitenkarte an.

Marijke war hörbar überrascht, als er sich vorstellte. Sie hatte ihren Dienst beendet und war bereits Zuhause. Er teilte ihr mit, dass die Abwicklung des eingefädelten Geschäftes noch dringenden Handlungsbedarf erbracht habe, und dass er noch heute ein Zimmer benötige, es müsse aber ein sehr billiges sein. Sein Chef hingegen sei nach Deutschland zurückgefahren. Ob sie ihm auch nur ein Wort von all dem glaubte, wusste er nicht. Es war auch nicht wichtig. Sie wies darauf hin, dass sie nicht mehr im Dienst sei und ihm daher auch kein Zimmer zuweisen könne. Aber wenn er im Bahnhofsrestaurant warten wolle, dann würde sie in einer Viertelstunde vorbeikommen und alles regeln. Schulte dankte und setzte sich in die bescheidene, warme Gaststube. Würde sie wirklich kommen? Warum sollte sie das eigentlich tun? Würde eventuell ihr Lebensgefährte, wenn sie denn einen hatte, mitkommen? Abwarten!, sagte er sich und bestellte ein Bier.

Sie kam wirklich! Und sie kam allein. Hübsch sah sie aus, mit ihren vor Kälte geröteten Wangen, trotz der dicken Ski-Jacke. Als er sie auf ein Getränk einladen wollte, winkte sie kurz, aber entschieden ab und forderte ihn auf, sofort mit zum Auto zu kommen. Ihr postgelber Peugeot 206 stand in der Bampslaan, ganz in der Nähe des Bahnhofs. Schulte verstaute seinen großen Rucksack und sie fuhr los, ohne auch nur ein weiteres Wort gesagt zu haben. Sie wirkte sehr ernst. Erst als sie unterwegs waren, löste sie das Schweigen.

„Wie ein Geschäftsmann sehen Sie heute aber ganz und gar nicht aus! Es sei denn, Sie wollen einen alten Lastkahn für die Kanalschifffahrt kaufen."

Als Schulte gerade eine improvisierte Erklärung abgeben wollte, sprach sie weiter.

„Übrigens waren heute Vormittag zwei Männer im Hotel. Die haben sich nach Ihnen erkundigt. Sie sagten, sie seien Geschäftsfreunde und wollten Sie zum Essen einladen. Komisch war ihre Reaktion, als ich ihnen sagte, dass Sie abgereist seien. Damit schienen sie sehr zufrieden zu sein und sie gingen wieder."

„Wie sahen die Männer denn aus?"

„Einer der beiden war fast zwei Meter groß. Sympathisch sahen sie beide nicht aus. Und auch nicht wie Geschäftsleute. Eher wie Leute, die für aufgeplatzte Augenbrauen zuständig sind, oder?"

Schulte schluckte. Diese Frau war nicht nur sehr ansehnlich, sie war auch clever und konnte offenbar zwei und zwei zusammenzählen. Wieder würgte sie kurzerhand einen Erklärungsversuch von ihm ab.

„Ich will gar nicht wissen, was Sie hier wirklich wollen. Aber ich habe einmal einen dieser beiden Männer kennen gelernt. Es war leider keine gute Erfahrung. Diese Männer scheinen Sie nicht zu mögen. Das spricht für Sie. Und deshalb besorge ich Ihnen jetzt auch eine Unterkunft, aber nicht im Hotel.“ Dann lächelte sie zum erstenmal an diesem Nachmittag. „Und auch nicht bei mir Zuhause, falls Sie das angenommen hatten.“

Schulte sagte lieber gar nichts mehr. Sie fuhr nun schweigend in die bereits dunkle Altstadt. Es war ein kalter, klarer Winterabend und Schulte konnte im Mondlicht die Konturen der beiden unheimlich anmutenden Zwillingshochhäuser erkennen, die offenbar seit Jahren völlig leer standen. Welcher Größenwahn muss die Hasselter geritten haben, als sie diese gigantischen Bürotürme zuließen? Ganz in der Nähe, an der Maastrichterstraat, hielt Marijke. Die beiden stiegen aus. Sie ging in ein schmuckloses mehrstöckiges Haus mit einem hier unüblichen Flachddach, in dessen Erdgeschoss eine Kneipe war, aus der sehr laute Bluesmusik drang. Offenbar was für ältere Herren wie mich, dachte Schulte. Sie stiegen in einem engen und dunklen Treppenhaus vier Stockwerke höher. Höher ging es nicht. Dort schloss Marijke eine Tür auf und ließ Schulte in ein sauberes, bescheidenes Zimmer blicken. Irgendwie wirkten die zwanzig Quadratmeter, inklusive Bad und Kochecke, sehr feminin. Fragmente der Bluesmusik konnte er bis hier oben hin hören.

„Die Wohnung gehört einer Freundin von mir. Sie ist zur Zeit in den USA und sie hat mir die Schlüssel überlassen. Für Notfälle. Dies scheint mir ein Notfall zu sein, oder?“

Schulte lächelte etwas gequält. Als Notfall hatte er sich bislang noch nicht eingeschätzt. Aber das konnte er ja noch werden. Marijke stellte eine Plastiktüte auf einen kleinen Tisch.

„So, ich muss jetzt wieder fahren. Ich habe noch einiges zu erledigen. Wenn Sie mich brauchen, dann haben Sie ja die Handynummer!"

Mit einem schelmischen Lächeln zog sie die Tür hinter sich zu und verschwand.

Plötzlich fühlte sich Schulte verdammt allein. Die Wohnung war vermutlich wochenlang nicht geheizt worden, und es roch feucht und kalt. Er war allein in einer fremden Stadt, in einer fremden Wohnung ohne Lebensmittel, ohne Getränke, ohne ein Buch. Er lugte neugierig in die Plastiktüte und entdeckte zu seiner Freude ein Päckchen Kaffee, ein weiches Brot, etwas Wurst und Käse. Dazu drei Flaschen Bier. Er war gerührt. Unten in der Kneipe schlug John Lee Hooker den *Boogie Chillen* aus seinen Gitarrensaiten. Schulte machte sich ein paar Brotscheiben zurecht und beschloss dann, unten dem alten Bluessänger Gesellschaft zu leisten, und sich erst mal ein Bier zu genehmigen.

Aber vorher gab es noch was zu tun. Er kramte die zerknitterte Fotokopie, die er im Archiv der Zeitung gemacht hatte, aus seiner Hosentasche.

Lange schaute er auf das Bild. Dann entschloss er sich, die aktuellen Adressen oder Telefonnummern der drei Leute auf dem Foto zu besorgen und diese dann der Reihe nach anzusprechen. Irgendeiner von denen musste doch wissen, was hier gespielt wurde! Allerdings würden ihm da die Detmolder Kollegen helfen müssen, denn wie sollte er sonst die Adressen herausfinden?

Er griff sich sein Handy und rief in Detmold an. Am Telefon war ein ziemlich überraschter Axel Braunert.

„Jupp! Du hast doch noch nie aus dem Urlaub angerufen. Was ist passiert?“

Schulte klärte ihn kurz und knapp über die Situation auf. Bevor der völlig verdutzte Braunert noch irgendeine weitere Frage stellen konnte:

„Also, ich brauche die Adressen von folgenden Leuten: Jacob Quist, Hermann den Hertog und Henk Poortvliet. Alle haben 1983 bei der Firma *HELI* in Hasselt in leitender Position gearbeitet. Hast du alles mitgeschrieben? Guter Junge!“

„Aber Jupp! Wie soll ich das denn alles rausfinden? Weißt du eigentlich, was hier los ist? Wir hatten gestern einen Mord! In Lemgo!“ Braunert berichtete kurz über den Fall. „Wie lange habe ich denn Zeit?“

„Zeit hast du eigentlich überhaupt keine. Ich brauche die Angaben so schnell wie möglich. Schon klar, dass ihr jetzt im Stress seid. Tut mir ja leid, aber das hier ist auch kein Urlaubsvergnügen, sondern ein echter Fall. Tu’ mir bitte den Gefallen, ja? Vielleicht solltest du das Landeskriminalamt einschalten, die müssten dir da eigentlich weiterhelfen können. Vermutlich werden die sich an Europol wenden. Auf keinen Fall die örtliche Polizei in Hasselt. Ich will hier in Ruhe schnüffeln, klar? Meine Handynummer hast du ja. Übrigens: Hat sich Rodehutskors schon bei euch gemeldet?“

„Rodehutskors? Der von der Zeitung? Was hat der mit der ganzen Sache zu tun? Außerdem hörst du dich nicht gut an, bist du krank?“

Die Frage nach Rodehutskors war durch Braunerts Gegenfrage bereits beantwortet und Schulte hatte keine Lust, auch noch über seinen körperlichen Zustand zu reden.

„Nichts Wichtiges! Ach ja, sprich bitte mit keinem der Kollegen über das, was ich dir gerade erzählt habe. Die denken alle, ich sei im Winterurlaub. Kann ich mich auf dich verlassen?“

Braunert, der den Gesamtzusammenhang noch immer nicht richtig erfasst hatte, stammelte nur ein mattes:

„Ja, ja! Geht in Ordnung, Jupp!“ und dann noch: „Wenn das mal alles gut geht!“

41

Die Dämmerung hatte bereits eingesetzt. Maren Köster war total genervt. Der Besuch der Jugendzentren Detmolds hatte rein gar nichts gebracht. Zum einen waren um diese Zeit fast keine Jugendlichen anzutreffen und die, die sie vorfand, waren in keiner Weise kooperativ, ja geradezu ablehnend gewesen, als sie sich als Polizistin zu erkennen gab. Sie war jetzt genau in der richtigen Verfassung, den türkischen Imbissbudenbesitzer durch den Wolf zu drehen. Nur mit äußerster Selbstdisziplin zwang sie sich, von einem Besuch des Ladens abzusehen, um an der Besprechung mit den Kollegen teilzunehmen.

Die Ampel an der Bielefelder Straße, Abzweigung Felix-Fechenbach-Straße, sprang auf rot. Da die Polizistin sich gerade darüber Gedanken machte, wie sie den Dönerverkäufer am besten unter Druck setzten konnte, hatte sie in keiner Weise auf den Verkehr geachtet und musste eine Vollbremsung hinlegen. Die Straße war jedoch schon wieder angefroren und so rutschte ihr Opel Tigra auf die beiden schon stehenden Autos zu. Sie sah ihren Flitzer schon einen halben Meter kürzer, als sie entschlossen den Lenker nach rechts riss, um den Parkstreifen vor der Bushaltestelle zum Ausweichen zu nutzen. Mit dieser Aktion verhinderte sie zwar einen Auffahrunfall, ihr Auto kam jedoch auch hier nicht zum Stehen. Sie rutschte auf die Bordsteinkante zu und knallte mir voller Wucht auf die selbe. Die Rutschpartie ging noch einige Meter weiter, bis sie nach einer Kollision mit dem nächsten Laternenmasten zum Stehen kam. Durch den Aufprall lösten sich das Schutzglas und die Neonröhre und fielen mit Getöse auf das Autodach. Der Nacken von Maren Köster schmerzte.

In dem Haltestellenhäuschen standen und saßen Jugendliche, die eine Wodkaflasche kreisen ließen. Dieser kleine Verkehrsunfall zog ihre Aufmerksamkeit auf sich. Sie beobachteten den Vorgang mit amüsiertem Interesse, was sich zum Gejohle steigerte, als dem Auto eine attraktive Frau entstieg.

Das war Maren Köster zuviel. Wütend ging sie auf die Jungen zu. Der Wortführer der Gruppe übernahm seine Rolle. „Nu, Autofahren solltest du Männern überlassen, versuche es lieber mal mit Kochen und Kinder kriegen. Dafür hat Gott die Frauen vorgesehen", sagte er mit einem nicht zu überhörenden russischen Akzent.

Maren Köster kochte. Dann besann sie sich auf das Foto des toten Jugendlichen. Sie zog es aus der Tasche und hielt es dem Jungen unter die Nase. Dieser wurde leichenblass und starrte auf das Foto. Dann ging er auf sie los. „Wo ist Johann, du Schlampe!" Er griff ihr um den Hals, würgte und schüttelte sie. Maren Köster blieb die Luft weg. Ihr wurde schwarz vor Augen. Sie sah Sterne. In letzter Verzweifelung riss sie ihr Knie hoch und traf den jungen Mann an seiner empfindlichsten Stelle. Sein Griff wurde lockerer. Die Polizistin befreite sich durch einen kräftigen Ruck. Ihr Gegner beugte sich nach vorne. Diese Bewegung wurde ihm zum Verhängnis. Wieder riss Maren ihr Knie hoch und traf ihn mitten im Gesicht. Blut spritzte aus seiner Nase, auf die Hose der Polizistin und in den schmutzigen Schnee. Dann brach der junge Mann zusammen. Die restlichen Gangmitglieder sahen, wie ihr Anführer zu Boden ging. Der Junge, der im Besitz der Wodkaflasche war, schleuderte diese wütend in Richtung der Kommissarin. Geistesgegenwärtig riss sie den Arm schützend vor ihr Gesicht. Diese Bewegung lenkte die Flugbahn der Flasche so ab, dass sie die Richtung zur Straße nahm und ein vorbeifahrendes Auto an der Beifahrertür traf. Die dicke Jacke, die die Polizistin anhatte, verhinderte ernsthafte Verletzungen. Die Gruppe nahm reißaus. Maren Köster schüttelte sich. Damit hatte sie nicht gerechnet. Sie kramte ihr Handy heraus und rief Polizei, Krankenwagen und ihre Autowerkstatt an. Dann beruhigte sie den Autofahrer, dessen Ein und Alles von der Wodkaflasche getroffen war, und wartete auf die Kollegen.

42

Schulte zog die alte speckige Lederjacke über den Seemannspullover, schob die Wollmütze tief ins Gesicht und schloss die Wohnung hinter sich ab. Auf dieser obersten Etage waren offenbar keine weiteren Wohnungen, sondern nur noch eine Art Besenkammer und ein kleinerer Lagerraum. Alles unverschlossen. In der Decke sah er eine herabziehbare Treppe, die vermutlich auf das Flachdach führte. Es gefiel ihm alles gut, denn hier konnte er unbeobachtet hausen. Als er die Treppe herabstieg, hörte er aus den Wohnungen die Geräusche eines normalen Familienlebens. Babygeschrei, Staubsauger, Fernseher. In diesen Familien machte jetzt um diese Uhrzeit Mutter einen großen Teller mit Schnittchen fertig, während Vater sich im Fernsehsessel wälzte und Sonntagssport schaute. Nur er, der alte Trottel, musste hier den einsamen Wolf spielen.

Unten, in der mit tausend Kleinigkeiten vollgestellten dunklen Kneipe, war der Blues mittlerweile abgelöst worden durch die nicht minder verzweifelt klingende Reibeisenstimme von Tom Waits. An der Theke saßen zwei nachlässig gekleidete Männer in Schultes Alter, tranken Bier und würfelten. Nah bei, an einem der Tische, saß eine ebenso aufgedonnerte wie heruntergekommene Frau undefinierbaren Alters. Irgendwas zwischen fünfundzwanzig und fünfzig. Aus müden Augen blickte sie kurz zu ihm auf, senkte aber sofort wieder desinteressiert den Kopf und steckte sich eine Zigarette zwischen die viel zu stark geschminkten Lippen. Dem überquellenden Aschenbecher nach zu urteilen, war das an diesem Abend nicht ihre erste Zigarette. Vor ihr stand ein großes Glas Bier. Sonst war der Raum leer. An der Wand hinter der Theke hingen zwei riesige Ölbilder. Das eine zeigte einen monströsen, reichlich anstößigen, weiblichen Akt, fast komplett in Rot und Rosatönen gehalten. Das andere Bild ließ Schulte erst an seiner Vorstellungskraft zweifeln, dann vermutete er, dass es sich um eine explodierende E-Gitarre handelte, in einer aberwitzigen psychodelischen Farbenkombination. Schulte, der von Haus aus mit einem ausgeprägten Sinn fürs Schrille begabt war, gefielen die beiden Bilder gar nicht schlecht.

Als er sich an einen der vielen freien Tische setzte, blickten ihn die zwei Männer an der Theke lange prüfend an. Die sehen aus, als ob sie einen Polizisten riechen könnten, dachte Schulte besorgt. Aber wieder einmal erwies sich Schultes Äußeres als absolut nicht polizeikompatibel, und das Interesse der Männer ließ spürbar nach. Einer von ihnen erhob sich und ging zu ihm. Es war wohl der Wirt selbst, denn er fragte nach Schultes Begehr. Der bestellte sich, mittlerweile in seinem Flämisch recht gefestigt, ein großes Bier. Eine Packung Tabak hatte er sich bereits am Bahnhof gekauft. Das würde sein Erscheinungsbild vervollständigen, meinte er, der eigentlich nicht rauchte. Allerdings hatte er viel von seiner früheren Fingerfertigkeit eingebüßt und seine Selbstgedrehten erinnerten eher an schwäbische Schupfnudeln als an Zigaretten. Nachdem Schulte die Sicht-Prüfung bestanden hatte, drehte sich der Mann, der offenbar Gast war, ganz ungeniert einen Joint. Schulte stellte für die Leute hier offenbar keine Bedrohung mehr da. Es irritierte Schulte etwas, dies Leute seines Alters tun zu sehen. Klar, früher hatte auch er gekifft, aber ist man nicht irgendwann mal aus diesem Alter raus? Er zumindest war das. Aber es soll ja jeder nach seinem Geschmack glücklich werden.

Wie sollte er jetzt vorgehen? Hatte er überhaupt irgendwo etwas Greifbares gefunden? Welche Rolle spielten die beiden Schläger? Darüber hatte Schulte noch nicht systematisch nachdenken können. Wann und wo hatte er etwas gemacht, was deren Auftritt erklären könnte?

Der Besuch in der Redaktion des *Het Belang van Hasselt* konnte es wohl kaum sein. Es konnte also nur sein Besuch der Firma *HELI* bzw. *ChemIn* sein. Er war fotografiert worden, vermutlich hatte man ihn doch mit dem Audi wegfahren sehen. Mit dem Foto, dem Autotyp und dem KFZ-Kennzeichen brauchten sie nur noch die Parkhäuser abklappern. So viele deutsche Audis werden da wohl kaum stehen. Irgendwann findet man den schon. Gefunden hatten sie Rodehutskors und waren wohl etwas verwirrt. Dem dann in sein Hotel zu folgen und ihn irgendwann in Gesellschaft des Mannes auf dem Foto zu sehen, war auch kein unlösbares Problem. Insoweit war das alles zu erklären. Aber warum? Wodurch fühlte sich diese Firma so durch ihn bedroht? Wenn es denn noch die gesuchte *HELI* wäre, hätte er ja wenigstens einen kleinen Ansatz. Aber was hatte *ChemIn* mit all dem zu tun? Das war doch ein ganz anderer Laden. War er das wirklich? Vielleicht war das im Prinzip noch die alte Firma, nur der Firmenname und vielleicht die Gesellschaftsform hatte sich geändert. Das kommt ja häufig vor. Das musste er dringend herausbekommen. Denn dass diese Firma Dreck am Stecken hatte, das lag für Schulte klar auf der Hand. Leider war er durch seine Rolle und durch den Zeitpunkt am Sonntag Abend von allen Recherchequellen ausgeschlossen. Natürlich hätte er ganz einfach zur Hasselter Polizei gehen und sich als Kollege ausweisen können. Aber was wäre dann? Dann erfuhr der ganze Apparat zu Hause von seiner Extratour, und hier in Hasselt würden ihn die Kollegen ganz sicher an die kurze Leine legen. Viel Gestaltungsfreiheit hätte er dann nicht mehr. Vielleicht war ja Marco Rauscher ebenfalls dieser Firma in die Quere gekommen und auch in die Hände dieser Schläger geraten. Das war überhaupt nicht abwegig, denn schließlich hatte Rauscher ganz offensichtlich nach der Firma *HELI* gesucht und hatte vermutlich die Sache ähnlich angepackt wie er selbst, vielleicht auch etwas leichtsinniger, wie Journalisten nun mal so sind. Was mochten Sie mit ihm angefangen haben? Oder hatte er sich versteckt? Dann schoss ihm der Gedanke durch den Kopf, was wohl sein Chef Erpentrup sagen würde, wenn eines dieser Ölbilder in Schultes Büro hinge. Ein Gedanke, der ihn amüsierte.

Schulte beschloss, sich mit den Männern an der Theke zu unterhalten. Er sah, dass die jetzt dazu übergegangen waren, Genever zu trinken. Auch wenn es ihn innerlich schüttelte, bestellte er eine ganze Lage von dem verabscheuten Zeug und wartete auf die Aufforderung, sich zu ihnen an die Theke zu setzen. Die kam auch umgehend. Trinkerrituale, dachte Schulte belustigt und beglückwünschte sich selbst wieder einmal dazu, dass er kein spröder Schreibtischbeamter war, sondern alle Ecken und Kanten des Leben bereits am eigenen Leib kennen gelernt hatte. Er setzte sich neben die beiden und stellte sich als Jupp aus Detmold in Deutschland vor.

„Detmold, die deutsche Partnerstadt von Hasselt! Kennt ihr doch, oder?"

Keiner der Anwesenden hatte jemals von Detmold gehört. Partnerstadt? Da fiel Schulte erst auf, dass er bei all seinen Exkursionen durch Hasselt nicht die kleinste Spur von Detmold gefunden hatte. In Detmold gab es immerhin einen Hasselter Platz, in Hasselt hatte er nicht das kleinste Hinweisschild gefunden. Na, egal. Schulte klärte die beiden notdürftig und so knapp wie möglich über das Prinzip Städtepartnerschaft auf. Großes Interesse fanden seine Ausführungen nicht und so beeilte er sich, eine zweite Runde auszugeben. Die beiden hatten sich als Bart und Rinus vorgestellt. Beide waren Künstler. Bart war Schriftsteller und arbeitete angeblich gerade an einem epochalen Drama über den Kampf der flandrischen Geusen gegen die spanischen Imperialisten. Auf Schultes hartnäckige Nachfragen hin stellte sich jedoch heraus, dass das große Werk sich noch im Stadium der Planung befand. Wo es auch für immer und ewig bleiben würde, da war sich Schulte ganz sicher. Rinus war eigentlich Maler, die Kneipe führte er nach eigener Aussage nur zum Broterwerb. Sobald seine erste große Ausstellung, die demnächst kommen würde, gelaufen sei, würde er die Kneipe mit allem Krempel darin verscherbeln und ganz von der Malerei leben. Er konnte zumindest mit zwei Werken auftrumpfen. Die beiden Bilder hinter der Theke waren seine Werke. Schulte beglückwünschte ihn, vor allem zu der explodierenden Gitarre.

„Mein kleines Tribut an Jimi Hendrix," murmelte Rinus bescheiden und errötete sogar leicht.

Innerlich schmunzelte Schulte. Die beiden mochten ja ganz in Ordnung sein, an ihre Zukunft als Künstler glaubte er jedoch keine Sekunde. Der Eine würde über kurz oder lang völlig herunterkommen, der Andere würde auf immer hinter irgendeiner Theke arbeiten. Beide nach bürgerlichen Vorstellungen völlige Versager. Schulte mochte solche Typen. Sie unterhielten sich eine Weile über alles mögliche, vor allem über die Musik der frühen Siebziger. Die beiden hatten die kulturellen und politischen Evolutionen der achtziger und neunziger Jahre anscheinend nicht wahrgenommen und äußerten Denkweisen, die Schulte verblüfften. So hatte er als Achtzehnjähriger auch gedacht und das war auch in Ordnung gewesen. Aber nach so langer Zeit? Schulte erzählte nun, dass er ab Montag eine zeitlich befristete Stelle als Arbeiter bei der Firma *ChemIn* antreten würde und für diese Zeit durch die Partnerschaft eine Wohnung ganz in der Nähe bekommen hätte.

„Kennt einer von euch diese Firma?" fragte er sehr vorsichtig.

Die beiden winkten ab.

„Ausbeuter! Alles Ausbeuter!" meinte Bart.

„Hast du da schon mal gearbeitet?"

„Nein! Natürlich nicht. Aber ich kenne einen, der hat das oft erzählt. Sag mal, Rinus, wer war das noch mal?"

„Kees! Kees Sluis. Der war da viele Jahre. Oh ja, der hat immer viel erzählt. Muss ein Scheißladen sein!"

Schulte schöpfte Mut.

„Kommt Kees heute Abend auch noch hier hin?“

„Glaube ich nicht. Der hat hier noch so viele Schulden, der traut sich nicht. Aber der wohnt hier um die Ecke, am Torenplein. Kees ist immer pleite. Wenn du dich mit ihm unterhalten willst, musst du ihm ein paar Runden bezahlen. Aber nach Geld siehst du auch nicht aus, stimmts?“

Schulte lachte zustimmend. Alles Spesen, dachte er. Und Spesen bezahlt die *Heimatzeitung*.

„Stimmt!“ meinte er laut. „Aber ich wüsste schon gerne was über den Laden. Schließlich soll ich da ein ganzes Jahr arbeiten. Kannst du ihn nicht anrufen?“

„Klar!“ lachte Rinus der Wirt, und suchte im Telefonbuch die Nummer. Als er die Verbindung hatte, konnte Schulte kaum etwas verstehen, denn untereinander sprachen die Menschen doch anders als mit ihm, dem Ausländer mit beschränkten Sprachkenntnissen. Der Wirt lachte laut, als er aufgelegt hatte.

„Der hat sich vielleicht erschrocken! Er dachte, ich wolle Schulden eintreiben. Aber als ich ihm erzählt habe, worum es geht und dass hier einer sitzt, der ihn heute Abend frei halten wird, da hat er sofort zugesagt. Er kommt gleich!“

Na, geht doch, dachte Schulte und drehte sich eine weitere Zigarette.

Kees entpuppte sich als großes, dünnes, irgendwie spinnenförmiges menschliches Gebilde. Ein Typ, dem Schulte auf keinen Fall Geld geliehen hätte. Vertrauenswürdig sah Kees jedenfalls nicht aus. Nachdem sich die Männer bekannt gemacht hatten und Schulte ihm erklärt hatte, warum er bereit sei, Kees ordentlich was auszugeben, sprudelte dieser nur so los, als bekäme er seine Runden pro Wort. In der Substanz war da erst mal nicht viel, nur Klagen über das Betriebsklima, über Schikanen seitens der Geschäftsführung, über schlechte Bezahlung und mehr. Schulte bekam den Eindruck, dass Kees auch über jede andere Firma so reden würde. Denn Arbeit schien für ihn grundsätzlich außerhalb seiner Vorstellung von einem menschenwürdigen Dasein zu liegen. Er hatte allerdings einige Jahre als Lagerarbeiter bei *ChemIn* verbracht, wie auch immer.

„Was wird denn eigentlich hergestellt?“ wollte Schulte dann endlich wissen.

„Das weißt du nicht?“ Kees beschrieb mit dem rechten Arm einen Kreis. Das sollte wohl visualisieren, dass die Firma *ChemIn* so ziemlich alles macht, was man sich nur vorstellen konnte. Schulte wollte es aber genauer wissen und bohrte nach. Kees musste überlegen.

„Hauptsächlich Futtermittel für die Landwirtschaft. Aber auch anderes, Creme zur Euterpflege bei Kühen, Aufbaupräparate und so was. Reicht das nicht?“

Nein, eine Frage hatte Schulte noch.

„Sag mal, wie lange gibt es ChemIn denn schon?“

„Oh, schon lange! Seit Anfang der achtziger Jahre, glaube ich. Damals hießen die aber noch anders, die hießen... warte mal, ich komme da gleich drauf.“

Kees quälte sich so sichtbar mit seinem Gedächtnis, dass Schulte schnell noch eine Runde Genever orderte. Da kam ihm ein Gedanke.

„Hieß die damals vielleicht *HELI*? Ich meine, ich hätte so was mal gelesen.“

Kees strahlte.

„Richtig! So hieß der Laden damals! Stimmt!“

Und, als wäre er selbst drauf gekommen, kippte er stolz den Schnaps hinunter. Dabei musste er sich nicht mal schütteln.

Schulte war zufrieden. Das hatte er wissen wollen. Mehr schien Kees sowieso nicht bieten zu können. Durch die Unbilden der letzten Nacht fühlte er sich körperlich restlos erledigt. Der Schnupfen und der Alkohol an diesem Abend gaben ihm den Rest. Alles, was Josef Schulte jetzt brauchte, waren Ruhe, Nasentropfen und ein Bett. Die Frau, die mittlerweile völlig betrunken war, lächelte ihn auffordernd an.

Er zahlte schnell und legte noch einen größeren Geldschein auf die Theke für weitere Runden, empfahl sich den Trinkkumpanen und sagte, er sei früh aufgestanden und müsse jetzt ins Bett. Die anderen lachten, so eine saublöde Tageseinteilung würde bei ihnen nicht vorkommen. Er solle es doch mal genau andersherum versuchen. Dann verließ Schulte die Kneipe, in der Tom Waits jetzt heiser die traurige Ballade vom *Cold, cold ground* sang und in der drei Männer an der Theke über den komischen Deutschen diskutierten, der ja eigentlich ganz sympathisch aussehe, aber irgendwie doch ein zwanghafter Spießer sei. Kommt der Kerl doch tatsächlich hierhin um, zu arbeiten...!

43

Axel Braunert und Bernhard Lohmann saßen an ihren Schreibtischen und drehten Däumchen.

„Ich bin total genervt!“, meldete sich Axel Braunert nach geraumer Zeit zu Wort. „Ich habe jede Menge Arbeit und vertue meine Zeit mit Warten auf die Kollegin Köster.“

Lohmann unterbrach das Studium seiner Berichte und wandte den Kopf in Richtung seines Kollegen.

„Warum machst du denn nicht erst was Anderes? Warten sind wir doch gewohnt. Zwar meist auf Jupp und nicht auf Maren, ist eben mal was anderes“, sagte er gleichmütig und steckte seine Nase wieder in von ihm beschriebene Papiere.

„Ich kann keine neuen Sache anfangen, wenn ich die letzte noch nicht abgeschlossen habe oder wenn ich von vornherein eine Unterbrechung absehen kann,“ antwortete Axel Braunert. In seiner Stimme lag ein aggressiver Tonfall. Lohmann bemerkte den, zog die Stirn in Falten und hielt seine Unterlagen noch dichter vors Gesicht. Diese Strategie wandte er auch bei Auseinandersetzungen mit seiner Frau regelmäßig an. Aus seiner Sicht meist erfolgreich.

Noch bevor Braunert sich weiter in seine schlechte Laune steigern konnte, flog die Tür auf und die Kommissarin kam ins Zimmer gestürmt.

„So eine Scheiße!", trompetete sie los. „Das Auto ist hin. Mindestens fünftausend Mark Schaden!" Es folgte eine Schimpftirade.

„Maren, darf ich dich daran erinnern, dass wir schon vor fünfundvierzig Minuten mit einer Dienstbesprechung beginnen wollten?" nutzte Braunert die Pause, bevor Maren Köster die nächste Schimpftirade startete.

„Tut mir Leid, Jungens! Aber ich hatte einen Autounfall und anschließend eine Schlägerei mit ein paar Jugendlichen", sagte Maren Köster und versuchte so cool wie möglich zu klingen.

Lohmann hob auch interessiert den Kopf und Axel Braunert machte Anstalten, sich für seine Unleidlichkeit zu entschuldigen.

Als Maren eine lange Kunstpause machte, um noch mehr Aufmerksamkeit zu erhaschen, konnte Braunert nicht mehr an sich halten.

„Was ist denn passiert?" fragte er fürsorglich und neugierig zugleich.

Maren Köster berichtete von ihren Erlebnissen.

„ ... und als ich ihm dann das Bild von dem Toten unter die Nase hielt, ging er wie von der Tarantel gestochen auf mich los."

„Und warum tat er das?", unterbrach Lohmann den Bericht der Kollegin.

„Wenn ich das mal wüsste", antwortete die Polizistin ehrlich ratlos.

„Wieso?"

„Ich sagte doch, der Junge ging auf mich los. Natürlich habe ich mich zur Wehr gesetzt. Da habe ich wohl etwas zu sehr zugelangt. Jetzt liegt er mit einer Hodendrehung, Quetschungen, Prellungen, gebrochenem Nasenbein und einer schweren Gehirnerschütterung im Krankenhaus. Ich könnte mir gut vorstellen, dass er erst mal ein paar Tage außer Gefecht gesetzt, sprich vernehmungsunfähig ist."

Axel Braunert schüttelte den Kopf.

„Maren, Maren! Musst du immer gleich so heftig sein? Das wirft uns doch schon wieder zurück."

„Wieso? Ich hatte gar keine Wahl, es war reine Notwehr. In solchen Situationen lasse ich mich auf keine Experimente ein, das ist mir einfach zu gefährlich. Schließlich bin ich eine schwache Frau."

Lohmann und Braunert sahen sich ehrlich sprachlos an.

„Im Übrigen haben wir genug zu tun und sind eh zu wenig Leute. Der Junge läuft uns nicht weg. Ich habe Volle schon gebeten, dass er sich vors Krankenzimmer setzt."

„Oh, oh! Wenn das mal gut geht", meinte Lohmann lapidar.

„Gibt es denn was Neues in unserem Mordfall? Um wen handelt es sich denn eigentlich bei dem Toten?"

„Du wirst es nicht glauben, Maren. Aber wir haben die Leiche noch nicht identifiziert, daher wäre dein Jugendlicher im Moment unser wichtigster Zeuge", antwortete Lohmann.

„Die Vernehmung der Zeugen hat keine neuen Erkenntnisse gebracht. Das waren Handballfans auf dem Weg zu ihrer Stammkneipe. Sie haben den Toten zufällig gefunden. Wenn man den ersten Prognosen von Jakobskrüger Glauben schenken darf, dann können wir davon ausgehen, dass der Tod circa um zwanzig Uhr eingetreten ist. Er war also zum Zeitpunkt des Leichenfundes ungefähr drei bis vier Stunden tot. Krause, unser Spurensicherer, arbeitet ebenso wie die Pathologie auf Hochtouren. Er will uns mit seinen Berichten auf dem Laufenden halten, aber vor morgen früh wird er nichts zu bieten haben. Er hat auf zehn Uhr zu einer ersten Besprechung geladen. Die Staatsanwältin wird auch dabei sein."

„Müller-Stahl? Die hat wohl zuviel Zeit! Was will die denn schon wieder?", fragte Maren Köster missmutig. „Na jedenfalls wissen wir, dass unser Toter mit Vornamen Johann heißt. Die Tatsache, dass der Jugendliche, der sich mit mir angelegt hat, Friesen heißt, lässt darauf schließen, dass es sich auch bei dem Toten um einen Aussiedlerjugendlichen handelt. Was war denn bei dir Axel?"

„Ich habe alle Krankenhäuser im Umkreis überprüft. Bielefeld, Paderborn, Herford, und die lippischen natürlich. Insgesamt gab es letzte Nacht über achtzig Einweisungen. Wir sind dabei die Personen zu überprüfen."

„Ich würde auch mal in Niedersachsen anfragen", antwortete die Kommissarin. „Rinteln ist gar nicht so weit von Lemgo entfernt. Man neigt zu schnell dazu, an der Landesgrenze halt zu machen."

„Guter Tipp Maren! Na, wie gesagt, wir sind noch nicht fündig geworden", schloss Braunert seinen kurzen Bericht. Es wurden noch einige organisatorische Fragen geklärt, dann vertagte man sich auf Montag Morgen. Axel Braunert bot Maren Köster an, sie nach Hause zu fahren, da sie ja zur Zeit ohne Auto war.

44

Am Montag Morgen fühlte sich Schulte elend. Als er aufwachte, war er nassgeschwitzt, die Nase war dicht und er hatte Kopfschmerzen. Dabei hatte er eigentlich recht ordentlich geschlafen, abgesehen vom unglaublichen Lärm der Kirchenglocken um sechs Uhr morgens. Die Kirche schien genau hinter dem Haus sein, es waren aber, wie er später feststellte, die Glocken der Sint Quintinuskathedrale. Allerdings war diese mächtige Hasselter Hauptkirche auch keine hundert Meter entfernt. Er aß eine Kleinigkeit in einem Cafe in einer schmalen Straße mit dem schönen Namen Hemelrijk, kaufte sich Aspirin in einer Apotheke, Knabberzeug und Getränke an einem Kiosk und legte sich wieder hin. Vorher machte er sich auf dem kleinen Gasherd eine Flasche von Marijkes Bieren warm und trank das widerlich bittere Zeug so heiß er konnte. Nachdem er zwei Stunden geschlafen hatte, versuchte er, sich einen Plan für den Nachmittag zurechtzulegen.

Beiläufig fiel ihm ein, dass der heutige Abend der letzte des Jahres sein würde. Das würde ein trostloses Silvester werden, vermutlich mit Bart, Kees und Rinus an der Theke. Dann beherrschten Phantasien von Marijke seine Gedanken und er schlief wieder ein.

45

Fast zeitgleich mit Schultes Erwachen in Hasselt trat Maren Köster vor ihre Wohnung. Sie zog sich ihren Mantel fest um den Körper. Es fröstelte sie. Am liebsten wären sie heute im Bett geblieben und hätte sich über den ungelesenen Stapel von Frauenzeitschriften hergemacht, der vor ihrem Bett lag. Dazu wäre eine heiße Tasse Schokolade und ein frisches Brötchen mit reifem Camembert und Sauerkirschmarmelade nicht schlecht. Doch daran war gar nicht zu denken. Der Mord in Lemgo und die Jugendbande hatten sie dazu gezwungen, das ganze Wochenende zu arbeiten. Auch der heutige Tag würde ihr wieder einiges abverlangen, das spürte sie.

Eigentlich hatte sie keine Kraft mehr. Ein paar freie Tage wären jetzt genau das Richtige. Die Kommissarin zog das eiserne Gartentor hinter sich zu und verfluchte ihren Kollegen Schulte, der sich so mir nichts dir nichts mit unbekanntem Ziel vom Acker gemacht hatte.

In dem Moment knallte es an die hundert Mal direkt unter ihren Füßen. Einige Jungen hatten ihr eine Matte Züsselmänner vor die Füße geworfen und suchten jetzt das Weite. Maren Köster schrie erschrocken auf. Dann wurde ihr klar, es war Silvester.

Silvester - und sie musste zum Dienst. Es war zum Heulen. Sie sah sich nach ihrem Auto um, bis ihr einfiel, dass sie es gestern gegen einen Laternenpfahl gesetzt hatte. Was für ein Scheißleben! Sie spürte, dass eine tiefe Depression im Anmarsch war. Sie zwang sich, mit aller Kraft dagegen anzukämpfen.

„Nur nicht sentimental werden, Köster!“, sagte sie zu sich selbst, zog ihr Handy aus der Manteltasche und rief ein Taxi.

Als sie das Büro betrat, hatte Lohmann schon seine *Heimatzeitung* zusammengefaltet und war dabei, frische Brötchen aufzuschneiden. Sie bemühte sich um einen lockeren Ton, der allerdings nicht ihrer Stimmung entsprach.

„Morgen! Was ist los, Bernhard? Wirst du schon wieder Opa? Oder hat Borussia Dortmund sich schon nach deinem Enkel erkundigt?“

„Wieso?“

„Warum gibt es sonst frische Brötchen?“

„Die sind von mir!“

Maren Köster drehte sich um. In der Tür stand die Staatsanwältin.

Jetzt bringt die auch schon Brötchen mit, dachte Maren und ihre eh schon schlechte Laune rutschte noch weiter in den Keller. Sie erinnerte sich an den ersten Weihnachtstag, als sie mit Frühstückszutaten bei Schulte vor der Tür stand und der Staatsanwältin begegnet war. Da hatte sie ihre Semmeln wieder mitgenommen. Wenn es nach ihr gegangen wäre, müsste sich heute die Staatsanwältin die Brötchentüte unter den Arm klemmen. Leider war das wohl aussichtslos. Also presste sie sich ein: „Das wäre doch nicht nötig gewesen“, ab und schwor sich, keine der mitgebrachten Köstlichkeiten zu essen.

Lohmann hingegen nahm sich nun die Butter und sagte:

„Und ob das nötig ist“, dabei grinste er wie ein Honigkuchenpferd. Maren Köster war kurz vor'm Platzen. Jetzt betrat Axel Braunert das Büro. Er sog den Duft in seine Nase.

„Hm, frische Brötchen! Welcher Engel hat uns die beschert?“

Maren Köster sah sich nach einem Wurfgeschoss um. Die Tatsache, dass Lohmann und Braunert ihr Büro stets aufgeräumt hielten, verhinderte einen Eklat.

Im diesem Moment steckte Heinz Krause von der Spurensicherung seinen Kopf durch die Tür.

„Hm, welcher großherzige Mensch hat denn die frischen Brötchen mitgebracht?“

Lohmann und Krause zeigten fast gleichzeitig auf die Staatsanwältin.

„Sie sollten öfter an unseren Besprechungen teilnehmen, Frau Müller-Stahl“, raspelte Krause weiter Süßholz. Maren Köster konnte es nicht fassen. Im Allgemeinen war Krause wortkarg und mürrisch. Sie hätte nie von ihm erwartet, dass er einer Frau so um den Mund gehen könnte. Sie machte ihrer Verwunderung Luft.

„Heinz, was haben sie dir denn in den Kaffee getan? Du bist ja heute so freundlich und redselig wie schon seit zehn Jahren nicht mehr.“

„Das war ja auch der Tag, als du das letzte Mal Brötchen mitgebracht hast. Soweit ich mich noch erinnern kann, handelte es sich um deinen Einstand hier in Detmold.“

Alle grinsten, nur Maren Köster suchte zum zweiten Mal vergeblich nach einem Wurfgeschoss.

Braunert merkte, dass Maren Köster auf der höchsten Stufe kochte. Er kannte auch die möglichen Folgen. Daher dachte er darüber nach, wie er die Spannung aus der Situation nehmen könnte. Also sagte er:

„Lasst uns in den kleinen Konferenzraum gehen, das Büro ist für sechs Personen doch etwas klein.“

„Sechs Personen?“, fragte Lohmann. Im gleichen Moment trat Jakobskrüger ins Zimmer.

„Okay, wir sind komplett! Also Umzug in den kleinen Konferenzraum!“, forderte Lohmann die Kollegen auf. Auch er kannte seine Maren und wusste, dass in solchen Situationen ein Ortswechsel oft Wunder wirkte.

In dem neuen Raum angekommen, machten sich alle erst einmal über Brötchen und Kaffee her. Es herrschte eine solche Stille, dass man eine Stecknadel hätte fallen hören. Nachdem der erste Hunger gestillt war, ergriff Maren Köster das Wort. „Krause, du alter Sauerpott, jetzt verrat mir endlich den Grund für deine gute Laune! Du hast doch sicher die letzten beiden Nächte so gut wie nicht geschlafen und dann diese Laune, was steckt dahinter?“

Die anderen, die Krauses Grantigkeit von vielen Ereignissen kannten, hielten den Atem an. So hatte den Spurensicherer noch niemand angesprochen. Diesen schien das jedoch nicht weiter zu stören. Er schob sich genüsslich den letzten Rest des Brötchens in den Mund, schüttete einen Schluck Kaffee drauf, nahm eine gemütliche Sitzposition ein und begann mit seinem Bericht.

„Warum sollte ich keine gute Laune haben, wenn wir jede Menge verwertbarer Spuren finden? Ich habe anhand dieser Spuren den Vorgang wie folgt rekonstruiert: Das Opfer befand sich auf dem Gehweg, als ein Auto anhielt, zwei Männer aus dem Wagen stiegen, sich auf das Opfer stürzten und den Jugendlichen geradezu exekutierten. In der Garage standen zwei weitere Personen, die den Mord beobachteten. Beim Anblick der Hinrichtung musste sich einer der Beobachter übergeben. Dies Geräusch machte die Killer auf die heimlichen Zeugen aufmerksam. Die flüchteten durch die Gärten. Die Killer nahmen die Verfolgung auf und erlebten eine böse Überraschung. In dem Carport hatte der Besitzer ein dünnes Drahtseil gespannt, um Handballzuschauern eins auszuwischen, die sein Grundstück als Wendeplatz nutzten.

Unangenehmer Zeitgenosse, nebenbei bemerkt. Als nun die Verfolger in vollem Lauf in die dunkle Garage rannten, war es ihnen nicht möglich, die Stolperfalle zu erkennen. Sie stürzten über das Seil und zwar mit solcher Wucht, dass sich beide Personen wahrscheinlich die Beine brachen und außerdem vermutlich Kopf-, Hand- und Armverletzungen davontrugen. Wir haben Blut von zwei unterschiedlichen Personen gefunden. Die Tatsache, dass die Männer trotz dieser schweren Verletzungen flüchten konnten, deutet darauf hin, dass noch mindestens ein weiterer im Auto saß, der den Verletzten helfen konnte."

Jetzt schaltete sich Jakobskrüger ein.

„Anhand des Erbrochenen und des Blutes können wir einen genetischen Fingerabdruck erstellen. Die Prints sind zwar noch nicht fertig, aber die Leute in der Universitätsklinik Münster arbeiten mit Hochdruck daran."

Maren Köster schilderte noch einmal ihre Theorie. Nach ihrer Meinung hatte hier eine Kinderbande Mafia gespielt und war dabei einer richtigen mafiosen Bande in die Quere gekommen. Das war der Grund für die Hinrichtung.

„Es könnte natürlich auch sein, dass solche Banden mittlerweile auch hier in der Region einen solchen Grad der Verkommenheit erreicht haben, dass sie Kinder für sich arbeiten lassen", legte die Staatsanwältin eine weitere Möglichkeit offen. „Jedenfalls bin ich intuitiv auch davon überzeugt, dass der Mord und die Kinderbande unmittelbar etwas miteinander zu tun haben. Wie gehen wir also weiter vor?"

Jetzt meldete sich Lohmann.

„Wir haben gestern schon eine grobe Aufgabenverteilung durchgesprochen, die wir jetzt noch einmal punktuell modifizieren müssen. Sie könnte wie folgt aussehen: Maren nimmt sich noch einmal den türkischen Imbissbudenbesitzer vor. Bei dem erschien uns sein gesamtes Verhalten nicht schlüssig. Der hat mit Sicherheit Kontakte. Axel überprüft weiter die Krankenhäuser in der Region und nimmt die Kliniken aus den umliegenden Städten Niedersachsens dazu. Er kann die Überprüfung eingrenzen, denn Beinbrüche werden auf jeden Fall eine Rolle spielen. Dadurch wird sich die betroffene Personenzahl erheblich reduzieren. Ich selber werde versuchen, etwas über die Identität des Toten herauszubekommen. Komisch, dass es noch keine Vermisstenmeldung gab. Ich glaube, ich fange mal bei unserem Schwerkranken an." Dabei sah er in Richtung Maren Köster.

Es gab keinen Widerspruch, und so löste sich die Gruppe im Besprechungszimmer schnell auf.

46

Auf dem Weg zu ihrem Büro fiel Maren Köster ein, dass sie ja kein Auto mehr besaß. Sie brauchte unbedingt einen fahrbaren Untersatz. Sie ging in die Zentrale und orderte einen Dienstwagen. Karl-Heinz Nübel war der Verwalter der Polizeifahrzeuge. Als sie ihm ihr Anliegen vortrug, sagte er:

„Ich kann dir leider nur einen Streifenwagen zur Verfügung stellen. Was anderes habe ich nicht."

„Egal! Hauptsache Auto!" Sie hielt ihm die Hand hin, um die Schlüssel in Empfang zu nehmen.

„Moment, so schnell schießen die Preußen nicht, erst die Formalitäten."

Sie blies sich eine imaginäre Locke aus dem Gesicht.

„Karl-Heinz, ich habe es wirklich eilig! Wenn ich hier noch hundert Seiten ausfüllen soll, geht mir womöglich noch ein Schwerverbrecher durch die Lappen."

Karl-Heinz Nübel ließ sich nicht beirren. Schließlich fuhr Maren Köster fünfzehn Minuten später mit quietschenden Reifen vom Hof. Dabei hätte sie beinahe ein älteres Paar übersehen, das auf dem Weg zur Kreispolizeibehörde fast von ihr überfahren wurde. Im Seitenspiegel sah sie, wie der Mann sich reckte und ihr mit der Faust drohte.

Wenige Minuten später hielt das Auto vor der Dönerbude. Der Besitzer des Ladens trat vor die Tür.

„Bitte Frau Köster, können Sie Ihren Wagen nicht wo anders parken? Was sollen meine Kunden denken?"

„Sie brauchen sich keine Sorgen zu machen, Herr Ünal. Bei mir zu Hause steht fast täglich ein solches Auto vor der Tür, das hat meine Nachbarn bis jetzt nie dazu veranlasst, mich als kriminell einzustufen."

Mit einer solchen Antwort hatte der Dönerbudenbesitzer nicht gerechnet. Ihm fehlten die Worte.

Die Kommissarin fuhr dann auch gleich mit dem Gespräch fort.

„Herr Ünal, ich muss noch einmal mit Ihnen über den Überfall auf Ihre Imbissbude sprechen."

„Das ist jetzt leider nicht möglich. Sie sehen ja, ich habe geöffnet und habe Kunden."

„Dann müssen Sie sich eine Vertretung besorgen oder Ihr Geschäft schließen."

Hassan Ünal wurde wütend.

„Frau Kommissarin, ich ziehe meine Anzeige zurück. Die Zeit, die Sie mir stehlen, würde mich reich werden lassen, wenn sie mir zur Verfügung stünde. Wissen Sie das?"

„Das mag zwar sein. Sie können auch gerne ihre Anzeige zurückziehen. Das ist gut für unsere Statistik. Es ändert aber nichts daran, dass wir beide jetzt ein längeres Gespräch führen. Es geht nämlich gar nicht um den Überfall auf ihr Geschäft, sondern um Mord."

Der Türke wurde blass.

„Wieso Mord, was habe ich mit einem Mord zu tun?"

„Das weiß ich nicht, aber das werde ich herausfinden. Wo soll das Gespräch stattfinden? Hier vor Ihrem Laden ist ein denkbar unpassender Ort!"

„Frau Kommissarin, wie ich schon sagte, ich habe wirklich keine Zeit."

Maren Köster schoss die Zornesröte ins Gesicht.

„Okay, Herr Ünal. Ich kann auch anders! Sie stehen unter Verdacht an einem Mord beteiligt zu sein. Ich nehme Sie hiermit vorläufig fest."

Mit dieser veränderten Gangart hatte Hassan Ünal nicht gerechnet. Er fing an, kleine Brötchen zu backen.

„Frau Köster, sie ruinieren mich! Ich muss doch an mein Geschäft denken. Mit einem Mord habe ich nichts zu tun. Wenn es Ihnen wirklich so wichtig ist, das Gespräch jetzt zu führen, wissen Sie, dann werde ich es irgendwie möglich machen."

Maren Köster merkte gleich, wie empfindlich er auf Druck reagierte. Jetzt nur nicht nachlassen, dachte sie.

„Das hätten Sie sich vorher überlegen können. Meine Geduld ist erschöpft. Ich lasse mich auf keine Experimente mehr ein. Sie kommen mit auf die Wache!"

Die Polizistin griff zum Handy und orderte einen zweiten Streifenwagen.

Hassan Ünal fiel in sich zusammen wie ein Kartenhaus.

„Warum machen Sie das? Sie ruinieren mich!"

„Hören Sie, ich habe versucht mit Ihnen einen konstruktiven Weg zu gehen. Sie haben ihn verlassen, jetzt tragen Sie die Konsequenzen."

Gerade wollte der Imbissbesitzer zu einer erneuten Gegenrede ansetzen, da hielt der angeforderte Streifenwagen.

Der Beifahrer ließ die Seitenscheibe herunter.

„Donnerwetter! Kollegen, ihr seid aber schnell. Da soll noch mal einer sagen, die Detmolder Polizei kommt erst, wenn schon alle tot sind. Der Mann hier muss auf die Wache. Sorgt dafür, dass er seinen Laden vernünftig verlässt. Also elektrische Geräte aus und so weiter, meinetwegen gebt ihm auch die Möglichkeit noch eine Vertretung zu ordern, aber lasst euch nicht hinhalten. In einer Stunde hätte ich ihn ganz gerne vor meinem Schreibtisch sitzen."

Maren Köster zwinkerte ihrem Kollegen noch einmal zu, um ihre Bestimmtheit ihm gegenüber etwas zu entschärfen.

Er verstand und zwinkerte zurück. Zwei Minuten später startete die Polizistin ihren Streifenwagen und fuhr in Richtung Bielefelder Straße davon.

Lohmann ging ohne große Umwege in sein Büro. Bevor er sich darum bemühen würde, die Identität des ermordeten Jungen herauszubekommen, wollte er sich noch einmal im Detail klarmachen, was in den letzten Tagen passiert war. Er zog die Akte und fing an, sie von Anfang an zu studieren. Doch er war noch nicht auf Seite fünf gelandet, als es an seiner Zimmertür klopfte. Karl-Heinz Nübel steckte den Kopf ins Zimmer und sagte:

„Bernhard, ich störe ja nur ungern. Aber da ist ein Ehepaar. Die beiden vermissen seit zwei Tagen ihren Sohn. Ich könnte mir vorstellen, dass das ganz interessant für dich ist. Willst du selber mit Ihnen sprechen oder soll ich die Vermisstenanzeige bearbeiten?"

Lohmanns Hände wurden feucht, er bekam einen roten Kopf und Atemnot, rang nach Luft und presste heraus:

„Hol sie sofort her!"

Axel Braunert glühten die Ohren. Er hatte jetzt alle Krankenhäuser in Ostwestfalen Lippe angerufen. Auf seiner Liste standen fünf Verdächtige. Er sah sich schon von Warburg nach Höxter fahren, später nach Paderborn. Auf was für eine Sisyphusarbeit hatte er sich da eingelassen? Er sah aus dem Fenster. Der Himmel war grau. Wahrscheinlich würde es jeden Moment wieder anfangen zu schneien. Im Sommer war sein Roadster ja ein klasse Auto, aber bei schlechtem Winterwetter zu fahren, da konnte er sich auch was Besseres vorstellen.

Außerdem war Silvester. Jeder Kollege, den er heute anriefe, um ihn um Schützenhilfe zu bitten, würde ihm ewige Rache schwören. Also, selbst ist der Mann! Schöne Scheiße, dachte er. Er wählte die Nummer des Kreiskrankenhauses

Rinteln und ließ sich mit der Notaufnahme verbinden. Von hier ließ er sich zu dem diensthabenden Arzt weitervermitteln.

Braunert stellte sich vor und erklärte sein Anliegen. Doch der Arzt ließ sich auf nichts ein.

„Tut mir leid Herr Braunert. Da könnte ja jeder kommen und mal eben was fragen. Ich kann Ihnen da keine Auskunft geben.“

Der Kommissar raufte sich die Haare. Ihm war klar, dass der Mann am anderen Ende des Telefons absolut richtig handelte. Andererseits ging ihm langsam die Geduld aus.

„Passen Sie auf Herr Doktor, ich lege jetzt auf. Ich bitte Sie jedoch, sofort die Detmolder Kreispolizeibehörde anzurufen und sich mit Kommissar Braunert verbinden zu lassen“, und jetzt übertrieb er ein bisschen, um seinen Forderungen Nachdruck zu verleihen. „Es geht um Leben und Tod.“

„Sie werden es nicht glauben Herr Braunert, bei uns geht es jeden Tag um Leben und Tod.“

Braunert knallte den Hörer auf die Gabel, was sonst nicht seine Art war. Ja, er fand ein solches Verhalten sogar ausgesprochen unhöflich. Was sollte er nur tun? Da fiel ihm die Staatsanwältin ein. Er griff erneut zum Telefonhörer. Er ließ es klingeln. Es meldete sich niemand. Gerade wollte er den Hörer wieder zurücklegen, da hörte er eine Stimme, völlig außer Atem, sie gehörte der Staatsanwältin Wilma Müller-Stahl.

Maren Köster hatte kaum ihren Mantel in den Schrank gehängt, da führte ein uniformierter Kolleg Hassan Ünal schon ins Vernehmungszimmer. Maren Köster rief Lohmann an, um ihn zu bitten, beim Verhör dabei zu sein. Dieser blaffte nur:

„Ich hab jetzt keine Zeit, Mädchen! Such dir jemanden anderen!“

Die Antwort von Braunert fiel zwar um einiges höflicher aus, das Ergebnis war jedoch das gleiche. Mist, dachte sie, aber alleine mache ich das nicht. Dann wandte sie sich an Nübel.

„Karl-Heinz, ich brauche dich jetzt gleich beim Verhör. Ist das wohl möglich?"

Aber der hatte ebenfalls zu tun. Es blieb ihr nichts anderes übrig, als mit der Staatsanwältin zu sprechen. Ausgerechnet die!

Na, wenn es denn sein muss, dachte sie und griff zum Hörer. Es war besetzt. Das Telefon flog zurück in die Ladestation.

„Ja, läuft denn hier alles schief?", sagte sie mehr zu sich selber. Hassan Ünal merkte, dass die Polizistin unter Druck kam. Er verspürte wieder Oberwasser.

„Frau Kommissarin, ich kann auch morgen wieder kommen, so eilig ist es doch auch nicht."

„Morgen? Wenn ich Sie hier raus lasse und das stimmt, was ich vermute, dann sind Sie morgen ein toter Mann. Was meinen Sie, wie Leute, die ihren Lebensunterhalt mit Schutzgeld verdienen, mit wackeligen Zeugen umgehen. Im Übrigen bin ich mir sicher, dass denen schon jetzt bekannt ist, dass Sie auf der Wache festgehalten werden. Nee, nee! Da gehe ich kein Risiko ein. Sie bleiben hier. Zu Ihrem eigenen Schutz!"

Maren Köster meinte, Ünal blass werden zu sehen. Sie griff erneut zum Telefon und wählte die Nummer der Staatsanwältin. Diesmal bekam sie Kontakt. Die Polizistin erklärte kurz ihr Anliegen, worauf Wilma Müller-Stahl versprach, in zwanzig Minuten da zu sein. Sie müsse aber noch kurz bei Axel Braunert vorbei, etwas klären.

Ein cirka sechzig Jahre alter Mann und eine ebenso alt wirkende Frau betraten das Zimmer von Lohmann. Man sah den beiden an, dass sie ihr Leben lang schwer gearbeitet hatten. Das Paar machte einen verängstigten Eindruck. Der Mann stellte sich als Peter Jansen vor, dann zeigte er auf die Frau neben sich:

„Meine Frau Maria."

Lohmann wies den beiden einen Sitzplatz zu und ließ sich ebenfalls in einen Sessel fallen.

„Was kann ich für Sie tun, Herr Jansen?"

„Nu, wissen Sie, wir haben einen Sohn Johann, unser Ältester. Der Junge ist seit Samstag nicht mehr zu Hause gewesen. Es kommt schon mal vor, dass er eine Nacht weg bleibt und bei Freunden schläft. Auch ohne Bescheid zu sagen. Das ist in Ordnung. Johann ist ein guter Junge, fleißig und gehorsam. Doch zwei Tage ohne ein Wort zu sagen, das ist noch nie vorgekommen. Wir machen uns jetzt ernsthafte Sorgen."

Die Frau nickte zustimmend.

Lohmann räusperte sich, ging zu seinem Schreibtisch, kramte in einer Hängeregistratur und kam mit einem Foto zurück zur Besprechungsecke. Er gab es dem Mann. Dieser starrte auf das Bild. Tränen traten in seine Augen. Er stammelte: „Johann!"

Endlich hatte Braunert die Telefonnummer der Kreispolizeibehörde Schaumburg gefunden. Er wählte und hatte sofort einen Kollegen am Apparat. Er stellte sich vor und schilderte sein Anliegen: „... Wie Sie sich denken können, hat der diensthabende Arzt natürlich keine Informationen an mich weitergegeben. Ich muss Sie daher um Amtshilfe ersuchen und Sie bitten, für mich die nötigen Informationen aus dem Kreiskrankenhaus Rinteln zu besorgen."

„Wie stellen Sie sich das vor, Kollege Braunert? Ich kann doch ebenso wenig Ihre Identität überprüfen, wie der Doktor im Krankenhaus."

Braunert raufte sich die Haare. Jetzt ging das schon wieder los. Er war kurz vor dem Verzweifeln.

„Zunächst einmal bitte ich Sie, gleich nachdem ich dieses Telefongespräch beendet habe, hier in Detmold bei der Kreispolizeibehörde anzurufen, um sich zu vergewissern, dass es sich bei mir um einen Polizisten handelt. Als nächstes müssen wir dann das weitere Vorgehen überlegen.“

Der Polizist am anderen Ende schien nicht gerade begeistert zu sein. Der Silvesterabend rückte immer näher. Der würde schon genügend Stress bescheren. Und jetzt kam auch noch der Detmolder Kollege mit seiner Geschichte. Er sagte jedoch:

„Okay, ich werde mich mit einigen Kollegen besprechen und überlegen was zu tun ist, dann rufe ich Sie wieder an. Sie hören in zehn Minuten von mir.“

Braunert war erleichtert. Er beendete das Gespräch. Kaum stand das Telefon in der Station, da klopfte es an der Tür. Herein kam die Staatsanwältin. Sie machte einen zufriedenen Eindruck.

„So, Herr Braunert. Ich habe mit einem Kollegen in Stadthagen telefoniert. Der leitet alles in die Wege. Die Kollegen werden Ihnen helfen, an die nötigen Informationen zu kommen. Hier haben Sie noch eine Telefonnummer. Der dortige Staatsanwalt heißt Stephan Rütgers, der wird Ihnen helfen, wo es nötig ist. Ich habe nicht viel Zeit, ich muss weiter zu Frau Köster, um einer Vernehmung beizuwohnen.“

Hassan Ünal war nachdenklich geworden. Er saß auf seinem Stuhl und hielt, so schien es, einen inneren Dialog. Maren Köster studierte ihre Unterlagen. Dabei beobachtete sie aus den Augenwinkeln ihr Gegenüber. Sie wurde sich immer sicherer, dass sie heute noch zu einem Vernehmungserfolg kommen würde. Diese kleine Zwangspause war gar nicht so schlecht gewesen. Sie durfte nur nicht zu lange dauern. In diesem Moment betrat nach kurzem Klopfen Frau Müller-Stahl den Raum.

Die beiden Frauen begrüßten sich auf die übliche, distanzierte Weise.

Die Staatsanwältin zog ihren Mantel aus und holte sich einen Notizblock aus ihrer Tasche. Maren Köster hantierte am Aufnahmegerät. Als sie alles gecheckt hatte, wandte sie sich an den Zeugen.

„Herr Ünal, bitte schildern Sie uns noch einmal, wie Sie den Überfall auf Ihren Laden erlebt haben!"

„Ja, wissen Sie, ich kann da nicht viel zu sagen. Ich habe mich an dem Abend, an dem mein Geschäft zertrümmert wurde, mit Freunden getroffen. Wir haben getrunken und sind heftig versackt. Zu viel Alkohol, wissen Sie. Da können Sie sich vorstellen, dass der Samstagmorgen in doppelter Hinsicht kein schöner war. Zum einen ging es mir schlecht, ich hatte Kopfschmerzen und musste mich übergeben. Dann wurde mir auch noch die Botschaft von dem zertrümmerten Laden überbracht."

„Sind Sie Muslim?"

„Wieso fragen Sie das?"

„Na ja, Sie haben sehr viel Alkohol getrunken, wie Sie sagen. Ich dachte immer, das sei bei unseren türkischen Landsleuten eher unüblich."

„Ich bin ein assimilierter Türke, wie man hier sagt. Ich bin in Detmold geboren, habe die deutsche Staatsbürgerschaft und mich sehr der deutschen Kultur angepasst. Ich will nicht sagen, dass ich regelmäßig Alkohol trinke, aber ab und an schon. Dass es am Abend von Freitag auf Samstag über die Maßen viel war, war reiner Zufall."

„Der Imbiss ist doch Ihre Lebensgrundlage, oder nicht?"

„Ja schon, warum fragen Sie?"

„Ich finde, Sie haben den Überfall sehr auf die leichte Schulter genommen."

„Frau Kommissarin, wieso soll ich mich über Ereignisse aufregen, die ich sowieso nicht mehr rückgängig machen kann?"

„Herr Ünal, ich will Ihnen mal meine Version schildern. Sie bekamen eine Aufforderung, Schutzgeld zu bezahlen. Dieser sind Sie jedoch nicht nachgekommen, da Sie schon länger zahlen. Sie haben lediglich Ihrem, nennen wir ihn Paten, Nachricht gegeben, dass jemand in seinen Fischgründen die Netze auswirft. Dieser hat Ihnen dann signalisiert, Sie sollen sich ruhig verhalten. Er würde es schon richten. Das tat er denn auch. Er ließ ihr Geschäft ab diesem Zeitpunkt beobachten und als die gegnerische Bande zuschlug, hat er die Person im Auge behalten und sie am nächsten Tag hinrichten lassen."

„So einen ausgemachten Quatsch habe ich ja noch nie gehört!", entgegnete Hassan Ünal empört.

„Ob das ausgemachter Quatsch ist, werden wir ja sehen. Ich habe Sie festgenommen und ich werde bei meiner Version des Überfalls bleiben. Die können Sie und alle anderen auch, in den nächsten Tagen in der Heimatzeitung lesen. Dann wollen wir mal sehen, wie sich Ihr Pate so verhält."

Die Staatsanwältin zog ob solcher ungewöhnlicher Verhörmethoden ihre Augenbrauen nach oben. Sie sagte aber nichts.

Hassan Ünal wurde wütend.

„Sie können doch nicht solche ausgemachten Lügen verbreiten!", schrie er fast hysterisch.

„Doch, ich kann", sagte Maren Köster unterkühlt „und ich werde es auch tun. Denn ich habe kein Verständnis dafür, dass jemand solche Spielchen spielt, wie Sie es tun. Wenn Sie meinen, Sie müssten sich mit der ‚Familie' einlassen, dann sorge ich dafür, dass Sie es mit aller Konsequenz tun."

Maren Köster öffnete einen Aktenordner. Entnahm ihm ein Foto und warf es auf den Tisch.

„Sehen Sie sich den Jungen an, ein halbes Kind. Dass er Ihren Laden auseinandergenommen hat, ist nicht in Ordnung. Aber umbringen braucht man ihn deshalb nicht. Ihren sogenannten Beschützern ist ein Menschenleben gar nichts wert. Auch nicht Ihres. Denen geht es nur um Geld und Geschäft. Wenn Sie ebenso eine Haltung haben, dann sehe ich nicht ein, wieso ich Sie schützen soll. Meinetwegen kann Ihr Pate Sie haben. Sehen Sie zu, dass Sie hier raus kommen und küssen Sie dem Patrone die Füße, wenn Sie noch dazu kommen."

Maren Köster packte ihre Sachen zusammen und tat so, als ob sie das Verhör beenden wolle. Hassan Ünal jedoch blieb sitzen.

„Ich habe Ihnen doch gesagt, Sie können gehen. Also packen Sie Ihre Sachen und verschwinden Sie. Ich kann Sie nicht mehr ertragen!", setzte Maren Köster noch eins drauf.

Jetzt schaltete sich die Staatsanwältin ein.

„Herr Ünal, ich habe den Eindruck, Sie wollen noch etwas loswerden. Ich will Ihnen noch eine Chance geben. Viel Zeit haben wir jedoch nicht mehr. Also, wenn Sie noch etwas sagen wollen, dann jetzt!"

Der Mann rieb sich mit beiden Händen das Gesicht. Seine ganze Körpersprache drückte Angst und Verzweiflung aus.

„Okay, ich gebe es zu, ich zahle seit drei Jahren Schutzgeld. Die Gruppe, die das von mir verlangt, ist etwas anders vorgegangen als die Konkurrenz, die jetzt aufgetaucht ist, wissen Sie. Die haben nicht meinen Laden, sondern mich zusammengeschlagen. Ich sage Ihnen, diese Methode ist viel wirksamer. Die Angst steckt mir jetzt noch in den Knochen. Na jedenfalls habe ich dann, nachdem ich jetzt wieder, diesmal von einer anderen Gruppe, eine Zahlungsaufforderung in meinem Briefkasten fand, die einfach an einen stillen Briefkasten weitergegeben. Kurze Zeit später bekam ich einen Anruf, ich solle mir ein wasserdichtes Alibi für die nächsten Abende verschaffen. Die Familie würde alles Weitere regeln. Ich schwöre Ihnen, ich habe nie etwas Unrechtes getan. Mit dem Mord habe ich nichts zu tun. Ich war mir auch gar nicht darüber im Klaren, dass gleich jemand umgebracht werden würde. Ich dachte, man würde den Konkurrenten vielleicht genau so verprügeln wie man es mit mir damals getan hatte. Aber Mord, nein daran hatte ich nicht gedacht."

Plötzlich zeigte der eben noch so cool wirkende Imbissbudenbesitzer Anzeichen schwerer Nervosität.

Jetzt trat Maren Köster wieder in Erscheinung. Nur nichts anbrennen lassen.

„Mit wem hatten Sie zu tun?"

„Ich schwöre Ihnen", jammerte der Türke, „ich habe in den ganzen drei Jahren nicht einmal einen persönlich gesehen."

„Okay", sagte die Staatsanwältin, „wir werden diese Aussage absolut vertraulich behandeln. Sie brauchen sich keine Sorgen zu machen. Wir werden das gesamte weitere Vorgehen haarklein mit Ihnen abstimmen, damit Sie nicht in Gefahr kommen. Alles Weitere später." Maren Köster rief wieder den uniformierten Kollegen und bat ihn, den Türken in die Zelle zu bringen. Zu dem Mann selber sagte Sie: „Ich kann Sie nicht frei lassen. Wir würden uns mitschuldig machen, wenn Ihnen was passiert!"

Als Hassan Ünal den Raum verlassen hatte, sagte Maren Köster nur: „Bingo!"

Lohmann hasste solche Situationen. Er kam sich dann immer ganz hilflos vor, weil er wusste, dass alle tröstenden Worte dieser Welt den Schmerz der Trauernden nicht lindern konnten. Dennoch konnte er in solchen Momenten nicht schweigen.

Er sagte: „Liebe Frau Jansen, lieber Herr Jansen, ich weiß, dass wir Ihnen Ihren Sohn nicht wieder zurück geben können. Doch ich verspreche Ihnen, dass wir alles tun werden, um die Mörder zu finden, um sie der gerechten Strafe zuzuführen."

Die Eltern des toten Jungen weinten still in sich hinein. Lohmann griff zum Telefon und rief eine Psychologin an, die in solchen Fällen eng mit der Polizei zusammenarbeitete. Der Polizist schilderte in kurzen Sätzen die Situation und bat die Frau, so schnell wie möglich zu kommen, um die Eltern, die gerade mitgeteilt bekommen hatten, dass sie ihren Sohn verloren hatten, zu betreuen.

Axel Braunert saß auf heißen Kohlen. Verdammt, warum riefen die Kollegen aus Niedersachen nicht an. Er hatte weiß Gott etwas anderes zu tun, als hier Däumchen zu drehen. Er ging in seinem Büro auf und ab wie ein Tiger, der in einen zu engen Zirkuswagen eingesperrt war. Braunert hasste Warten.

Dann endlich der erwünschte Signalton. Braunert stürzte zum Telefon: Es war Karl-Heinz Nübel. Noch bevor er mehr als seinen Namen sagen konnte, presste der Kommissar die Worte heraus: „Durchstellen in den Hörer!"

Ohne einen weiteren Kommentar wurde der Befehl ausgeführt. Der Mann am anderen Ende meldete sich mit: „Kommissar Martin Meier, Sie haben uns um Amtshilfe gebeten, um die Eingänge der Notaufnahme des Kreiskrankenhauses Rinteln in dem Zeitraum des neunundzwanzigsten bis dreißigsten Januar zu überprüfen. Ist das richtig?"

„Sie wollten wissen, ob jemand mit gebrochenen Beinen aufgenommen wurde. Ich kann Ihnen das bestätigen. Es sind sogar zwei Personen gleichzeitig behandelt worden. Beide haben beide Beine kompliziert gebrochen. Darüber hinaus haben sie mindestens einen gebrochenen Unterarm und Gehirnerschütterungen sowie Platzwunden am Kopf. Eine seltsame Geschichte. Es handelt sich dabei übrigens um russische Landsleute."

Braunert wurde vor Aufregung fast schwarz vor Augen.

„Bitte schicken Sie sofort eine Streifenwagenbesatzung dorthin! Mit aller Wahrscheinlichkeit handelt es sich bei den beiden um zwei gefährliche Killer. Die Männer sollen sich so unauffällig wie möglich verhalten. Es könnte im Übrigen sein, dass auch die beiden Verletzten in Lebensgefahr sind. Ich könnte mir vorstellen, dass ihresgleichen jetzt wiederum den verletzten Männern nach dem Leben trachten, da sie wahrscheinlich mehr wissen, als den Auftraggebern der Killer lieb ist. Von daher wäre es sinnvoll, dass sie auch niemand besuchen darf. Ihre Männer müssen vor Allem so vorsichtig wie möglich operieren, da alle handelnden Personen, sowohl die Kranken als auch eventuelle Besucher, verdächtig sind."

„Was erzählen Sie mir denn da für Räuberpistolen?"

Axel Braunert gab einen kurzen Bericht über den Lemgoer Mord, dann bat er seinen Kollegen, sich mit dem Staatsanwalt Stephan Rütgers in Verbindung zusetzen. Der sei von seiner Detmolder Kollegin schon unterrichtet worden. Der Kommissar hatte beschlossen, sich selber sofort auf den Weg nach Niedersachsen zu machen, um bei der Operation in Rinteln dabei zu sein. Er teilte diesen spontanen Entschluss seinem Gesprächspartner auf der anderen Seite des Telefons mit. Der war sichtlich erleichtert.

„Kommen Sie gerne. Wir haben auch nichts dagegen, wenn Sie noch Kollegen mitbringen. Dies Ereignis wirft uns an Silvester gewaltig aus der Bahn."

Braunert bedankte sich noch einmal, dann nahm er seine Jacke und machte sich auf den Weg, um Maren Köster und Bernhart Lohmann zu unterrichten. Die Staatsanwältin würde er vom Auto aus anrufen.

Um in Ruhe telefonieren können, hatte er Schultes Apparat benutzt. Jetzt öffnete er die Tür zu dem Büro, das er sich mit Lohmann teilte. Der saß wie ein Häufchen Elend hinter seinem Schreibtisch. Als Axel in den Raum trat, sah er zu ihm auf und wischte sich eine einsame Träne aus dem Augenwinkel.

„Was ist passiert Bernhard?"

Der machte eine hilflose Handbewegung. „Ich hatte eben die Eltern von unserem Toten hier sitzen. Johann Jansen heißt er. Ich musste ihnen die schreckliche Nachricht übermitteln. Für so was bin ich einfach nicht gebaut.“

Lohmann schniefte und wischte sich achtlos mit dem Hemdsärmel durch sein Gesicht.

Braunert legte ihm die Hand auf die Schulter und sagte: „Das ist keiner von uns. Ich kann dir aber leider keine Zeit lassen, da jetzt weiter drüber zu grübeln. Wir haben wahrscheinlich die Killer. Sie liegen beide in Rinteln im Krankenhaus. Ich will sofort hin und fände es gut, wenn du mich begleiten würdest.“

„Und ob ich mitkomme. Diese Schweine! Vergreifen sich einfach an einem harmlosen Jungen.“

In diesem Moment kam Maren ins Zimmer geschossen. Im Schlepptau die Staatsanwältin. Als sie die Stimmungslage von Lohmann wahrnahm, bewegte sie sich vorsichtiger. Lohmann und Braunert berichteten ihre Ergebnisse. Die Kommissarin und die Staatsanwältin hörten aufmerksam zu. Anschließend sagte Wilma Müller-Stahl: „Dann passt ja alles zusammen. Wir haben nämlich herausgefunden, dass Hasssan Ünal in der Tat Schutzgeld bezahlt. Es kann also durchaus ein Mord gewesen sein, der im Rahmen eines Verteilungskampfes stattfand.“ Maren Köster erklärte, dass Sie ebenfalls mit nach Rinteln fahren würde. Auch die Staatsanwältin hielt es für sinnvoll, dabei zu sein.

Braunert überlegte. „Es gibt eigentlich keinen Grund, dass einer von uns die Stallwache übernimmt. Ich schlage vor, wir nehmen uns einen Bulli mit Fahrer. Dann können wir auf dem Weg nach Rinteln alles Weitere besprechen.“

Da er von keiner Seite Widerspruch bekam, griff er zum Telefonhörer und rief in der Zentrale an.

Wieder meldete sich Karl-Heinz Nübel. „Das ganze Jahr über hört und sieht man euch nicht und auf Silvester wollt ihr wohl alles nachholen“, sagte er zur Begrüßung.

Braunert ging auf den Witz nicht ein. Er kam gleich zur Sache.

„Wir müssen nach Rinteln, dafür brauchen wir einen Bulli mit Fahrer.“

„Wie, ihr müsst nach Rinteln? Wie stellt ihr euch das denn vor. Wie gesagt, wir haben Silvester. Einen Bulli aufzutreiben ist ja noch die leichteste Übung, aber den Fahrer! Soll ich mir den aus den Rippen schneiden?“

Schweigen auf beiden Seiten des Telefons. Dann seufzte Nübel. „Okay, ich habe gleich Feierabend. Wenn ich gleich abgelöst werde, übernehme ich den Fahrdienst. Ich muss nur noch meine Frau anrufen. Wir hatten heute Abend sowieso nichts Großes vor. Dann muss sie eben erst mal alleine zu Nachbarns gehen.“

Braunert war erleichtert. Trotz aller widrigen Umstände schien alles zu klappen.

Die kleine Gruppe lief kurz auseinander, um Anrufe zu tätigen, sich kurz etwas zu essen zu holen, oder sonst eine private Angelegenheit zu regeln.

47

Mittlerweile war es Nachmittag in Hasselt. Schulte fühlte sich bereits erheblich besser. Die Nase war wieder frei, bloß die Kopfschmerzen waren, wenn auch schwächer, geblieben. Er kleidete sich im Rahmen seiner bescheidenen Mittel so ordentlich es ging, nahm dann sein Handy und rief Axel Braunert an. Dieser meldete sich sofort.

„Axel, tut mir leid, dass ich dich störe, aber ich muss dich kurz fragen, ob du was in Erfahrung gebracht hast.“

„Du störst wirklich Jupp, Aber man tut ja was man kann. Die Ermittlungen im Lemgoer Mordfall spitzen sich zu. Trotzdem habe ich versucht, dir zu helfen. Ich hoffe, du weißt das zu würdigen. Die ganze Nacht habe ich durchtelefoniert. Über Europol habe ich die drei Namen herausfinden können. Ist das nichts? Na also! Hör zu: Jacob Quist wohnt noch in Hasselt, in der Boekstraat 21. Henk Poortvliet wohnt ebenfalls in Hasselt. Die Straße heißt Stadsomvaart, Hausnummer 10a. Hermann den Hertog ist 1997 gestorben."

Schulte war ehrlich begeistert.

„Klasse! Axel, ich bin dir sehr dankbar. Wenn das Ganze hier erledigt ist, werde ich den Europol-Leuten 'n Pfund Kaffee schicken! Machs gut!"

Dann faltete Schulte seinen Hasselter Stadtplan auseinander und suchte die beiden Straßen. Da die Stadsomvaart näher lag, beschloss er, mit Poortvliet anzufangen.

Selbst zu dieser Zeit, es war noch nicht dunkel, waren schon etliche Halbwüchsige damit beschäftigt, ihr Taschengeld in die eiskalte Winterluft zu böllern. Silvester eben! Nach einem viertelstündigen Fußmarsch erreichte er die Stadsomvaart. Das Haus Nr. 10 lag gegenüber dem Virga Jesse Ziekenhuis, dem städtischen Krankenhaus. Ein großbürgerliches gepflegtes Haus aus der Jahrhundertwende mit einem kleinen, mit teuren Accessoires liebevoll bestückten Vorgarten. Hier hatte sich saturierte Bürgerlichkeit mit Stilgefühl und einem gut gefüllten Portemonnaie gepaart. Mit anderen Worten, das genaue Gegenteil von Schultes Zuhause.

Auf sein Klingeln öffnete dann wirklich, Schulte wollte es kaum glauben, ein Dienstmädchen. Eine nicht mehr ganz junge Dame im dunklen Kostüm und Spitzenschürze.

Schulte spulte im bestmöglichen Flämisch seine während des Fußweges ausgedachte Geschichte ab. Er sei ein deutscher Journalist aus der Hasselter Partnerstadt Detmold und er schreibe im Auftrag beider Städte an einer Dokumentation über deren Entwicklung seit Beginn der Städtepartnerschaft am sechsten Mai 1976. Dazu gehöre natürlich auch die Industrie und der gnädige Herr sei doch einer der Begründer eines großen Hasselter Industriebetriebes gewesen. Dazu wolle er ihm ein paar Fragen stellen.

Das Dienstmädchen nickte und ging ins Haus. Kurz darauf kam sie wieder und bat Schulte ins Haus, nicht ohne einen missbilligenden Blick auf seine äußere Erscheinung zu werfen.

Mijnheer Henk Poortvliet war ein stattlicher Herr um die Siebzig. Kurzgeschnittene weiße Haare, ein leicht gebräunter Teint verriet den Skiurlaub. Groß und kräftig gebaut saß er auf einem noblen roten Plüschsofa in einer Art Arbeitszimmer, das Schulte nur aus dem Fernsehen kannte, aus Filmen, die am Anfang des zwanzigsten Jahrhunderts spielten. Es war komplett mit Mahagonimöbeln ausgestattet und atmete Solidität. In einer wunderschönen Vitrine standen alte, in Leder gebundene Bücher. Mijnheer Poortvliet zeigte sich auf eine etwas herablassende Art als freundlicher alter Mann. Auch er hatte Schulte mit einem einzigen Blick von oben bis unten taxiert und für etwas heruntergekommen befunden. Typisch Journalist, mag er wohl gedacht haben.

Schulte wiederholte seine Geschichte und schmückte sie noch etwas aus. Er beschloss, erst einige allgemeine ‚Eisbrecher-Fragen' zu stellen, um das Vertrauen des ehemaligen Managers zu gewinnen.

„Sie waren im Jahre 1983 einer der starken Männer bei der Neugründung der Firma HELI. Welche Rolle spielte HELI damals für die Region Hasselt?"

Poortvliet strich mit der Hand über das kräftige Kinn.

„Oh! Eine sehr bedeutende Rolle, würde ich sagen. Sie werden sich vielleicht erinnern, dass Anfang der achtziger Jahre in allen Montanregionen Europas und vor allem auch bei uns eine große Krise ausgebrochen war. Nun war Hasselt ein Zentrum des Kohlebergbaus und wurde von dem beginnenden Strukturwandel arg gebeutelt. Es gab enorm viele Arbeitslose. Als HELI eröffnete und wir gleich rund zweihundert Mitarbeiter eingestellt haben, da war das schon ein

Ereignis in dieser Stadt, das können Sie mir glauben, junger Mann!“

Das konnte Schulte sich sehr gut vorstellen. Der alte Mann taute spürbar auf und beantwortete Schultes weitere Fragen freundlich und offen.

Dann ging Schulte zu den Fragen über, die ihn eigentlich interessierten.

„Was hat HELI denn in der ersten Phase seines Bestehens hauptsächlich produziert?“

„Alle möglichen chemischen Produkte für die Landwirtschaft. Düngemittel, Herbizide, für die Tiere Futter- und Pflegemittel. Was ein Landwirt eben so benötigt.“

„Gab es Schwerpunkte der Produktion?“

Poortvliet überlegte jetzt eine Weile.

„Ja schon. Der Bereich Futtermittel stellte sich bereits nach einem Jahr als wichtigster Umsatzträger heraus. Also haben wir dieses Segment besonders forciert. Aber die anderen Geschäftsfelder liefen dabei natürlich weiter. Auf einem Bein kann man ja nicht stehen.“

„Hatten Sie denn ein Produkt, welches besonders erfolgreich war? Sozusagen der Star Ihrer Produktion?“

Poortvliet lächelte.

„Eine typische Journalistenfrage. Sie wollen immer Stars haben. Aber für ein Unternehmen ist es wichtiger, dass das Produkt-Portfolio als ganzes stimmt. Stars kommen und gehen. Es sind schon große Unternehmen untergegangen, weil sie sich zu sehr auf einen Star verlassen haben. Nein, einen richtigen Star hatten wir nicht.“

„Haben Sie bei HELI auch Forschung betrieben oder nur nachgebaut?“

Jetzt schien Poortvliet fast etwas eingeschnappt zu sein.

„Natürlich haben wir selbst geforscht! Das war sogar unsere Stärke. Wir haben hier in Hasselt eine große und teure Forschungseinrichtung. Und ich kann Ihnen versichern, dass hier einige sehr erfolgreiche Produkte entstanden sind.“

„Hatten Sie auch viele deutsche Kunden? Haben Sie in Deutschland direkt verkauft oder hatten Sie Lizenznehmer?"

Wieder überlegte Poortvliet eine Weile.

„Wir haben viel nach Deutschland verkauft. Aber wissen Sie, die Vertriebswege müssen wir doch hier nicht besprechen. Das hat doch mit Ihrem Thema nichts zu tun, oder? Wir waren jedenfalls auch in Deutschland sehr erfolgreich. Das können Sie so schreiben!"

Schulte merkte, dass er hier nicht weiterkam. Er schwenkte um. „Wann wurde eigentlich aus der alten HELI die neue ChemIn? Und was war der Anlass für den Namenswechsel?"

„Das war viel später, erst Ende 1988. HELI ist ab Mitte der achtziger Jahre in ein schwieriges Fahrwasser gekommen und das hatte hauptsächlich mit dem Deutschlandgeschäft zu tun. Sie erinnern sich sicher an die Katastrophe von Tschernobyl 1986 und an die Hysterie der deutschen Bevölkerung. Die hatten plötzlich Angst vor allem. Das hat auch unser Geschäft beeinflusst. Alles wurde schwieriger, das Misstrauen gegenüber allem, was irgendwie chemisch war und aus dem Ausland kam, war gewaltig. Wissen Sie, einer der mächtigsten Männer in Deutschland war bis dahin immer der Landwirtschaftsminister gewesen. Der hatte weitaus mehr Einfluss, als die meisten Deutschen wussten. Damals hieß der Kiechle. Ein guter Mann. Der Vorname war irgendwie merkwürdig, Inga oder so ähnlich."

„Ignaz!" half Schulte aus.

„Ja! Ignaz Kiechle hieß der. Der Mann war, als er anfing, stark und mächtig. Wir kamen hervorragend mit ihm aus. Dann kam in Deutschland ein anderer auf. Ein sogenannter Umweltminister. Wie hieß der noch gleich?"

„Töpfer!"

„Ah ja! Ein schlimmer Mensch! Plötzlich war der wichtiger und einflussreicher als Herr Kiechle. Auf einmal wurde alles komplizierter, es gab völlig unsinnige Importvorschriften. Dem Herrn Töpfer passte dies nicht und jenes auch nicht. Das Deutschland-Geschäft wurde immer schlechter und Anfang 1988 standen wir kurz vor der Insolvenz. Nicht, dass unsere Produkte nicht in Ordnung gewesen wären. Nein! Die waren über jeden Zweifel erhaben. Ende des Jahres ging die Firma dann über in die Hände eines neuen Investors und wurde in ChemIn umbenannt. Kurz darauf bin ich aus dem Unternehmen ausgeschieden und genieße seitdem meinen wohlverdienten Ruhestand, wie Sie sehen."

Das konnte Schulte durchaus sehen, wenn er sich in dem Raum umblickte. Er stellte noch einige weitere Fragen, die Poortvliet alle nett, aber kurz und knapp beantwortete. In der Substanz hatte Schulte nicht viel erfahren. Aber immerhin. Als Poortvliet ihm noch einen ‚großartigen alten Genever' anbot, entschuldigte sich Schulte und verabschiedete sich. Poortvliet geleitete ihn bis zur Haustür und schaute ihm noch einige Zeit nachdenklich hinterher.

48

Jacob Quist wohnte nicht annähernd so feudal wie sein ehemaliger Managerkollege. Und er war auch nicht im entferntesten so freundlich wie Poortvliet. Nachdem Schulte, noch vor der Tür, auf der untersten Treppenstufe des unscheinbaren Reihenhauses stehend, sein Sprüchlein aufgesagt hatte, bat er ihn nicht etwa ins Haus. Nein, er machte dem angeblichen Journalisten sehr deutlich klar, dass er mit der Firma HELI schon lange nichts mehr zu tun habe und darüber auch herzlich froh sei. Er gebrauchte einige Kraftausdrücke, die Schultes Sprachkenntnisse überstiegen.

Quist war ein langer dünner Mann, der die Sechzig um einiges überschritten hatte. Er war nachlässig gekleidet, schlecht rasiert und hatte die etwas wackelige Motorik eines

Trinkers. Schulte erkannte, dass er diesen Mann ganz anders anfassen musste als Poortvliet. Schmeicheleien würden hier nur falsch verstanden. Hier war Dampf in der Hütte! Hier hatte sich Frust in Wut verwandelt.

„Herr Quist! Sie sind damals von Ihrer Firma vor die Tür gesetzt worden," bluffte Schulte schamlos, „und dann...".

„Was bin ich?" Für einen Moment sah es so aus, als wolle Quist explodieren. Mit hochrotem Kopf kam er Schulte zwei Treppenstufen entgegen, blieb dann vor ihm stehen und starrte ihm hasserfüllt ins Gesicht. Dann, nach einigen Sekunden, fiel der ganze innere Druck des Mannes in sich zusammen. Er wischte sich mit der Hand über die Stirn, als gebe es da etwas wegzuwischen. Dann sagte er, für seine Verhältnisse ruhig und leise:

„Ich bin nicht rausgeflogen! Es war meine eigene Entscheidung, zu gehen." Und dann noch leiser:

„Kommen Sie ins Haus! Hier kann man doch nicht reden."

Schulte folgte ihm in eine Wohnung, die vor Jahren einmal bescheiden bürgerlich gewesen sein musste, jetzt aber offenbar unter galoppierender Verwahrlosung litt. Schulte fühlte sich ein bisschen wie zu Hause. Quist holte eine halbvolle Flasche Genever aus einem Schrank, stellte dann zwei Gläser von fragwürdiger Sauberkeit auf den Tisch und schenkte beide Gläser voll. Ob Schulte überhaupt trinken wollte, wurde nicht diskutiert, sondern vorausgesetzt. Schulte schüttelte sich innerlich, trank aber tapfer aus. Ihm war klar, dass er sonst den zarten Gesprächsansatz sofort zerstört hätte. Es dauerte eine Weile, bis Quist begann, mit seiner brüchigen Stimme zu reden.

„Alle denken das! Alle denken, ich sei damals rausgeflogen. Nicht mal meine Frau hat mir geglaubt, dass ich aus eigenem Willen gegangen bin. Sie hat mich Versager genannt und ist ausgezogen. Seitdem wohne ich allein, Sie sehen ja..."

Dabei beschrieb er mit der rechten Hand einen Halbkreis, als wäre das Chaos allein durch die Abwesenheit seiner Frau begründet. Dann setzte er sich und begann ausführlich zu berichten, wie er zur Firma *HELI* gekommen war. Das interessierte Schulte weniger, aber er hörte höflich zu. Quist machte auf ihn den Eindruck eines verbitterten, innerlich verhärteten Mannes, der die ganze Welt für sein Schicksal verantwortlich machte, nur nicht sich selbst.

„Ich bin Ingenieur und war vom ersten Tag an Produktionsleiter. Mir unterstand der gesamte technische Bereich und auch die Produktinnovation, also die Forschung. Und der Laden lief, das können Sie mir glauben. Was haben wir nicht alles produziert...“

Schulte hatte den Eindruck, dass Quist sich selbst in Trance redete, denn er blickte träumerisch an die Zimmerdecke und lächelte auf merkwürdig abwesende Art. Der Mann musste dringend zurückgeholt werden.

„Aber Herr Quist, wenn alles so gut lief, wieso kam es dann zum Krach zwischen der Firma und Ihnen?“

Quist starrte ihn verwirrt an. Dann landete er wieder in der Wirklichkeit.

„Was heißt hier Krach? Krach gab es eigentlich nicht. Es war nur einfach eine unglaubliche Sauerei, wie die mit mir und meinen Erfindungen umgegangen sind. Ignoranten waren das!“ Er nahm wieder einen kräftigen Schluck.

„Was haben die denn ignoriert?“

„Ich hatte damals ein Produkt entwickelt, ein spezielles Futtermittel, das war revolutionär. Alles war bestens geregelt. Die Massenfertigung war machbar, auch unter Kostengesichtspunkten. Der Markttest lief hervorragend an. Die Gewinnaussichten waren großartig. Das wäre mein persönlicher Durchbruch gewesen. Ich hätte reich werden können. Reich und anerkannt. Aber diese Vollidioten haben eines schönen Tages das ganze Projekt gestoppt. Es sei nicht vermarktbar, hieß es. Es passe nicht mehr in die Zeit, sagten sie.

Ich präsentierte ihnen die Ergebnisse des Markttestes, aber auch davon ließen sie sich nicht überzeugen. Sie sagten, die Anfangserfolge hätten sich nicht als tragfähig erwiesen und so weiter. Angeblich war das Produkt derartig unverträglich, dass der ganze Bestand der Firma gefährdet wäre, falls es weiter eingesetzt würde. Und ich sei über Nacht verrückt geworden, hieß es. Denn ich würde die Augen vor den neuen Erkenntnissen verschließen. Es blieb mir nichts anderes übrig, als zu kündigen. Ich konnte noch eine ziemlich ordentliche Abfindung herausholen und dann war Schluss!"

„Wer war es denn, mit dem Sie diese Auseinandersetzungen hatten?"

„Die Kollegen im Vorstand natürlich! Beide ausgemachte Trottel! Na ja, kurz danach ging es der Firma so schlecht, dass sie verkaufen mussten. Das war ja vorauszusehen!"

„Wann ist das denn alles passiert," wollte Schulte wissen.

„Das?" Quist musste tatsächlich überlegen. Der Genever, dachte Schulte. „Ich denke, dass war 1987, so Ende des Jahres. Seitdem lebe ich von meiner Abfindung und von meiner Rente. Und von dem hier...", dabei hob er mit einem schiefen Lächeln die nun fast leere Flasche hoch. Schulte bohrte weiter.

„Dieses Futtermittel, was war denn das genau?"

Jacob Quist zögerte mit der Antwort.

„Ein Futtermittelzusatz eigentlich. Für Rinder! Aber ein ganz besonderer. Die Tiere haben sich davon prächtig entwickelt. Ganz prächtig...!"

Wieder dieser abwesende Blick.

„Herr Quist, was ist denn Ihre ganz persönliche Meinung? Warum haben die anderen Herren aus dem Vorstand das Mittel gestoppt?"

Ein bitteres Lachen.

„Ich denke, die sind vor der Konkurrenz in die Knie gegangen! Es war ja eine echte Innovation. Und die wäre immer auch eine Gefahr für die Mitbewerber. Vermutlich hat man ihnen gedroht. Oder man hat einen Deal gemacht. Du lässt uns in Frieden und wir tun dir nichts. Gestört hat nur der ehrgeizige Produktionsleiter!"

Er verstieg sich in der Folge in immer abenteuerlichere Verschwörungstheorien, so dass Schulte den Besuch abbrach. Er stand auf, bedankte sich bei Quist für das Gespräch und den Genever. Dann trat er hinaus in den späten Nachmittag. Es war bereits dunkel.

Er stellte überrascht fest, dass Eiszapfen an der Straßenlampe hingen. Es war Silvesterabend und es war richtig kalt geworden. Schulte zog die Lederjacke fester zusammen. Seinen dicken Seemannspullover hatte er nicht angezogen, da er ja einigermaßen seriös aussehen wollte und so fror er erbärmlich. Die noch nicht ganz überstandene Krankheit und Quists Alkohol taten ein Übriges. Am Havermarkt aß er was Heißes und machte sich auf zu seiner Wohnung. Um ihn herum wurde bereits jetzt geböllert, was das Zeug hielt. Als Schulte an einem Laden mit Feuerwerkskörpern vorbeikam, folgte er einem Impuls und kaufte sich eine Großpackung Raketen. Als er eine Art Nebelbombe entdeckte, kaufte er auch die, ohne irgendeine Ahnung zu haben, was er damit anfangen sollte. Aber er hatte das Gefühl, sich wenigstens etwas mit Silvester befassen zu müssen. Während sich Hasselt auf das große Fest vorbereitete, den Jahreswechsel 2001/2002, fand sich Schulte mit einem trostlosen Abend an der Theke zwischen Bart und Rinus ab.

49

Jetzt saßen alle im Polizeibulli und ließen sich von Karl-Heinz Nübel in die Dämmerung fahren, die sich langsam über das Lipperland legte.

Eigentlich hatte jeder für sich das Bedürfnis, ein paar Minuten bei sich zu sein, doch in Axel Braunert setzte sich der

Jäger durch. Er hatte das Gefühl, heute noch einen entscheidenden Erfolg zu erlangen. Daher ließ der Polizist seinen Kollegen und der Staatsanwältin keine Minute Zeit. Der Kommissar klappte einen Tisch aus, und begann mit einer Zusammenfassung der Ergebnisse.

Die Besprechung verlief so konzentriert, dass die Gruppe Nübel völlig verwundert ansah, als dieser nach einer knappen Stunde das Auto abbremste und sagte: „Noch da vorne um die Kurve, dann sind wir am Rintelner Krankenhaus."

„Okay", sagte Braunert, „ich denke, die Strategie ist klar. Ich rufe jetzt Kommissar Meier an und verabrede mit ihm einen Treffpunkt. Dann kann die Operation beginnen."

Der Kommissar griff zum Handy und hatte kurze Zeit später seinen Kollegen an der Strippe, dem er seinen Aufenthaltsort mitteilte.

Dieser hörte sich alles an und schlug Axel Brauner anschließend vor, sich draußen am Eingang des Krankenhauses zu treffen. Das sei am unauffälligsten und noch dazu mit keinem Zeitverlust verbunden. Weiter berichtete Meier, er habe sich mittlerweile auch mit dem Staatsanwalt Rütgers in Verbindung gesetzt. Der sei auch schon auf dem Weg zum Krankenhaus.

„Klappt ja alles wie am Schnürchen", sagte Braunert mehr zu sich selbst. Er sah auf seine Armbanduhr. Sie zeigte achtzehn Uhr an. Das Krachen der Böller wurde häufiger. Ihm wurde deutlich, dass das alte Jahr nur noch wenige Stunden hatte. Er hatte jedoch das Gefühl, dass in diesen wenigen Stunden noch einiges passieren würde.

Die anderen hatten mitgehört und konnten sich das meiste des Telefongespräches zusammenreimen. „Wir treffen uns mit den Kollegen vor dem Haupteingang. Ich habe zwar völlig versäumt, ein Erkennungszeichen abzusprechen, aber manche Leute behaupten ja, man erkenne einen Bullen auf hundert Metern. Das werden wir jetzt mal ausprobieren. Wenn wir diese Gabe nicht besitzen, rufe ich den Meier einfach noch mal an. Dann hören wir ja, bei wem das Telefon klingelt."

Die Polizisten und die Staatsanwältin stiegen aus dem Auto. Nasskalte Luft schlug ihnen entgegen. Es war etwas wärmer geworden. Jedoch zeigte das Thermometer immer noch Minusgrade. Sie schlugen ihre Kragen hoch und stapften Richtung Krankenhauseingang. Nübel fuhr das Auto in eine Seitenstraße.

„Der Peterwagen muss ja nicht auf dem Präsentierteller stehen", sagte er zu Lohmann.

Die Gruppe stapfte dem Haupteingang entgegen. Hier stand ein Mann, der völlig unbeteiligt ins Dunkel starrte. Zu einem anderen Zeitpunkt hätten sicher alle laut losgelacht. Doch im Moment dominierte eine innere Anspannung die Stimmung. Braunert näherte sich dem Mann und sagte: „Herr Meier?"

Dieser antwortete: „Ja, wieso?"

Braunert nannte seinen Namen. Und gab ihm die Hand.

„Na, dann wollen wir mal," begrüßte der Polizist die Leute aus Detmold. „Unser Staatsanwalt hat uns schon ein Besprechungszimmer im Krankenhaus organisiert. Ich habe alle verfügbaren Kollegen in Bereitschaft und oben auf der Station halten sich zwei in Zivil auf."

Jetzt drehte sich Meier um und ging zur Eingangstür. Wenige Minuten später hatten alle ihre Mäntel über Stuhllehnen gehängt. Frau Müller-Stahl begrüßte ihren Kollegen. Die Vertraulichkeit, die sie dabei an den Tag legte, ließ darauf schließen, dass sie ihn schon länger kannte.

Braunert hielt sich nicht mit langen Vorreden auf, sondern kam schnell zur Sache. Er erläuterte den im Auto entwickelten Plan noch einmal kurz für die niedersächsischen Kollegen. Die hatten keine Einwände.

„Na dann mal los! Die Mäntel lassen wir hier. Ich denke, wir haben gleich sicher noch eine kurze Abschlussbesprechung, die können wir ja hier abhalten."

Die Gruppe setzte sich Richtung Unfallchirurgie in Bewegung. Am Fahrstuhl stieg mit ihnen ein weiterer Mann ein. Sie wählten das gewünschte Stockwerk. Der Mann hatte das gleiche Ziel.

Braunert musterte ihn interessiert. Die anderen und der Mann verfielen dem Fahrstuhlsyndrom. Sie starrten gebannt unter die Decke. Auf der Etage angekommen, ließ Braunert dem Fremden den Vortritt beim Aussteigen. Der bog nach rechts ab. Die Polizisten traten auch hinaus auf den Flur. Braunert sah sich um. Meier deutete in die Richtung, in die sich auch der vor ihnen ausgestiegene Mann bewegte. Er hatte jetzt fünf Meter Vorsprung. Braunert beugte sich noch einmal zu Meier und flüsterte: „Welche Zimmernummer?"

Meier nannte sie, doch dabei stockte ihm der Atem. Der Typ vor ihnen steuerte zielstrebig genau auf dieses Zimmer zu. Er betätigte den Türdrücker und trat ein. Braunert und Meier sprinteten, wie von einem Katapult abschossen, hinter dem Mann her, der gerade die Tür hinter sich geschlossen hatte. Sie rissen die Tür sofort wieder auf. Der Mann griff gerade in die Innentasche des Mantels. Als die beiden Polizisten ins Zimmer gestürmt kamen, starrte er sie für den Bruchteil einer Sekunde an. Dann hielt er eine Pistole in der Hand. Braunert schlug ihm dagegen. Der Fremde konnte die Waffe nicht halten. Sie flog durch das Krankenzimmer und rutschte unter ein Bett. Der Mann warf sich jetzt gegen Braunert. Der ging zu Boden. Meier knallte er die Faust mitten ins Gesicht. Dieser sah Sterne, schmeckte sein eigenes Blut, bevor er ohnmächtig wurde. Jetzt trat der Mann die Flucht an. Frau Müller-Stahl, die gerade im Begriff war, das Zimmer zu betreten, wurde beiseite gestoßen. Doch dann musste der Flüchtende an Maren Köster vorbei. Sie schlug ihm die Beine weg. Der Mann landete vor den Füßen von Bernhard Lohmann. Dieser bewegte seine über zwei Zentner auf einmal mit einer Geschwindigkeit wie in seinen besten Jahren als Libero. Noch ehe der Mann etwas tun konnte, hatte Lohmann ihm den Arm auf den Rücken gedreht und das Knie auf die Wirbelsäule gesetzt. Der Gefangene schrie vor Schmerzen auf. Jetzt war Braunert wieder auf den Beinen und legte dem Fremden mit Lohmanns Hilfe Handfesseln an.

Meier lag immer noch am Boden. Er stöhnte. Der Schlag ins Gesicht hatte ihm das Nasenbein zertrümmert. Sein Gesicht war voller Blut. Die Staatsanwältin ging einen Arzt holen und ihr Kollege Rütgers orderte Verstärkung.

Als sie später wieder im Besprechungszimmer saßen, wusste eigentlich keiner so genau, wie sich alles abgespielt hatte.

„Ich sah nur, wie Axel auf einmal losstürmte, gefolgt von Meier“, berichtete Maren Köster aufgekratzt, „wieso eigentlich?“

Braunert zuckt mit den Schultern

„Ich weiß es auch nicht so genau. Plötzlich hatte ich so ein Gefühl, jetzt aber schnell, sonst passiert was. Also bin ich losgerannt und Meier hat sich wohl anstecken lassen, der Arme.“

Die Polizisten beratschlagten ihr weiteres Vorgehen. Sie kamen zu dem Schluss, den Verdächtigen mit einem Streifenwagen nach Detmold bringen zu lassen.

„Das Verhör führen wir morgen. Erst mal wird der nach der klassischen Schultemethode weichgeklopft. Er kommt heute Nacht mit allen Betrunkenen, die aufgegabelt werden, in eine Zelle. Ich schwöre euch, der macht heute Nacht kein Auge zu“, sagte Axel Braunert. Auch seine Anspannung war einer gewissen Euphorie gewichen.

In diesem Moment öffnete sich die Tür. Staatsanwalt Rütgers betrat das Zimmer.

„So, die beiden Kranken stehen ab sofort unter strengster Bewachung. Wie halten wir es mit dem Verhafteten?“

Braunert bat darum, dass eine Streifenwagenbesatzung den Festgenommenen noch heute nach Detmold überführt.

Der Staatsanwalt versprach, das Nötige zu veranlassen. Es wurden noch einige Formalitäten besprochen und dann machten sich die Lipper wieder auf den Weg Richtung Detmold, nicht ohne den Staatsanwalt zu bitten, Kommissar Meier gute Besserung zu wünschen. Im Auto sagte Lohmann: „Unseren Plan vom Hinweg hat der Verdächtige überflüssig gemacht.Wisst ihr was? Ihr kommt jetzt alle mit zu uns! Es gibt Kartoffelsalat, Würstchen und Bier."

50

Nachdem Schulte drei Stunden geschlafen hatte, zog er sich an. Als er kurz das Fenster aufmachte, schlug ihm eiskalte Luft entgegen. Fasziniert blickte er seiner Atemwolke nach, die sich langsam im winterlichen flandrischen Himmel auflöste. An den Fensterscheiben waren Eisblumen. Vor Kälte schaudernd schloss er das Fenster wieder, steckte sich etwas Geld ein und ging 'runter in die Kneipe. Dort hatte Rinus als kleine Geste an den Jahreswechsel immerhin um die beiden Deckenlampen bunte Girlanden gehängt. Das war es aber schon mit Zugeständnissen an einen bürgerlichen Festtag. Auch musikalisch gab es keine Kompromisse. Als Schulte eintrat, sang Nick Cave mit Bassstimme etwas von einem tiefen dunklen Grab.

Keine echte Feiertagsstimmung! Bart hatte bereits seinen Kampfplatz an der Theke eingenommen und grinste ihm kumpelhaft entgegen. Die anderen Gäste kannte Schulte nicht. Der Laden war erstaunlich voll. Vermutlich alles Silvesterfeier-Verweigerer, dachte Schulte. Einige aufgedonnerte Frauen, aber größtenteils Männer in seinem Alter. Was ist das nur mit Teilen meiner Generation, grübelte Schulte, dass sie sich mit solch schlichten Vergnügungen wie Weihnachten, Schützenfesten und Silvester so schwer tun? Warum immer dieses zwanghafte Bemühen, um Himmels

Willen nicht spießig zu sein? Was wäre daran so verwerflich?

Auch Rinus schien sich über Schultes Auftauchen zu freuen, denn er stellte ihm, ohne auf die Bestellung zu warten, ein Bier hin. Josef Schulte unterhielt sich einige Zeit mit Bart, war dann aber bald gelangweilt und setzte sich nach einem Toilettenbesuch an einen anderen Platz der Theke. Lange betrachtete er das Bild mit der explodierenden Gitarre. Langsam aber unaufhaltsam würgte sich die Erkenntnis in ihm hoch, dass sein Aufenthalt in Hasselt bisher ziemlich sinnlos war. Hatte er überhaupt schon etwas erreicht? War er auch nur einen Schritt weitergekommen? Wieder einmal rechnete er sich vor, was er wusste. Dass mit der Firma etwas nicht in Ordnung war, war eindeutig. Es war nicht zuletzt durch die beiden Schläger bewiesen worden. Aber ob das für einen lippischen Polizisten irgendwie interessant war, oder ob er bloß durch puren Zufall auf eine Sache gestoßen war, die ihn nichts anging und die ihn auch gar nicht interessierten musste, war eine Frage, die er nicht beantworten konnte. Noch war jedenfalls keine Verbindung mit dem vermissten Rauscher herzustellen. Vermutlich gab es auch gar keine. War dies überhaupt eine Aufgabe für einen erwachsenen Polizisten? Oder war seine Anwesenheit hier die Midlife-Crisis-Version eines pubertären Traumes vom Detektiv Marke einsamer Wolf, dem ewigen Bogart? Schultes Depression wurde durch das tragikomische Umfeld in dieser Kneipe noch verstärkt.

Eine solche Ansammlung von gescheiterten Existenzen hatte er lange nicht gesehen. Okay, beschlossene Sache: Er würde jetzt noch ein paar Biere trinken, sich dann ins Bett legen und morgen Vormittag den Koffer packen und nach Hause fahren! Sollten doch Rodehutskors und sein Verleger sehen, wie sie ihren sowieso nicht sympathischen Mitarbeiter wiederbekamen. Schluss mit dem albernen Detektivspiel! Seinen Urlaub konnte er genussreicher verbringen, als sich im kalten Hasselt von finsteren Schlägern verprügeln zu lassen.

Wieder einmal kam Rinus mit einem neuen Bier zu ihm. Schulte blickte zu ihm auf und fragte, ohne groß zu überlegen: „Sag mal, Rinus. Dein Bild, das mit der Gitarre. Das gefällt mir gut. Verkaufst du mir das?"

Rinus glaubte sich verhört zu haben. Noch nie hatte ihm jemand Geld für ein Bild angeboten. Klar hatte er immer davon geträumt, aber es war beim Träumen geblieben. Er war restlos verwirrt.

„Wie? Ehrlich? Du willst das kaufen? Für Geld?"

„Ja, für was denn sonst? Also, sag mir deinen Preis und ich zahle!"

Rinus dachte fieberhaft nach. Zwischendurch winkte er einem Gast, der partout ein Bier haben wollte, ungehalten ab. Dies hier war wichtiger! Ein Bild verkaufen! Unglaublich! In ihm rangen Habsucht und Realitätssinn heftig miteinander. Dann gab er sich einen Ruck und nannte einen Preis, der umgerechnet bei zweihundert Mark lag. Seine Nerven flatterten, als er auf Schultes Reaktion wartete. Doch der zückte ganz seelenruhig sein Portemonnaie und drückte ihm die geforderte Summe in belgischen Francs in die Hand. Und, nach einer kurzen Überlegung:

„Ich mache dir einen Vorschlag. Wenn du mir eine ordentliche Quittung geben kannst, dann zahle ich dir das Doppelte! Aber schreib drauf: Bewirtungskosten, klar?"

Rinus stand kurz vor dem Herzkasper. Zitternd stammelte er: „Eine Quittung? Klar, überhaupt kein Problem...!"

„Pack es mir ein. Ich nehme es gleich mit! Aber ich brauche wirklich die Quittung, okay?"

Zufrieden mit seiner Erwerbung setzte Schulte sein Bier an die Lippen und nahm einen tiefen Zug.

Plötzlich berührte ihn eine Hand an der Schulter. Schulte fuhr erschrocken herum und traute seinen Augen nicht. Hinter ihm stand, lächelnd und süß wie nie zuvor, Marijke!

Einige Sekunden lang war er sprachlos, dann begeistert. Er verließ seinen Thekenplatz und ging mit ihr an den einzigen freien Tisch.

„Zuhause war nichts los!“ lächelte sie. „Auf eine Party hatte ich keine Lust und da fiel mir ein, dass hier noch ein einsamer Mensch sitzt. Jetzt bin ich hier!“

Das klang locker, aber im weiteren Gespräch stellte sich raus, dass sie gerade eine lange Beziehung beendet hatte und gar nicht entspannt war. Schulte musste daran denken, wie verschlossen und ernst sie war, als sie ihn vom Bahnhof geholt hatte. Das war nun die Erklärung.

„Ich möchte heute zum Jahreswechsel irgendwas ganz Verrücktes machen,“ strahlte sie aufgedreht. „Machst du mit?“

Schulte hatte keine Ahnung, was das bedeuten konnte, sagte aber mit Überzeugung zu. Kurz darauf, es war jetzt fast halb zwölf, gingen sie nach oben in sein Zimmer.

Marijke füllte zwei große Kochtöpfe mit Wasser und stellte sie auf den Herd. Dann bat sie Schulte, mitzukommen. In einem kleinen Raum machte sie Licht und zeigte ihm eine alte, guterhaltene Emaille-Badewanne mit Füßen. Schulte war völlig baff, als sie die Dachbodenklappe öffnete und die Ausziehtreppe herunterließ. Dann schafften sie zusammen die Wanne nach oben. Auf dem Flachdach sprang sie eine aggressive Kälte an. Als Marijke dann wieder nach unten ging, folgte ihr Schulte gedankenlos, wie ein treuer Dackel. Das Wasser in den Töpfen kochte mittlerweile. Sie trugen die beiden Töpfe nach oben und leerten sie in der Wanne aus. Dies machten sie noch zwei weitere Male. Dann forderte sie ihn auf, aus der Dusche noch zwei Eimer heißes Wasser und ebenso viele mit kaltem Wasser nach oben zu bringen. Damit war die Wanne zur Hälfte gefüllt. Es war jetzt kurz vor zwölf, die Böllerei auf den Straßen hatte fast völlig aufgehört. Die kalte finstere Welt unter ihnen wartete gespannt auf das Signal zur Attacke. Schulte wartete auf das, was jetzt kommen würde, denn Marijke war noch einmal nach unten gegangen. Sie kam mit zwei Pudelmützen, einer großen Flasche Sekt und zwei Gläsern wieder hoch. Was hatte sie vor? Wollte sie in der Wanne irgendeinen Punsch warm halten? Dann stockte ihm der Atem.

Marijke lächelte ihn an, setzte sich und ihm eine Pudelmütze auf und knöpfte sich langsam die dicke Steppjacke auf. Dann zog sie sich die gefütterten Stiefel aus, dann..., Schulte starrte sie hingerissen an. Als sie in voller paradiesischer Schönheit vor ihm stand, mit der Hand vorsichtig die Wassertemperatur prüfte, schließlich in die Wanne stieg und sich bis zum Hals ins heiße Wasser gleiten ließ, wusste Josef Schulte, dass nun er an der Reihe war, das Gleiche zu tun. Schnell und etwas linkisch zog er sich aus. Dass er sich dabei mehrfach verhedderte, erhöhte seine Selbstsicherheit auch nicht. Dann schaute er kurz prüfend an sich herunter. Als er den Bauch etwas einzog, konnte er darunter erkennen wie kalt es war. Schnell stieg er zu ihr in die Wärme. Während ihm noch durch die unerwartete Hitze des Wassers kurz die Luft weg blieb, schoss Marijke bereits den ersten Sektkorken in den Winterhimmel.

Während die Glocken von Hasselt das neue Jahr meldeten und unter ihnen ein Inferno von Raketen und Böllern losbrach, genossen die beiden die Wärme des Wassers und die Berührungen des anderen. Dagegen fiel selbst der grandiose Rundum-Blick auf den Feuerwerkszauber leicht ab. Schöner hatte für Schulte noch nie das neue Jahr begonnen.

51

Er wurde am frühen Neujahrmorgen wach, als Marijke sich leise seufzend umdrehte. Verwirrt blinzelte er sie an. Es dauerte einige Sekunden, ehe er das Geschehen der vergangenen Nacht rekonstruieren konnte. Zärtlich strich er ihr eine der schwarzen Haarsträhnen aus dem Gesicht und betrachtete liebevoll die schlafende Schönheit. So leise wie möglich stieg er aus dem Bett, ging zum Klo und entleerte die gepeinigte Blase. Er hatte sich betont leise, um Marijke nicht zu wecken, die Hände gewaschen und stand nun noch eine Weile vor dem Spiegel um sich kritisch zu mustern. Besonders gut erhalten sah er nicht aus, dass musste er sich eingestehen. In sein Gesicht hatten sich gnadenlos fünfundvierzig Jahre pralles, manchmal auch zügelloses Leben eingekerbt. Er hatte im Verlauf der langen gemeinsamen Nacht mit Marijke von ihr erfahren, dass sie gerade mal dreiunddreißig Jahre alt war. Was für ein unverdientes Glück war ihm da widerfahren? Wie hatte er, der alte Sack, diese blühende Jugend für sich gewinnen können? Oder war er nur schlicht und einfach zufällig zur richtigen Zeit am richtigen Ort gewesen?

Diese Fragen fanden keine Antwort, denn plötzlich hörte Schulte über sich schlurfende Geräusche. Über der Decke seines Toilettenraumes aber war das Flachdach. Wer lief denn so früh morgens darauf herum? Seine Armbanduhr zeigte fünf Uhr vierzig an. Wahrhaftig keine Zeit, um bei diesen Temperaturen auf dem Dach herumzulaufen. Aber es waren zweifellos Schritte, die er da hören konnte. Einbrecher? Der Polizist in ihm drang auf Aufklärung. Er wollte gerade leise die Wohnungstür öffnen, um auf dem Flur nachzuschauen, da fiel ihm ein, dass er noch immer splitternackt war. Schnell zog er sich seine alte Jeans an, kroch in seinen dicken Seemannspullover und ging barfuss wieder zur Wohnungstür. Leise, ganz leise schloss er sie auf, öffnete sie und huschte hindurch auf den Flur.

Die Dachluke stand noch immer auf, die ausziehbare Treppe war noch nicht wieder hochgeschoben worden. Schulte drückte sich in eine ehemalige Garderobe und lauschte. Er konnte Männerstimmen hören, die flüsterten. Dann schien einer das dünne Eis, das sich vermutlich auf dem Wasser in der Badewanne gebildet hatte, zu zerstoßen. Suchten sie was im Wasser? Als keiner von den Fremden in die Nähe der Dachluke zu kommen schien, stieg Schulte einige der Stufen hoch, bis er das Flachdach auf Augenhöhe hatte. Es war noch so dunkel, dass er nur schemenhaft zwei Gestalten erkennen konnte. Als aber kurz das Mondlicht durch eine Wolkenritze drang, setzte sein Herzschlag kurzzeitig aus. Auf dem Flachdach standen die beiden Männer, die ihn schon einmal verprügelt hatten! Warum waren sie hier? Hatten sie herausgefunden, dass er trotz allem weitergeforscht hatte? Vermutlich ja, was sonst hätten sie hier zu suchen? Das bedeutete aber auch, dass sie ihre Druckmittel erheblich steigern würden, um ihn diesmal endgültig auszuschalten. Mit klopfendem Herzen versuchte er, einige Wortfetzen zu erfassen, während noch immer einzelne Böller die Hasselter Nachtruhe störten. Aber es blieb bei Satzfragmenten, wie: „... dann schwimmt er als Treibholz im Hafen!" und ähnliches. Entsetzt sah Schulte zu, wie einer der beiden begann, einen Schalldämpfer auf eine Pistole zu schrauben. Der andere machte ihm flüsternd klar, dass dies völlig unnötig sei. In dieser Nacht würde sich keiner über einen Knall wundern. Schulte fühlte sich noch kälter, als er sowie schon war. Das sah nicht nach Drohung aus, sondern nach Abrechnung! Was konnte er tun? Schnellstens verschwinden, klar! Er bräuchte nur über den Flur die Treppe hinunter zu rennen, aus dem Haus raus auf die Straße und irgendwie zu einer der noch immer durch die Stadt vagabundierenden besoffenen Gruppen stoßen. Aber da war noch Marijke. Was würde mit ihr geschehen? Gemeinsame Flucht war ausgeschlossen. Bis er sie geweckt und ihr alles erklärt hätte, wäre es zu spät. Hastig, aber leise stieg er die steile Holztreppe hinunter, schlich zurück in die kleine Wohnung und schloss die Tür hinter sich ab. Marijke schlief noch immer ruhig und tief. Er hatte keine Zeit zu verlieren, deshalb ließ er sie schlafen und dachte hektisch nach, was zu tun sei. Wie konnte er die Wohnung gegen zwei große, kräftige und bewaffnete Männer verteidigen? Männer, deren Job es zu sein schien, die Interessen eines Auftraggebers mit brutaler Gewalt durchzusetzen. Die Tür bot nicht viel Schutz. Mit einigen kräftigen gezielten Fußtritten war die zu knacken. Wie lange hatte er wohl noch Zeit? Worauf warteten die Männer eigentlich? Er schaute noch einmal auf die Uhr. Es war jetzt fünf Uhr dreiundfünfzig und plötzlich wurde ihm klar, auf was sie warteten. Jeden Morgen um fünf Minuten vor sechs hatten die Glocken der Kathedrale einen infernalischen Lärm gemacht und ihn geweckt. In wenigen Minuten würde der Lärmpegel derart ansteigen, dass niemand mehr das Geräusch einer splitternden Tür wahrnehmen würde. Was tun?

Da fiel sein Blick auf eine ausgebeulte Plastiktasche. Da schoss ihm eine Idee durch den Kopf. Er verrammelte die Eingangstür, indem er einen Besenstiel zwischen Klinke und Wand quetschte, schnappte sich die Plastiktüte und entnahm ihr die vier Feuerwerksraketen, die er gestern gekauft und vor lauter Liebestaumel völlig vergessen hatte. Leere Sektflaschen waren genug da, die hatte Marijke gestern mitgebracht. Voll natürlich! Schulte legte vier Flaschen auf den Fußboden und justierte sie mit Hilfe seiner Schuhe und einem zusammengerollten Handtuch so, dass die Öffnungen alle auf halbe Höhe der Eingangstür zeigten. Dann steckte er die Raketen in die Flaschenhälse. Als alles vorbereitet war, schaute er besorgt zu Marijke. Sie schlief noch immer.

Schulte lauschte angestrengt. Jetzt konnte er hören, wie sich jemand leise an der Tür zu schaffen machte. Offenbar wollten sie es erst mal auf die leise Tour versuchen und die Tür mit einem Dietrich oder einer Scheckkarte öffnen. Kling! Der Schlüssel fiel auf den Boden, sie hatten ihn von außen durchgestoßen. Jetzt konnte Schulte hören, wie ein metallischer Gegenstand in das leere Schlüsselloch geschoben wurde. Es würde nun jede Sekunde soweit sein. Schulte tastete nach Streichhölzern und beglückwünschte sich selbst dafür, dass er zur Zeit Raucher war und immer Feuer in der Hosentasche hatte. Er zündete die vier Zündschnüre an und nahm die Nebelbombe in die Hand. Dann konnte er hören, dass sich der metallische Gegenstand im Schlüsselloch drehte. Damit war die Tür so gut wie auf. Schulte schlug den Besenstiel weg, fasste die Klinke und riss die Tür auf. Im selben Moment zischten vier sündhaft teure Feuerwerksraketen von ihren provisorischen Rampen los und krachten mit voller Wucht auf zwei Männer, die zuerst verdutzt dreinschauten, dann schmerzverzerrt in der Körpermitte zusammenklappten. Als dann auch noch die Nebelbombe loskrachte, waren sie so hilflos, dass Schulte ihnen noch einmal kräftig mit einer der leeren Flaschen eins über den Schädel geben konnte. Während Schulte fasziniert auf eine der Raketen starrte, die sich mit ohrenbetäubendem Pfeifen in den Mantel des Riesen gebohrt hatte und schillernd bunte Funken sprühte, jubelten draußen die Glocken der Kathedrale und luden die Gläubigen zur Neujahrsmesse.

Marijke saß mit schreckensstarrem Blick aufrecht im Bett, als Schulte hektisch den Gürtel aus seiner Jeans zerrte und dem größeren der Männer die Hände zusammenschnürte. Dann suchte er alles zusammen, was irgendwie geeignet war, Hände und Füße zusammenzubinden. Marijke war noch immer völlig entgeistert, als Josef Schulte sich trotz der Kälte den Schweiß von der Stirn wischte und das Fenster aufriss, um den künstlichen Nebel zu vertreiben.

52

Als Schulte gerade anfing, Marijke wenigstens die Grundzüge dessen zu erklären, was sie gerade teils schlafend, teils wach mitbekommen hatte, stöhnte der normal gewachsene der beiden Eindringlinge laut auf. Er schlug die

Augen auf und versuchte, sich in der völlig veränderten Welt zurechtzufinden. Sein riesenhafter Begleiter schlummerte noch immer tief. Zumindest hoffte Schulte dies. Er ging zu dem gefesselten Hünen, schob ihm ein Augenlid hoch, fühlte den Puls und atmete erleichtert auf. Er hatte sich noch keine Meinung gebildet, wie er jetzt weiter verfahren würde. Aber er wollte möglichst keinen Arzt dazu holen. Denn Arzt in einer solchen Situation bedeutete auch Polizei. Und die wollte er auf keinen Fall hier haben.

Hatten die Raketen Verletzungen hervorgerufen? Beide Männer hatten dicke Wintermäntel angehabt. Der Riese hatte in der Bauchregion eine größeres Brandloch. Die Rakete musste ihn genau auf den Solar Plexus getroffen und einen augenblicklichen K.O. zur Folge gehabt haben. Die Sektflasche hatte ihm dann den Rest gegeben. Eine mittelschwere Platzwunde am Hinterkopf bezeugte das. Aber er schien nicht wirklich schwer verletzt zu sein. Schulte durchsuchte die Innentaschen des Mannes, fand aber keinerlei Ausweis. Das hatte er bei einem Profi im Einsatz allerdings auch nicht erwartet. Das Gleiche galt für den anderen Mann. Die Pistole mit dem aufgeschraubten Schalldämpfer fand Schulte auf dem Fußboden.

Schulte schloss die Wohnungstür wieder, denn neugierige Nachbarn konnte er jetzt nicht gebrauchen. Dann bot er dem wiedererwachten Mann ein Glas Wasser an und drehte das gefesselte Bündel Mensch etwas zur Seite, damit Marijke sich unbeobachtet anziehen konnte. Fast unbeobachtet, denn Schulte ließ sich einen Blick aus den Augenwinkeln nicht nehmen. Langsam schien auch der Goliath wach zu werden.

„Warum seid ihr hier?“ fragte Schulte so ruhig wie möglich. „Wer hat euch geschickt?“

Der Kleinere schaute ihn trotzig an und sagte kein Wort. Sein Kumpan stöhnte nur laut. Schulte setzte auch ihm ein Glas Wasser an die Lippen und wartete ruhig, bis es zur Hälfte ausgeleert war. Schulte hätte jetzt gern ein Foto von den beiden gemacht. Wer weiß, wofür so was gut sein konnte. Leider hatte er keine Kamera dabei. Mittlerweile war Marijke mit dem Ankleiden fertig.

„Schnell, es ist besser, du gehst, bevor die Schurken richtig gucken können und sich irgendwann mal an dich erinnern. Ich rufe dich an, sobald ich kann. Okay?“ Er gab ihr noch einen flüchtigen Kuss, dann verschwand sie aus der Wohnung. Schulte wandte sich wieder den Einbrechern zu.

„So, meine Herren! Jetzt sind wir unter uns. Hört mal gut zu. Diese Wohnung ist für mich nur ein Unterschlupf. Ich kann hier jederzeit verschwinden, ohne eine Spur von mir zurückzulassen. Diese Wohnung ist offiziell gar nicht bewohnt. Keiner weiß etwas von mir. Wenn ich euch beiden nun gefesselt und geknebelt hier zurücklasse und außen abschließe, könnt ihr hier sitzen und Schimmel ansetzen. Vielleicht komme ich in einigen Tagen auf die Idee, anonym die Polizei anzurufen und sie auf euer Schicksal hinzuweisen. Wenn ich in der Zwischenzeit die beiden Fenster weit offen stehen lasse, dann kann es für euch auch schon zu spät sein. Denn draußen ist es unter Null Grad. Ich brauche mir nicht mal die Finger an euch schmutzig zu machen. Glaubt nicht, dass ich bluffe. Wer eine Pistole mit Schalldämpfer mitbringt, der hat von mir kein Mitleid zu erwarten. Also noch mal: Wer hat euch geschickt?“

Die beiden Männer blickten sich, so gut das in ihrem gefesselten Zustand ging, an. Dann sprach der Größere:

„Wir sind Profis. Profis verraten ihren Auftraggeber nicht. Und dich kriegen wir auch noch!“

Schulte war irritiert. Wenn diese Drohung nicht half, was denn sonst? Die beiden machten einen in Anbetracht ihrer Lage recht ruhigen Eindruck. Große Sorgen schienen sie sich nicht zu machen. Was konnte das bedeuten? Das konnte nur bedeuten, dass noch jemand den Auftrag der beiden kannte und bereit war, die beiden herauszuboxen, wenn sie zu einem bestimmten Termin nicht zurück waren. Unter

Umständen konnte das auch sehr schnell passieren. Er hatte ja keine Ahnung, was da verabredet worden war. Das hieß, er musste hier schleunigst verschwinden. Aber eine Frage wollte er noch stellen:

„Was habt Ihr mit dem deutschen Journalisten Marco Rauscher gemacht? Wo ist er?“

Der kleinere lachte.

„Kennen wir nicht!“ Wieder lachte er. „Schnüffler mögen wir nicht. Deutsche Schnüffler am allerwenigsten. Da wollen wir nichts mit zu tun haben.“

Währenddessen versuchte der Größere, sich so zu verbiegen, dass er auf seine Armbanduhr gucken konnte. Warum machte er das? War vielleicht wirklich schon der Rettungstrupp im Anmarsch? Die beiden machten einen zu selbstsicheren Eindruck. Da von ihnen garantiert keine brauchbare Information zu bekommen war, gab Schulte eine weitere Befragung auf. Diese Männer führten nur einen bezahlten Auftrag aus. Von den Hintergründen hatten die doch sowieso keine Ahnung. Schnell warf Schulte alle Kleidungsstücke und alles, wodurch er identifiziert werden könnte, in seinen großen Rucksack. Dann wischte er sorgfältig, soviel Zeit musste einfach noch sein, alles ab, wo er seine Fingerabdrücke vermutete. Als Kriminalpolizist wusste er ganz gut, worauf es da ankommt. Dann warf er noch einen letzten prüfenden Blick durch die Wohnung und auf seine beiden Gefangenen. Der Größere stöhnte jetzt wieder sehr heftig. Er hatte offenbar doch einiges abbekommen. Vor einer weiteren Begegnung mit diesem Mann würde Schulte sich sehr hüten müssen. Dann verließ er die Wohnung, schloss von außen ab und steckte den Schlüssel ein.

53

Wohin? Die elementare Frage stellte sich Schulte, als er das Haus verlassen hatte und mit dem Rucksack in der Hand auf der Maastrichterstraat stand. Am besten gleich zum Bahnhof und dann nichts wie weg! Denn es bestand immerhin die Möglichkeit, dass die beiden Schlägertypen in Kürze von ihren Leuten befreit würden. In diesem Falle war es für ihn wenig ratsam, denen in Hasselt noch einmal über den Weg zu laufen. Als Treibgut im Hafen wollte er nicht enden. Also ab zum Bahnhof!

Unterwegs drückte ihn die bittere Einsicht nieder, nichts, aber auch gar nichts erreicht zu haben. Weder hatte er das Hauptziel, Marco Rauscher zu finden, erreicht, noch hatte er irgendetwas Nennenswertes über die Hintergründe von Rauschers Ausflug nach Hasselt herausbekommen. Er hatte restlos versagt! Vier ganze Tage und den heutigen Morgen war er jetzt in Hasselt. Hatte er einen völlig falschen Ansatz gewählt? Hätte er sich weniger um diese unselige Firma kümmern sollen und dafür mehr einfach Leute in der Stadt nach Rauscher befragen sollen? Hätte und könnte! Es war von Anfang an eine idiotische Aktion! Das war es dann wohl! Frustriert, übermüdet und unkonzentriert schlich er über den Grote Markt in die Hoogstraat. Das war die falsche Richtung. Schulte merkte das aber erst, als er auf dem großen, zu dieser frühen Uhrzeit völlig menschenleeren, aber mit Böllerresten und leeren Flaschen übersäten, Molenpoort-Platz stand. Ganz in der Nähe des Hafens. Kopfschüttelnd wollte er gerade wieder umkehren, als ihm eine Aussage van Duins durchs Hirn schoss!

Wie hatte er noch gesagt? „...er hat mir einen kleinen elektrischen Heizlüfter abgekauft...," und „seine Wohnung sei kaum weniger feucht und zugig als ein offenes Ruderboot!" Sollte Rauscher vielleicht auf einem Boot im Hafen leben? War das möglich oder war das völliger Unsinn?

Er beschloss, einen Abstecher zum nahen Hafenbecken zu machen. Vielleicht kam ja dort eine Inspiration. Er schlenderte über den Kolenkaai, dann an der westlichen Seite des Hafenbeckens entlang, dem Slachthuiskaai. Links das mächtige Portal einer Mega-Disco namens *Verzus*, etwas dahinter ein enorm hoher Fabrikschornstein mit der vertikalen weißen Aufschrift *Gelantines*. Beide Seiten des Hafenbeckens waren eingefasst mit einem hohen Maschendrahtzaun, der oben noch drei schräg versetzte Reihen Stacheldraht aufwies. Daneben verlief beidseitig ein Fußweg, auf dessen halber Länge jeweils ein abgeschlossenes Metalltor eingelassen war. In dem schmalen Hafenbecken lagen keine Segelboote, nur einige kleinere Motoryachten und einige offene Ruderboote. Im Sommer mochte ja hier einiges los sein. Obwohl der Hafen auch dann nicht gerade romantisch wirken würde. Es war eben ein rein funktioneller Kanalhafen, nicht mehr und nicht weniger. Jetzt jedenfalls, im Winter, bot der Hafen einen herzerweichend trostlosen Anblick. Da es erst halb acht war, lief keine Menschenseele hier herum. Schulte war völlig allein mit den träge dümpelnden Booten. Am Ende des Hafenbeckens angekommen, gab Schulte auf. Auf keinem dieser Boote konnte jemand in dieser Jahreszeit für längere Zeit wohnen. Ausgeschlossen! Schade um die schöne Idee. Trotzdem schlenderte er weiter Richtung Albertkanaal. Hinter der großen Brücke wurde die nun unbebaute Gegend derart trist, dass er wieder umkehrte und zurück ging. Dann blieb er plötzlich wie angewurzelt stehen. Auf der anderen Seite des Hafenbeckens, das hatte er eben gar nicht beachtet, lag ein merkwürdiges Schiff. Eigentlich kein Schiff, es sah aus wie ein langgezogenes Schrebergartenhäuschen aus Holz, lag aber auf dem Wasser. Ein Hausboot? Schulte beschleunigte seinen Schritt, lief zurück zum Kolenkaai und dann auf der anderen Hafenseite, dem Kempische Kaai, wieder hoch, bis er vor dem Hausboot stand. Es wirkte völlig verlassen. Die beiden Fenster waren mit Gardinen zugezogen. Keine Frage, das Boot war winterfest gemacht worden und würde erst im Frühsommer wieder bezogen werden. Da entdeckte Schulte, dass von dem Boot aus ein Stromkabel an Land ging. Er folgte dem Kabel und stellte fest, dass es in dem großen Steckdosenkasten des Hafens eingestöpselt war. Warum, wenn niemand auf dem Boot war? Lief dort ein Kühlschrank? Aber über den ganzen Winter? Kaum vorstellbar.

Schulte war ein Mann schneller und oft folgenreicher Entschlüsse. Er schaute sich verstohlen um, konnte aber nach wie vor im gesamten Hafenbecken niemanden sehen. Er verstaute seinen Rucksack hinter dem Stromkasten, ging einige Meter zurück bis zum Metalltor und kletterte drüber. Dann stieg er drei Stufen hinunter zu einem tiefer gelegenen Fußweg, fast auf Wasserniveau und lief bis zum Hausboot zurück. Er musste einen kleinen Anlauf nehmen, um an Deck springen zu können, schaffte das aber problemlos. Auf dem Deck lag ein kleines, hölzernes Ruderboot, die Ruderblätter waren im Boot befestigt. Wieder schaute er sich um. Immer noch kein Mensch in Sicht! Dann prüfte er das Türschloss. Das war schon recht widerstandsfähig. Dann eben ein Fenster. Für einen Kriminalbeamten ist ein einfaches, geschlossenes Fenster kein Problem. Schnell hatte Schulte das Fenster geöffnet und stieg ein. Wäre er auf das, was sich ihm im Innern des Hausbootes bot, vorbereitet gewesen, und hätte er eine ganz normale Nacht verbracht, dann wäre er vielleicht stabil geblieben. So aber raubte es ihm erst den Atem und dann die Sinne. Josef Schulte sackte in den Knien ein und kippte dann vorwärts auf den Dielenboden im Inneren des Hausbootes.

54

Die Detmolder Polizisten und die Staatsanwältin hatten sich von Lohmanns Frau noch reichlich bewirten lassen. Es gab Würstchen und Kartoffelsalat in Mengen. Doch alt waren sie nicht geworden. Den Jahreswechsel verbrachten sie erschöpft in ihren Betten. Selbst das Explodieren von tausenden von Böllern konnte ihren Schlaf nicht stören.

Axel Braunert war am nächsten Morgen der Erste in der Kreispolizeibehörde. Schon um Sieben trank er seine erste Tasse Kaffee. Er hoffte, dass Lohmann nicht so spät käme, denn er wollte sofort mit dem Verhör beginnen. Da sich herausgestellt hatte, dass es sich bei dem Verhafteten um einen Staatbürger aus Russland handelte, hatte er gleich einen Dolmetscher geordert. Dieser hatte sich für halb acht angesagt.

Wieder nippte er an seiner Tasse. Da trat Lohmann ins Zimmer. „Ah, frischer Kaffee!"

Er kramte in seiner Schreibtischschublade nach seiner Tasse. Dabei berichtete er: „Ich habe eben schon mal in unseren Zellen nachgesehen. Unser russischer Freund hat letzte Nacht nicht viel geschlafen. Wir hatten zehn Leute zur Ausnüchterung, fünf Randalierer, und drei Drogenabhängige, die heute Nacht auf Turkey gekommen sind. Da war ständig was los. Der ist hoffentlich schnell gar."

„Unterschätz diese Jungen nicht, die waren meist Berufssoldaten oder beim KGB. Die sind hart im Nehmen."

„Na, wir werden ja sehen, wenn der Dolmetscher da ist, legen wir los."

Lohmann schenkte sich Kaffee ein und setzte sich hinter seinen Schreibtisch.

„Ich habe mit Maren abgesprochen, dass sie später kommt", berichtete Braunert. „Wir müssen ja nicht alle ständig dabei sein. Wenn wir uns abwechseln, haben wir sicher bessere Karten."

Lohmann nickte. Anschließend saßen die beiden Männer schweigend vor ihren Kaffeetassen. Punkt halb acht rief ein Kollege von der Zentrale an und teilte mit, dass der Dolmetscher eingetroffen sei. Also machte sich Lohmann auf den Weg, um ihn in Empfang zu nehmen. Braunert bemühte sich darum, dass der Festgenommene ins Vernehmungszimmer gebracht wurde.

Dieser kam mit stoischem Gesichtsausdruck ins Zimmer. Er setzte sich auf den angewiesenen Stuhl und sagte nichts, nicht einmal seinen Namen. Axel stellte eine Frage, der Dolmetscher übersetzte. Bernhard Lohmann stellte eine Frage, es erfolgte die Formulierung auf Russisch, der zu Vernehmende schwieg. So ging es bis viertel nach Zwölf. Dann sagte er etwas. Der Dolmetscher wiederholte es auf deutsch: „Haben Sie eine Zigarette?" Lohmann schrie: „Njet!"

Daraufhin rief Axel Braunert zwei Kollegen in Uniform an und bat sie, für kurze Zeit die Aufsicht zu übernehmen. Lohmann und der Übersetzer verließen gemeinsam mit ihm den Raum. Sie gingen in ihr Büro und kochten Kaffee. Plötzlich presste Lohmann zwischen den Zähnen hervor: „Ich gehe gleich zurück und haue dem Arsch was in die Schnauze!"

Danach ging es ihm besser. Er hatte das Gefühl, auch Braunert aus der Seele gesprochen zu haben.

Auch der Dolmetscher machte einen ziemlich genervten Eindruck. „Lange halte ich das auch nicht mehr durch", sagte er. „Ich denke bei so einem anstrengenden Verhör müssen Sie noch einen Kollegen hinzuziehen."

Axel Braunert nickte. Er konnte die Stimmungslage der Kollegen gut nachvollziehen. „Ich schlage vor, wir warten bis Maren kommt, dann kann sie die nächste Runde übernehmen."

„Die können wir aber nicht alleine mit dem Typen lassen, das ist mir einfach zu gefährlich", schaltete sich jetzt Lohmann ein.

„Das sehe ich ähnlich, wir setzen jemanden von den uniformierten Kollegen dazu. Sieh doch mal nach, ob Karl-Heinz Nübel heute im Dienst ist. Der ist für solche Sachen gut geeignet.“

55

Als Schulte Sekunden später die Augen wieder aufschlug, war die Versuchung groß, sie gleich wieder zu schließen.

Er rappelte sich auf, rang den aufsteigenden Würgereiz nieder und öffnete das zweite Fenster. Er hing den Kopf aus der Öffnung und atmete tief durch. Unter Aufbietung aller ihm noch verbliebenen mentalen Kräfte zwang er sich dann zu einer Besichtigung des schrecklichen Fundes.

Ein Mann saß in einem Polstersessel und starrte ihn mit weit aufgerissenen Augen an. Wäre der Kopf nicht merkwürdig zur Seite gerutscht und hätten die Arme nicht so schlaff an beiden Seiten des Sessels heruntergehangen, hätte man denken können, er sei nur erstaunt über den unerwarteten Besuch. Jedenfalls, wenn es Schulte gelungen wäre, den starren Blick und die merkwürdig verkrampfte Körperhaltung zu ignorieren. Aber es gelang ihm nicht. Er würgte.

Als Kriminalbeamter war er einiges gewohnt, aber in aller Regel war er vorbereitet auf das, was sich ihm darbot. Und in der Regel hatte er in solchen Fällen eine Nacht durchgeschlafen und ordentlich gefrühstückt. Es dauerte eine Weile, bis er sich soweit in der Gewalt hatte, dass er sich den Toten näher anschauen konnte. Es konnte Marco Rauscher sein, die Beschreibung passte in etwa. Der Mann war in seinem Alter, mittelgroß und hager. Er dachte kurz daran, Rodehutskors mit dem Handy anzurufen und ihn zu fragen, wusste aber auch, dass ihm das keine Sicherheit bringen würde. Dann fiel ihm Piet van Duin ein, der einzige

Hasselter, der Rauscher gekannt hatte. Und dessen Handynummer hatte er sogar. Van Duin war schnell dran.

„Jupp Schulte hier! Ich glaube, ich habe Rauscher gefunden. Tot! Nein, ich bin nicht betrunken! Du bist hier in Hasselt der Einzige, der ihn identifizieren kann. Komm bitte sofort zum Hafen, ich bin...“

Schulte beschrieb dem atemlos zuhörenden van Duin die Lage des Hausbootes. Dann erst hatte sich dieser wieder im Griff.

„Aber da müssen wir doch die Polizei informieren! Ich rufe sofort an!“

„Nein!“ Schulte wurde sehr bestimmt. „Tu das bitte nicht. Noch nicht. Ich brauche etwas Zeit, um das Boot zu durchsuchen. Wenn die Polizei erst mal alles übernommen hat, bin ich außen vor. Wir rufen an, sobald ich hier einen Überblick habe. Versprochen! Und..., mach dich auf einen sehr unangenehmen Anblick gefasst. Okay? Bis gleich!“

Van Duin tat ihm leid. Er mutete ihm gewaltig was zu. Aber er brauchte die Gewissheit, dass es sich wirklich um Marco Rauscher handelte. Sonst hatte er hier absolut nichts zu suchen. Jetzt fiel ihm zwar ein, dass auch der Hausmeister der Zeitung Rauscher gekannt hatte. Aber van Duin erschien ihm als Zeuge wertvoller. Schulte begann nun damit, systematisch und vorsichtig die unmittelbare Umgebung des Toten zu untersuchen. Einerseits wollte er seinen zeitlichen Vorsprung vor der Polizei nutzen, um wertvolle Hinweise zu finden, andererseits wollte er aber keine wichtigen Spuren zerstören. Also fasste er nichts an und achtete sorgfältig darauf, wo er hintrat.

Zuerst betrachtete er aufmerksam den Toten. Der Mann war offensichtlich von vorn erschossen worden. Ein kleines rotgerändertes Einschussloch konnte Schulte mühelos von weitem auf der Brust erkennen. Als er um den Sessel herumging, sah er, dass sogar die Sesselrücklehne noch von der Kugel durchschlagen worden war. Das Austrittsloch im

Rücken des Toten wollte Schulte sich lieber gar nicht erst anschauen. Vermutlich war der Täter ganz dreist durch die Eingangstür gekommen und hatte ohne groß zu fackeln gleich geschossen. Das erklärte auch den fassungslosen Gesichtsausdruck des Toten. Die schreckensweit aufgerissenen Augen. Die Kleidung untersuchte Schulte nicht. Er hatte keine Gummihandschuhe dabei, und er ging davon aus, dass der Mörder hier bereits tätig gewesen war. Da war sicher nichts mehr zu holen.

Schulte öffnete jede Schublade, jede Schranktür. Immer darauf bedacht, alles nur anzufassen, indem er die Ärmel seines Seemannspullovers über die Hände zog und so die Ärmel als Handschuhe nutzte. Eine sehr sichere Methode war das kaum, aber besser als nichts. Die Schubladen waren entmutigend leer. Auch in den Schränken war außer einigen wenigen Kleidungsstücken nichts. Aber pingelig sauber war alles. Hatte hier jemand saubergemacht um Spuren zu verwischen? Oder war Rauscher so ein zwanghafter Putzteufel gewesen? Wenn es denn überhaupt Rauscher war, der da im Sessel vor sich hin starrte. Schulte überlegte, wo er selbst wohl in dieser Umgebung etwas Wertvolles versteckt hätte, kam aber nicht drauf. Dann fiel ihm seine Mutter ein. Die hatte früher häufiger Bargeld, Schlüssel oder wichtige Papiere an einer Stelle aufbewahrt, von der sie annahm, dass kein männlicher Einbrecher dort suchen würde. In der Vorstellung von Schultes Mutter waren Einbrecher immer Männer, was vermutlich auch gar nicht so falsch war. Und Männer schauten überall hin, nur nicht in Kochtöpfe. Deshalb lagerte seine Mutter ihre kleinen Schätze im großen, schweren, eisernen Bratentopf. Es war immerhin einen Versuch wert. Schulte nahm sich alle Töpfe vor und fand im kleinsten... einen Schlüssel! Einen kleinen Schlüssel mit einer vierstelligen Zahl darauf. Er hatte noch keine Ahnung, wozu der Schlüssel gut sein konnte und steckte ihn erst mal ein. Weiter fand er nichts von Bedeutung.

Kurz darauf traf Piet van Duin ein. Als der seinen schmalen Raubvogelkopf durch das Fenster steckte, erging es ihm fast wie Schulte kurz vorher. Aber immerhin hatte der Gestank nachgelassen und er hatte sich etwas auf die Situation vorbereiten können. So fing er sich wieder etwas. Als er aber sprechen wollte, versagte ihm zuerst die Stimme. Dann, sehr leise und sehr heiser:

„Ja, das ist er! Das ist Rauscher, keine Frage."

Schnell drehte er sich um und hustete kräftig. Als er sich wieder Schulte zuwandte, war er noch immer kreideweiß. Aber er bemühte sich.

„Hör zu Jupp! Du musst hier sofort verschwinden! Ich weiß, es ist nicht legal, aber ich kann in meinem Auto den Polizeifunk abhören. Für einen Journalisten ist das manchmal sehr nützlich. Eben, als ich hier hin gefahren bin, konnte ich hören, dass die Polizei angerufen worden ist. Jemand hat dich beobachtet, als du in das Hausboot eingestiegen bist. Er hat auch eine ziemlich gute Beschreibung von dir abgeliefert. Jede Sekunde kann eine Polizeistreife hier sein. Dann haben wir beide verdammt schlechte Karten. Dass wir nur zufällig hier sind, das glaubt uns keiner. Am wenigsten die Polizei."

Schulte erfasste sofort das Problem. Wenn er jetzt bei der Leiche erwischt würde, dann könnte das für ihn unabsehbare Folgen haben. Selbst wenn er sich als Polizist ausweisen konnte, besaß er keine Immunität. Er wäre nicht der erste Polizist, der in Untersuchungshaft käme. Immerhin war er hier in dieses Hausboot eingebrochen. Selbst im allergünstigsten Fall konnte er seine weitere berufliche Laufbahn vergessen. Van Duin hatte Recht.

„Bist du mit dem Auto hier? Wo steht das?"

„Weiter unten, am Kolenkaai. Aber wenn wir beide da jetzt hingehen, dann laufen wir der Polizei vermutlich gerade in die Arme. Denn die werden von da kommen. Da können wir auch nicht ausweichen. Was machen wir?"

Schulte dachte angestrengt nach.

„Wir nehmen das Ruderboot! Auf dem Deck liegt eins. Los komm!"

Sie krochen so schnell sie konnten aus dem Fenster, machten das Boot klar und ließen es ins Wasser. Dann holte Schulte seinen Rucksack hinter dem Stromkasten hervor, sie stiegen in das schwankende kleine Gefährt und ruderten los, Richtung Albertkanaal.

56

Erst auf dem Wasser spürten sie wieder, wie kalt es eigentlich war. Das Hafenbecken wies an beiden Seiten eine dünne Eisschicht auf, die aber das Rudern nicht beeinträchtigte. Die beiden Männer legten sich mächtig in die Riemen, um schnell aus dem Blickfeld der Polizei zu kommen. Jetzt erst ging Schulte auf, dass das Engagement Van Duins alles andere als selbstverständlich war. Warum tat er das alles? Schließlich riskierte er doch auch einiges dabei, zumindest ärgerliche und unnötige Verwicklungen. Solidarität unter Journalisten? Gab es so was? Kaum vorstellbar. Schulte schob diese Überlegungen beiseite und konzentrierte sich aufs Rudern. Sie ließen rechterhand das Gebäude der Reederij Limburgia liegen und dann den großen Busparkplatz. Dann ruderten sie unter der mächtigen Brücke des Herkenrodesingel hindurch. Kurz danach wies Van Duin auf eine Stelle am linken Ufer hin, an der das Boot problemlos festgemacht werden konnte. Als sie ausgestiegen waren, nahm der Belgier sein Handy zur Hand und telefonierte. Dann meinte er:

„So, ich habe jetzt einen Freund angerufen. Er holt mich gleich hier ab und bringt mich zu meinem Wagen. Warte du hier bis ich komme. Okay? Du kannst dich auf mich verlassen!"

Fast eine halbe Stunde musste Schulte danach allein in dem dünn bebauten Gewerbegebiet ausharren, bis ein blauer Skoda Octavia Kombi um die Ecke bog und Piet van Duin ausstieg. Dass ein Redakteur diese Marke fuhr, überraschte Schulte. Er hätte bei diesem Paradiesvogel einen ganz anderen Autotyp erwartet. Irgendwas Ausgefallenes, Schrilles, Teures. Aber das war wohl eine sehr deutsche Denkart, denn es zeigte sich wieder mal, dass ein Auto seinen Status als Ausdruck von Wohlstand und Lebensart in dieser Vehemenz nur in Deutschland hat. Aber eigentlich war ihm das auch völlig egal und er stieg so schnell wie möglich in den vorgeheizten Skoda.

„Was nun?", fragte Van Duin, als Schulte saß. „Wohin?"

Schulte überlegte nicht lange.

„Fahr mich bitte in die Altstadt. In die Maastrichterstraat. Dort habe ich in den letzten Tagen gewohnt. Und da sitzen zwei Männer auf dem Fußboden, mit denen ich mal dringend reden muss. Ich erkläre dir alles, keine Sorge!"

Dann erzählte er von den Erlebnissen der letzten Nacht. Das gemeinsame Wannenbad mit Marijke ließ er allerdings weg. Van Duin staunte.

„Also langweilig ist es bei dir ja nicht! Und jetzt nimmst du natürlich an, dass diese beiden Typen deinen Kollegen umgebracht haben, oder?"

„Genau!" Schulte wurde sich immer sicherer, dass nur diese beiden den Mord an Rauscher verübt haben könnten. Nur das ergäbe so etwas wie eine Logik. Jetzt erst wurde ihm richtig klar, in welcher Gefahr er geschwebt hatte, wie rücksichtslos die Banditen ihre Anweisungen umsetzten. Denn dass es sich hier um Aufträge handelte, das schien ihm völlig sicher. Seine Wut schaukelte sich immer höher.

Van Duin hielt sicherheitshalber fünfzig Meter von dem Haus entfernt. Schulte hatte nach wie vor den Haustürschlüssel. Die beiden stiegen das Treppenhaus hoch und horchten oben erst mal an der verschlossenen Wohnungstür.

Es war kein Geräusch zu vernehmen. Schulte nahm die Klinke in die Hand und stellte zu seinem großen Erstaunen fest, dass die Tür nicht abgeschlossen war. Er stürmte in die Wohnung und fand... nichts! Die beiden Einbrecher, Schläger und vermutlich sogar Mörder waren weg! Spurlos verschwunden!

57

Natürlich war Nübel im Dienst und er war auch dazu bereit, an dem Verhör teilzunehmen. Musste also nur noch Maren Köster ihre Zustimmung geben. Axel Braunert wandte sich noch mal an den Dolmetscher.

„So schnell bekommen wir heute am Neujahrstag keinen Ersatz für Sie. Ich muss Sie schon bitten, jetzt Durchhaltevermögen zu zeigen. Wir versuchen regelmäßig Pausen einzuschieben."

Kurze Zeit später kam auch Maren Köster in das Zimmer der beiden Polizisten. Sie war gut gelaunt.

„Na, habt ihr den Jungen schon geknackt?"

Als Antwort bekam sie ein müdes Lächeln von Braunert und Lohmann.

Flapsig sagte sie: „Muss ich denn hier alles alleine regeln." Dann nahm sie sich eine Tasse Kaffee, krempelte symbolisch die Ärmel hoch und sagte zu dem Dolmetscher: „Na, dann wollen wir mal!"

Doch Braunert stoppte ihren Arbeitseifer.

„Bitte Maren, führ das Verhör nicht alleine durch. Der Mann, der dir gegenübersitzt, ist eine der härtesten Nummern, denen ich je begegnet bin. Wir haben schon mit Nübel gesprochen. Er kommt dazu."

„Ihr scheint mich ja wirklich für ein Weichei zu halten. Aber gut, wenn ihr euch schon so um mich sorgt, will ich euch den Gefallen auch tun."

Als Maren und Nübel das Verhör fortsetzten, ging es weiter wie gewohnt. Die Polizistin stellte Fragen, der zu Verhörende schwieg. Auch Maren Köster wurde immer wütender und so wechselte sie die Strategie. Sie sagte sich, du fühlst jetzt Wut in dir, also zeige sie deinem Gegenüber auch. Also gut.

„Wissen Sie, was mir an solchen Typen wie Ihnen am meisten stinkt? Ehe Sie sich trauen, jemanden umzubringen, müssen die Opfer vorher erst alle Knochen gebrochen haben, bevor Sie sich ins Zimmer wagen. Meine Kollegen haben sich Sorgen gemacht, dass ich das Verhör mit Ihnen alleine führe. Ist mir an sich unverständlich, mit einem solchen Würstchen wie Ihnen wird doch jeder fertig. Es sei denn, er hat sowohl die Arme wie auch die Beine gebrochen."

Der Dolmetscher starrte sie an. Doch Maren donnerte ihm nur ein: „Los, übersetzen!" entgegen.

Er tat wie ihm geheißen.

Maren Köster sah sich den Mann, dem gerade ihr erster Angriff ins Russische übersetzt wurde, genau an. Sie bemerkte ein leichtes Zucken in seinem Gesicht. Der Schlafmangel und seine Mentalität schienen Wirkung zu zeigen. Also, nachsetzen.

„Mit solchen Weicheiern wie Ihnen sollte man sich überhaupt nicht weiter abgeben, so viele scheintote Menschen, denen Sie den letzten Lebensfunken aushauchen können, gibt es ja nicht auf der Welt. Jetzt mussten Sie wahrscheinlich schon von Russland nach Deutschland kommen, um Ihrem schmierigen Geschäft überhaupt nachgehen zu können. Wahrscheinlich erfreuen sich alle Menschen östlich von Polen bester Gesundheit, da kann so ein zahnloser Tiger wie Sie vermutlich nichts ausrichten."

Die Übersetzung folgte. Das Zucken bestimmter Gesichtsmuskeln wurde stärker. Der Mann fing an, mit den Füßen zu scharren.

„Nur eins weiß ich nicht“, setzte Maren nach. „Wer wischt Ihnen denn hier in Deutschland den Arsch ab, wenn Sie sich mal wieder die Hosen voll gemacht haben? Oder haben Sie Ihr Mütterchen mitgebracht?“.

Der Übersetzer tat seine Pflicht und bekam dafür von dem Verhafteten einen Schlag ins Gesicht. Sofort war Maren Köster zur Stelle.

Sie griff dem Mann in die Haare und zog ihn zurück auf den Stuhl. Nübel war ob der Geschwindigkeit der Ereignisse geradezu paralysiert.

„So, du Muttersöhnchen, jetzt mache ich dich fertig!“, zischte die Polizistin. Der Dolmetscher drückte sich ein Taschentuch vor die blutende Nase.

„Los, übersetzen!“, befahl Maren.

Sie sah Angst in den Augen des Verletzten. Nochmals drängte sie: „Übersetzen!“

Der Mann tat es widerwillig. Da klopfte es. Braunert kam ins Zimmer. Er hatte einen Sieger-Gesichtsausdruck. „Wir haben sie. Die Blutproben der Verletzten sind mittlerweile mit den gefundenen Blutspuren in der Garage verglichen worden. Sie sind identisch.“

Der Polizist machte eine Kunstpause. Dann wandte er sich an den Festgenommenen. Der Dolmetscher tat seine Arbeit.

„Ihnen kann ich auch eine Nachricht übermitteln, die Ihnen gar nicht schmecken wird. Wir haben nämlich einen Probeschuss aus Ihrer Waffe abgegeben und das Projektil mit dem verglichen, das wir im Boden an der Stelle gefunden haben, an der der Mord stattfand. Was meinen Sie, was dabei herausgekommen ist? Ich will Sie nicht auf die Folter spannen, die Projektile sind identisch. Doch ich glaube, ich erzähle Ihnen da nichts Neues. Sie waren einfach zu unvorsichtig. Sie hätten die heiße Waffe entsorgen müssen. Es gibt eben bestimmte Regeln, an die sollte man sich halten, Sie Amateur.“

Die fast schlaflose Nacht, die langen Stunden der Vernehmung und die Provokationen von Maren Köster zeigten nun ihre Wirkung. Die Mundwinkel des Mannes zuckten, als wolle er einen Widerspruch formulieren. Die Unruhe in ihm nahm von Sekunde zu Sekunde zu.

Braunert setzte noch Eins drauf.

„Im Übrigen sind Sie von ihren Freunden im Krankenhaus schwer belastet worden. Sie behaupten beide, dass Sie den Mord begangen haben."

Der Mann sprang auf. Maren Köster drückte ihn, noch bevor er richtig stand, zurück auf seinen Stuhl.

„Ich war es nicht", schrie er. „Ich habe nur das Auto gefahren. Ich wusste nicht, dass ein Mord stattfinden sollte. Ivan war es! Ich war nur der Fahrer!" Nun ging es plötzlich ohne jede Übersetzung.

„So, so, Sie waren es nicht", sagte Maren Köster jetzt mit zuckersüßer Stimme. „Dann schildern Sie uns doch mal den Ablauf. Sie haben ja gehört, Ihre Freunde haben Sie schwer belastet. Jetzt geht es darum, herauszufinden, wer den Tötungsakt begangen hat. Immerhin haben Sie die Wahl zwischen lebenslänglich und mehr für kaltblütigen Mord oder ein paar Jährchen wegen Beihilfe. Also!"

Jetzt schaltete sich Braunert ein.

„Bevor wir das eigentliche Verhör beginnen, will ich jedoch endlich Ihre Personalien haben! Wie heißen Sie?"

„Wanja Rebrov", antwortete der Gefragte nun kooperativ.

Es war bereits achtzehn Uhr, als die drei Polizisten mit der Staatsanwältin in Braunerts und Lohmanns Büro saßen und sich an ihren Kaffeetassen festhielten.

„Ich fasse also noch einmal zusammen," sagte die Staatsanwältin. „Das Mordmotiv war in der Tat der Wille eine Konkurrenzsituation zu beseitigen. In Detmold wird, das wissen wir nun, Schutzgeld erpresst. Wer von den drei Festgenommenen der Mörder ist, wissen wir nicht. Ich bin mir jedoch fast sicher, dass Rebrov erst nur der Fahrer war, aber anschließend den Auftrag hatte, die beiden Verletzten, die als gefährliche Mitwisser begriffen wurden, zu töten. Jetzt müssen wir nur noch die andere Gruppe finden, die ebenfalls Schutzgeld erpresst."

„Nur noch ist gut," stöhnte Maren Köster erschöpft.

„Na jedenfalls machen wir für heute erst mal Feierabend," meinte Lohmann. „Morgen ist der Chef wieder da. Wenn wir den unterrichtet haben, geben wir eine Pressekonferenz. Die Zeitungen soll Erpentrup benachrichtigen. Der kann ja auch mal was tun. Kommt, lasst uns gehen."

In diesem Moment fiepte das Telefon. Braunert nahm den Hörer ab. Am anderen Ende meldete sich ein Kommissar Löwenberg vom LKA.

Er teilte den Polizisten mit, dass jemand versucht hätte, in das Computernetz der Detmolder Kreispolizeibehörde einzudringen. Ob er dies geschafft hätte sei nicht sicher. Jedenfalls würde das LKA daran arbeiten und morgen in Detmold vorstellig werden.

„Auch das noch", seufzte Lohmann, als Braunert den Telefonanruf wiedergab.

58

Piet van Duin schaute mit besorgter Miene auf den grübelnden Schulte.

„Ich weiß, was du jetzt denkst", sagte er vorsichtig. „Jetzt wird es verdammt eng für dich, stimmts? Die beiden Verbrecher werden dich suchen. Die haben den Auftrag, dich auszuschalten und da sie jetzt wissen, dass du dich wehren kannst, gehen sie garantiert kein Risiko mehr ein. Wenn sie dich gefunden haben, werden sie nicht lange fackeln. Du hast aber nicht mehr die Möglichkeit, dich an die Polizei zu wenden, weil die auch hinter dir her ist. Die klassische Zwickmühle! Was wirst du tun?"

Schulte zuckte ratlos mit den Schultern. Dann schaute er van Duin fest an.

„Zuerst einmal danke ich dir für deine Hilfe. Ohne dich säße ich jetzt wahrscheinlich schon im Verhörzimmer eurer Polizei. Deshalb will ich dir auch keine Komödie mehr vorspielen. Ich bin kein Journalist! Ich bin Hauptkommissar bei der Kriminalpolizei Detmold. Lass es mich kurz erklären...".

Dann berichtete er dem verdutzten van Duin, wie die ganze Hasselt-Exkursion entstanden war. Er hatte ein wenig Sorge, dass van Duin nun seine Solidarität mit dem vermeintlichen Kollegen aufkündigen würde. Dabei hatte er jetzt Hilfe nötig wie selten zuvor. Aber der Belgier lachte nur.

„Wenn ich alles richtig verstanden habe, dann bist du hier im Auftrag der Heimatzeitung aus Detmold. Ob hauptberuflich oder nebenberuflich spielt dabei keine Rolle. Kollegen sind wir trotzdem."

Schulte fielen mehrere Steine vom Herzen.

„Es wird wohl das Beste sein, wenn ich sofort aus Hasselt verschwinde", überlegte er laut. „Ich wollte deinem richtigen Kollegen Rodehutskors einen Gefallen tun, aber mein Leben riskieren wollte ich eigentlich nicht. Und in euren Knast möchte ich ebenfalls nicht gerne. Aber eins von beiden wird mich erwischen, wenn ich bleibe, das ist so sicher wie das Amen in der Kirche!"

„Was ist in der Kirche?"

„Das Amen in der Kirche! Das sagt man doch so."

„So, sagt man das? Bei uns nicht. Außerdem ist dein Flämisch ziemlich schlecht, das muss ich schon sagen. Immerhin verstehst du anscheinend alles. Aber das Sprechen musst du noch üben."

Oh, oh, dachte Schulte, was ist das für ein Sensibelchen.

„Weißt du, wann ein Zug Richtung Deutschland fährt? Ich werde den nächstbesten nehmen."

Van Duin war schon wieder konzentriert bei der Sache.

„Keine Ahnung. Aber was glaubst du eigentlich, was dich am Bahnhof erwartet? Vergiss eines nicht: Die Polizei hat eine ziemlich gute Beschreibung von dir. Glaub bloß nicht, dass die heute ausgerechnet den Bahnhof unbeobachtet lassen. Von den Killern gar nicht zu reden. Die kennen deine Visage bestens. Wahrscheinlich haben die auch längst ein Foto von dir, so dass sie gar nicht selbst am Bahnhof stehen müssen. Es reicht, wenn sie irgendeinen Kioskverkäufer oder eine Toilettenfrau damit beauftragen. Glaub mir, aus dem Bahnhof wirst du nicht mehr herauskommen. Jedenfalls nicht als freier Mann!"

Schulte durchzuckte schmerzlich die Erinnerung daran, dass er letztens bei seiner nächtlichen Besichtigung der Firma *ChemIn* fotografiert worden war. Van Duin hatte tatsächlich Recht. Er hatte keine Chance, mit der Bahn zu entkommen. Jedenfalls nicht von Hasselt aus. Es gab nur eine Möglichkeit.

„Du hast Recht! Könntest du mich eventuell zu einem Bahnhof in einer anderen Stadt bringen. Nach Genk zu Beispiel, oder sogar nach Maastricht? Da wird mich keiner suchen. Ginge das?"

Piet van Duin wurde sehr ernst.

„Weißt du eigentlich, was du da von mir erwartest? Wenn ich mit dir gesehen werde, ob von der Polizei oder von deinen Ganoven, dann heißt es: Mitgefangen, mitgehangen! Für die Polizei ist es Beihilfe zur Strafvereitelung, für die Killer bin ich dein Komplize. Und im Gegensatz zu dir will ich nicht von hier verschwinden. Ich wohne und arbeite schließlich hier und möchte noch mindestens bis zur Rente hier leben. Sei mir nicht böse, aber das kann ich nicht machen."

Schulte fühlte sich völlig erschlagen. Er war körperlich fix und fertig und jetzt stand er vor einer Lawine an Problemen, die ihn zu überrollen drohte. Am liebsten wäre er nun aufgewacht und hätte gemerkt, dass alles nur ein böser

Traum war. Aber der Albtraum blieb. Er legte van Duin eine Hand auf die Schulter und sagte leise und versöhnlich:

„Du hast auch jetzt Recht! Ich muss eben sehen, wie ich klar komme. Irgendwie komme ich schon durch. Wahrscheinlich werde ich die Variante Polizei und Untersuchungsknast vorziehen. Das ist immer noch besser als die Alternative. Am besten ist, ich stelle mich sofort. Was meinst du?“

Der Journalist hatte sich auf einen Stuhl gehockt und den Kopf mit beiden Händen abgestützt. Minutenlang sagte er nichts.

„Das ganz große Risiko, dass du bei mir im Auto gesehen wirst, ist hier in Hasselt! Danach spielt es keine große Rolle mehr, ob ich dich hundert Meter weit bringe oder hundert Kilometer. Aber für dich ist das Risiko auf jedem Bahnhof, an jeder Grenze da. Es ist noch früh. Pass auf, ich mache dir einen Vorschlag: Ich verstecke dich heute den ganzen Tag über in meinem Büro. Da bist du absolut sicher. Sobald es dunkel wird, also gegen siebzehn Uhr, hole ich dich ab. Dann bringe ich dich nach Hause. Aber...“

Schulte traute seinen Ohren nicht.

„Wie? Nach Hause? Was meinst du damit?“

„Nach Detmold! Wohin denn sonst? Wie gesagt, das Risiko ist das gleiche. Du musst mir nur versprechen, dass du mir das Benzingeld und für die Nacht ein Hotelzimmer in Detmold bezahlst. Aber ein ordentliches! Ich bin da etwas pingelig, verstehst du?“

Schulte konnte sein Glück noch gar nicht fassen. Am liebsten wäre er diesem so unecht wirkenden schrillen Mann um den Hals gefallen. Aber er drückte ihm nur schweigend und ernst die Hand. Beim Rausgehen fiel Schultes Blick auf das eingepackte Kunstwerk von Rinus, und er klemmte es sich unter den Arm. Dann verließen sie das Haus und gingen zum Auto. Als sie sich vergewissert hatten, dass sie unbeobachtet waren, zwängte sich Schulte in den Kofferraum des

Skoda und van Duin fuhr los. Am Verlagsgebäude angekommen, sondierte er wiederum erst das Gelände und ließ dann Schulte aus seinem Versteck. Das große Gebäude war zu dieser Zeit, es war immerhin Neujahr-Vormittag, menschenleer. Das würde es laut van Duin auch bis zum späten Nachmittag bleiben, dann erst würden einige Redakteure die morgige Ausgabe vorbereiten. Er selbst würde sicherheitshalber schon gegen fünfzehn Uhr wiederkommen, um Schultes Anwesenheit zu legitimieren. Dann würde er auch was zu essen mitbringen. Vorerst musste Schulte sich mit einigen Schokoladenriegeln aus den Schubladen diverser Kollegenschreibtische begnügen. Er würde Hasselt verlassen. Wie hatte ihm es ihm eigentlich gefallen? Schulte musste sich eingestehen, dass ihm die Stadt trotz aller seiner persönlichen Unannehmlichkeiten sehr gut gefallen hatte. Sie ist nicht so schön wie Detmold, aber sie begeistert durch ihre Lebendigkeit, dachte er. Sicher, es gab hier mindestens zwei sehr brutale Männer, es gab heruntergekommene Typen wie Kees. Aber es gab auch solche Lichtblicke wie Marijke. Als er an sie dachte, fiel ihm ein, dass er sie anrufen wollte. Er fischte die Karte mit ihrer Telefonnummer aus seiner Jacke und griff zum Handy. Schulte hatte danach das Gefühl, dass er Hasselt vermissen würde. Nicht nur wegen Marijke, aber auch.

59

Als die Dämmerung in Dunkelheit überging, fuhren Schulte und van Duin los. Schulte wieder im Kofferraum. Das war so geplant, bis sie den Großraum Hasselt verlassen hatten. Eine Vorsichtsmaßnahme, die zwar unbequem für Schulte war, die sich aber schon am Kuringersteenweg, der Ausfallstraße zur Autobahn als notwendig erwies. Hier wurden sie von einer Polizeisperre angehalten. Als van Duin seinen Presseausweis vorzeigte, ließ man ihn passieren. Auf der Autobahn hielten sie auf dem ersten Parkplatz. Schulte konnte sich endlich auf einen anständigen Platz setzen. Van Duin erwies sich als umsichtiger und besonnener Fahrer. Wieder ein Verhalten, das so gar nicht zu seinem Outfit passte.

Sie überquerten problemlos die belgisch-holländische und ebenso die holländisch-deutsche Grenze. An der Raststätte Remscheid machten sie Halt und aßen. Um einundzwanzig Uhr dreißig fand der dunkelblaue Skoda mit dem belgischen Kennzeichen in der Detmolder Schülerstraße eine Parklücke. Schulte atmete tief durch. Er war wieder zuhause! Unterwegs hatte er mit dem Handy einen verblüfften Rodehutskors angerufen und ihn gebeten, für van Duin im *Detmolder Hof* ein Zimmer zu reservieren. Eine halbe Stunde später saßen drei Männer, Josef Schulte, Hermann Rodehutskors und ein für Detmolder Verhältnisse unmöglich gekleideter belgischer Journalist im *Brauhaus* und ließen sich ein Landbier schmecken. Rodehutskors erzählte niedergeschlagen, dass sich am späten Nachmittag die Polizei bei der *Heimatzeitung* gemeldet habe. Die Kollegen von der Hasselter Polizei hatte gute und schnelle Arbeit geleistet und Rauscher nach nur wenigen Stunden identifiziert. Auch wenn der Tote von allen Kollegen herzlich verabscheut wurde, war doch in der Redaktion der *Heimatzeitung* tiefe Trostlosigkeit eingezogen. Trotz allem war es ein Kollege. Ein Kollege, der mit brachialer Gewalt an der Ausübung seines Berufes gehindert worden war. Dann erzählte Schulte. Rodehutskors wurde immer stiller, als Schulte von seinen Erlebnissen berichtete. Verlegen knotete er seine Papierserviette zusammen.

„Ich glaube, jetzt bin ich Ihnen was schuldig, Herr Schulte. Sie haben so viel mehr riskiert, als ich vermutet hatte. Ich hätte Sie nie dazu überreden sollen. Es war leichtsinnig und egoistisch von mir."

Schulte winkte fröhlich ab.

„Halb so wild! Dass ich das alles noch erleben durfte, in meinem Alter. Enttäuschend finde ich nur das Ergebnis unserer Expedition. Wir haben Rauscher zwar gefunden, aber nicht so, wie wir gehofft hatten. Und wir wissen weder über die Auftraggeber des Mordes irgendwas, noch über die Hintergründe. Aber ich werde am Ball bleiben. Allerdings von Detmold aus. Übrigens, um Ihr schlechtes Gewissen etwas zu entspannen: Ich werde Ihnen morgen eine Spesenaufstellung zukommen lassen. Ihr Chef wollte ja alles übernehmen, stimmt's?"

Rodehutskors nickte. Er hatte allerdings keine Ahnung, dass sein Verleger damit, ohne es zu wissen, auch das äußerst fragwürdige Ölgemälde eines verwahrlosten Hasselter Lebenskünstlers bezahlen würde. Und der heutige Abend war auch noch nicht zu Ende. Schultes Nerven brauchten dringend eine ausgiebige Bewässerung. Zu seiner Freude sah Schulte, dass sein dürrer Zechkumpan aus Belgien ebenfalls in der Lage und Willens war, die Spesenrechnung in stattliche Höhen zu treiben.

60

Es war kurz nach acht Uhr. Braunert, Köster und Lohmann saßen zusammen und überarbeiteten noch einmal ihre Berichte, als Erpentrup mit wehenden Rockschößen in das Büro der beiden Polizisten stürmte. Angeklopft hatte er, entgegen seiner sonstigen Art, nicht. Die Aufregung stand ihm ins Gesicht geschrieben.

„Meine Damen und Herrn, was ist denn hier in Detmold los? Hier scheint ja alles drunter und drüber zu gehen."

Lohmann zog die Schultern hoch. „Wieso, Herr Erpentrup? Bei uns ist doch alles im grünen Bereich. Wir hatten in

Ihrer Abwesenheit einen Mordfall aufzuklären. Der Fall ist weitestgehend abgeschlossen. Sie bekommen in zehn Minuten einen vollständigen Bericht. Wir haben eng mit der Staatsanwaltschaft zusammengearbeitet. Aus unserer Sicht gibt es keinen Grund zur Aufregung."

„Das sagen Sie, Herr Lohmann! Das sagen Sie. Natürlich, Sie haben gute Arbeit geleistet. Doch das eine oder andere Telefonat wäre dennnoch vielleicht gar nicht schlecht gewesen, um mich zu informieren und mich auf dem Laufenden zu halten. Okay, der Mord ist, so sagen Sie, weitestgehend aufgeklärt. Ich werde mir Ihren Bericht gleich anhören. Dann sehen wir weiter. Ihr gelöster Fall scheint der positive Teil dessen zu sein, was während meiner Abwesenheit passiert ist. Doch da gibt es ja auch noch ein paar andere Ereignisse. Bei mir im Büro sitzt ein Kommissar Richard Löwenberg, so ein blasierter Affe vom LKA, und erzählt mir, man habe versucht, in das Intranet der Detmolder Polizei einzudringen."

„So ein Intranet ist doch ein geschlossenes System", entgegnete Braunert, „da kommt man doch von außen gar nicht rein."

„Offensichtlich doch, Herr Kommissar", entgegnete der Polizeirat, „es gibt wohl so ein paar kleine Schlupflöcher. Ich weiß es auch nicht so genau. Na wie gesagt, dieser Löwenberg teilte mir jedenfalls mit, dass er sein Kommen gestern schon bei Ihnen angekündigt hätte. Wieso weiß ich nichts davon?"

„Das war gestern Abend nach achtzehn Uhr, da wollte ich Sie auch nicht mehr stören. Im Übrigen hat er auch keine Uhrzeit genannt. Er sagte nur, er wolle heute in Detmold vorstellig werden. Da wir Ihnen gleich eh einen Bericht geben wollten, habe ich es nicht für nötig gehalten, sein Kommen noch einmal extra anzukündigen."

Jetzt schaltet sich Maren Köster in das Gespräch ein. Sie drehte den Spieß einfach um.

„Wie war denn Ihr Lehrgang zur Verwaltungsreform der Polizei, Herr Erpentrup?“

„Durchaus interessante Geschichte, die muss jedoch erst mal hinten anstehen, Frau Köster. Im Moment gibt es Anderes zu besprechen. Der Hammer kommt ja noch! Nicht nur, dass ich mich jetzt mit diesem Menschen vom LKA herumschlagen muss. Nein, es wird noch pikanter! Im Beisein des LKA-Kollegen ruft mich ein Polizist aus Hasselt an und erklärt mir, dass unser Schulte in Zusammenhang mit einem Mord steht. Es wird jedoch noch besser, er soll sogar der Mörder sein. Sie müssen zugeben: Dafür, dass dies heute der erste Arbeitstag im Jahr ist, ist das ganz schön starker Tobak. Wieso ist dieser Kerl überhaupt in Hasselt?“

Die drei Polizisten zuckten alle gleichzeitig die Schultern und setzten ein unwissendes Gesicht auf.

„Na, den Löwenberg schicke ich jetzt erst mal Kaffee trinken, und dann höre ich mir an, was Sie mir zu berichten haben. Ich erwarte Sie in zehn Minuten in unserem Besprechungszimmer.“

Sprach es und verschwand.

Maren Köster schüttelte ihre Hand, als hätte sie auf eine heiße Herdplatte gefasst. „Oh, oh, da kann sich Schulte aber auf was gefasst machen. Der Chef wird unseren Jupp in den Arsch treten, wie er es schon lange nicht mehr erlebt hat. Habt ihr eigentlich mal was von dem Chaoten gehört?“

Schweigen.

61

Es war schon hell, als Schulte am nächsten Morgen aufwachte. Minutenlang saß er aufrecht im Bett und grübelte darüber nach, wie er denn in der Nacht nach Hause gekommen war. Dann riss jemand die Tür zu seinem Schlafzimmer auf und Monster, sein Hund, sprang aufs Bett und leckte ihm begeistert durchs Gesicht. Hinter ihm stand Anton Fritzmeier und kratzte sich die Glatze.

„Moin Anton! Wie bin ich denn nach Hause gekommen?"

„Mitten Taxi bisse chekommen! Drei Uhr war's. Und Krach chemacht hasse für zwei. Wie war's denn bei die Belchier?"

Schulte kletterte aus dem Bett und stellte zu seiner Überraschung fest, dass er noch komplett angekleidet war. Fritzmeier grinste.

„Du Anton, ich erzähle dir das alles heute Abend. Ich muss jetzt dringend zur Arbeit. Könntest du mir etwas zu Essen in den Kühlschrank packen? Zahlen kann ich aber auch erst heute Abend."

Fritzmeier nickte ergeben und fragte dann mit unschuldiger Miene:

„Wie willse denn zur Arbeit kommen? Du hass doch cha kein Auto mehr!"

Schulte blinzelte ihn etwas blöde an. Fritzmeier hatte Recht. Alles, war vor Hasselt war, lag nach seinem Empfinden schon ewig lange zurück. Dass er vorher leihweise mit Braunerts Auto gefahren war, hatte er fast vergessen. Was nun? Noch mal ein Taxi? Viel zu teuer!

„Anton, du bist doch mein Freund, oder? Würde es dir was ausmachen, mich eben mit dem Trecker nach Detmold zu bringen?"

62

Der Polizeirat hörte sich den Bericht der Polizisten in aller Ruhe an. Dann sagte er: „Das war wirklich gute Arbeit. Doch wie gehen wir jetzt weiter vor? Es gibt also immer noch Banden, die in Detmold Schutzgeld erpressen. Natürlich wird es schwer sein, da einen Fuß in die Tür zu setzen. Was ich noch viel bedenklicher finde ist, dass eine dieser

Banden offenbar mit Kindern operiert. Da sollten wir auf jeden Fall noch einmal nachfassen. Wir haben einmal den Jugendlichen, der scheinbar das Mordopfer kannte. Den sollten wir uns jetzt mal vornehmen. Die ereignisreichen letzten Tage und das Fehlen von Schulte ließen hier ja nicht den Raum für eine Befragung. Darüber hinaus ist der junge Mann ja wohl schwerer verletzt. Ich denke heute wäre es an der Zeit, ihm einen Besuch abzustatten.

Den türkischen Imbissbudenbesitzer sollten wir ebenfalls noch einmal verhören. Auch wenn Sie der Meinung sind, dass wir bei ihm keine neuen Ergebnisse tätigen würden."

Jetzt schaltete sich Braunert in das Gespräch ein.

„Ich hätte da einen Vorschlag. Ich finde, wir sollten eine Pressekonferenz geben. Wir sollten nicht nur die Lösung des Mordfalles bekannt geben, sondern auch die Aktivitäten der Kinder und Jugendlichen in der Schutzgeldsache schildern und um öffentliche Mithilfe bitten."

„Eine gute Idee, Herr Braunert", lobte Erpentrup, „ich werde gleich dafür sorgen, dass ein Fax an die Zeitungen und an Radio Lippe geht. Ich lade auf elf Uhr ein und würde Sie bitten, ebenfalls anwesend zu sein. Unserer Staatsanwältin werde ich auch eine entsprechende Nachricht zukommen lassen."

Der Polizeirat rief in seinem Vorzimmer an und veranlasste alles nötige, um die Konferenz stattfinden zu lassen.

Dann sagte er: „Damit können wir diese Angelegenheit vorübergehend erst mal beiseite legen. Ich schlage vor, jetzt kümmern wir uns um das LKA."

Erpentrup stand auf, verließ den Raum und kam kurze Zeit später mit Löwenberg wieder ins Zimmer. Bei dem Kommissar vom Landeskriminalamt handelte es sich um einen sehnigen durchtrainierten Mann, der sich katzenartig bewegte. Nur eines hatte er nicht mit einem Löwen gemein. Ihm fehlte besagte Mähne. Kaum ein Haar zierte mehr sein Haupt. Seine Frisur, wenn man von einer solchen überhaupt sprechen konnte, erinnerte sehr stark an den amerikanischen Fernsehkommissar, der ständig einen Dauerlutscher im Mund hatte.

Löwenberg setzte sich und machte seinem Unmut Luft, dass man ihn so lange hatte warten lassen. Doch diese Äußerungen beeindruckten Erpentrup in keiner Weise.

„Es tut mir leid, dass wir Ihnen keinen gebührenden Empfang zukommen lassen konnten, aber wir haben gerade einen Mordfall vor der Brust gehabt, dem wir unsere ganze Kraft gewidmet haben. Darüber hinaus wurde mir zugetragen, dass der Zeitpunkt Ihres Eintreffens sehr vage angegeben war. Jetzt gehört Ihnen jedoch unsere ganze Aufmerksamkeit. Sie haben das Wort, Herr Löwenberg."

Dieser räusperte sich.

„Ich bin nicht nur über die Tatsache verärgert, dass ich warten musste, sondern ich habe auch das Gefühl, dass mir ein gewisses Misstrauen entgegengebracht wird. Eben verließen Sie, Herr Polizeirat, den Raum, um ein Telefongespräch zu Ende zu führen. Jetzt erst werde ich zu einer Besprechung hinzugebeten. Also, wissen Sie!"

Die restlichen Anwesenden sagten nichts. Auch Erpentrup ließ sich nicht zu einer Gegenrede verleiten. Nach einer Minute peinlichen Schweigens ergriff der Gast wieder das Wort.

„Wie Sie ja schon meinen ersten Ausführungen entnommen haben, hat jemand versucht, in das Intranet der nordrhein-westfälischen Polizei einzudringen. Das Ziel war, PC's der Detmolder Kreispolizeibehörde zu inspizieren. Das ganze geschah zum ersten Mal in der Nacht vom neunundzwanzigsten auf den dreißigsten Dezember und wiederholte sich dann noch einige Male."

„Hat es jemand versucht oder hat er es geschafft?", kam die kecke Frage von Maren Köster.

Der Gebärdensprache des LKA-Mannes konnte man ansehen, dass ihm diese Frage gar nicht recht war.

„Na ja, der Hacker war schon recht erfolgreich. Ich werde Ihnen jedoch nicht sagen, wie er es geschafft hat."

„Sprach da nicht eben noch jemand über Misstrauen?", kam es wiederum von Maren Köster.

Löwenbergs Gesichtsfarbe veränderte sich in Richtung Zornesröte. Erpentrup räusperte sich.

„Was war denn nun ganz konkret Ziel der Hackeraktion?", schob er dann die Frage nach.

„Genau wissen wir das auch nicht. Meine Frage wäre zunächst einmal, welche Straftaten im Vorfeld dieses Datums stattfanden?"

Die Polizisten sahen sich an. Dann ergriff Erpentrup das Wort. Er berichtete kurz und knapp, was vorgefallen war.

„Ich muss die betreffenden Personen noch einmal verhören!", antwortete Löwenberg mit großer Bestimmtheit.

„Nur wenn einer meiner Leute ebenfalls an der Vernehmung teilnimmt", sagte nun Erpentrup mit eben solcher.

„Das ist im Grunde nicht üblich, Herr Polizeirat."

„Dann müssen Sie eben warten, bis unsere Ermittlungen abgeschlossen sind." Erpentrup zuckte mit den Schultern und machte Anstalten zu gehen.

„Okay!", nickte Löwenberg, nicht gerade hoch erfreut.

Jetzt schaltete sich Maren Köster wieder in das Gespräch ein.

„Kollege Löwenberg, Ihren Ausführungen entnehme ich, dass Sie noch nicht herausgefunden haben, von wo aus der Hackerangriff stattgefunden hat."

Der LKA-Mann nickte.

„Unsere Spezialisten sind geradezu begeistert von der Leistung des Hackers. Er hat seinen Einstiegsweg so dermaßen verschleiert und geschickt angelegt, dass unsere Leute ihn noch nicht enttarnen konnten."

Erpentrup sah auf seine Uhr.

„Ich denke, Herr Löwenberg, wir haben es erst einmal. Ich habe gleich noch die Pressekonferenz. Darüber hinaus warten noch einige andere Aufgaben auf mich, die keinen Aufschub dulden. Wie gesagt, die Verhöre nur in Anwesenheit eines Detmolder Kollegen."

Löwenberg sah sauertöpfisch drein. Er nickte.

Auch der Rest der Gruppe war in Begriff zu gehen, als Löwenberg noch einmal das Wort ergriff.

„Wer nimmt denn nun von Ihnen an meinen Vernehmungen teil?"

Lohmann erklärte sich bereit.

63

Von der Fahrt mit dem offenen Trecker noch völlig durchgefroren, stand Schulte gerade händereibend vor dem Heizkörper in seinem Büro, als schon Maren Köster und Axel Braunert hereinstürmten.

„Jupp! Wo kommst du denn her?" fragte Braunert. „Wir dachten, du bist irgendwo in Belgien untergetaucht"

„Wie kommt ihr denn auf so was?" fragte Schulte irritiert zurück. „Warum denn untergetaucht?"

„Er hat noch keine Ahnung," tuschelte Maren Köster ihrem Kollegen Braunert mit sehr ernster Miene zu. „Es ist ja gerade erst durchgesickert!"

Langsam wurde Schulte unruhig.

„Was, verdammt noch mal, ist durchgesickert?"

„Jupp!" kam es dann vorsichtig von Braunert, „heute Morgen kam eine Meldung der Kripo Hasselt zu uns. Du wirst gesucht. Wegen Mordverdachts!"

Sekundenlanges Schweigen. Dann wies Schulte die beiden Kollegen an, sich zu setzen. Er berichtete kurz und knapp, was in Hasselt vorgefallen war. Die beiden hörten aufmerksam zu.

„Du sitzt ganz schön in der Scheiße!" brachte Maren Köster die Situation auf den Punkt. „Übrigens, Erpentrup ist auch wieder im Dienst. Er hat natürlich getobt, als er die Meldung bekam. Es wird das Beste sein, du gehst sofort zu ihm und klärst das. Also ehrlich, Jupp, tauschen möchte ich mit dir jetzt nicht!"

Schulte brummte irgendwas, stand auf und ging aus dem Büro. Er war niemand, der Konflikte auf die lange Bank schob. Vor dem Büro seines Vorgesetzten klopfte er kurz, trat ein, ohne auf die Aufforderung zu warten und rief fröhlich und unbefangen:

„Herr Polizeirat, ich melde mich zurück!"

Erpentrup erstarrte. Er war die fleischgewordene Anklage. Seine Körperhaltung drückte mühsam beherrschte Aggression, seine Mimik Abscheu aus. Der Polizeirat brauchte einige Sekunden, um sich so weit unter Kontrolle zu bekommen, dass er mit gefährlich leiser Stimme sprechen konnte.

„Schön, dass sie freiwillig kommen, Herr Schulte. Ich wollte gerade die Fahndung nach Ihnen bei der Staatsanwaltschaft beantragen. Stehen Sie bequem, Herr Schulte?"

Erpentrup sprang hinter seinem Schreibtisch hervor und umrundete den sich leicht beklommen fühlenden Schulte mehrmals. Dann musste sich dieser minutenlang anhören, wie unverschämt sein nicht abgesprochener Urlaub war, wie unverantwortlich sein Auftreten in Hasselt, wie unvorstellbar die Komplikationen jetzt seien und welchen unglaublichen Schaden er der Detmolder Polizei zugefügt habe. Irgendwann war Erpentrup ausgepumpt und setzte sich, schwer atmend, wieder hinter seinen Schreibtisch. Nun saß er da und blickte Schulte wütend an.

„Äußern Sie sich, Mann!"

Schulte setzte sich, ohne aufgefordert worden zu sein und begann, so ruhig wie möglich, von seinem Ausflug in die Partnerstadt zu berichten. Vom ersten Zusammentreffen mit Rodehutskors bis zur Flucht aus Hasselt. Einige Episoden, von denen Erpentrup nichts zu wissen brauchte, ließ er weg.

Als er fertig war, trommelte sein Chef nervös mit den Fingern auf der blitzblanken Schreibtischplatte. Lange sagte keiner der beiden Männer etwas.

„Ich weiß noch nicht, ob ich Ihnen glauben soll“, zischte Erpentrup. „Ich weiß nur, dass ich Sie unter diesen Umständen nicht weiter im Ermittlungsteam belassen kann. Es wird auf jeden Fall eine Untersuchung gegen Sie geben, die Hasselter Polizei hat um Amtshilfe gebeten. Ich hoffe für Sie und für uns, dass alles gut ausgeht. Auf jeden Fall sind Sie ab sofort bis auf weiteres beurlaubt. Ihre Anwesenheit in diesem Gebäude ist nur erwünscht, wenn wir Sie zu einer Vernehmung vorladen. Verstanden?“

Das hatte Schulte nicht erwartet. Ihm war es ganz selbstverständlich erschienen, dass alle seine Version der Geschichte glauben würden und dass sich das ganze Missverständnis in Wohlgefallen auflösen würde. Er war sichtlich betroffen.

„Aber wie soll ich denn weiter ermitteln, wenn ich beurlaubt bin? Einer muss diesen Fall doch aufklären.“

Erpentrup lächelte böse.

„Das werden die Hasselter Kollegen schon machen. Wir, das heißt wir alle außer Ihnen, werden die nötige Amtshilfe leisten. Ich werde den Hasselter Kollegen anbieten, hier vor Ort den Vernehmungen eines gewissen Hauptkommissars Schulte beizuwohnen. Halten Sie sich morgen zur Verfügung. Völlig unabhängig davon werde ich natürlich sofort ein Disziplinarverfahren gegen Sie auf den Weg bringen.“ Und dann, süffisant lächelnd: „Dafür haben Sie doch Verständnis, oder?“

Schulte stand auf.

„Ich habe für alles Verständnis, Herr Polizeirat. Aber lassen Sie sich eines gesagt sein. Ich habe nichts Unanständiges getan, wenn man mal von der Bagatelle absieht, einige Tage Urlaub nicht mit meinem Vorgesetzten abgesprochen zu haben. Im Gegenteil: Ich habe Kopf und Kragen riskiert, um einen Bürger dieser Stadt vor Gefahr zu bewahren. Dass Rauscher aber ungefähr zum selben Zeitpunkt ermordet wurde, als Herr Rodehutskors mich mit diesem Fall überhaupt erst konfrontiert hat, kann man mir wohl kaum vorwerfen. Ich habe im Vorfeld alles getan, um den Fall der Hasselter Polizei zu übergeben. Die wollte davon nichts wissen. Herr Erpentrup, je höher sie den Fall Schulte aufhängen, desto tiefer werden Sie damit fallen! Guten Tag!“

Damit drehte er sich um, verließ das Chefbüro und ließ einen verdatterten Vorgesetzten zurück. Im eigenen Büro klärte er Braunert und Köster über die Konsequenz aus dem Gespräch auf. Die spontane Solidarität der beiden Kollegen tat ihm gut.

„Wir kommen heute nach Feierabend bei dir vorbei und besprechen alles!“ versprach Maren Köster.

Schulte bedankte sich und kramte dann etwas aus seiner Hosentasche.

„Noch eine Frage! Kann mir einer von Euch sagen, was für eine Art Schlüssel das ist?“ Schulte zeigte den, den er auf dem Hausboot gefundenen hatte. Braunert schaute nur kurz darauf.

„Klar! Das ist ein Postfachschlüssel! Hier, die dreistellige Zahl auf dem Schlüssel ist die Postfachnummer. Komisch, in Detmold sehen die genau so aus. Wo hast du ihn her?“

Schulte steckte den Schlüssel ein.

„Gefunden!“

Mit dieser dürftigen Auskunft ließ er die beiden zurück und verließ das Polizeigebäude an der Bielefelder Straße. Unter normalen Bedingungen wäre er nie auf den Gedanken gekommen, den ganzen Weg von dort bis zur Innenstadt zu Fuß zurück zu legen. Aber er musste Dampf ablassen und da tat so ein Fußmarsch gut. Er marschierte zügig bis zur Post. Dort fand er auch die Postfächer. Sollte wirklich...? Er steckte den Schlüssel in das Schloss des der Nummer entsprechenden Faches und... öffnete es.

Das Postfach war gut gefüllt. Drei fensterlose braune B5-Umschläge. Alle abgestempelt in Hasselt, Belgien. Aufgeregt nahm Schulte die Umschläge aus dem Fach, steckte sie sorgfältig in die Innentasche seiner Jacke und verließ das Postamt an der Paulinenstraße.

64

Josef Schulte sortierte die Umschläge nach dem Datum des Poststempels, während er im Café Heidsiek auf sein Kännchen Kaffee und zwei belegte Brötchen wartete. Der älteste Umschlag stammte vom achtzehnten Dezember 2001, der jüngste vom siebenundzwanzigsten Dezember. Schulte überlegte. Der Siebenundzwanzigste war ein Donnerstag. Das war sein Anreisetag in Hasselt gewesen. Hatte Rauscher am Donnerstag Morgen noch gelebt? Waren sie zu spät gekommen? Es musste bei der Hasselter Polizei nachgeforscht werden, von welcher Briefkastenleerung dieser Umschlag stammte. Das würde Braunert schon machen.

Er öffnete den ersten Umschlag. Das erste, was er sah, war die Fotokopie eines Zeitungsausschnittes. Er war nicht sehr überrascht, dass es exakt derselbe Ausschnitt war, den auch er fotokopiert hatte. Das Gruppenbild vor der *HELI*-Fabrik. Außerdem lagen etliche Schwarz-Weiß-Fotos vom Fabrikgebäude bei. Erstaunlich fand Schulte, dass es auch Fotos innerhalb der Umzäunung gab. Einige zeigten sogar die Innenräume. Rauscher war offenbar, im Gegensatz zu ihm, direkt ins Werk eingedrungen. Da es aber in einem Werk, in dem auch geforscht wird, mit Sicherheit ein Fotografierverbot gab, musste er diese Bilder heimlich gemacht haben. Warum hatte er dieses Risiko auf sich genommen? Die Fabrik war doch völlig uninteressant.

Schwerer als erwartet, erwies sich das Entziffern von handschriftlichen Aufzeichnungen im zweiten Umschlag.

Dieser Rauscher hatte eine ‚Sauklaue', wie Schulte fand. Im Wesentlichen hatte Rauscher hier die Entwicklung der Firma *HELI* bzw. *ChemIn* dokumentiert. Von den ersten kleinen Anfängen bis zum heutigen Zustand. Ergänzt wurde das durch weitere Kopien von Zeitungsartikeln. Rauscher war offenbar hartnäckiger oder geschickter als Schulte gewesen.

Schulte las sich den ganzen Text erst einmal durch, was einen ordentlichen Batzen Zeit erforderte. Dann nahm er sich alles erneut vor und versuchte, die Essenz des Dossiers kurz und knapp schriftlich zusammenzufassen.

HELI war im April 1983 am Rande von Hasselt eröffnet worden. Das Werk produzierte chemische Produkte, die allesamt im Marktsegment Landwirtschaft angesiedelt waren. Im Wesentlichen das, was Schulte bereits durch Jacob Quist erfahren hatte. Es waren einige Düngemittel, aber die Hauptprodukte waren Futtermittel aller Art: Von Müsli für den Goldhamster über edle Katzendelikatessen bis hin zu Vieh- und Pferdefutter. Die Finanzierung des Werkes war maßgeblich durch EU-Gelder, die damals reichlich flossen, sichergestellt worden. Auch nach der Eröffnung kam von der EU Geld, das vor allem zweckgebunden für Forschung eingesetzt wurde. Es wurde viel geforscht bei HELI. Alle Angaben Rauschers in dieser Richtung stützten die Aussagen von Quist. Vermutlich war Quist eine der Quellen Rauschers gewesen. Wieso hatte der alte Mann ihm denn nichts davon gesagt, dass bereits ein anderer deutscher Journalist ihn vor gar nicht langer Zeit zum selben Thema befragt hatte? Ob er das vergessen hatte? Merkwürdig! 1984 hatte HELI offenbar ein neues Futtermittel für Rinder entwickelt, auf das man allgemein sehr stolz war. Erste Tests an Kleintieren stachelten den Optimismus der Forscher an. Hier hatte Rauscher viele Details eingebaut über die Rahmenbedingungen dieser Testreihen. Schulte überging diese Angaben. Spannender fand er den Hinweis, dass alle Versuche mit diesem Futtermittel und auch der Aufbau einer Großproduktion im Spätherbst 1986 abrupt beendet wurden. Rauscher hatte hier, quasi als Begründung, das Stichwort *Tschernobyl* eingefügt. Schulte sah hier keinen Zusammenhang. Was hatte das Desaster in der Ukraine mit einem Futtermittel aus Belgien gemeinsam?

Sicher, der Reaktorunfall geschah im Frühjahr 1986. Ja und? Schulte erinnerte sich an die Worte Henk Poortvliets, der sich über das nach Tschernobyl stark veränderte Verbraucherverhalten, vor allem in Deutschland, aufgeregt hatte und über die neuen Schutzbestimmungen. Schulte grübelte wie besessen. Wenn dieses neue Denken ein Hindernis war bei der Markteinführung eines bestimmten Futtermittels, dann konnte dies nur bedeuten, dass... mit diesem Produkt irgendwas nicht stimmte! Da kein Verbot des Futtermittels bekannt geworden war, hatte man vermutlich vorher selbst von einer Markteinführung abgesehen, weil man sich darüber im Klaren war, dass es Probleme geben würde.

Toll, dachte Schulte. Alles schön und gut! Aber was geht mich das an?

Im dritten Umschlag war nichts außer einer belichteten, aber noch nicht entwickelten Filmrolle. Die würde Heinz Krause für ihn entwickeln, kein Problem. Schulte steckte den Film in eine Tasche seiner Lederjacke.

Dann gab er fürs erste auf, nahm das Handy und rief seinen alten Freund und Kollegen aus Paderborn, Willi Potthast, an. Die ersten Minuten des Gespräches gehörten dem Paderborner, der hier eine gute Gelegenheit sah, etwas von dem Dampf abzulassen, der sich bei ihm in den letzten Tagen beruflich und privat angestaut hatte. Irgendwann musste Schulte ihn einfach abwürgen. „Hör zu, Willi! Das kannst du mir alles in Ruhe erzählen. Was macht mein neues Auto? Wie? Kann ich heute schon mitnehmen? Pass auf: Ich steige jetzt in einen Zug und komme direkt zu dir ins Präsidium. Dann fahren wir zusammen zum Auto, okay?“

Potthast war einverstanden. Er brauchte einfach mal eine Abwechslung. Wenn ihn die Zwänge des Berufs- und Ehelebens zu sehr erdrückten, war nichts erfrischender, als sich mit einem Menschen zu umgeben, dem solche Zwänge weitgehend wurscht waren. Schulte eben!

65

Passend zur Mittagszeit kam Schulte in der Riemekestraße an. Die beiden Freunde aßen gutbürgerlich, lecker und sehr reichlich im *Deutschen Haus* in der Kisau. Potthast berichtete Schulte vom Mordfall Kötterhagen. Schulte erzählte in groben Zügen von seinem Abenteuer in Belgien. Dann fuhren sie nach Wewer und suchten Potthasts Nachbarn, den Bestatter, auf. In dessen Hof stand ein wundervoller, riesiger, tiefschwarzer Volvo-Leichenwagen. Neu war er nicht mehr, oder, wie Schulte sich zum Kummer von Potthast ausdrückte:

„Der hat aber schon so manchen Schützenkönig in den ewigen Hofstaat gebracht!“. Aber es war Zuneigung auf den ersten Blick. Das war genau das richtige Auto für ihn! Als erstes öffnete er die Heckklappe und schaute nach, ob die geräumige Ladefläche auch wirklich leer war. Nach einer Probefahrt wurde er schnell mit dem Besitzer über den Preis einig. Die weißen Palmwedel an beiden Seiten des Leichenwagens machten Potthast jedoch Sorgen.

„Die musst du aber wegmachen, Jupp! Damit kannst du doch nicht herumfahren.“

Schulte unterschrieb den Kaufvertrag, stellte den Scheck aus, nahm die Papiere an sich, setzte sich hinters Steuer und forderte Potthast auf, einzusteigen. Der winkte etwas befremdet ab. „Was ist, Willi? Früher oder später musst du sowieso in so ein Auto. Jetzt kannst du noch vorne sitzen, demnächst liegst du hinten drin. Also, komm rein!“

Aber Potthast wollte nicht. Schulte winkte ihm noch zu und gab dann Gas. Der schwere Wagen kam nur langsam in Fahrt, als Schulte über die Barkhauser Straße nach Paderborn fuhr. Aus einer Laune heraus fuhr er danach nicht über den Heinz-Nixdorf-Ring Richtung Detmold, sondern lenkte das träge Gefährt auf die Autobahn A 33 Richtung Bielefeld. Hier hatte der alte Leichenwagen sein Coming Out! Schulte jagte die Drehzahl in einen Bereich, den dieses Fahrzeug noch nie erlebt hatte. Die früheren Fahrgäste hatten es nun mal in der Regel nicht mehr eilig. Und der Volvo jubelte befreit auf und beschleunigte auf ein so mörderisches Tempo, dass sich die Überholten verwundert die Augen rieben, als sie den großen schwarzen Schatten mit dem weißen Palmwedel an der Seite an sich vorbeihuschen sahen.

66

Auf dem heimischen Hof wurde Schultes neues Auto von einem wütenden Hund empfangen. Das schwarze Tier wollte Schulte auf keinen Fall lebend aus dem Auto steigen lassen. Erst als dieser die Seitenscheibe runterdrehte und den Hund ansprach, beruhigte sich die Situation. Noch während er das zottelige schwarze Fell kraulte, kam Anton Fritzmeier hinzu, musterte den Volvo kritisch und meinte dann: „Wat willse denn damit? Ich lebe doch noch! Oder sehe ich schon so klapperig aus?“

„Anton, mach’ dir keine Sorgen! Du bist noch lange nicht am Ende. Aber eines verspreche ich dir: Wenn es mit dir soweit ist, dann kriegst du in diesem Wagen eine Freifahrt. Brauch’se nix für bezahlen!“

Dann schrillte Schultes Handy. Am Apparat war Axel Braunert.

„Hallo Jupp! Du sollst sofort ins Präsidium kommen. Ein belgischer Kollege ist angekommen und will dich sprechen.

Erpentrup besteht sehr energisch auf dem ‚Sofort'. Du hast ja kein Auto, soll ich dich abholen?"

„Danke Axel! Aber ich bin seit eben wieder mobil. Kein Problem!"

Schulte machte sich in aller Ruhe frisch und versorgte seinen Hund. Es war nun später Nachmittag und er wusste nicht, wie lange er wegbleiben würde. Eigentlich hatte er sich am Abend weiter in Rauschers Unterlagen vertiefen wollen. Das konnte er für heute getrost vergessen. Dann fuhr er los.

Auf dem Weg nach Detmold versuchte er sich auf das kommende Gespräch – oder war es nicht doch eher ein Verhör? – vorzubereiten, in dem er die Informationen über den Fall Rauscher innerlich abspulte. Angefangen vom Handballspiel in Hasselt bis hin zur Entdeckung seiner Leiche. Beim Stichwort Handball tauchte der Wunsch auf, mal wieder zu einem kernigen Handballspiel in die Lipperlandhalle zu gehen. Leider gab es zur Zeit keine Partien, da die Handball-Europameisterschaft in Schweden unmittelbar bevorstand und deshalb keine Meisterschaftsspiele ausgetragen wurden. Ein kleiner Trost war die Tatsache, dass beinah zwei Drittel der deutschen Nationalmannschaft Spieler aus Lemgo waren. Welch eine Dominanz! Sogar der gute alte Volker Zerbe hatte sich noch einmal bereit erklärt, hier mitzumachen. Allein durch seine Zusage war wieder Zuversicht und Biss in die deutsche Mannschaft gekommen, nachdem sie eine Weile eher mutlos und lasch agiert hatte. Schulte nahm sich fest vor, beim nächsten Heimspiel des TBV auf jeden Fall dabei zu sein.

Seelenruhig parkte Schulte seinen Leichenwagen in einer freien Parkbucht vor der Kreispolizeibehörde an der Bielefelder Straße. Drinnen fand er Axel Braunert im Gespräch mit einem ihm unbekannten massigen, grauhaarigen Mann um die Fünfzig. Braunert stellte ihm diesen Besucher als Frans Koster, Kommissar aus Hasselt, vor. So richtig wusste der Belgier wohl nicht, wie er sich Schulte gegenüber verhalten sollte. Einerseits war er ja ein Kollege, andererseits stand er immerhin unter Mordverdacht. Schulte amüsierte dieser innere Konflikt Kosters. Aber dann siegte bei Koster seine joviale Art. Er gab Schulte kräftig die Hand und sagte, in brauchbarem Deutsch:

„Sie haben ja bei uns in Hasselt für viel Wirbel gesorgt. Schade, dass wir uns da nicht begegnet sind. Übrigens, ich habe schon mit Ihrem Chef gesprochen. Ich glaube nicht, dass Sie den Mann getötet haben. Aber wir müssen auch den Verdacht aus der Welt schaffen. Und das wollen wir gründlich tun, oder?"

Schulte nickte erleichtert. Das war doch ein vielversprechender Beginn.

Die beiden Männer fanden sich vom ersten Moment an sympathisch. Dann gingen sie zusammen in Erpentrups Büro. Hier folgte ein fast zweistündiges Gespräch, in dessen Verlauf Schulte so detailliert, wie ihm das ratsam erschien, den Fall Rauscher darlegte. Zwischendurch wurde er nur hin und wieder unterbrochen von einem zustimmenden Grunzen Kosters, der damit eine von Schultes Ausführungen bestätigen wollte. Schulte ließ lediglich zwei Namen aus: Weder Marijkes Rolle bei der Zimmerbeschaffung noch van Duin in seiner Rolle als Fluchthelfer vom Boot und aus der Stadt wurden aktenkundig. Zumindest van Duin hätte sich dadurch strafbar gemacht. Aber Erpentrup war noch lange nicht zufriedengestellt.

„Warum haben Sie denn, bevor sie auf das Hausboot gegangen sind, nicht die Hasselter Kollegen angerufen?"

Auch alle weiteren Fragen zielten in diese Richtung. Warum er nicht in dieser oder jener Situation die örtliche Polizei hinzugezogen habe, warum er sich nicht mit seinem Vorgesetzten abgesprochen habe. Denn auch wenn er im Urlaub gewesen sei, sei er per Handy erreichbar gewesen. Zumindest die nächst höhere Stelle hätte informiert werden müssen. Schließlich sei das kein normales Urlaubsabenteuer gewesen. Er sei immerhin, ob er das erkenne oder nicht, ein Repräsentant der deutschen Polizei und als solcher hätte er nicht auf eigene Faust Schimanski spielen dürfen. Dann verständigte man sich darauf, dass der Mordverdacht unbegründet und damit vom Tisch sei. Die Beurlaubung wurde aufgehoben. Ein Disziplinarverfahren gegen Schulte war jedoch nicht zu vermeiden. Damit konnte dieser auch leben, denn dieser Kompromiss bedeutete vor allem für ihn, dass er wieder im aktiven Dienst war und nicht untätig zu Hause hocken musste.

Koster und Schulte gingen dann in Schultes Büro und hier stellte der Belgier ihm noch eine Menge Detailfragen. Schließlich war Schulte sein wichtigster Zeuge bei einer hoffentlich bevorstehenden Verhaftung der beiden Schlägertypen. Sie einigten sich auch darauf, dass Schulte am nächsten Tag mit seiner Täterbeschreibung an einem Phantombild der beiden mitwirken würde. Schulte erzählte dem Hasselter Kollegen dann von den Aufzeichnungen Rauschers. Da Frans Koster erkannte, dass er im Augenblick in Detmold mehr herausfinden konnte als zuhause in Hasselt, beschloss er, nicht sofort zurückzufahren, sondern mindestens noch einen Tag dranzuhängen. Schulte hätte ihn ja gern als Gast in seiner Wohnung aufgenommen, aber die schien ihm doch nicht geeignet für Besucher. Da kam ihm Bernhard Lohmann zu Hilfe. Er habe nach dem Auszug seiner beiden Töchter Platz genug im Haus und seine Frau würde sich freuen, mal wieder Besuch zu bekommen.

67

Wenn Schulte dem belgischen Kollegen, der ihm von Minute zu Minute sympathischer wurde, schon keine Unterkunft anbieten konnte, so wollte er ihn doch wenigstens zum Essen einladen. Er war der Meinung, dass Koster auch Rodehutskors kennen lernen sollte. Er wandte sich an seinen Kollegen, den er mittlerweile duzte.

„Frans, bei der ganzen Angelegenheit haben wir bisher immer nur von mir gesprochen. Ich möchte dich aber noch einmal darauf hinweisen, dass ich ja schließlich nicht allein in Hasselt war. Mit mir war, zumindest die ersten Tage, einer der hiesigen Redakteure der Heimatzeitung dort. Dieser Mann hat mich nicht nur dazu überredet, mich an der Hasselt-Aktion zu beteiligen, sondern er ist auch ein Arbeitskollege des Toten. Ich bin mir zwar absolut sicher, dass Rodehutskors, so heißt er, absolut nichts mit dem Mord zutun hat. Dennoch bin ich der Meinung, du solltest ihn kennen lernen. Ich würde dich auch gern zum Essen einladen. Was hältst du davon, wenn wir zwei Fliegen mit einer Klappe schlagen und ihn dazu bitten."

„Zwei Fliegen mit einer Klappe schlagen?", wiederholte Koster.

Schulte winkte ab. „Eine deutsche Redensart, nicht so wichtig." Er griff zum Telefon und erklärte Rohdehutskors sein Anliegen. Der antwortete: „Das passt sich prima! Ich sitze hier mit meinen Detmolder Weinfreunden bei einer Stammtischrunde, die ich schon seit über zwanzig Jahren pflege, im Detmolder Hof. Das zieht sich noch so eine Stunde hin, dann läuft die Runde auseinander. Ich hätte nicht schlechte Lust, anschließend mit Ihnen noch ein Gläschen zu trinken. Dann können wir auch alles Weitere besprechen."

Eine halbe Stunde später betraten die beiden Polizisten den *Detmolder Hof.* Rodehutskors saß mit seinen Zechkumpanen an einem langen Tisch im sogenannten Unterstand. Als Schulte den Schankraum betrat, hörte er den Redakteur schwadronieren. Gebannt hörten die beiden Neuankömmlinge zu.

„Ihr seid mir die richtigen Gourmets. Bei euch heißt dieses Wort: Es gibt etwas für umsonst! Bei anderen, das ist doch klar. Ich sage euch nur eins! Bei euch kommt erst der lippische Geiz. Dann kommt eine ganze Weile nichts und dann erst das Essen. Wenn ihr von einer Delikatesse redet, dann meint ihr, ein Heiligenkirchener Schinkenbegräbnis sei das Größte auf der Welt. Weil es satt macht, und wenn die Nachbarn auch noch mit essen, kostet der ganze Spaß keine fünf Mark. Das findet ihr gut.

Ein besonderer Festtag ist es für euch, wenn die noch eine Kiste Detmolder Pils mitbringen, ihr sie gemeinsam austrinkt und die Nachbarn die leere Kiste anschließend bei euch stehen lassen, so dass ihr am nächsten Tag das Flaschenpfand kassieren könnt."

„Hör doch auf Rodehutskors, du alter Zeitungsschmierer, du Lügenbaron, bei dir zu Hause gibt es doch drei mal die Woche Nölles Krimskrams-Pfanne! Du willst uns hier einen von Feinschmecker erzählen? Du hast den Detmolder Hof doch noch nicht ein einziges Mal von innen gesehen, bevor du uns kennen gelernt hast und tust so, als wärst du dort schon als Kind ein- und ausgegangen."

„Bin ich auch, ihr Braunatt-Vernichter."

Rodehutkors kramte sich umständlich eine Zigarre und ein kleines Taschenmesser aus der Jackentasche. Fachmännisch schnitt er sie an und steckte sie in Brand. Genüsslich paffte er die ersten Rauchringe in die Luft, dann fing er an zu erzählen:

„Ich war noch ein Junge, elf, zwölf Jahre. Meine Eltern wohnten in der Meierstaße. Das war kurz nach dem Krieg. Ich konnte schon ganz gut englisch. Das hatte ich von den Amerikanern gelernt. Ihr müsst wissen, dass die Detmold kurzzeitig besetzt hatten, bevor die Engländer kamen. Ich drückte mich immer in der Nähe der Soldaten herum. Da fiel immer mal eine Tafel Schokolade oder eine Packung Kaugummi für mich ab. Ein kleines Vermögen, sage ich euch, und je besser mein Englisch wurde, um so besser war die Ausbeute, die ich bei den Soldaten abstaubte.

Die Offiziere und einige Zivilisten saßen jeden Mittag im Detmolder Hof, aßen, tranken Kaffee und Whisky, rauchten Zigarren und hörten Jazz-Musik, die aus einem alten Volksempfänger dudelte.

Das Essen war schon damals sehr gut. Der Koch war ein wahrer Künstler. Denn aus dem Wenigen, was es damals gab, zauberte er die erlesensten Speisen. Ich glaube, die Möhrensuppe mit Kürbiskernen, die es heute zeitweise hier noch gibt, war seine Kreation.

Es war also keine Frage, dass die Amis sich mit Vorliebe hier aufhielten. Ich war natürlich auch jeden Tag da. In der Hoffnung, ein kleines Geschäft zu machen, schlich ich mich immer wieder ins Lokal und versuchte, mich recht unauffällig zu verhalten. Manche Kellner übersahen mich einfach. Andere fassten mich am Kragen und beförderten mich gleich wieder hinaus auf die Lange Straße.

An einem Tisch rechts neben der Theke, gleich hier vorne, saß täglich ein Mann. Alle nannten ihn Papa. Immer hatte er ein Glas Whisky vor sich stehen. Vor ihm auf dem Tisch lagen meist ein paar Blätter Papier. Im Mund hatte er entweder eine Zigarre oder einen Bleistift, auf dem er herumkaute, wenn er nicht gerade damit schrieb. Es war ein seltsamer Mensch. Meist war er freundlich. Dann macht er den Eindruck, er könne die Welt aus den Angel heben. Man hatte in solchen Momenten das Gefühl, nichts könne ihn umschmeißen, nicht einmal die zwei Flaschen Whisky die er an manchen Tagen leerte. Und dann wieder, da gab es Tage, da war er unausstehlich, pöbelte oder war melancholisch. Nur eins war er immer, nie ganz nüchtern.

Ich erinnere mich noch genau an den besagten Abend, als er, Papa, das erste Mal Kontakt zu mir aufnahm. Ich hatte mich wieder einmal in den Detmolder Hof geschlichen. Hielt mich im Hintergrund. In diesem Fall zufällig hinter besagtem Gast. Die Zigarre des Mannes war im Aschenbecher ausgegangen. Sein Kopf lag auf dem Tisch. Er schien völlig betrunken und schlief seinen Rausch aus.

Plötzlich sah mich einer der Kellner. Er schien wohl schlechte Laune zu haben, denn er versuchte mich zu greifen, um mich aus dem Lokal zu befördern. In diesem Moment hob der Betrunkene seinen Kopf. ‚Hey, my Boy!'

Er winkte mit der Hand und deutete mit dem Kopf auf einen Stuhl, den er mir hinschob. Er bestellte mir eine Flasche Cola. Während ich mir die Kostbarkeit genüsslich in keinen Schlucken gönnte, kramte er einen Brief aus der Innentasche seiner Jacke. Er legte den Finger auf den Mund und sagte: ‚TOP SECRET!' Der Brief roch nach Veilchenduft, wie das damals eben so war. Der Mann schob mir den Brief hin und forderte mich auf, ihn an eine Detmolder Dame weiterzureichen. TOP SECRET! Das gilt natürlich auch heute noch für mich. Der Name der Lady wird nie über meine Lippen kommen. Doch den Namen des Mannes will ich euch verraten. Es war Ernest Hemingway. Ja, da bleibt euch die Spucke weg, ihr lippischen Landpomeranzen. Hemingway war damals Kriegsberichterstatter der amerikanischen Armee und lebte ein paar Monate in Detmold. Das wissen im Übrigen nur ganz Wenige. Selbst Kenneth S. Lynn, Professor für Geschichte an der John Hopkins University in Baltimore und Hemingway-Biograph weiß nichts davon. Ich überlege ja schon hin und wieder, ob ich ihm mal einen Brief schreiben soll, um ihn auf diese Wissenslücke hinzuweisen."

„Ach hör doch auf, du alter Lügenbold! So große Taschen, wie du sie uns voll lügen willst, haben wir doch gar nicht!", schimpfte einer seiner Stammtischbrüder.

„Ich und lügen", entgegnete Rodehutskors, „ich kann euch sogar noch erzählen, woran er damals gearbeitet hat. Hemingway arbeitete damals an „Schnee am Kilimandscharo". Das erschien dann endlich 1949 mit anderen Erzählungen. Denn ich habe seit besagtem Abend oft mit ihm zusammen gesessen, habe seine Liebesbriefe überbracht, mir seine Geschichten angehört und auch gelesen. Damals habe ich mich entschlossen, Journalist zu werden. Wenn ich meine Else nicht kennen gelernt hätte, aus mir wäre was Großes geworden. Hemingway hat immer zu mir gesagt, er würde mir eine Tür zum *Time-Magazin* aufstoßen. Ich hab verzichtet, aus Liebe."

„Lügenbold!", ertönte es aus der Runde und „Käpt'n Blaubär!"

„Ja, ja die Wahrheit könnt ihr nicht ertragen, aber eins ist klar: Wenn einer den Detmolder Hof kennt, dann ich, das ist ja wohl jetzt bewiesen. Und jetzt entschuldigt mich, ihr seht ja, der Kommissar wartet auf mich."

68

„So Leute! Heute ist Klinkenputzen angesagt!"

Willi Potthast schlug mit der flachen Hand auf den Konferenztisch. Klinkenputzen, das bedeutete für ihn und sein Team, von Bauernhof zu Bauernhof zu fahren und zu versuchen, irgendetwas Nützliches zum Tod von Rudolf Kötterhagen herauszufinden. Dieser Mann war jahrzehntelang Futtermittelhändler im westlichen Teil des Kreises Paderborn und den südlichen Randgebieten des Kreises Gütersloh gewesen. Der eine oder andere Bauer musste einfach was über ihn wissen. Und wenn überhaupt nichts bei der Befragung herauskäme... na, dann wussten sie wenigstens, dass sie in dieser Richtung nicht weiterzusuchen brauchten. Potthast teilte seine Leute auf bestimmte Touren auf. Er selbst schonte sich keineswegs, sondern nahm sich die ganz harte Tour rund um Hövelhof vor. Er markierte sich auf einer Gebietskarte seine Fahrtroute und legte los.

Am späten Donnerstag Nachmittag, um siebzehn Uhr, war die Besprechung angesetzt. Ein ziemlich erschöpfter Hauptkommissar Potthast leitete die Runde. Als erster berichtete er selbst von seinen Nachforschungen.

„Ich habe im Laufe des Tages genau achtundzwanzig Landwirte in der Senneregion befragt. Zweiundzwanzig davon konnten mit dem Namen Rudolf Kötterhagen etwas anfangen. Sie hatten mit ihm gelegentlich in seiner Eigenschaft als Futtermittelhändler zu tun. Er hat sein Geschäft nicht von einem Laden aus betrieben, sondern ist vielmehr wie ein Vertreter über Land gezogen, hat bei den Bauern Bestellungen aufgenommen und sie dann beliefert. Dadurch ist er bei einigen besseren Kunden wohl sehr häufig gewesen, bei anderen hat er kaum einen Fuß in die Tür bekommen. Die Meinungen über ihn gingen entsprechend auseinander. Von ‚Prima Kerl' bis ‚na ja' war alles drin. Die überwiegende Mehrheit beschrieb ihn als solide und zuverlässig. Schwierigkeiten hatte anscheinend keiner mit ihm gehabt. Im Großen und Ganzen hatte ich den Eindruck, dass alle ehrlich zu mir waren. Ich glaube nicht, dass die Landwirte irgendetwas an Informationen zurückgehalten haben. Ist übrigens eine merkwürdige Gegend, da in der Senne. Wart ihr schon mal in Hövelriege? Oder in Eselsheide? Klausheide auch nicht? Aber in Bentlake bestimmt, oder? Packt doch am nächsten Sonntag mal Frauen und Kinder ins Auto und dann nichts wie ab nach Espeln. Das muss man mal erlebt haben! Wie ist es denn bei euch gelaufen?"

Einer hatte die Region rund um Salzkotten abgeklappert. Sein Ergebnis deckte sich im Wesentlichen mit den Angaben Potthasts. Ein anderer war im Raum Büren unterwegs gewesen. Da hatte anscheinend kein einziger Bauer jemals den Namen Kötterhagen gehört. Heimfried von Grothenburg hatte sich die Gegend um Delbrück vorgenommen. Der Großstadtmensch von Grothenburg war schwer beeindruckt von dem, was er an diesem Tag gesehen und erlebt hatte. Es war für ihn eine völlig neue Welt gewesen. Dörfer wie Westenholz und Boke, aber auch im angrenzenden Gütersloher Bereich Mastholte und andere... so was hatte er noch nie gesehen! Der äußerst spröde westfälische Charme der Landbevölkerung hatte den weltoffenen Ruhrgebietsmenschen ein ums andere Mal verblüfft. Aber nicht nur dadurch unterschied sich sein Bericht etwas von den anderen.

„Also, unser Mann scheint dort sehr bekannt zu sein. Ich habe zweiunddreißig Bauern befragt. Drei haben mich praktisch vom Hof gejagt, fünf behaupteten, den Namen Kötterhagen nicht zu kennen. Aber der Rest hat mir bestätigt, dass Kötterhagen regelmäßig bei ihnen auf dem Hof war. Einige, Moment, ich kann das auch genau sagen, drei Landwirte machten etwas kryptische Andeutungen. Demnach muss Kötterhagen vor ungefähr fünfzehn Jahren mal Ärger gehabt haben. Angeblich hatte er ein Futtermittel geliefert, das nicht in Ordnung war. Da sind wohl ein paar Kühe gestorben. Auffällig ist, dass alle drei Bauern aus der Wiedenbrücker Gegend kamen. Vielleicht sollten wir hier noch mal nachbohren."

Potthast war beeindruckt. Ausgerechnet dieses völlig orts- und milieufremde Muttersöhnchen hatte als einziger etwas Brauchbares herausgefunden.

„Danke, Heimfried! Ich schlage vor, wir beide werden morgen noch mal zu deinen drei Bauern fahren und mit denen reden. Sonst noch was?"

Als die anderen weg waren, fragte Potthast noch:

„Wie findest du denn jetzt Paderborn? Was machst du eigentlich abends? Du kennst ja hier niemanden."

Von Grothenburg schaute ihn überrascht an. „Wie, abends? Abends gehe ich ins Studio, zum Training. Ich habe hier schon ein Super-Studio gefunden. Erste Sahne!"

„Ja und was ist mit Kneipen? Gehst du denn auch mal ’n Bier trinken?“

Jetzt lachte der junge Polizist.

„Bier? Nein! Alkohol und Training, das passt nun überhaupt nicht zusammen. Und in einer Kneipe eine Apfelschorle trinken, das ist mir zu blöd. Also lass ich es ganz!“

Potthast war baff.

„Aber ein junger Kerl wie du, der will doch auch mal eine Frau kennen lernen. Dazu muss man doch mal rauskommen.“

„Warum? Im Studio gibt es massenhaft Frauen. Alle jung, alle gut durchtrainiert. Dummerweise haben auch fast alle einen Freund.“

Potthast dachte sich seinen Teil zum Thema Frauen. Selbst wenn der junge, zweifellos sehr gut aussehende Kollege bei den Frauen gut ankommen sollte, würde wahrscheinlich seine Mutter es niemals zulassen, dass er eine davon mit nach Hause brächte. Was der Bursche brauchte, war eine anständige, zünftige Männergesellschaft.

„Tja, weißt du was? Komm doch einfach mal mit zu unserem Schützenverein in Wewer. Dolle Truppe, sag ich dir! Wird dir gefallen!“

69

Am frühen Morgen hatte es eine Dienstbesprechung gegeben. Die erste, an der Schulte in diesem noch fast neuen Jahr teilnahm. Erpentrup hatte in nüchternen, knappen Worten die Rehabilitation Schultes erklärt und sein Comeback im Ermittlungsteam angekündigt. Schulte musste anerkennen, dass Erpentrup dies auf eine rundum professionelle und faire Weise machte. Frans Koster, der Kommissar aus Hasselt, nahm ebenfalls an der Morgenbesprechung teil. Zusammen mit Bernhard Lohmann und Heinz Krause, dem Techniker, würde er an diesem Vormittag die Wohnung von Marco Rauscher untersuchen. Schulte würde später zu ihnen stoßen. Er musste noch zusammen mit einem extra angereisten Spezialisten aus Bielefeld ein Phantombild der beiden Hasselter Schläger erarbeiten. Koster, der kaum ein Wort dieser Konferenz verstand, schien sich trotzdem in Detmold pudelwohl zu fühlen. Wohlgefällig ruhte sein Blick immer wieder auf Maren Köster, die das wohl spürte und vor Verlegenheit nicht recht wusste, wohin sie gucken sollte.

Rauschers Wohnung lag in der hübschen Detmolder Gartenstraße, gegenüber dem Palaisgarten. Es gab vier Klingeln und ebenso viele Briefkästen neben der reichverzierten Haustür. Aber nur drei Klingeln und drei Briefkästen waren mit Namen beschriftet. Der vierte Briefkasten quoll über. Dieser Rauscher schien wirklich ein übler Muffel und Einsiedler gewesen zu sein. Sie klingelten beim Hausbesitzer, der bereits auf ihr Kommen vorbereitet worden war. Die vier Männer stiegen durch ein schickes Treppenhaus die Treppe hinauf in den zweiten Stock. Auch an der eigentlichen Wohnungstür hatte Rauscher keinen Namen angebracht. Der Hausbesitzer schloss die Tür auf und ließ die Polizisten hinein. Er selbst bekam vorerst keinen Zutritt.

Selbst für einen Junggesellen war diese Wohnung erstaunlich nüchtern und lieblos eingerichtet. Eigentlich waren es schöne helle Räume mit hohen stuckverzierten Decken, aber derart sparsam möbliert, dass sie fast abweisend wirkten. Wenn die Kälte dieser Räume ein Abbild von Rauschers Persönlichkeit war, na dann...

„Nicht eine einzige Blume," flüsterte Frans Koster erschüttert. Sie teilten sich auf. Koster untersuchte das Schlafzimmer und das Bad. Lohmann die Wohnküche, einen großen Raum, der gleichzeitig Küche, Wohn- und Arbeitszimmer war. Heinz Krause, als der eigentliche Spezialist für solche Durchsuchungen, schaute überall mal ein bisschen herum. Was suchten sie eigentlich? Aufzeichnungen aller

Art, Schmierzettel, Tagebücher, Aktenordner... einfach alles, was irgendwie auf die letzten Beschäftigungen Rauschers hinwies, die ihn letztlich das Leben gekostet haben. Wie zu erwarten stand, fand Koster im Bad nichts dergleichen, auch im Schlafzimmer gab es fast nichts als ein Bett und einen Schrank mit erschreckend wenig drin. Lohmann musste an eine Aussage des Fanclub-Vorsitzenden denken. Demnach hatte Rauscher nur eine kleinere Reisetasche mit. Das hatte er so gedeutet, dass Rauscher wohl keinen längeren Aufenthalt in Hasselt geplant hatte. Nun konnte es aber auch sein, dass sich dieser Mensch grundsätzlich nur mit dem Allernötigsten umgab. Damit war dann wieder mal eine schöne Theorie zum Teufel. Die Wohnung war schnell durchsucht. Da Rauscher kaum Möbel hatte, gab es auch kaum Möglichkeiten, etwas zu verstecken. Den Schreibtisch mit dem darauf thronenden PC hatte Krause sich bis zuletzt aufbewahrt. Eine der beiden Schubladen des Schreibtisches war gefüllt mit Disketten. Die andere mit Schreibutensilien aller Art, vom Kuli bis zum Radiergummi. Nichts Spannendes. Er schaltete den PC an, kam aber nicht weit. Denn bereits nach wenigen Sekunden tauchte ein flimmerndes Symbol auf dem Bildschirm auf.

„Mist, der Kasten will ein Password haben! Können diese Leute uns die Arbeit nicht mal ein bisschen leichter machen?“, zischte Krause.

Koster zuckte mit den Achseln.

„Dafür gibt es doch Spezialisten. Ihr habt doch bestimmt Leute, die so was knacken können. Bei uns können das schon vierzehnjährige Schüler.“

„Ach ja? Ich kriege das auch hin, keine Sorge! Aber nicht hier und nicht jetzt. Das braucht ein bisschen Zeit. Ich nehme den Kasten komplett mit und die ganzen Disketten auch.“

„Gut“, meinte Lohmann. „Ich hole schon mal einen großen Karton aus dem Auto.“

Noch eine weitere halbe Stunde filzten sie die Wohnung, fanden aber nichts, was ihnen hätte weiterhelfen können.

Als sie gerade den Schlüssel wieder beim Hausbesitzer abgeben wollten, hielt Schultes Leichenwagen vor der Haustür. Der Hausbesitzer erschrak sichtlich, da er diesen Auftritt natürlich falsch interpretierte, war dann aber beruhigt, als ihm Schulte vorgestellt wurde.

„Über Geschmack kann man ja streiten", murmelte er leise vor sich hin, als er den Schlüssel wieder abgab, diesmal an Schulte. Der wollte sich die Wohnung noch einmal allein ansehen, was bei Lohmann, Krause und Koster ein müdes Schulterzucken auslöste.

„Wer weiß, vielleicht habe ich ja einfach Glück", erklärte sich Schulte. „Es ist wie mit der Homöopathie: Wenn es auch nichts hilft, so schadet es doch nicht!"

Er glaubte nicht daran, noch etwas zu finden, aber er wollte einfach die Wohnung Rauschers sehen. Es war für ihn ein merkwürdiges Gefühl, nun allein in der Wohnung des Mannes zu sein, dessen Spur er jetzt schon einige Zeit intensiv verfolgte. Das Bild des toten Rauscher noch lebhaft vor Augen, spürte er nun dessen ‚Nest' ein Gefühl von Leere, von Sinnlosigkeit bei ihm. Auch wenn diese Räume anderen kahl und freudlos erscheinen mochten, so hatte sich hier doch jemand nach seinem persönlichen Geschmack eine für ihn maßgeschneiderte Umgebung geschaffen. Und nun stand das alles vollkommen funktionstüchtig, aber absolut sinnlos herum. Gegen seinen Willen musste Schulte dann aber doch schmunzeln. Rauscher hatte offenbar ein sehr kühles Ambiente geliebt. Jetzt lag er in einem Gefrierfach des Hasselter Leichenhauses.

70

Maren Köster war genervt von ihrem LKA-Kollegen. Immer wieder kam er zu ihr herein und stellte aus ihrer Sicht unsinnige Fragen.

Gestern hatte sie Hassan Ünal noch einmal verhört, doch dieser blieb, wie nicht anders zu erwarten, bei seiner Aussage, nie jemanden von den Schutzgelderpressern gesehen zu haben. Eigentlich wollte sie ihre gestrigen Aufzeichnungen noch einmal mit der ersten Aussage vergleichen, doch Löwenberg verhinderte dieses Ansinnen erfolgreich. Die Polizistin kochte.

Ich muss raus aus diesem Irrenhaus, dachte sie. Dieser Idiot aus Düsseldorf macht mich wahnsinnig. Sie griff nach ihrem Mantel. Da fiepte ihr Telefon. Der Kollege von der Eingangspforte.

„Frau Köster, ich habe hier einen Jungen stehen, der sich auf Grund des heutigen Zeitungsartikels gemeldet hat!"

Maren Köster war wie elektrisiert.

„Moment!" sagte sie. „Ich komme runter und hole ihn ab!"

Sie zog ihren Mantel wieder aus und hängte ihn auf den Bügel. Dann ging sie zum Pförtner hinunter. Im Eingangsbereich stand ein circa vierzehn Jahre alter Junge. Sein Gesicht erinnerte an einen Streuselkuchen. Maren Köster stellte sich vor und bat ihn zu folgen.

Fünf Minuten später hatte sie dem jugendlichen Zeugen eine Cola geholt. Der fühlte sich recht wohl in seiner Rolle, hatte jedoch auch etwas Angst.

Sie fragte ihn, ob er etwas dagegen hätte, wenn noch ein zweiter Polizist anwesend seien würde. Als der Junge dies verneinte, ging sie noch einmal um Braunert zu holen. Dieser war jedoch nicht in seinem Zimmer. Der einzige dort war Löwenberg. Noch bevor sie ihren Kopf zurück in den Flur ziehen konnte, fragte er: „Was gibt es?"

Es gab kein Zurück mehr. Also sagte sie: „Es hat sich ein Zeuge auf den Zeitungsbericht hin gemeldet. Ich würde das Verhör gern zu zweit führen."

Sofort erhob sich Löwenberg.

„Na, dann wollen wir mal"

„An Sie hatte ich eigentlich nicht gedacht. Mir wäre es lieber, wenn der Kollege Braunert teilnehmen würde."

„Na, na, na, Frau Köster! Dem LKA schon wieder Steine in den Weg legen?"

„Okay, Sie können dabei sein! Aber kein Wort, sonst fliegen Sie sofort raus. Ist das klar?"

„Mein Gott, haben Sie Haare auf den Zähnen. Geht klar!"

„Und noch etwas: Im Gegenzug darf ich dabei sein, wenn Sie in der Hackerfrage fündig werden."

„Wollen Sie mich erpressen?"

„Ja oder nein?"

„Okay, okay!"

Sie gingen gemeinsam in das Besprechungszimmer, in dem der Junge genüsslich seine Cola trank.

Sie stellte Löwenberg vor. Der nickte dem Jungen zu. Dann nahm sie die Personalien des Zeugen auf.

Sie fragte: „Name und Vorname?"

„Joachim Struckmeier!"

Als die Formalitäten erledigt waren, fragte Maren Köster: „Wenn ich dich duze, ist das in Ordnung?"

Der Junge nickte.

„Na, dann leg mal los! Was hat dich dazu veranlasst zu uns zu kommen?"

„Heute morgen hat mein Vater am Frühstückstisch aus der Zeitung vorgelesen. Da stand drin, dass Kinder und Jugendliche in Detmold Schutzgeld erpresst hätten. Und dass ein Jugendlicher, Johann Jansen, ermordet worden sei. Johann Jansen war der Chef der Moskau-Fighter. Ein ziemlich gefürchteter Gang-Anführer. Ich kannte ihn nur vom Sehen. Er war an unserer Schule. Aber das wollte ich gar nicht erzählen. Vor einigen Wochen, ein paar Tage vor Weihnachten, bekam ich eine E-Mail. In der stand ungefähr folgender Text."

Der Junge kramte einen Zettel aus seiner Jackentasche und legte ihn auf den Tisch.

Wenn du deinen PC zukünftig noch nutzen willst, würden wir dir raten, für uns zu arbeiten. Ansonsten wirst du jeden Tag eine neue unangenehme Überraschung erleben. Ebenso werden dich alle Übel dieser Welt heimsuchen, wenn du mit jemandem über dies oder ein anderes Ereignis, das mit uns in Verbindung gebracht werden kann, sprichst. Große Aufgaben erwarten dich! Wenn du sie erfüllst, wirst du reich belohnt. Ansonsten öffnet sich das Tor zum Wahnsinn. Neue Anweisungen wirst du in Kürze erhalten.

Dieser Text wird sich nach Schließen des Ordners löschen.

Die Aktionsgemeinschaft DAS BLAUE WUNDER

Löwenberg pfiff durch die Zähne und fing sich einen bösen Blick von Maren Köster ein.

Der Junge erzählte weiter.

„Nachdem mein Vater aus der Zeitung vorgelesen hatte, habe ich mich auf mein Zimmer gesetzt und das hier aufgeschrieben. Die Sache ging nämlich noch weiter. Am nächsten Tag bekam ich wieder eine E-Mail, in der ich aufgefordert wurde, dass ich in der Nacht vom dreiundzwanzigsten auf den vierundzwanzigsten Dezember um drei Uhr einen Briefumschlag mit Geld in der Paulinenstraße abholen sollte. Es sollte in einem bestimmten Papierkorb liegen. Sie können sich gar nicht vorstellen, was ich für eine Angst hatte. Na, jedenfalls bin ich aufgestanden und laufe natürlich prompt meiner Mutter in die Arme, die mich wohl gehört hatte. Ich habe ihr gesagt, ich könne nicht schlafen und wollte etwas frische Luft schnappen. Sie hat es mir natürlich nicht geglaubt und mich wieder ins Bett geschickt. Das hat noch eine Menge Ärger gegeben.

Am nächsten Tag bin ich natürlich sofort an meinen PC. Ich habe ihn gestartet, er fuhr noch einmal hoch, dann erschien die Meldung: Die Platte wird gelöscht und anschließend zerstört. Ebenso die Prozessoren. So war es dann auch, der Rechner ist Schrott."

„Und was geschah dann?"

„Nichts mehr! Jedenfalls nicht bei mir."

Die beiden Polizisten sahen sich an. Zu dem Jungen sagte Maren Köster:

„Du hast uns unter Umständen sehr viel weiter geholfen. Es kann sein, das wir noch einige Fragen an dich haben, für heute war es das erst mal. Vielen Dank!"

Dann brachte sie den Jungen zum Ausgang und ging zurück in ihr Büro, in dem Löwenberg schon wartete. Kaum hatte sie sich auf ihren Schreibtischstuhl gesetzt, da brach es aus Löwenberg heraus.

„Das ist ja wohl das raffinierteste und verkommenste, was ich je erlebt habe! Da werden Jugendliche und Kinder dazu gezwungen, Handlangerdienste für Schutzgelderpresser zu machen, weil ihnen sonst ihr PC zerstört wird. Wenn da mal einer bei drauf geht, siehe Johann Jansen, das ist den Hintermännern egal. Die machen sich nie die Hände schmutzig und bleiben immer im Hintergrund. Und um wirklich auf Nummer Sicher zu gehen, dringen sie in den Detmolder Polizeicomputer ein, um alles von hier aus zu kontrollieren und zu überprüfen."

Löwenberg wollte seine Idee gerade weiter ausführen, da meldete sich sein Handy.

Er hörte einen Weile zu, dann sagte er:

„Wie war die Adresse? Bandelberg, ja die Hausnummer?"

Als er das Gespräch beendet hatte sagte er zu Maren Köster:

„Wir haben ihn! Wir brauchen alle verfügbaren Polizisten. Komm, lassen Sie uns gehen! Ach, eins noch, ab jetzt ist es eine Aktion des LKA, klar? Der Hausdurchsuchungsbefehl liegt in fünfzehn Minuten vor."

Maren Köster akzeptierte es zähneknirschend.

Eine halbe Stunde später standen im verschneiten Garten einer Detmolder Villa zehn grün uniformierte Polizisten. Löwenberg und Maren Köster läuteten an der Eingangstür. Als ihnen geöffnet wurde, hielt Löwenberg der Dame des Hauses seinen Ausweis unter die Nase und einen Hausdurchsuchungsbefehl. Die Frau war empört. Sie sah ihren guten Ruf schwinden. Im Garten einer ehrbaren Detmolder Familie wimmelte es von Polizisten. Was sollten die Nachbarn denken?

„Das wird ein Nachspiel haben!", zischte sie böse und griff zum Telefon, das ihr Löwenberg sofort aus der Hand nahm. Er gab es Maren Köster.

„Meine Kollegin wird einen Anwalt Ihrer Wahl für sie anrufen. Mehr kann ich nicht für Sie tun."

Oben auf der Treppe stand ein vierzehjähriger Junge. Löwenberg raunte Maren Köster zu:

„Nimm ihn dir sofort vor! Den Überraschungseffekt müssen wir nutzen!"

Weitere zwei Stunden später saßen Erpentrup, Braunert, Lohmann, Maren Köster, die Staatsanwältin und Löwenberg im Besprechungszimmer.

Erpentrup war etwas verärgert. „Mein Gott, Löwenberg! Mussten Sie unbedingt mit der Tür ins Haus fallen? Sie haben eine alte Detmolder Familie blamiert. Das wird ein Nachspiel haben, nicht für Sie, aber für uns. Muss sich das LKA denn immer wie der Elefant im Porzellanladen benehmen? Na, nun ist es so. Ich erwarte ihren Bericht."

„Den Bericht gibt Ihnen die Kollegin Köster. Übrigens Frau Köster, wenn Sie mal mit dem Gedanken spielen sich zu verändern, das LKA kann Leute wie Sie gebrauchen."

Maren bekam einen roten Kopf. Darüber ärgerte sie sich etwas. Dann begann sie ihren Bericht.

„Zwei Detmolder Jugendliche, Stephan Wohler und Christoph Strand, die an ihrer Schule Außenseiter sind, hatten die Idee, in Detmold als virtuelle Mafia tätig zu werden. Um dies zu realisieren, nutzen und funktionalisierten sie insbesondere die Jugendlichen, unter denen sie in der Schule zu leiden haben. Sozusagen als kleine Rache. Gefügig für ihre Dienste machen sie die Betreffenden durch ihre Computerkenntnisse. Sie dringen in die Systeme der entsprechenden Personen ein, löschen einen Teil der Festplatte und drohen damit, die EDV-Systeme gänzlich zu löschen bzw. zu zerstören, wenn die Adressaten nicht den Anweisungen, die sie auf elektronischem Wege erhalten, folgen.

Die meisten Jugendlichen ließen sich auf dieses „Spiel" ein. Zum einen aus Angst, zum anderen aus Abenteuerlust. Eine wichtige Rolle sollte dabei eine Jugendbande spielen, die *Moskau Fighters*. Diese sollte auch die Schlägertruppe stellen. Ihrer wollten sich die Computer-Kids bedienen, wenn es um das Grobe ging. Für Botendienste wurden alle erdenklichen Klassenkameraden eingesetzt, die zuvor erpresst worden waren.

Der ganze Plan ging jedoch nicht lange gut, da bei einem der ersten Einsätze der Anführer der *Moskau Fighter*, Johann Jansen, gleich getötet wurde. Dies sahen die beiden Jugendlichen mit an. Christoph Strand verkraftete dies nicht und befindet sich jetzt in psychiatrischer Behandlung. Stephan Wohler ist wohl ein Meister des Verdrängens. Anscheinend berührt ihn der Tot des Mitschülers nicht. Er versucht, in die EDV-Anlage der Detmolder Polizei einzudringen, um Informationen über die Mörder von Johann Jansen zu bekommen. Vermutlich wollte er dessen Tod rächen. Christoph Strand ist, wie gesagt, im Moment nicht vernehmungsfähig. Wir stützen uns zur Zeit nur auf die Aussage von Stephan Wohler."

Nachdem Maren Köster mit ihrem Bericht zu Ende war, herrschte betroffenes Schweigen in der Runde.

71

Der Neue war auf jeden Fall ein guter Autofahrer. Hauptkommissar Willi Potthast nickte anerkennend, als von Grothenburg eben in voller Fahrt einem Reh ausweichen musste und das in einer Art schaffte, die einem Stuntman zur Ehre gereicht hätte.

„Mann, wo hast du das denn gelernt?"

Von Grothenburg lächelte so entspannt, als wäre nichts gewesen.

„Ich war vor ein paar Jahren bei der Autobahnpolizei. Bei der Truppe, die mit Videokameras Verkehrssünder aufspürt. Da kommst du oft in haarsträubende Situationen. Wenn da einer von den Rasern Vollgas gibt, dann musst du auch Vollgas geben. Wenn es sein muss, dann fährst du regelrechte Rennen, immer zickzack und das bei dichtem Verkehr. Deshalb haben wir eine ziemlich gute Fahrerausbildung bekommen. Ja, und so was zahlt sich eben manchmal auch im Alltagsverkehr aus."

Als die beiden Polizisten beim Bauern Meierhuneke in Westenholz-Lippling ankamen, hatte Potthasts Puls wieder die normale Schlagzahl.

Sie rollten auf einen großen Hof, ringsum mit großen Backsteingebäuden umgeben. Zwei Hunde sprangen ihnen wütend entgegen, gaben aber sofort Ruhe, als ein alter, leicht buckliger Mann mit Gummistiefeln und Cordhut aus dem Wohnhaus auftauchte und ihnen etwas zurief.

Während Potthast noch sehr vorsichtig ausstieg, mit Hunden hatte er es nicht so, tätschelte sein Kollege die beiden Tiere bereits ganz unbefangen.

Der Bauer war ein Mann um die Siebzig, dem man lebenslange harte, körperliche Arbeit ansah. Eine Gestalt, die nur aus Knochen und Sehnen zu bestehen schien, überzogen von einer lederartigen Haut. Die gewaltigen Hände schienen so gar nicht zu den dürren Armen zu passen. Es sah aus, als hätte er zu große Handschuhe an. In dem schmalen, fleckigen Gesicht verschwanden die Augen fast unter den buschigen, grauen Augenbrauen. Die Ohren waren ebenso überdimensioniert wie die Hände.

Potthast stellte sich vor. Als er auch seinen Kollegen vorstellen wollte, brummte der Bauer mit Grabesstimme:

„Kenn ich schon! War gestern schon hier!"

„Herr Meierhuneke, wir möchten mit Ihnen noch einmal über den verstorbenen Herrn Kötterhagen sprechen. Sie hatten ja meinem Kollegen gegenüber gestern schon gesagt, dass sie ein Kunde von ihm waren. Kannten Sie ihn gut?"

„Mmh!"

„Aber er war doch häufig auf Ihrem Hof und hat Ihnen Viehfutter verkauft, oder?"

„Mmh!"

Irgendwie kam Potthast so nicht weiter. Also musste er persönlicher werden.

„Kötterhagen und Sie waren doch im selben Alter. Kannten Sie ihn vielleicht schon von früher her, ich meine von der Schule oder so?"

„Ein Alter? Kötterhagens Rudi und ich? Hör'n 'se mal, als ich ausse Schule kam, da iss der doch noch barfuß hinter der Knüppelmusik hergelaufen! Chuter Mann, wissen Sie eigentlich, wie alt ich bin?"

„Na, so knapp über sechzig würde ich schätzen!"

„Ha!", dröhnte das selbstzufriedene Lachen des Landwirtes über den Hof. „Zweiundsiebzig bin ich! Und kann mir immer noch 'nen Sack Zement übern Pukkel schmeißen! Hätten 'se getz nich chedacht, wat?"

Hätte Potthast wirklich nicht gedacht, aber wichtiger für ihn war, dass nun das Eis gebrochen war. Der Bauer lud die beiden Polizisten ins Haus, bot ihnen aber nichts an.

„Er war schon ein Schlitzohr," berichtete der alte Mann dann am Küchentisch. Die große, mehr zweckmäßig als liebevoll eingerichtete Küche roch leicht nach sauerer Milch.

Über dem Küchentisch mit Resopalplatte hing bedrohlich ein Fliegenfänger-Klebestreifen von der Decke. Von Grothenburg mochte sich gar nicht vorstellen, unter diesem Massengrab zu speisen. Meierhuneke mühte sich um Konzentration, um seine Aussage in ordentlichem Hochdeutsch hinzubekommen.

„Ganz früher habe ich mal viel von ihm gehalten. Die Lieferungen kamen pünktlich, die Rechnungen stimmten. Hab auch nie gehört, dass er meinen Kollegen bessere Preise gemacht hätte als mir. Bis er dann den ganzen Ärger angefangen hat. Da war er natürlich bei mir unten durch. Aber als ich in der Zeitung gelesen habe, dass er erschossen worden ist, da hab ich mir gedacht: Nee, das hat er nun auch nicht verdient! Nicht mal einer wie Kötterhagens Rudi. Das ist keine Art! Und deswegen rede ich auch mit Ihnen. Weil, das geht ja nicht, einfach Leute erschießen und so. Ich will, dass Sie den Kerl packen, der das gemacht hat!"

Dann berichtete er gewissenhaft aber ziemlich umständlich, dass es einmal, aber wirklich nur einmal, Probleme mit Kötterhagen gegeben habe.

Das sei Ende 1987 gewesen. Das wisse er ganz genau, weil zur selben Zeit das passiert sei mit diesem armen Mann aus Schleswig-Holstein, diesem „Barzel..., der nachher tot inne Badewanne lag!"

„Barschel, meinen Sie!"

„Ja, ja! So hieß der!"

Damals, im Winter 1986/87, habe Kötterhagen ihm einen völlig neuen Futtermittelzusatz für Rinder angeboten. Er hatte ihn mit großen Versprechungen beworben, aber der Bauer war skeptisch geblieben und die Bestellung ließ auf sich warten. Schließlich war das zu der Zeit so eine Sache. Den Leuten saß der Tschernobyl-Schock noch in den Knochen und alle hatten Angst vor... „diese Bekkerelle!", und anderen unappetitlichen Sachen. Da musste man als Landwirt aufpassen, sonst waren die Rindviecher wertlos.

Auf jeden Fall hatte Kötterhagen ihn irgendwann mal unter vier Augen gesprochen und ihm ein Angebot gemacht, das er nicht abschlagen konnte. Er hatte was von Testmarkt erzählt und von der großen Chance und dem großen Gewinn. Um das Produkt zu testen, hatte Kötterhagen ihm den Futtermittelzusatz kostenlos überlassen, dafür musste sich Meierhuneke verpflichten, genau Buch zu führen, was diesen Tieren außer diesem Produkt noch alles gefüttert wurde und er musste peinlich genau permanent die Größen- und Gewichtszunahme auflisten. Als Lohn für seine Mühe und seine Diskretion gab es die Garantie durch den Futtermittelhersteller, die damit gemästeten Tiere nach einem Jahr für das zehnfache des regulären Marktwertes aufzukaufen. Aber nur lebend.

„Gab es zu der Zeit im Delbrücker Raum nicht auch irgendeinen Skandal mit Hormonen?" fiel es Potthast wieder ein.

„Ja, aber das war mit den Schweinen! Das war zwar 'ne ganz andere Geschichte, war aber auch ein Grund dafür, dass wir hier inne Gegend ganz vorsichtig sein mussten. Deswegen haben wir auch später, als alles schief gegangen war, alle schön die Schnauze gehalten. Denn..."

„Was war denn schiefgegangen?" warf von Grothenburg ein.

Der Bauer zog laut die Nase hoch.

„Alles! Alles ist schiefgegangen. Erst klappte das wie am Schnürchen. Also ehrlich, so was hatte ich noch nicht gesehen. Und ich war damals auch schon ziemlich lange im Geschäft. Es war eine Pracht! Die Viecher sind so schnell gewachsen, unglaublich! Und schön rund und fett wurden sie auch. Kötterhagen kam mindestens einmal in der Woche vorbei und freute sich mit mir. Damals hätte ich ihm ein Denkmal setzen können, vor Begeisterung. Kötterhagens Rudi war für mich der Größste. Und für die beiden anderen auch."

„Für welche anderen?“

„Ja, ich war denn doch nicht der einzige, wie sich nachher rausstellte. Stukenbrocks Heinz und Wassmuths Ferdi hatten sich auch breitschlagen lassen. Aber im Herbst kam das Drama. Ein Rind nach dem anderen wurde krank. Die fraßen nichts mehr und fielen richtig in sich zusammen. Auf einmal waren sie alle tot und wir dummen Bauern guckten inne Röhre. War nämlich nichts mehr mit Aufkaufen zum zehnfachen Marktwert. Nichts! Absolut nichts! Die Investition in die neuen Kälber war für die Katz und die Rechnung für den Tierarzt, die durften wir auch bezahlen. Ich sag Ihnen, auf einmal war Kötterhagen nicht mehr zu sehen. Seit dem Tag ist er nicht mehr auf meinen Hof gekommen. Wir mussten allerdings die toten Rinder nicht zum Abdecker bringen. Die hat Kötterhagen abholen lassen. Was er damit gemacht hat, weiß ich nicht. Wer den Transport bezahlt hat, auch nicht. Ist mir auch egal.“

Der alte Herr schien immer noch empört zu sein.

„Ich wollte erst ’nen riesigen Krach machen, aber dann hab ich mich mit den beiden anderen zusammengesetzt und wir haben beschlossen, die Klappe zu halten. Kein Wort mehr über die Sache! Wir hätten uns nur selbst geschadet. Von uns hätte doch keiner mehr ’nen Butterbrot angenommen. Und weil wir auch im Dorf keinem anderen was davon erzählt haben, konnte Kötterhagen weiterhin auf allen Höfen seine Geschäfte machen, bloß nicht auf unseren. Ja, meine Herren. Das war die ganze Geschichte! Hat sie was genützt?“

Potthast legte ihm die Hand den Arm.

„Herr Meierhuneke, ich danke Ihnen für die Offenheit! Das bringt uns wirklich einen Riesenschritt weiter. Und machen Sie sich keine Sorgen. Ich glaube nicht, dass der Staatsanwalt sich jetzt noch mit ihrem Fall beschäftigen wird.“

„Mit meinem Fall? Was soll denn das heißen?“

„Ja, immerhin ...,“ Potthast stammelte jetzt etwas verlegen, „immerhin haben Sie ein Futtermittel beziehungsweise einen Futtermittelzusatz eingesetzt, der nicht zugelassen war. Das ist eigentlich nicht erlaubt.“

„Was heißt hier eigentlich nicht erlaubt?“ Nun wurde der Landwirt laut. „Das ist gar nicht erlaubt! Das weiß ich so gut wie Sie. Aber wissen Sie was? Meine beiden Söhne wollen den Hof nicht weitermachen. Wer will denn heute noch Landwirt werden? Ich bin zweiundsiebzig, meine Frau ist tot. Sollen sie mich doch verurteilen! Dann kriege ich eine Geldstrafe, na und? Ich habe nichts, außer diesem Hof. Gar nichts! Dann soll doch der Gerichtsvollzieher kommen mit seinem Kuckuck und hier alles voll kleben. Ich scheiß drauf! Ist doch alles nichts mehr wert. Das vergammelt doch sowieso alles. Genauso wie ich. Eines Tages bricht das hier alles zusammen, weil es keiner mehr repariert. Aber dann liege ich schon lange auf ’m Kirchhof und habe meine Ruhe!“

Die beiden Polizisten waren vorübergehend sprachlos über so viel Frust. Sie murmelten noch einmal einen leisen Dank und verließen die riesige kahle Küche. Den Besuch bei den beiden anderen Bauern schenkten sie sich fürs erste.

72

Es war für Josef Schulte ein schönes Gefühl, mal wieder in seinem Büro zu sitzen. Außerdem war es Freitag Morgen und er freute sich auf ein faules Wochenende zu Hause. Nach der Aufregung in Hasselt hatte er sich das mehr als verdient. Er hatte sich an diesem Morgen bereits von Koster verabschiedet, der dringend nach Hasselt zurück musste. Koster hatte ihm versprochen, sich sofort zu melden, wenn die beiden Schläger gefasst worden seien. Dank des Phantombildes war die Wahrscheinlichkeit dafür gestiegen.

Schulte nahm sich noch einmal die Texte aus dem Postfach vor. Den größten Teil hatte er schon gelesen. Jetzt schaute er sich die Anlagen zum Haupttext an. Einige enthielten, wie Schulte bereits wusste, Angaben über die Rahmenbedingungen der Produkttests an Kleintieren. Nun entdeckte er aber einen weiteren Zettel, der betitelt war: *Produkttest unter Feldbedingungen* und dieser unscheinbare Zettel elektrisierte ihn förmlich. Rauscher hatte notiert:

Im Dezember 1986 beschloss die Forschungsgruppe der Firma HELI den Start eines Produkttests unter realen Bedingungen. Ausgewählt wurde ein Dorf in der Nähe von Delbrück bei Paderborn. Warum der Test gerade in diesem Dorf stattfinden sollte, muss noch geklärt werden. Es scheinen hier persönliche Beziehungen eine entscheidende Rolle gespielt zu haben. Ab Februar 1987 wurde das Produkt an die ausgewählten Landwirte ausgeliefert. Die Landwirte wurden verpflichtet, regelmäßig exakte Angaben über das Wachstum und den Allgemeinzustand der Tiere (neugeborene Kälber) zu liefern. Der Kontakt zu den Testteilnehmern erfolgte über einen Händler aus der Region (Adresse siehe unten). In einem Besprechungsprotokoll der Forschungsgruppe vom 15.3.1987 wird festgehalten, dass die ersten Ergebnisse alle Erwartungen übertroffen haben. Das Mehrwachstum war signifikant größer als bei konventionell ernährten Tieren. Auch der allgemeine Zustand der Tiere wurde von den Landwirten nahezu euphorisch geschildert. Die folgenden Protokolle waren ähnlich in der Aussage. Das Produkt schlug ein wie eine Bombe! Es war vermerkt worden, dass der Kontaktmann bereits beklagt hatte, die Landwirte würden in ihrer Begeisterung die notwendige Diskretion vergessen und bei Berufskollegen prahlen. Der Kontaktmann wurde angewiesen, dies um jeden Preis zu unterbinden. Hier wurde ihm bei Bedarf jede erdenkliche Hilfe zugesichert. Dies scheint gewirkt zu haben, denn in den Folgeprotokollen tauchte dieses Thema nicht wieder auf. Im

Protokoll vom 15.5.1987 wird vermerkt, dass sich die Geschäftsführung aufgrund der hervorragenden Ergebnisse des Tests entschlossen hatte, die Massenproduktion von Implex-Präparaten aufzunehmen. Der zuständige Ingenieur Quist sei zum Produktmanager ernannt und beauftragt worden, sich um die technischen Voraussetzungen zu kümmern. Dafür war auch ein stattlicher Investitionsbetrag freigeschlagen worden. Dann scheint plötzlich alles schiefgegangen zu sein. Das Protokoll vom 8.10.1987 (betitelt als Sondersitzung der Forschungsgruppe) berichtet von plötzlichen Erkrankungen der Testtiere und daraus resultierenden Todesfällen. Der Kontaktmann schien wieder einmal in Panik geraten zu sein. Angeblich mache der örtliche Tierarzt Schwierigkeiten. Nach Einschätzung des Kontaktmannes sei dieser auch nicht durch Geld zu einer Mitarbeit zu bewegen. Der Tierarzt gehe angeblich davon aus, dass bei den verendeten Tieren etwas nicht stimme und plane eine Alarmierung des Amtstierarztes. Hier sei dringend Handlungsbedarf. Dem Kontaktmann wurde empfohlen, ruhig zu bleiben und weitere Anweisungen abzuwarten. Das folgende und letzte Protokoll ist vom 12.10.1987 und vermerkt den sofortigen Stopp aller Tests. Der Kontaktmann wurde angewiesen, den gesamten Restbestand des Produktes (bei sich und bei den Landwirten) umgehend zu vernichten. Er sollte auch dafür sorgen, dass die verendeten Tiere auf gar keinen Fall zu einem Abdecker gebracht würden. Die Kadaver würden so schnell wie möglich durch einen Transporter der Firma abgeholt und entsorgt werden. Der Kontaktmann wurde noch einmal ausdrücklich darauf hingewiesen, dass es in seiner Verantwortung liege, dass nichts von dem Produkttest an die Öffentlichkeit dringe. Das beträfe auch den Tierarzt. Der leitenden Ingenieur Quist wurde angewiesen, unverzüglich alle Vorbereitungen für die Massenproduktion zu stoppen.

Darunter hatte Rauscher die erwähnte Adresse des Kontaktmannes geschrieben. Weder Name noch Adresse sagten

Schulte irgendetwas. Aber da es sich um eine Paderborner Adresse handelte, nahm er den Telefonhörer auf und rief Potthast an.

„Hallo Willi! Kennst du einen Rudolf Kötterhagen?“

73

Schultes Anruf schlug in Paderborn ein wie eine Bombe!

„Willst du mich veräppeln? Seit Tagen arbeite ich an dem Fall Kötterhagen, natürlich kenne ich den Namen. Was hast du damit zu tun?“

Schulte gab nun eine knappe und sehr sachliche Zusammenfassung seines Falles ab. Als er mit seiner Darstellung zu Ende war, hatte es bei Potthast gefunkt. Der Zusammenhang dieser beiden Fälle war überdeutlich zu erkennen.

„Mann Schulte! Weißt du überhaupt, was du da ausgegraben hast?“

„Nein, weiß ich nicht! Was ist denn mit dem Mann? Ich möchte den gerne sprechen. Kannst du das für mich arrangieren?“

Potthast lachte.

„Nee, Jupp! Kann ich nicht! Will ich auch nicht!“

Bevor Schulte sauer werden konnte, lenkte Potthast ein und erklärte seinem verdutzten Detmolder Kollegen den Sachverhalt. Dann verstand auch Schulte. „Das heißt also,“ versuchte er vorsichtig zu formulieren, „der Mörder deines Kötterhagens ist mit an Sicherheit grenzender Wahrscheinlichkeit auch der Mörder meines Rauschers. Hundertprozentig wissen wir das natürlich noch nicht, aber für eine anständige Arbeitshypothese reicht das allemal aus. Das bedeutet, wir suchen beide dieselbe Person! Na, dann mal los!“

„Mann oh Mann!“ stöhnte Potthast. „Da wühlt man tagelang in einem Fall, kommt nur schleppend voran und wer bringt einen dann einen wichtigen Schritt weiter? Der

Schulte aus Detmold! Unglaublich! Aber ich bin einverstanden mit deiner Arbeitshypothese. Die ist allemal besser als alles andere, was sich zur Zeit an Möglichkeiten bietet. Wir sollten uns dringend treffen und die weitere Strategie abstimmen, was meinst du?"

„Klar! Die übliche Frage noch: Gehen wir zu dir oder zu mir? Im Ernst. Wo besprechen wir uns? In Paderborn oder in Detmold?"

„In Paderborn natürlich. Das ist die größere Stadt!"

„Aber Detmold ist Regierungssitz! Das sticht!"

„Drecksack! Okay, Montag Morgen um neun Uhr komme ich rüber. Ich bringe noch einen neuen Kollegen mit, der auch an diesem Fall arbeitet. Ein vielversprechender Bursche, allerdings ein bisschen merkwürdig. Du wirst schon sehen. Wer ist denn auf eurer Seite an dem Fall?"

„Bisher nur ich! Die anderen stecken dick in einer anderen Geschichte. Aber das reicht auch, wenn wir beiden das machen. Wenn die beiden besten Polizisten Ostwestfalens sich zusammentun, dann ist das fast schon ein Overkill!"

Schulte legte den Hörer gar nicht erst ab, sondern rief sofort Heinz Krause, den Kriminaltechniker an.

„Heinz, wie sieht es aus mit dem Computer? Hast du das Password schon geknackt?"

Er hörte sein Gegenüber fluchen. Eine direkte Antwort kam aber nicht.

„Heinz! Hörst du mich überhaupt? Hast du jetzt oder hast du nicht?"

„Nein, verdammt noch mal! Habe ich nicht. Ich verstehe das auch nicht. Es ist ja nicht so, dass ich das zum erstenmal mache. Aber ich komme einfach nicht durch. Sorry!"

„Ja, und nun? Was machen wir nun?"

„Ich schicke den Apparat mit einem Kurierfahrer nach Bielefeld. Die haben da mehr Möglichkeiten. Man kann eben nicht alles vor Ort regeln! Ich habe ja auch noch Anderes zu tun!"

Oh, oh! Hier war aber eine Menge gekränkter Eitelkeit im Spiel, dachte Schulte.

„Alles klar, Heinz! Dann wird das aber wohl noch etwas dauern, bis ich in diesen Apparat gucken kann, oder?“

„Klar! Heute ist Freitag. Ich schicke den Kasten heute Abend raus. Vor Montag packt den in Bielefeld auch keiner an.“

Schulte war damit zwar nicht zufrieden, legte aber ohne weiteren Kommentar auf. Dann stand er auf, um sich etwas die Beine zu vertreten. Er schlenderte über den Flur, zog sich einen Kaffee aus dem Automaten und sah, dass im Büro von Braunert und Lohmann gerade eine kleine improvisierte Besprechung stattfand. Maren Köster saß auf Braunerts Schreibtisch, direkt vor dessen Stuhl, ein Bein über das andere geschlagen und sprach leidenschaftlich über ihren aktuellen Fall. Schulte malte sich kurz aus, wie er sich in Braunerts Situation verhalten würde. Ob es ihm gelingen würde, seine Hände in derartiger Griffnähe seines Zielobjektes genauso still zu halten?

Schulte schloss die Tür hinter sich, lehnte sich daran und wartete demütig, bis die junge Kollegin ihr Statement zu Ende gebracht hatte. Dann berichtete er kurz über den Fortschritt in seinem Fall und kündigte die Besprechung mit Potthast am Montag an. Anschließend jammerte er noch ein wenig über Krauses misslungenen Versuch, das Password von Rauschers Computer zu knacken und den damit verbundenen Zeitverlust.

Die beiden anderen Männer zuckten mit den Schultern und gaben ihm zu verstehen, dass er da eben nichts machen könne. Dann setzte er sich wieder an seinen Schreibtisch und nahm sich erneut die Unterlagen vor.

Es ging aus dem letzten Papier zwar nicht genau hervor, aus welchen Personen die Forschungsgruppe der Firma bestand, aber er konnte davon ausgehen, dass die Geschäftsführung der heute nicht mehr existierenden Firma *HELI* sehr genau über das Projekt Bescheid wusste. Das wiederum warf die Frage nach deren Mitverantwortung oder sogar alleinigen Verantwortung an Rauschers und Kötterhagens Tod auf. Da konnte durchaus ein direkter Zusammenhang bestehen. Hinter der Geschäftsführung standen Namen, die ihm bekannt waren: Jacob Quist, Hermann den Hertog und Henk Poortvliet. Zwei davon hatte er bereits persönlich kennengelernt. Hermann den Hertog lebte nicht mehr. Da Quist auch eine Art Opfer dieser Geschichte war, und Schulte ihn als glaubwürdig einstufte, setzte er diesen Namen ganz nach unten. Als wichtigster Ansatzpunkt blieb Poortvliet. Er musste unbedingt noch einmal mit Poortvliet sprechen, diesmal allerdings unter anderen Voraussetzungen. In Form eines Verhörs, ausgestattet mit allen polizeilichen Befugnissen. Dazu gehörte natürlich das Einverständnis seines Chefs, was eventuell schwierig werden könnte, aber auch die Mitwirkung der belgischen Polizei, was ihm weniger Sorgen machte. Das würde auch bedeuten, dass er demnächst noch einmal nach Hasselt fahren müsste. Schweren Herzens stand er auf und ging zu Erpentrups Büro. Der saß hinter seinem blitzblank aufgeräumten Schreibtisch und redigierte einen Vortragstext. Erpentrup gehörte zu den Menschen, die sehr hochwertige Arbeit abliefern, wenn sie sich auf eine Tätigkeit konzentrieren und die zu Ende bringen können. Unterbrechungen verabscheute er. Schulte, der dies wusste, begann, so vorsichtig wie möglich seinen Vorgesetzten auf den aktuellen Ermittlungsstand zu bringen. Schon nach wenigen Sätzen unterbrach Erpentrup energisch die Ausführungen.

„Schreiben Sie das auf! Ich habe gleich einen wichtigen Vortrag zu halten und keine Zeit für Ihr Anliegen. Legen Sie mir am Montag Morgen ein entsprechendes Dossier auf den Tisch und dann sehen wir weiter. Und keine Extratouren, Herr Schulte! Alle Kontakte zu ausländischen Kollegen laufen über meinen Schreibtisch, ist das klar? Schönes Wochenende!“

Damit widmete er sich wieder demonstrativ seinem Redemanuskript.

Wütend drehte sich Schulte um und verließ das Büro. Zurück an seinem eigenen Schreibtisch rief er zum zweiten Mal an diesem Tag seinen Paderborner Kollegen Potthast an. Er erklärte ihm sowohl die Notwendigkeit mit der Polizei in Hasselt Kontakt aufzunehmen, als auch seine eigenen Schwierigkeiten dies zu tun. Potthast aber hatte nicht nur durch den Fall Kötterhagen einen triftigen Grund dazu, er hatte auch freie Hand.

„Der Kollege dort heißt Frans Koster! Er weiß im Wesentlichen über alles Bescheid. Vor allem muss er herausfinden, wo sich dieser Herr Poortvliet in der Zeit um Weihnachten herum aufgehalten hat. Und ob er noch irgendwelche geschäftlichen Aktivitäten zeigt oder konsequent im Ruhestand ist."

Dann gab er noch die Adresse von Poortvliet durch. Mittlerweile war es Freitag Nachmittag. Da sein Chef ihm für heute den Spaß an der Arbeit verdorben hatte, schloss er seinen Schreibtisch ab und ging zu den Kollegen, um ihnen ein schönes Wochenende zu wünschen. Lohmann war bereits weg, nur Axel Braunert und Maren Köster waren noch da. Braunert baute ebenfalls gerade seine Zelte ab. Maren Köster aber hatte am Wochenende Dienst. Sie versprach ihm, sich sofort bei ihm zu melden, wenn übers Wochenende irgendwelche Informationen aus Hasselt kommen sollten. Als Dank bot er ihr eine Fahrt in seinem neuen Auto an. Sie lachte.

„Wo denn? Vorne sitzend oder hinten liegend?"

„Wie du willst! Man kann es sich in allen Positionen nett machen."

„Altes Ferkel!"

74

Potthast und von Grothenburg waren pünktlich am Montag Morgen um neun Uhr zur Besprechung da. Schulte hatte sich natürlich verspätet. Potthast, den die Detmolder zumindest alle dem Namen nach und manche auch vom Telefon her kannten, nutzte die Zeit, um die Kollegen zu begrüßen und den ‚Neuen' vorzustellen. Wäre Potthast etwas sensibler gewesen und hätte er von der sexuellen Ausrichtung Axel Braunerts gewusst, dann wäre ihm vermutlich aufgefallen, dass dieser bei der Begrüßung verlegen wurde wie ein junger Mann in der ersten Tanzstunde. Von Grothenburg selbst hatte dafür auch keine Antenne. Er wurde allerdings genau so vom Flammenpfeil des Liebesgottes getroffen, als ihm Maren Köster vorgestellt wurde. Dann endlich, eine halbe Stunde zu spät, kam Schulte hereingepoltert. Das hinderte ihn nicht, ganz erstaunt zu fragen:

„Ihr seid schon da? Habt ihr denn in Paderborn nichts zu tun?"

Potthast kannte ihn und nahm ihm das nicht übel. Von Grothenburg hingegen war wie vor den Kopf gestoßen. Als sie in den kleinen Besprechungsraum gingen, setzte sich die übliche Besprechungsmannschaft Braunert, Köster, Lohmann und Krause wie selbstverständlich dazu.

Erst referierten die Paderborner ausführlich über ihren Fall Kötterhagen, dann brachte Schulte die anderen auf den aktuellen Wissensstand im Fall Rauscher.

Da der Jugendbanden-Fall erfolgreich abgeschlossen war und zur Zeit nichts ähnlich Wichtiges anlag, konnten ab sofort alle Mitglieder des Detmolder Ermittlungsteams auf den Fall Rauscher angesetzt werden. Heinz Krause hatte sich mittlerweile intensiv um Rauschers PC gekümmert. Zwar hatte er das Passwort noch nicht geknackt und auch sonst keinen anderen Zugang zu den Dateien gefunden. Doch er berichtete, dass er auf dem besten Wege sei, die Sicherheitsmaßnahmen, die der PC-Besitzer getroffen hatte, aus dem Wege zu räumen. So richtig konnte das aber keiner glauben.

Um den Fall zwischen den Paderborner Polizisten und den Detmoldern besser koordinieren zu können, wurde Lohmann als Aktenführer und Ansprechpartner eingesetzt. Dieser war für solche Tätigkeiten auf Grund seiner Genauigkeit wie geschaffen.

Potthast berichtete kurz von seinem Telefongespräch mit Frans Koster aus Hasselt. Koster hatte zugesagt, sich um Poortvliet zu kümmern.

„Koster konnte übrigens nicht herausfinden, wann der Briefkasten geleert worden ist. Damit können wir diese Spur in die Tonne treten. Schade, aber egal!", warf Schulte ein. „Übrigens sollte sich jemand mal grundsätzlich um das Thema Futtermittel kümmern. Was ist da in den letzten Jahren an Skandalen gelaufen? Hat es internationale Verbindungen gegeben? Wie waren die Täter organisiert? Axel, wäre das ein Thema für dich?"

Braunert nickte.

„Wir müssen mehr über Rauscher wissen. Hat er auf eigene Faust an dieser Geschichte gearbeitet? Oder ist er von jemandem dafür angeheuert worden? Falls das der Fall gewesen sein sollte, müsste bereits Geld geflossen sein. Das heißt, wir müssen unbedingt seine Konten herausfinden und diese überprüfen. Ist eigentlich mit seinem Nachlass schon irgendwas geregelt? Wir sollten uns da mit dem Gericht zusammensetzen und das klären. Wer will das machen?"

Lohmann erklärte sich dazu bereit. Er war mit allem einverstanden, solange er dazu nicht sein Büro verlassen musste. Schulte dachte bereits weiter.

„Uns ist immer noch kein bisschen klar, warum er eigentlich in dem Fan-Bus mitgefahren ist. Welche Rolle hat er bei den Fans gespielt? Hat er da auch was gesucht, oder war er wirklich nur sportbegeistert? Wer packt es an?"

Maren Köster hob lässig die Hand.

„Wunderbar!" freute sich Schulte. „Ich selbst werde versuchen, von Erpentrup doch noch die Freigabe für einen weiteren Hasseltbesuch zu kriegen. Ich muss dringend noch mal mit Henk Poortvliet sprechen. Der Mann hat unbedingt was mit unserem Fall zu tun, da bin ich mir hundertprozentig sicher! Leider ist Erpentrup zur Zeit kein großer Fan von mir. Er wird alles torpedieren, was von mir kommt. Wenn es nicht anders geht, musst du das regeln, Willi!" sagte er zu Potthast gewandt.

Potthast nickte.

„Klar! Ich habe zwar auch was anderes zu tun als nach Belgien zu fahren, aber wenn es denn einem höheren Ziele dient, dann sei es drum!"

Nach diesen weihevollen Worten war die Besprechung beendet. Die Gruppe löste sich auf und bildete kleine, informelle Grüppchen zum Small-Talk. Axel Braunert und Maren Köster unterhielten sich mit Heimfried von Grothenburg, Potthast und Schulte hockten noch etwas zusammen. Schulte hatte das Gefühl, das ihm signalisierte, etwas vergessen oder übersehen zu haben. Lohmann und Krause verdrückten sich in ihre Büros.

Auf einmal rief Axel Braunert laut:

„Ich glaube, jetzt weiß ich, wer du bist! Moment mal!"

Damit verließ er die beiden anderen und sprintete in sein Büro. Sekunden später kam er zurück, mit einer Illustrierten in der Hand.

Hektisch schlug er die Zeitschrift auf. Es handelte sich um die aktuelle *Men's Health*-Ausgabe.

„Das bist du doch, oder?" Braunert war ganz aufgeregt.

Nun waren auch Schulte und Potthast aufmerksam geworden und kamen dazu. Braunert hatte das Heft an der richtigen Stelle aufgeschlagen und zeigte es herum. Gemurmel machte sich breit. Von Grothenburg war das Ganze sichtlich unangenehm. Was Axel Braunert da herumreichte, zeigte ohne Frage Heimfried von Grothenburg, äußerst knapp bekleidet, bei sportlichen Übungen. Über den Fotos prangte in aggressiv dicken Lettern die Frage: Ist das der schönste Polizist Deutschlands? Maren Köster musste sich arg zusammennehmen, um diese Frage nicht an Ort und Stelle mit einem lauten Ja zu beantworten. Axel Braunert schien es ebenso zu gehen. Potthast war sichtlich geschockt. Nur Schulte lachte laut, klopfte von Grothenburg auf die breiten Schultern und sagte:

„Ich dachte immer, ich sei Deutschlands schönster Bulle! Dann bin ich jetzt wohl nur noch die Nummer zwei. Glückwunsch, Herr Kollege!"

75

Nachdem die Paderborner verschwunden waren, hatte sich Josef Schulte hingesetzt und ein Dossier des Falles Rauscher angefangen. So etwas lag ihm nicht. Schulte war ein Mann der Tat. Berichte zu schreiben war etwas, das er wenn möglich Kollegen wie Bernhard Lohmann überließ. Leider ging das diesmal nicht und so stöpselte er mühsam Satz an Satz. Um halb eins verließ er sein Büro und die gesamte Kreispolizeibehörde, um in Ruhe etwas zu essen. Eine Stunde später hockte er wieder hinter dem hoffnungslos überladenen Schreibtisch. In einem Büro, das seit Jahren die Kollegen belustigte und die Putzkolonne in den Wahnsinn trieb. Um Viertel nach zwei riss ihn das Telefon aus der öden Schreibarbeit. Frans Koster aus Hasselt war dran!

„Was meinst du, wen wir heute Morgen gefasst haben? Na, rate mal!"

Schulte wollte nicht raten.

„Keine Ahnung, das wirst du mir gleich sagen!"

Koster machte eine Kunstpause.

„Deine beiden kräftigen Freunde! Die dich so wunderbar verprügelt haben. Was sagst du jetzt?"

Gegen seinen Willen verspürte Schulte eine Erregung, die er so eigentlich nicht wollte. Eigentlich sollte ein Polizist bei seinen Ermittlungen Distanz halten, sich nicht von Emotionen abhängig machen. Aber in diesem Fall klappte das nicht. Die beiden Männer hatten ihn nicht nur verprügelt, sie hatten ihn umbringen wollen. Das saß tief! So tief, dass er bei dieser Nachricht tief durchatmen musste, um nicht laut seine Gefühle raus zu schreien. Er zwang sich zur Sachlichkeit.

„Glückwunsch! Wie habt ihr das so schnell geschafft?"

„Durch die Phantombilder! Deine Beschreibung war so gut, dass sich sofort nach Veröffentlichung der Fahndungsbilder Leute gemeldet haben. Gestern Abend bekamen wir dann den entscheidenden Tipp von einem anonym gebliebenen Mann. Heute morgen in aller Frühe haben wir zugeschlagen und sie in ihren Wohnungen überrascht. Beide sind nicht vorbestraft und waren uns bisher völlig unbekannt. Man hat sie anscheinend erst vor kurzem engagiert."

„Und, haben sie schon geplaudert?"

„Nein, kein Wort. Es dürfte für uns auch schwer werden, denen irgendwas zu beweisen. Damit komme ich auch gleich zu meinem Anliegen. Ohne deine Zeugenaussage ist der Fang wertlos! Bisher wurden sie nur von dir einer Straftat beschuldigt. Kurz und gut: Du musst sofort herkommen und deine Aussage zu Protokoll geben."

Das eröffnete für Schulte völlig neue Chancen, nach Hasselt zu kommen und auch Poortvliet zu befragen.

„Und wenn mein Chef nicht mitspielt?"

„Dann laden dich offiziell unsere Gerichte als Zeugen vor. Dein Chef würde diplomatische Verwicklungen provozieren, wenn er Nein sagt. Das kann er nicht ablehnen! Also, wann kommst du?"

„Sobald ich kann! Vermutlich morgen. Ist das okay?"

„Ist okay! Tot ziens, Mijnheer Schulte!"

„Tot ziens!"

Schulte rieb sich die Hände. Das hatte ja ganz wunderbar geklappt! Sofort ging er zu Erpentrup und erstattete Bericht. Erpentrup war alles andere als ein Trottel und wusste, wann er nachgeben musste. Er schrieb Schulte einen offiziellen Reisebefehl aus und wies ihn mürrisch an, so bald wie möglich zurückzukommen und zu berichten.

Erpentrups Sekretärin bekam die Anweisung, für Schulte die schnellste und günstigste Bahnverbindung herauszufinden und ihm ein Hotelzimmer zu reservieren. Schulte schlug in aller Unschuld das Hotel *Iris* vor, in der Hoffnung, während dieser einen Übernachtung möge eine junge Dame namens Marijke an der Rezeption Dienst haben.

76

Dienstag Mittag stand Josef Schulte wieder auf dem Bahnhofsvorplatz in Hasselt. Dass er so schnell wieder hierher kommen würde, hätte er bei seiner Flucht aus dieser Stadt vor wenigen Tagen nicht gedacht. Aber nun war auch seine Position eine ganz andere. Letztens war er ein abgerissener Taugenichts, den die Polizei wegen Mordverdachtes suchte und den eine Organisation von Kriminellen eliminieren wollte. Wenn er auch heute nicht wirklich elegant auftrat, war er doch immerhin offiziell auf Einladung der örtlichen Polizei hier. Das war doch irgendwie was anderes.

Zum Laufen war es zu kalt, deshalb nahm Schulte sich ein Taxi. So etwas war ja seit Beginn des Jahres durch die EURO-Einführung viel einfacher geworden, und er konnte nun seelenruhig Spesen machen. Erpentrup würde die abzeichnen müssen, ob er wollte oder nicht. Fröhlich schleppte er seine kleine Reisetasche ins Hotel *Iris*, war aber maßlos enttäuscht, dass dort nicht wie erhofft die süße Marijke Dienst tat, sondern ein blasser junger Mann. Der Aufzug war ja inzwischen repariert, aber da Schulte diesmal ein

Zimmer im unteren Bereich des Hotels bekam, nutzte ihm das nichts. Er hielt sich dort auch gar nicht lange auf, sondern überquerte kurz darauf die Thonissenlaan und betrat das wuchtige Polizeigebäude.

Frans Koster empfing ihn wie einen Ehrengast und stellte ihn seinen Mitarbeitern vor. Dann zogen sich der belgische und der deutsche Kommissar zu einem Gespräch unter vier Augen zurück.

„Die beiden haben bisher nichts ausgesagt. Sie haben zwar Angaben zu ihrer Person gemacht, aber zu allen Anschuldigungen geschwiegen. Leider haben sie auch ziemlich gute Anwälte. Also ich könnte mir die nicht leisten. Da wir bei ihnen nicht mit einem Geständnis rechnen können, bleibt uns nur deine Zeugenaussage. Aber du solltest dir deiner Sache sehr sicher sein. Wenn es zu einem Prozess kommt, dann werden dich die Anwälte auseinandernehmen und ich kann nicht dafür garantieren, dass dich danach wieder jemand zusammenbauen kann. Aber du bist ja Profi, das weißt du alles selbst!“

Schulte nickte. Dann gingen die beiden Polizisten eine Treppe hinunter in einen kleinen, fensterlosen Raum. Koster nahm dort ein Telefon zur Hand und gab eine Anweisung. Kurz darauf führten zwei uniformierte Beamte zwei Männer in Handschellen hinein. Beide Männer waren groß und kräftig. Einer davon sogar ungewöhnlich groß. Wenn sie jetzt auch ganz anders gekleidet waren, erkannte Schulte sie doch sofort. Er hatte am Neujahrmorgen ausreichend Zeit gehabt, sich die beiden Visagen anzuschauen und einzuprägen.

Die beiden Festgenommenen staunten nicht schlecht, als sie den Mann erkannten, der ihnen vor einigen Tagen durch Phantasie und Tatkraft ihre Grenzen aufgezeigt hatte. Nach dem ersten Erstaunen starrte der blanke Hass aus ihren Augen. Der größere Mann ruckte sogar wütend an seinen Handschellen, aber Koster schrie ihn sofort und so energisch an, dass der Mann sich wieder ruhig verhielt.

Einer der beiden Uniformierten machte seinem Vorgesetzten Meldung.

„Eric Meijers und Rien Lubbers zum Verhör bereit!"

Die Riese erwies sich als Eric Meijers. Er war über zwei Meter groß und wog locker hundertdreißig Kilo. Eigentlich hätten ihn zwei Polizisten festhalten müssen. Ihn hielt mehr die Vernunft zurück als die Handschellen. Lubbers war mit seinen ein Meter sechsundachtzig und rund neunzig Kilo auch nicht zierlich.

Koster wurde nun förmlich.

„Herr Zeuge, sind dies die Männer, die Ihnen am Abend des achtundzwanzigsten Dezember 2001 an der Ecke Minderbroedersstraat/Dorpstraat auflauerten und Sie verletzt haben? Und die am Morgen des ersten Januar 2002 in Ihr Zimmer eingebrochen sind?"

Schulte antwortete mit einem klaren:

„Ja! Das sind sie!"

Koster freute sich. Er wandte sich wieder den Gefangenen zu.

„Schön! Meine Herren, sie haben es gehört. Es gibt eine klare Zeugenaussage gegen Sie. Wäre es jetzt nicht an der Zeit, einfach alles zu gestehen und uns zu verraten, wer Sie dafür bezahlt hat?"

Rien Lubbers schien der Kopf der beiden zu sein. Er antwortete mit heiserer Stimme.

„Wir sagen nichts ohne unsere Anwälte. Geben Sie uns ein Telefon, damit wir sie anrufen können. Wir kennen unsere Rechte!"

Koster winkte angewidert ab und bedeutete den Beamten, dass sie die Delinquenten wieder in ihre Zellen zurückbringen sollten.

Danach gingen Koster und Schulte in die Kantine des Polizeihauses und aßen zu Mittag.

„Willst du beim nächsten Verhör der beiden dabei sein?" fragte Koster.

„Nein! Ich kann ja nicht gleichzeitig Ermittler und Zeuge sein. Was denkst du, wann der Prozess sein wird? Ich werde ja dann wohl noch einmal wiederkommen müssen."

„Wieso müssen? Kommst du etwa nicht gerne zu uns? Also, ich kann dir das beim besten Willen nicht voraussagen. In Belgien mahlen die Mühlen der Gerechtigkeit zwar gründlich, aber manchmal auch verdammt langsam."

Schulte räusperte sich, bevor er einen Wunsch äußerte.

„Ich würde gern noch einmal, diesmal als Polizist, in deiner Gesellschaft mit Henk Poortvliet sprechen. Das scheint mir der wichtigste Mann bei der alten Firma HELI gewesen zu sein. Als Buchautor getarnt konnte ich ihm nicht sehr auf den Pelz rücken. Aber ich denke, in einem offiziellen Verhör ist da noch eine Menge rauszuholen."

Koster schien nicht begeistert zu sein.

„Grundsätzlich hätte ich nichts dagegen. Poortvliet ist sicher ein interessanter Mann für deinen Fall, aber..." Koster wurde sehr ernst und schien genau zu überlegen, was er sagen sollte. „Auch wenn wir dank deiner Beschreibung Lubbers und Meijers gefasst haben, darfst du eines nicht vergessen. Den oder die Auftraggeber der beiden kennen wir immer noch nicht und deren Wunsch, dich auszuschalten, ist seit dem letzten Versuch vermutlich nicht kleiner geworden. Wir sollten daraus Konsequenzen ziehen."

„Was meinst du denn damit?"

„Spätestens nach dem nächsten Besuch der Anwälte, damit ist heute Nachmittag noch zu rechnen, werden die Auftraggeber wissen, dass du wieder in Hasselt bist. Warum sollten sie sich diese Gelegenheit entgehen lassen? Schließlich wirst du förmlich auf dem Silbertablett serviert."

Daran hatte Schulte nicht gedacht. Aber Koster hatte zweifellos Recht.

„Und? Was soll ich tun?"

Koster blieb ernst. „Abreisen! Mit dem nächsten Zug! Nicht, weil wir dich schnell loswerden wollen, sondern zu deiner Sicherheit. In deinem Hotel können wir dich nicht effektiv schützen. Sicher bist du nur in deinem eigenen Revier in Detmold. Mit Poortvliet können wir auch ohne dich sprechen!"

Das alles passte Schulte gar nicht. Sicher, die Sorgen war logisch begründet und die Vernunft sprach für den Vorschlag.

Aber so einfach die Klärung dieser Geschichte, in die er schon so viel investiert hatte, anderen überlassen?

„Und wenn ich auf eigene Verantwortung bleibe? Ich bestätige dir schriftlich, dass du mich auf die Gefahren hingewiesen hast, dann bist du aus dem Schneider, falls was passiert. Was meinst du dazu?"

Koster seufzte tief.

„Weißt du, was mich wirklich verzweifeln lässt? Leute wie du! Mit welchem Recht setzt ihr euch über jede Vernunft hinweg? Von anderen erwartet ihr, dass sie sich an Regeln halten, dass sie ein kalkulierbares, rationales Verhalten zeigen. Nur ihr habt das nicht nötig, ihr kämpft Freistil. Aber wenn ihr bis zum Hals in der Scheiße steckt, dann dürfen euch die dummen Normalbürger wieder rausziehen. Immer wieder riskieren Männer von der Bergwacht oder auf Seenotrettungsschiffen Kopf und Kragen, um solchen Verrückten wie dir den Arsch zu retten. Ihr macht mich krank!"

Wütend blickte er Schulte an. Als dieser gerade sein Einverständnis mit einer vorzeitigen Abreise erklären wollte, redete Koster weiter.

„Aber verstehen kann ich dich gut! Pass auf! Wir holen jetzt deine Sachen aus dem Hotel. Du kannst heute Nacht bei mir wohnen! Ich rufe gleich meine Frau an, die bereitet dann alles vor. Sie ist auch Polizistin und hat gute Nerven. Heute Nachmittag besuchen wir dann zusammen deinen Freund Poortvliet, wenn er zu Hause ist. Einverstanden?"

Schulte sagte nichts, sondern drückte wortlos und ernst dem Kollegen die Hand.

Um vier Uhr nachmittags saß Josef Schulte zusammen mit dem Kommissar Frans Koster in einem gemütlichen Sessel in dem bereits bekannten Wohnzimmer Henk Poortvliets. Poortvliet hatte schon sehr verdutzt dreingeschaut, als der Mann, der ihn vor wenigen Tagen als Buchautor besucht hatte, sich nun als deutscher Polizist zu erkennen gab. Aber falls er wütend oder verwirrt war, ließ er sich das nicht anmerken. Er zeigte sich freundlich und kooperativ, betonte aber immer wieder, dass damals bei *HELI* alles korrekt abgelaufen sei und dass er es sehr bedauere, der Polizei nicht weiterhelfen zu können.

„Herr Poortvliet, ist in der Zeit vom sechzehnten Dezember bis Weihnachten ein Deutscher bei Ihnen gewesen und hat Ihnen ähnliche Fragen gestellt wie ich seinerzeit?"

Poortvliet lächelte.

„Da muss ich Sie leider enttäuschen. In diesem Zeitraum war ich gar nicht in Hasselt, sondern zum Skiurlaub in den Ardennen. Im Hotel Le Chateau in La Roché, falls Sie das nachprüfen wollen. Aber ich bin sicher, Sie glauben mir auch so. Ist übrigens ein ganz entzückender Ort, dieses La Roché, unbedingt zu empfehlen. "

Damit war auch Schultes Frage nach Poortvliets Alibi für den Zeitpunkt des Mordes an Rauscher hinfällig. Denn er zweifelte keine Sekunde daran, dass die Angaben korrekt und nachprüfbar waren.

Poortvliet schien das alles sehr zu genießen.

„Kann ich Ihnen sonst noch irgendwie nützlich sein, meine Herren?" säuselte er lächelnd.

Schulte nahm sich zusammen.

„Uns liegen Protokolle einer Forschungsgruppe der Firma HELI vor, aus denen klar hervorgeht, dass die Geschäftsführung von HELI in einen fehlgeschlagenen Produkttest unter realen Bedingungen involviert war. Bei diesem Test wurde höchstwahrscheinlich ein Präparat eingesetzt, dass nicht zugelassen war. Das allein wäre ja nicht so schlimm, nach all den Jahren. Aber dass der Mann, der damals vor Ort der Handlanger Ihrer Firma war, jetzt ermordet worden ist, dass stimmt uns nachdenklich. Und dass ein zweiter Mann, der vermutlich diese Geschichte recherchiert hat, ebenfalls ermordet wurde, und zwar hier in Hasselt, das bringt uns zwangsläufig auf die Spur der Firma HELI. Sie, Herr Poortvliet, waren immerhin einer der prägenden Männer dieser Firma und müssen über alles Wesentliche Bescheid gewusst haben. Sie..."

„Was wollen Sie mir eigentlich unterstellen?" stieß Poortvliet, nun schon bei weitem nicht mehr so entspannt, hervor. „Seien Sie vorsichtig! Ich weiß nicht, was an Ihren Worten dran ist, aber die Querverbindung, die Sie da ziehen, gefällt mir nicht. Die gefällt mir ganz und gar nicht!"

Er stand vor ihnen, mit hochrotem Kopf, die Hände kampflustig in die Hüften gestemmt. Und weiter ging es.

„Wenn ich sehen muss, wie leichtfertig Sie mich jetzt in eine kriminelle Ecke stellen, dann muss ich mir ernsthaft überlegen, ob ich mich mit Ihnen weiter ohne meinen Anwalt unterhalten sollte." Dann schaute er Koster an.

„Und Sie? Was meinen Sie dazu? Sie sind doch hier zuständig, oder ist die Hasselter Polizei jetzt schon wieder mal von den Deutschen okkupiert?"

Die Entwicklung des Gespräches war überhaupt nicht im Sinne von Koster. Er versuchte zu beschwichtigen.

„Bitte, Herr Poortvliet! Mein Kollege hat doch nur versucht, Fakten zusammen zu tragen. Er hat mit keinem Wort behauptet, dass Sie für einen dieser Morde verantwortlich sind. Wir hatten gehofft, dass Sie uns bei unseren Überlegungen weiterhelfen könnten. Mein Kollege hat das vielleicht nicht so deutlich gemacht, aber das ist eher ein Sprachproblem. Sein Flämisch ist zwar recht gut, aber eben nicht perfekt."

Poortvliet setzte sich wieder. Kosters Worte schienen ihn besänftigt zu haben. Trotzdem blieb die Stimmung gereizt.

Koster übernahm nun die Gesprächsführung. Poortvliet sperrte sich zwar nicht gegen weitere Fragen, er blieb jedoch eine echte Aussage schuldig. Er stritt einfach jedes Wissen über das fragliche Produkt mit der penetrant wiederholten Aussage ab, dass er allein für die kaufmännischen Bereiche bei *HELI* zuständig gewesen sei. Die Produktentwicklung sei nicht in seine Zuständigkeit gefallen. Schulte und Koster glaubten ihm zwar kein Wort, gingen aber nach einer weiteren halben Stunde davon aus, nicht weiterzukommen und verabschiedeten sich.

„Nur gut, dass du diese Nacht bei mir wohnst!" brummte Koster, als sie auf der verregneten Straße standen. „Jetzt würde ich mir erst recht Sorgen um deine Sicherheit machen!"

77

Kurz darauf traf Schulte mit Piet van Duin zusammen. Der Journalist hatte sich sofort freigenommen, als er von Schultes Anwesenheit in Hasselt erfuhr. Nun hockten die beiden im *Stadcafe* am Havermarkt zusammmen, in einem dieser wunderbaren überdachten und beheizten Hinterhöfe, und diskutierten die Affäre *HELI* und den Fall Rauscher.

„Ich habe natürlich in den letzten Tagen oft über deinen Fall nachgedacht," meinte van Duin. „Ein bisschen habe ich auch recherchiert. Und schau mal, was ich gefunden habe."

Damit legte er die Kopie eines Zeitungsartikels aus dem Jahre 1998 auf den Tisch. Schulte las:

***Antwerpen** – Für den Mord an einem belgischen Tierarzt, der 1995 einer „Hormonmafia" auf der Spur war, sind vier Angeklagte in Antwerpen zu hohen Haftstrafen verurteilt worden. Der Mann, der den Arzt Karel van Toppen erschossen hatte, wurde ebenso zu fünfundzwanzig Jahren*

Haft verurteilt wie einer der beiden Auftraggeber sowie der Vermittler für den Auftragsmord.

Das Urteil wird als Triumph für die belgische Justiz gesehen, die im Zusammenhang mit der Dutroux-Affäre, einem mehrfachen Kindermörder, in zahlreiche Skandale verwickelt war. Der Auftragsmord der Hormonmafia an dem im Dienst des belgischen Gesundheitsministeriums arbeitenden Veterinär hatte 1995 die Öffentlichkeit aufgeschreckt und gilt als Test für die Reformbemühungen der Justiz und Polizei, die von der Öffentlichkeit stark kritisiert worden waren. Nach der Ermordung des Tierarztes, der zuvor immer wieder vergeblich die zuständigen Aufsichtsbehörden vor den Praktiken der Hormonmafia gewarnt hatte, hatten die belgische und die niederländische Regierung dieser den Kampf angesagt.

Die zwölfköpfige Jury sah es als erwiesen an, dass der Waffenhändler C.S. den Mord organisiert und der Kirmesunternehmer A.B. den Tierarzt unter einem Vorwand aus seinem Haus gelockt und in einem Wald bei Antwerpen erschossen hatte. Die Vieh- und Fetthändler A.V. und G.D., die den Auftrag zur Ermordung erteilt hatten, haben stets ihre Unschuld beteuert. C.S. und A.B. hatten sich während des siebenwöchigen Prozesses als schuldig bekannt.

Carel van Toppen hatte vor seinem Tod immer wieder die Öffentlichkeit und die staatlichen Stellen auf den illegalen Handel mit Hormonpräparaten für die Viehzucht aufmerksam gemacht. Er und andere Veterinäre hatten daraufhin mehrmals Morddrohungen erhalten. Nach dem 1985 eingeführten Verbot für die Verabreichung von Wachstumshormonen für Kälber hatten sich im niederländisch-belgischen Grenzbereich kriminelle Organisationen etabliert, die die Viehzüchter mit verbotenen Substanzen belieferten.

Nach dem Mord an seinem Bruder Carel hatte Kees van Toppen den Kampf gegen die Fleischmafia fortgesetzt und herausgefunden, dass sowohl in Belgien als auch in den

Niederlanden Tierärzte von Viehzüchtern unter Druck gesetzt werden, damit sie falsche Exportbescheinigungen oder Exporterklärungen über die Gesundheit oder Todesursache von Tieren ausstellten. Das Problem sei verschwiegen worden, so Toppen, weil die Wirtschaftsinteressen zu groß seien. Unterstützt wurde Van Toppen von einem Netzwerk, dem Beamte, Viehzüchter, Tierärzte und Politiker angehörten.

Das belgische Parlament verabschiedete die strengsten Gesetze der Welt gegen den Einsatz von Wachstumshormonen bei Tieren. Und eine Spezialpolizei macht intensiv Jagd auf korrupte Viehzüchter, Beamte und Apotheker.

Schulte pfiff durch die Zähne. Mit einem Ruck setzte er sich aufrecht hin.

„Also gibt es so was wirklich! Es ist nicht nur Spinnerei! Und dann auch noch hier in der Gegend! Was meinst du, gibt es da einen direkten Zusammenhang?"

„Ich denke nicht. Aber du siehst, wie so was funktioniert. Und auch, dass diese Leute vor nichts zurückschrecken. Das sind keine kleinen Betrüger, das sind hochkarätige Kriminelle. Ist dir jetzt klar, wie ernst die Situation letztens war? Die wollten dich nicht erschrecken. Die wollten dich ausschalten! So wie sie Marco Rauscher ausgeschaltet haben, der an der selben Story arbeitete. Diese Leute meinen es ernst! Sei vorsichtig!"

Schulte schluckte.

„Das hat mir euer Kripo-Mann Frans Koster auch schon angedeutet. Ich werde dran denken! Was meinst du, steckt Henk Poortvliet da mit drin oder nicht? Oder ist er sogar der Kopf des Ganzen?"

Van Duin überlegte lange und gründlich.

„Er muss etwas wissen, denn er war nicht Irgendwer! Im fraglichen Zeitraum war er einer der wichtigsten Männer dieser Firma. Es ist ausgeschlossen, dass er von dem Produkttest nichts mitbekommen haben soll. Ob er aber vielleicht sogar den Mord an diesem ehemaligen Futtermittelhändler und an Rauscher in Auftrag gegeben haben kann, das wissen wir nicht und ..."

Schulte winkte ab.

„Ich weiß, ich weiß! Das werden wir ihm auch nie beweisen können!"

Eine Zeitlang schwiegen beide. Dann grübelte van Duin:

„Eines leuchtet mir ja gar nicht ein. Warum wurde dieser Futtermittelhändler nicht unmittelbar nach den Ereignissen 1987 umgebracht? Warum erst vierzehn Jahre später? Und warum ist dieser Rauscher vierzehn Jahre danach auf Spurensuche gegangen? Wurde dieser Händler wegen Rauscher umgebracht oder umgekehrt? Oder ist das alles purer Zufall?"

„Ja," stimmte Schulte zu. „Da irgendwo liegt der Knackpunkt! Irgendwas muss Rauschers Ermittlungen ausgelöst haben. Als Kötterhagen umgebracht wurde, hat Rauscher definitiv noch gelebt. Vielleicht ist er durch dessen Tod auf eine Spur geraten, die ihn nach Hasselt und damit ins Verderben geführt hat."

„Na, na!" grinste van Duin, „diese Ableitung kann ich aber so nicht gelten lassen! Nach Hasselt und damit ins Verderben, was soll denn das heißen? So schlimm ist es ja hier nicht, oder?"

„Sorry! So war das natürlich nicht gemeint. Im Gegenteil: Ich mag eure Stadt, wirklich! Aber Marco Rauscher wäre besser nicht hierher gekommen."

Van Duin nippte eine ganze Weile schweigsam an seinem Bierglas. Es war offensichtlich, dass er an einem Gedanken werkelte, ihn aber nicht aussprechen wollte, weil er sich seiner Sache nicht sicher war. Dann endlich musste es raus.

„Ich will dich nicht auf eine falsche Spur bringen, aber mir ist da etwas eingefallen, was vielleicht eine Rolle spielt. Aber bitte, es ist nur aus der Erinnerung und hat eventuell gar nichts zu bedeuten."

Wieder druckste er herum. Schulte wurde unruhig.

„Als Rauscher damals, kurz vor Weihnachten, bei uns in der Redaktion war, da habe ich mich ja kurz mit ihm unterhalten. Da ich ihn, wie du weißt, nicht mochte, habe ich nicht richtig zugehört, was er erzählt hat. Aber ich bin mir jetzt ziemlich sicher, dass er von einem lukrativen Job sprach. Er hat ausdrücklich betont, dass dieser Job nichts mit seiner Arbeit bei eurer Heimatzeitung zu tun hatte. Dann hat er irgendwas gefaselt von einem wichtigen Mann, der ganz speziell ihn wegen seiner Fähigkeiten beauftragt habe, dann etwas mit Memoiren und so weiter. Wie gesagt, ich habe nur mit einem Ohr hingehört."

Sekundenlang starrte Schulte ihn nur an. Was hatte das alles zu bedeuten? Er ahnte, dass hier irgendwo der Anfang eines langen vielfach gewundenen Fadens war. Aber wo?

„Rauscher war Journalist. Also ein professioneller Schreiber und Rechercheur. Wichtiger Mann. Memoiren. Das passt doch ganz gut zusammen, oder? Findest du folgende Schlussfolgerung völlig haltlos?"

Schulte holte tief Luft.

„Dieser wichtige Mann, der mit oder ohne sein Wissen irgendwas mit HELI und der Futtermittel-Affäre zu tun hatte, will seine Memoiren veröffentlichen. Da er sich das Schreiben nicht selber zutraut und er vermutlich eitel ist, engagiert er einen Profi-Schreiber als Ghostwriter. Was nun, wenn dieser Ghostwriter das Leben seines Auftraggebers erforscht und dabei Unrat findet, wo er Schätze heben sollte? Wenn der Auftraggeber vielleicht eine populäre Person des öffentlichen Lebens ist und dieser Ghostwriter gleichzeitig ein ehrgeiziger Journalist? Dann kann das doch zu einem Konflikt führen, oder?"

Van Duin nickte aufgeregt, mitgerissen von Schultes zwingender Argumentation.

„Klar, dann passt alles zusammen! Dann muss dieser Auftraggeber eine Beziehung zur HELI gehabt haben und damit zu allen Schweinereien dieser Firma und... er muss irgendwo bei euch in der Nähe leben. Kennst du jemanden, auf den das passt?"

„Nee! Kenne ich nicht!"

78

Josef Schulte würde es nie herausfinden, ob er, wenn er die Nacht im Hotel verbracht hätte, wirklich gefährdet gewesen wäre. Trotzdem war er seinem belgischen Kollegen Koster dankbar für die Fürsorge. Auch dessen Frau hatte sich rührend um ihn gekümmert.

Nun saß er nachmittags wieder, nach einer langen Bahnfahrt, sicher hinter seinem Schreibtisch in Detmold und blickte resigniert auf den immer höher werdenden Stapel von Akten und losen Zetteln. Er hatte noch mindestens fünfzehn Jahre bis zur Pensionierung. Würde er bis dahin den Stapel abgebaut haben oder würde der noch höher werden? Eine Frage, die ihn mit tiefer Hoffnungslosigkeit erfüllte. Die Vorstellung, sein aktives Leben dem Kampf gegen einen Aktenberg gewidmet zu haben und den Kampf dann im Endeffekt auch noch zu verlieren, machte ihn krank. In der letzten Zeit häuften sich die Augenblicke, in denen er sich unmöglich vorstellen konnte, diese Tätigkeit bis zu ihrem regulären Ende, dem Renteneintritt, durchzuziehen.

Er nahm das Telefon, rief Frans Koster in Hasselt an und fragte nach, ob die weiteren Vernehmungen von Lubbers und Meijers neue Erkenntnisse gebracht hätten.

„Heute Morgen waren die Rechtsanwälte der beiden dabei. Was dabei herausgekommen ist, kannst du dir ja denken. Es wird alles abgestritten. Aber, mein Lieber: Meine Leute von der Spurensicherung haben in deinem Gästezimmer in der Maastrichterstraat einiges gefunden. Zum Beispiel Faserspuren vom dem Mantel, den Lubbers bei seiner Festnahme noch an hatte. Man sollte doch öfter mal seine

Klamotten wechseln. Aber viel wichtiger sind Haare! Von beiden! Und Hautabschürfungen von Meijers Kinn. Der muss wohl vornüber gestürzt sein nach deinem Raketenangriff. Das ist praktisch so gut wie ein Beweis. Und den brauche ich auch dringend, sonst muss ich die beiden aus der Untersuchungshaft entlassen. Ich bin sicher, dass wir die beiden Mistkerle festnageln können."

„Super!" freute sich Schulte. „Und Poortvliet? Gibt es von dem was Neues?"

„Nein! Aber ich lasse ihn beobachten. Wenn er die Stadt verlässt, sage ich dir Bescheid. Okay?"

Schulte bedankte sich noch einmal für die gezeigten Freundschafts- und Kollegendienste und legte auf.

Er nahm sich einen Zettel und begann, seinen Informationsstand im Falle Rauscher einmal grafisch darzustellen. Dem stellte er seine Vermutungen gegenüber, in der vagen Hoffnung, dass sich dadurch eine Struktur abzeichnen könnte. Während er noch müde auf das Gekritzel starrte, ohne eine Struktur erkennen zu können, platzte eine gut gelaunte Maren Köster in sein Büro. Sie ließ sich schwungvoll auf den Besucherstuhl fallen und warf ein Bein über das andere, wobei sich die engsitzenden Jeans noch mehr strafften und Schulte für einen kurzen Moment nicht anders konnte, als ihr auf die schlanken gut geformten Beine zu starren. Mit den munteren Worten:

„Ich habe das Ding geknackt!" riss sie ihn aus der Starre.

Schulte stammelte:

„Was? Wen hast du geknackt? Was für'n Ding?"

„Den Computer von Rauscher!" triumphierte sie. „Ich habe das geschafft, was unser Polizeitechniker nicht fertiggebracht hat. Aber unter uns gesagt, es war ganz einfach. Heinz hat das Ganze bloß viel zu kompliziert angefangen. Gib zu, dass dies eine großartige Leistung von mir war!"

„Maren, das war eine Super-Leistung! Heißt das nun, dass ich...", Schulte war jetzt aufgesprungen, „mir den Apparat vornehmen kann? Komme ich jetzt überall rein, oder gibt es weitere Passwörter? Wo steht der Kasten jetzt überhaupt?"

Maren Köster schmunzelte.

„Ruhig, Jupp! Ruhig! Vermutlich gibt es nur diese eine Sicherheitssperre. Es gibt keinen Grund zur Annahme, dass Rauscher noch weitere Sperren eingebaut haben soll. Aber, probier es einfach aus! Dann wirst du ja sehen! Ach ja, der Kasten steht bei Heinz Krause im Labor."

Schulte war schon fast zur Tür hinaus, als ihm einfiel:

„Danke! Du bist doch die Beste!"

Dann stürmte er die Treppe hinunter in die Kellerräume, in denen der Techniker Krause seine Räume hatte. Krause, der den verlorenen Kampf um das Passwort als schwere persönliche Niederlage einordnete, zeigte mürrisch auf den Tisch, auf dem das Gerät stand.

„Da steht die Schrottkiste! Das Passwort steht auf dem Zettel, der am Bildschirm klebt. Dieses Weib hat nicht mal eine Stunde gebraucht, dann war sie durch. Da kann man ja Angst kriegen. Du denkst, du hast deinen Computer sicher, dann kommt so eine Tussi und zerlegt deine Schutzeinrichtungen nach allen Regeln der Kunst. Also eines steht für mich fest: Online-Banking werde ich so schnell nicht machen!"

Schulte hatte für die gekränkte Technikereitelkeit kein Ohr und setzte sich sofort an Rauschers PC. Krause hatte bereits einen Drucker angeschlossen. Schulte warf den Rechner an, gab das Passwort ein suchte dann den *Explorer* durch. Leider hatte Rauscher die Angewohnheit gehabt, seine Dateien in einer langen Kette von Ordnern, Unterordnern und Unterunterordnern zu verstecken, so dass es für Schulte eine echte Fleißaufgabe war, sich alle Dateien wenigstens grob anzuschauen. Anscheinend hatte Rauscher zuhause viel an seinen Texten für die *Heimatzeitung* gearbeitet, denn unter diesem Ordner war enorm viel abgelegt.

Fertige Texte, aber auch Ideensammlungen, Materialsammlungen, Stichwortregister, unvollendete Arbeiten, dienstliche Briefe, Honorarstatistiken, Überstundenkonto, Fahrtenbuch und vieles mehr. Dann kamen mehrere Ordner mit privaten Angelegenheiten. Dieser Mann hatte anscheinend alles, aber auch alles in diesen Kasten gepackt. Es war abzulesen, wie sich seine Aktien in den letzten Jahren entwickelt hatten, mit welchen Versicherungen er zusammenarbeitete, wie hoch sich seine Haushaltskosten beliefen. Schulte konnte da nur staunen. Zum einen über die Pedanterie dieses Mannes, zum anderen aber auch darüber, wie wenig Geld dieser Mensch für sich persönlich verbraucht hatte. Dabei verdiente der Journalist Rauscher einiges mehr als der Polizist Schulte. Aber die Summe, die Rauscher sich selbst für seine persönlichen Bedürfnisse zugestanden hatte, ging bei Schulte locker allein für Essen und Trinken drauf. Große Summen waren dafür seit Jahren Monat für Monat in Aktien geflossen. Auf dem Höhepunkt des Aktienbooms, im Herbst 2000, musste Marco Rauscher ein wirklich wohlhabender Mann gewesen sein. Schulte kannte sich mit der Börse nicht gut aus, aber eins wurde ihm schlagartig klar: Rauscher musste in den letzten Monaten ein Vermögen verloren haben! Denn es waren keine Verkäufe verzeichnet. Er hatte weiterhin stur gekauft, was das Zeug hielt! Schulte druckte sich den Stand vom 16. Dezember 2001 aus, der letzten Aktualisierung Rauschers. Er würde den Ausdruck Axel Braunert übergeben, damit der einmal den gegenwärtigen Wert von Rauschers Portfolio feststellte. Viel konnte das nicht mehr sein. Rauscher hatte vermutlich in den letzten Wochen vor seiner Abreise nach Hasselt unter einem enormen finanziellen Druck gestanden. Wahrscheinlich war er schlicht und einfach pleite! Schulte nahm sich vor, den gesamten finanziellen Hintergrund Rauschers prüfen zu lassen. Eventuell ließ sich dieser ganze merkwürdige Auftrag, von dem Rauscher van Duin gegenüber gesprochen hatte, dadurch erklären.

Etwas versteckt, auf der siebten Ordnerebene, fand Schulte dann das, was er gesucht hatte. Im Ordner *Sonstige Manuskripte* gab es einen Unterordner namens *Memoiren V.*, darin einen ganzen Strauß von Dateien. Die Dateien hatten Namen wie: *Dossier, Materialien, Textentwurf,* eine hieß sogar *Materialien Gegner* und so weiter.

Mittlerweile war es 18 Uhr und Heinz Krause wollte Feierabend machen.

„Hast du was dagegen, wenn ich hier noch etwas sitzen bleibe? Ich kann jetzt unmöglich einfach so abbrechen. Ich mache auch das Licht aus, wenn ich gehe. Versprochen!"

„Das ist mir doch egal. Von mir aus bleibt so lange hier sitzen, wie du willst. Wie lange brauchst du denn noch?"

„Na ja. Ein paar Stunden werden es wohl noch sein. Mal sehen!"

Krause schüttelte den Kopf.

„Feierst du die Überstunden wenigstens ab? Oder lässt du die einfach verfallen? Dir ist ja alles zuzutrauen. Sag mal ganz ehrlich, Jupp: Wenn heute nicht Donnerstag Abend wäre, sondern zum Beispiel Dienstag und es gäbe Champions League in der Glotze, würdest du dann auch bis Mitternacht arbeiten?"

„Ja, wenn's sein muss!" tönte Schulte aus voller Überzeugung. Krause zeigte ihm einen Vogel, wünschte ihm einen schönen Abend und ging. Schulte wunderte sich über sich selbst. Noch vor zwei Stunde hatte er Frust geschoben, hatte an Frührente gedacht und jetzt gab er den Ehrgeizigen. Wie passte das zusammen? Es war einfach der Unterschied zwischen trockener Routinearbeit und dem Adrenalinstoß, wenn er plötzlich fühlte: Du bist auf der Spur! Ein so emotionaler Typ wie Josef Schulte konnte unmöglich einen gleichbleibenden Leistungs-Level halten. Bei ihm gab es mental bedingt starke Schwankungen.

Heute der faule Sack, morgen der hungrige unermüdliche Jäger!

Er bestellte sich eine Pizza und einen Sechser-Pack Bier bei einem Pizza-Bringdienst und widmete sich dann wieder den Aufzeichnungen Rauschers. Er klickte sich in die Datei *Materialien* ein. Erstaunlicherweise fand er hier Notizen über die im Landtag vertretenen Parteien und Tabellen über die Ergebnisse der Landtagswahlen von 1975 bis 2000. Schulte konnte nachlesen, dass es bei der Wahl 1975 folgende Verteilung gab: SPD 45,1%, CDU 47,1%, F.D.P. 6,7%. Die GRÜNEN gab es noch nicht. Was das alles sollte, wurde ihm aber erst nicht klar. Das interessierte ihn auch nicht! Ärgerlich drückte er diese Datei weg und wählte andere an. Eine Datei nach der anderen. Der Pizzabringdienst war mittlerweile da gewesen, die Pizza lag, kaum angerührt aber schon erkaltet, im Pappkarton. Schulte war auf der Pirsch! Da hatte er keine Zeit zum Essen. Allerdings kippte er im Laufe der nächsten Stunden eine Bierflasche nach der anderen runter.

Als gegen Mitternacht die Sicherheitsdienst-Männer den Raum inspizierten, erschraken beide Seiten über die Anwesenheit der anderen. Schulte musste sich, auf seiner Dienststelle, als Polizist ausweisen. Das hatte er auch noch nie erlebt. Als die Männer gegangen waren, verspürte Schulte Schwindelgefühle. Der starre Blick in den Bildschirm hatte zusammen mit dem Bier ihm doch arg zugesetzt. Er beschloss, es für diesen Tag gut sein zu lassen und machte den Apparat aus. Dann fuhr er seinen Leichenwagen nach Hause, ging noch mit seinem Hund Gassi und legte sich anschließend übermüdet ins Bett.

Aber, wie das bei großer Übermüdung häufig ist, er fand nicht zur Ruhe und wälzte sich schlaflos hin und her. Irgendwann wurde ihm das zu blöd und er stand auf. Jetzt brauchte er was richtig Starkes! Er nahm sich eine Flasche hochprozentigen *Detmolder Bierbrannt* aus dem Schrank, hergestellt von der hiesigen Brauerei Strate. Damit setzte er sich in seinen alten zerschlissenen Ledersessel. Monster, sein

Hund, legte sich vor seine Füße. Allmählich nahm die Rotationsgeschwindigkeit seiner Gedanken ab und er kam etwas zur Ruhe. Immer wieder spukten ihm die Informationen aus Rauschers Rechner durchs Hirn. Langsam verbanden sich die losen Enden zu einem langen Faden. Er versuchte, sich den zu verdeutlichen, indem er die Puzzlestücke miteinander kombinierte.

Ganz offensichtlich war Rauscher dabei gewesen, das Leben eines anderen zu recherchieren und darüber zu schreiben. Er hatte Material gesammelt und hatte auch bereits erste Textentwürfe versucht. Da Rauscher die Materialien nur für sich selbst sammelte, hatte er es natürlich nicht für nötig gehalten, auch nur einmal den Namen seines vermutlichen Auftraggebers zu nennen. Warum auch? Aber Schulte war sich ziemlich sicher, dass Rauscher im Auftrag die Memoiren eines anderen schreiben wollte. Schulte dachte wieder an die Worte van Duins, dem gegenüber Rauscher von einem lukrativen Job gesprochen hatte. Und von dem wichtigen Mann, der ihn wegen seiner speziellen Fähigkeiten mit seinen Memoiren beauftragt hatte. Also hatte Rauscher als Ghostwriter gearbeitet. Dies buchte Schulte als gesicherte Erkenntnis ab. Leider gab es eben keinen Namen. Die Materialien waren ungefähr nach folgendem Muster geschrieben: *V. verlässt das Gymnasium mit dem Abitur,* oder: *Im Jahre 1972 trat V. in die Firma XY ein* und so weiter. V. also! Wer war V.? Schulte überlegte, ob es im Fall Rauscher bisher einen Menschen mit dem Anfangsbuchstaben V gegeben hatte, aber ihm fiel keiner ein. Dann fiel ihm ein, davon gelesen zu haben, dass V. von 1975 bis 2000 im Landtag als Abgeordneter gesessen hatte. Für welche Partei? Hatte er nicht erkennen können. Also gab es doch einen Anhaltspunkt, die Politik. Vielleicht war da ja was zu holen. Gleich morgen wollte er da ansetzen.

Dieser V. schien überhaupt recht vielseitig gewesen zu sein. Neben seinem bislang noch nicht bekannten Beruf und seiner politischen Tätigkeit hatte er sich offenbar stark für Handball interessiert. Er hatte Kontakte zu allen deutschen Bundesliga-Mannschaften, aber auch zu Mannschaften aus dem Ausland, vornehmlich aus dem ehemaligen Ostblock. Rauscher hatte hier eine Bemerkung eingebaut, dass V. wohl durchaus erfolgreich als Spielervermittler gewirkt habe. Das war nun ein Sachgebiet, auf dem Schulte sich überhaupt nicht auskannte. Ein Zusammenhang mit dem Mord an Rauscher ergab sich daraus auch nicht zwingend.

Ganz eigenartig, aber auch äußerst wertvoll, war ihm die Datei *Materialien Gegner* erschienen. Hier stand nichts von diesem Herrn V., aber von diversen anderen Leuten. Und zwar waren es immer irgendwelche illegalen oder sogar kriminellen Machenschaften, die da aufgezeigt wurden. Die meisten davon waren sicher verjährt, aber trotzdem war diese Datei eine wahre Schatztruhe für einen Kriminalbeamten. Leider war Rauscher offenbar mit seinen Ermittlungen in dieser Richtung noch nicht weit gekommen, denn die meisten dieser Fälle waren nur eine eher oberflächliche Beschreibung. Schulte kam es ein wenig so vor, als habe ein Dritter, wahrscheinlich der Auftraggeber, dem Ghostwriter von diesen Fällen erzählt und Rauscher hätte sie erst mal alle aufgeschrieben, um sie später in Ruhe zu vertiefen. Aber was sollte das Ganze? Was hatten die Memoiren eines alten Politikers mit diesen Verfehlungen zu tun? Wollte da wieder mal einer „die ganze Wahrheit und nichts als die Wahrheit“ veröffentlichen, um seine Eitelkeit oder seine Rachsucht zu befriedigen? War Rache vielleicht das Motiv für den Auftrag, die sogenannten Memoiren zu schreiben? Wollte V. damit bestimmten Leuten eins auswischen? In so einem Politikerleben wird es bestimmt eine Menge Situationen gegeben, in denen man sich sagt: Im Augenblick habe ich die schlechteren Karten und gebe nach, aber warte ab. Gut vorstellbar, aber noch nicht erwiesen, dass es auch hier so war.

Schultes Gedanken vernebelten sich zunehmend. Langsam, ganz langsam sackte der Kopf zur Seite. Er schreckte erst wieder hoch, als in seinem Schlafzimmer der einsame Wecker bereits minutenlang schrillte.

79

Trotz allem kam Josef Schulte an diesem Freitag noch einigermaßen rechtzeitig zum Dienst. Sofort begann er damit, sich ein schriftliches Memo seiner Überlegungen in der vergangenen Nacht zu machen. Bevor er sich wieder an Rauschers PC machte, ging er zu Axel Braunert und bat ihn, den finanziellen Hintergrund von Marco Rauscher einmal zu überprüfen. Er gab Braunert die Excel-Liste mit den Aktienbeständen, die Schulte gestern Nacht ausgedruckt hatte.

„Was meinst du, wie lange brauchst du dafür?"

Braunert zuckte mit den Schultern.

„Vielleicht einen halben Tag, wahrscheinlich aber eher länger. Man erreicht nicht immer gleich die richtigen Leute, manchmal wird man auch gestört. Ich werde dir aber so bald wie möglich Bescheid geben."

Schulte bedankte sich und ging weiter zu Maren Köster. Er brachte sie auf den aktuellen Informationsstand und erzählte auch von Rauschers Hinweis auf die Aktivitäten V.'s als Spielervermittler.

„Kennst du dich da aus?" fragte er.

Sie schaute ihn fragend an.

„Wie kommst du denn darauf? Mich hat nie einer vermittelt! Als ich damals im Alter von zwölf Jahren aus der Mädchenturngruppe des TUS Lipperreihe zur Leichtathletikleistungsgruppe der LG Oerlinghausen gewechselt bin, haben das meine Eltern geregelt. Geld habe ich dafür auch nicht bekommen. Tja, Jupp. Das ist mein Erlebnis mit Vereinswechsel. Mehr habe ich nicht zu bieten."

Schulte war an diesem Morgen wenig zum lockeren Plaudern aufgelegt. Mehr höflich als interessiert fragte er:

„Was hast du denn da in der Leistungsgruppe geleistet? Bist du gelaufen oder gesprungen oder was?"

„Gelaufen! Jupp, ich war zweimal lippische Kreismeisterin im 400-Meter-Lauf. Habe ich dir noch nie meine Pokalsammlung gezeigt?"

„Nee! Aber das können wir gerne heute Abend nachholen! Wann soll ich kommen?"

Sie knuffte ihm lachend in die Seite.

„Das kann ich doch der Staatsanwältin nicht antun. Nein, nein! Aber ich verspreche dir, dass ich mich voll und ganz in das weite Feld der Spielervermittlung knien werde. Ich werde nicht eher rasten, bis ich dir alles, aber auch alles darüber berichten kann. Gut?"

Schulte wusste nie so richtig, woran er bei dieser Frau war. War sie einfach gut gelaunt oder war das blanker Sarkasmus? Leicht verwirrt ging er zurück in sein Büro. Dort klingelte das Telefon Sturm. Frans Koster aus Hasselt war dran.

„Wir haben das Geständnis! Gestern haben wir die Anwälte mit der Spurenauswertung konfrontiert. Ich habe dir ja davon erzählt. Die haben gleich gemerkt, dass sie nun auf verlorenem Posten stehen und haben wahrscheinlich ihren Mandanten geraten, alles zu gestehen. Sie behaupten allerdings, dass sie dich nur kräftig erschrecken wollten. Von Tötungsabsicht könne überhaupt keine Rede sein, und..."

„Lächerlich!" brummte Schulte dazwischen.

„Ja klar, aber es wird schwer, das zu beweisen. Ich habe natürlich gefragt, warum sie das alles gemacht haben und wer sie damit beauftragt hat. Erst haben sie allen Ernstes behauptet, sie hätten in einer Kneipe, dem *Cafelatino* in der Zuivelstraat, mit dir Streit bekommen und wollten mit dir abrechnen. Als ich sie nach Zeugen für diesen Streit fragte, wurden sie unsicher und ich sagte ihnen auf den Kopf zu, dass sie lügen. Dann habe ich sie direkt auf Henk Poortvliet angesprochen, einfach so, ohne mir was davon zu versprechen. Du hättest die beiden mal sehen sollen. Die haben sich gegenseitig angestarrt, als wolle einer den anderen erschlagen. Wahrscheinlich hat einer den anderen verdächtigt, geplaudert zu haben. Auf jeden Fall haben sie nach kurzer Zeit zugegeben, dass sie von Poortvliet beauftragt worden seien, dir so viel Angst zu machen, dass du wieder abreist."

Schulte lachte gereizt.

„Angst machen ist gut! Dem Rauscher wollten sie wahrscheinlich auch nur Angst machen, oder? Dabei waren sie aber verdammt gründlich!"

„Auf Rauscher habe ich sie natürlich auch angesprochen. Den wollen sie gar nicht gekannt haben. Na, auf jeden Fall kommt es jetzt zum Prozess, da erfahren wir vielleicht mehr. Du wirst rechtzeitig als Zeuge geladen!"

„Hast du dich noch einmal um Poortvliet gekümmert?"

„Ja, aber ich habe eigentlich nur das bestätigt bekommen, was wir sowieso schon wussten. Allerdings darf man sich nicht täuschen. Dieser Mann lebt zwar unauffällig und ohne Prunk, aber er scheint sehr reich zu sein! Jetzt haben wir natürlich durch die Aussagen von Lubbers und Meijers einen Grund, ihn richtig in die Zange zu nehmen. Aber es wird schwer werden, aus diesem aalglatten Kerl etwas herauszubekommen. Natürlich wird er jeden Kontakt zu den beiden Gangstern abstreiten. Den Mord an Rauscher werden wir ihm wohl kaum anhängen können. Da haben wir im Moment nicht mal den kleinsten Beweis! Nicht mal ein klares Motiv!"

Schulte gab ihm recht, dankte ihm für die Information und legte auf.

So! Waren alle Aufgaben verteilt? Braunert kümmerte sich um Rauschers Finanzen, Maren Köster um die Sache mit der Spielervermittlung. Was blieb noch? Ach ja, die Politik! Er wollte doch herausfinden, ob es Politiker gab, die zwischen 1975 und 2000 im Landtag saßen und deren Namen mit V anfängt. Immer vorausgesetzt, dass damit nicht ein Vorname gemeint war. Das war doch ein maßgeschneiderter Job für Bernhard Lohmann. Schreibtischrecherche! Das war seine Welt. Sofort ging er wieder in das Gemeinschaftsbüro von Braunert und Lohmann. Wie erwartet, übernahm Lohmann diese Aufgabe gerne und würde sie, wie Schulte wusste, auch schnell und zuverlässig ausführen.

So, jetzt war aber wirklich alles delegiert! Schulte holte sich einen Becher Kaffee aus dem Automaten, ging in Krauses Keller und warf den PC von Rauscher wieder an. Mit etwas Mühe fand er die Datei wieder, um die es ihm heute Morgen ging: *Materialien Gegner*. Diese Datei enthielt die Namen und Beschreibungen von mehreren Männern und einer Frau. Zu jedem Namen hatte Rauscher ein Mini-Dossier angefertigt.

Nassauer, Paul: *geb. 1938, wohnhaft Paderborn. Beruf Landwirt bis 1999 ausgeübt. Von 1980 bis 1982 Mitglied des Landtages Nordrhein-Westfalen, Sitz im Agrarausschuss. Mitglied des Bauernverbandes. Von 1988 bis 1989 Mitglied des Untersuchungsausschusses im s.g. Hormon-Skandal in den Kreisen Gütersloh und Paderborn. Als Entgelt für Lobbyarbeit erhielt N. am 1.10.1988 die Summe von 30.000 Mark in bar. Die Geldübergabe wurde auf Video aufgezeichnet.*

Dr. Klöbener, Walburga: *geb. 1942, wohnhaft Detmold. Beruf: Pharmavertreterin (Generalvertretung Westfalen) Fa. ProVita, Düsseldorf. Voraussichtlich ab Oktober 2002 im Ruhestand. Dr. K. hat von 02/87 bis 11/87 für das (nicht zugelassene) tiermedizinische Präparat I. die Verbindung vom Hersteller in Belgien zur örtlichen Distribution hergestellt.*

Reermann, Hans-Martin: *geb. 1932, wohnhaft Delbrück. ehem. Beruf: Besitzer einer privaten Tierkörperverwertungsanstalt. R. hat 12/87 verseuchte Kadaver entsorgt* *und diese damit einer amtlichen Untersuchung durch das Kreisveterinäramt entzogen. R. enthielt dafür am 2.12.87 einen Barscheck über 25.000 Mark. Der Scheck wurde am 3.12.87 bei der Sparkasse Delbrück eingereicht und gutgeschrieben (siehe Kopie Kontoauszug) .*

Weinert, Andreas: *geb. 1956, wohnhaft in ......* u.s.w.

Schulte staunte. Da war aber einer richtig fleißig gewesen. Diese kleine unscheinbare Datei voller Ferkeleien war zweifellos von einer gewissen Brisanz. Jeder der hier Aufgeführten hatte Dreck am Stecken. Die Dossiers waren so angelegt, dass alle diese Personen nun mit diesen Informationen erpressbar waren. War das die Triebfeder hinter dem Ganzen? Wollte Rauschers Auftraggeber diese Leute erpressen? Aber warum dann so kompliziert mit Memoiren und warum dann ein Ghostwriter? Also auch ein Mitwisser. Das allein konnte es nicht sein. Schulte rauchte der Schädel. Wieder einmal nahm er ein Blatt Papier und versuchte, sich dem Problem grafisch zu nähern. Er zeichnete mehrere Kästchen und ordnete die vorliegenden Informationen thematisch, indem er jedem Oberthema ein Kästchen gönnte. Denen gegenüber stellte er einige Kästchen mit seinen Mutmaßungen. Dann versuchte er, Querverbindungen zu erkennen. Um ein Uhr brannten ihm die Augen und er lud Braunert und Lohmann ein, mit ihm in der Kantine des Kreishauses zu Mittag zu essen. Beim Essen kauten sie nicht nur das Hacksteak mit Leipziger Allerlei, sondern auch den Fall Rauscher durch. Und dann, beim abschließenden Grießpudding mit Himbeersauce, hatte Schulte plötzlich das Gefühl, nun die Struktur dieses Falles, wenn auch noch nebulös, zu verstehen. Er verabschiedete sich von den Kollegen und ging mit strammen Schritten zu seinem Büro in der nahe gelegenen Kreispolizeibehörde zurück. Dort nahm er wieder einen leeren Zettel und schrieb auf, wie er den Fall nun sah.

Der Journalist Marco Rauscher übernimmt einen Ghostwriter-Auftrag. Auftraggeber ist ein (wahrscheinlich älterer) ehemaliger Landtagsabgeordneter. Dieser hat die Memoiren vermutlich aus zwei Motiven in Auftrag gegeben: 1. Eitelkeit: Das wohl wichtigste Motiv für Memoiren. Das erklärt auch, warum ein Ghostwriter eingeschaltet wurde. Das Produkt sollte anerkannt werden. 2. Schutz: Der Auftraggeber V. muss offenbar Sorge haben, irgendwann wegen älterer Unredlichkeiten zur Rechenschaft gezogen zu werden. Indem er in seinen Memoiren seinen Gegnern Andeutungen macht, dass er auch über sie etwas zu berichten hat, schützt er sich. Nach dem Motto: Was du über mich weißt, weiß ich über dich schon lange! Wenn du mich in Frieden alt werden lässt, lasse ich dich auch! Die Recherchen für diese kleinen Schweinereien haben bei Rauscher wahrscheinlich eine nicht vorgesehene Eigendynamik hervorgerufen. Es scheint, als sei Rauscher für weitere Nachforschungen nach Hasselt gefahren. Dort muss er zu weit gegangen sein. Wahrscheinlich hat sein Auftraggeber einem dortigen Handlanger den Mordauftrag erteilt oder er hat dieTat selbst ausgeführt. Als dann kurz darauf ein weiterer Schnüffler in Hasselt auftauchte (ich selbst), wurden diese Handlanger wieder losgeschickt, hatten aber diesmal keinen Erfolg. Fragen: Wer ist V.? Welche Rolle spielt Henk Poortvliet?

Erschöpft ließ Schulte den Kuli sinken. So könnte es gewesen sein! Die Frage nach Poortvliet war im Augenblick nicht zu klären, das ging allenfalls in Hasselt und war Aufgabe von Frans Koster. Bei der Frage nach V. hatte Schulte bessere Ansatzpunkte: Die Personen mit den belastenden Dossiers! Die mussten doch wissen, wer dies alles von ihnen wissen konnte. Also würde seine nächste Aufgabe darin bestehen, diese Personen ausfindig zu machen und zum Sprechen zu bringen.

80

Es klopfte an der Tür. Schulte blieb weiter vertieft in die Lektüre der *Heimatzeitung,* grummelte jedoch: „Herein", ohne in Richtung Bürotür zu schauen. Er sah erst auf, als jemand zu ihm sagte: „Hauptkommissar Schulte?"

Vor dem Polizisten stand ein einwandfrei gekleideter junger Mann mit zierlicher Goldrandbrille. Schulte war sich nicht klar darüber, ob sie dazu diente, diesem Mann das gewisse Aussehen zu geben oder ob sie wirklich eine Sehhilfe war. Er kratzte sich am Hinterkopf. An einen Termin mit einem Banker oder Versicherungsvertreter konnte er sich nicht erinnern.

Verwundert entrang er sich ein: „Sie wünschen?"

„Mein Name ist Peter Hoppenbrink, Dr. Peter Hoppenbrink. Ich habe vor ein paar Tagen mit einem Kollegen von Ihnen telefoniert, Braunert, hieß er glaube ich. Er sagte mir damals, er würde in Ihrem Namen anrufen."

Schulte glotzte, was ihm ein etwas dümmliches Aussehen verlieh.

„Ich bin Fachmann für Wirtschaftskriminalität in der entsprechenden Abteilung der Staatsanwaltschaft in Bielefeld. Sie baten mich, die Vermögenssituation eines gewissen Herrn Rauscher zu prüfen. Das habe ich getan. Da ich sowieso meine Eltern besuchen wollte, die im Extertal leben, dachte ich, ich berichte Ihnen gleich face to face. Ich finde, das gibt immer bessere Gesprächsergebnisse als am Telefon."

Jetzt fiel die Mark bei Schulte groschenweise.

„Herr Hoppenbrink, ich erinnere mich! Setzen Sie sich doch."

Hastig räumte der Polizist einen Aktenstapel von Stuhl und legte ihn auf den Boden. Einen weiteren schob er in die hinterste Ecke des Besprechungstisches, um Platz für die Unterlagen zu bekommen.

„Wollen Sie einen Kaffee?"

„Gerne!"

Schulte verließ das Zimmer, ohne die Tür zu schließen. Keine zwei Minuten später hörte der Mann von der Abteilung Wirtschaftskriminalität die Stimme einer Frau: „Schulte, du Arsch! Koch dir deinen Kaffee selber oder zieh dir einen am Automaten!" Dann zehn Sekunden später: „Hey, du sollst die Kanne hier lassen!"

Wieder ging ein kleiner Zeitabschnitt ins Land. Schulte betrat sein Büro. In der Hand hielt er eine Thermoskanne und eine Tasse, die er vor seinen Gast stellte. Er schenkte ein. „Milch konnte ich leider so schnell nicht besorgen!"

Schulte ging noch einmal zu seinem Schreibtisch, holte eine weitere Tasse, die allem Anschein nach schon seit Jahren keine Spülschüssel mehr gesehen hatte. In die schenkte er sich selber ein.

Hoppenbrink hatte inzwischen einige Aktenmappen aus seiner Tasche gezogen und ordentlich vor sich auf den Tisch gelegt.

Mit der symmetrischen Anordnung der Aktendeckel brachte Schultes Gast eine gewisse Unruhe in das harmonische Chaos.

Der Wirtschaftsfachmann begann seinen Bericht.

„Aus Gewohnheitsgründen spreche ich bei den folgenden Geldbeträgen immer von Mark, nicht wie es sich eigentlich jetzt gehört in Euro. Das erspart mir auch die Umrechnung, denn in den Unterlagen ging es ja um Mark-Beträge. Um es vorweg zu sagen, Herr Schulte. Der Konteninhaber Rauscher war so pleite wie einer nur pleite sein kann. Grund für diese Situation war die Tatsache, dass er sich an der Börse versuchte. Mit folgendem Ergebnis: Er verzockte in den letzten drei Jahren knapp sechshunderttausend Mark. Verzocken ist im übrigen genau der richtige Ausdruck. Er ließ sich auf gewagte Spekulationsmanöver ein, die immer heikler wurden, je mehr Geld er in den Sand setzte.

Vor ungefähr drei Monaten veränderte sich seine finanzielle Situation jedoch etwas zum Positiven. In Rauschers Fall hieß das, er konnte die Zinsen der gemachten Schulden tilgen. Finanziell stand er jedoch weiterhin mit dem Rücken an der Wand. Das zusätzlich verdiente Geld war nur ein Tropfen auf den heißen Stein."

„Sie sagen also, dass Rauscher Nebenjobs gehabt hat?"

„Genau! Es geht in diesem Falle um durchaus erkleckliche Einnahmen. Er bekam in den letzten sechs Monaten insgesamt siebzigtausend Mark überwiesen. Dabei handelte es sich immer um den gleichen Einzahler. Sein Name ist OWS.

„OWS? Nie gehört!"

„So ging es mir auch, Herr Schulte. Ich habe lange geforscht, bis ich auf den genauen Absender gekommen bin. Bei Rauschers Geldgebern handelt es sich um eine Stiftung. Sie heißt Ost-West-Sportfreunde."

Hoppenbrink zog ein Blatt Papier aus einem seiner Ordner.

„Die Intention der Stiftung wird auf einer Internetseite wie folgt beschrieben:

Die Ost-West-Sportfreunde-Stiftung hat sich zur Aufgabe gemacht, sporttalentierte Kinder und Jugendliche aus den östlichen Ländern Europas zu fördern. Die Stiftung begnügt sich nicht damit, auf Antrag Fördergelder zu vergeben. Sie setzt ihre Möglichkeiten gezielt ein, um die sportlichen, schulischen und beruflichen Entwicklungen von Kindern und Jugendlichen voran zu treiben und ihnen die nötigen Impulse zu geben. Es sollen neue Entwicklungsmethoden im Sport erarbeitet und Modelle für die Ausbildung des sportlichen Nachwuchses kreiert werden. Die Stiftung hilft, hoch qualifizierte Sportleistungen aufzubauen und zukunftsträchtige Ergebnisse zu realisieren. (...)"

Schulte winkte ab. „Was um Himmelswillen hat das mit Hasselt zu tun? Okay, der Rauscher ist mit dem Fanclub des TBV Lemgo dort angereist. Aber das ist natürlich ziemlich weit her geholt und meines Erachtens Zufall. Das bringt mich leider alles erst mal nicht weiter!“ sagte Schulte frustriert.

„Tja, Herr Schulte, das ist im Grunde alles was ich zu bieten habe. Auf alles andere kann ich Ihnen keine Antwort geben. Vielleicht einen Rat, sehen Sie sich doch mal die Internetseite der Stiftung an, die ist ganz informativ. Könnte doch sein, dass Sie da einen Hinweis finden.“

„Internet? Herr Dr. Hoppenbrink, ich lese Heimatzeitung! Ich war im Leben noch nicht im Internet.“

„Na, dann wird es aber Zeit, würde ich sagen. Nichts für ungut, Herr Schulte. Ich muss weiter ins Extertal, meine Mutter wartet mit dem Mittagessen. Hier Ihre Unterlagen und meine Auswertung. Machen Sie’s gut!“

81

Wieder nichts! Wütend warf Schulte den Telefonhörer auf die Gabel. Er hatte bereits bei drei Personen aus Rauschers Datei *Materialien Gegner* anzurufen versucht, um mit denen einen Gesprächstermin auszumachen. Entweder war die Person gerade im Urlaub, oder es ging erst gar keiner ans Telefon. Dann endlich! Frau Dr. Klöbener war nicht nur zu Hause, sie war auch bereit, ihn zu einem Gespräch zu empfangen. Schulte warf sich die alte speckige Lederjacke über, wickelte sich einen Schal um den Hals und stürmte raus zu seinem alten Volvo. Es war empfindlich kalt geworden. Als er sich ächzend auf das eiskalte Sitzpolster setzte, dachte er zum ersten Mal über eine Sitzheizung nach. Bislang hatte er solche Accessoires immer als monströse Spießigkeit betrachtet. Aber auch ein Hauptkommissar wird älter und seine Bandscheiben würden sich über ein bisschen Wärme freuen. Über die fatale psychologische Wirkung seines Leichenwagens machte er sich weniger Gedanken.

Im höher gelegenen Berlebeck waren die Straßen so glatt geworden, dass Schulte kurz vor seinem Ziel beinahe aus der Kurve gerutscht wäre. Doch der Volvo ließ sich trotz des schwerfälligen Äußeren so präzise aussteuern, dass Schulte problemlos weiterfahren konnte. Tolle Karre! Schulte war stolz auf sein Auto.

In der Nähe der Adlerwarte stand Schulte nun vor der wundervollen, aber leicht morbiden Villa der Frau Dr. Klöbener. Die stattliche sechzigjährige Frau empfing ihn etwas reserviert, aber nicht unfreundlich.

Schulte kam nach einigen lobenden Worten über die herrliche Aussicht aus dem Wohnzimmerfenster gleich zum Punkt. Sie hörte sich alles ruhig an, überlegte eine Zeit und antwortete dann gelassen:

„Ich habe wirklich damals bei ProVita in Düsseldorf gearbeitet. Eigentlich hatte ich an eine wissenschaftliche Laufbahn gedacht, aber..." dabei zeigte sie lachend auf ein Foto, welches sie im Kreise mehrerer jüngerer Leute und einiger kleiner Kinder zeigte. „dann kamen die Kinder! An Karriere war dann nicht mehr zu denken. Als ich damals bei ProVita einsteigen konnte, waren meine Kinder aus dem Gröbsten raus. Ich war als Pharmareferentin schnell sehr erfolgreich und bekam ab 1988 die Generalvertretung für ganz Westfalen. So weit stimmt alles. ProVita hat zwar hauptsächlich Präparate für die Humanmedizin hergestellt und vertrieben, hatte aber auch ein kleines aber feines Präparat-Sortiment für die Tiermedizin in der Produktpalette. Aber das war alles legal! Alles andere ist Unsinn! Da will mir einer was in die Schuhe schieben, glaube ich. Wer behauptet das denn?"

Schulte schmunzelte.

„Ich hatte eigentlich gehofft, das von Ihnen zu erfahren. Es sieht ganz so aus, als wollte Ihnen jemand drohen. Jemand, über den Sie vermutlich ebenfalls etwas wissen, was ihm gefährlich werden könnte. Ich frage Sie: Wer könnte das sein?"

Als Schulte sah, dass die Frau sich zu einer energischen Gegenrede anschickte, blockte er mit einer Handbewegung ab und sprach so sachlich wie möglich:

„Frau Dr. Klöbener! Glauben Sie mir. Es geht mir nicht darum, Ihnen ein kleines, lukratives und vielleicht nicht ganz legales Nebengeschäft nachzuweisen. Es geht hier um etwas wesentlich größeres. Es geht um Mord! Um mindestens einen Mord, wenn nicht sogar zwei. Und Sie haben vielleicht den Schlüssel zur Aufklärung. Ich will ganz ehrlich zu Ihnen sein. Eine Garantie, dass Ihre Aussage überhaupt keine Folgen für Sie hat, kann ich Ihnen nicht geben. Aber wenn Sie mir nicht erzählen, was Sie wissen, dann decken Sie einen Mörder! Ist es Ihnen das wert?"

Die Frau rang lange mit sich. Dann ging sie zu einer Schrankwand und schenkte sich ein Glas Sherry ein. Als sie Schulte auch eines anbot, winkte der dankend ab. Sie lehnte sich mit dem Rücken an die Schrankwand.

„Es stimmt! Es war Anfang Januar 1987, als ich bei einem Neujahrsempfang meiner Firma in Düsseldorf, ich war damals noch nicht Generalvertreterin, eine Gruppe von Landtagsabgeordneten kennen lernte. Einer davon gefiel mir besonders gut. Ein sehr großer, eindrucksvoller Mann mit einem auffallendem Habitus. Er verband die Naturgewalt eines Bauern mit der Gewandtheit eines Berufspolitikers. Ich war hin und weg! Wir begannen eine kleine Affäre. Bereits nach einigen Tagen wusste ich, dass Martin ein Lobbyist für die chemische Industrie war. Ich glaube sogar, dass er selbst an einem Chemiewerk finanziell beteiligt war. Nach zwei Wochen begann er damit, mir die rosigsten Berufsaussichten zu schildern, wenn ich ihn nur machen ließe. Er versprach mir Gott und die Welt! Falls ich bereit sei, meine geschäftlichen Verbindungen zu nutzen um ein ganz großartiges, völlig neues Präparat für die Tiermedizin an geeignete Zwischenhändler zu bringen. Ich weiß heute nicht mehr, wie das Präparat hieß. Aber dass es nicht lange danach große Probleme gab, ausgelöst durch dieses Mittel, das weiß ich sehr wohl."

„Und vor diesem Wissen hat der Unbekannte wahrscheinlich Angst und will Sie deshalb mit seinem Wissen still halten!" warf Schulte ein. „Sind Sie denn auf sein Drängen eingegangen?"

„Ja, bin ich! Ich habe durch meine Kontakte schnell einen passenden Futtermittelhändler gefunden. Der wiederum fand ein Dorf, das in vielerlei Hinsicht besonders geeignet schien. Eine der Maßgaben war nämlich hohe Diskretion bei der Bereitschaft der Bauern zu illegalen Mastmethoden. Er fand hier drei Landwirte, die waren so pleite, dass sie zu allem bereit waren. Ich habe mit der ganzen Geschichte danach nichts mehr zu tun gehabt und weiß auch nichts mehr darüber. Nachdem ich mein Honorar kassiert hatte, habe ich die ganze Sache vergessen. Martin hat übrigens sein Wort gehalten. Kurz darauf erhielt ich die Generalvertretung. Aber mit unserer Beziehung war es auch vorbei. Ich höre heute zum erstenmal wieder von all dem, das müssen Sie mir glauben!"

Schulte atmete tief durch.

„Ich glaube Ihnen! Aber ich brauche auch noch was von Ihnen. Zwei Namen! Den des Futtermittelhändlers und den des so stattlichen Landtagsabgeordneten."

„Also wie der Futtermittelhändler hieß, dass weiß ich beim besten Willen nicht mehr. Der Abgeordnete hieß Versteeg. Martin Versteeg!"

Als Schulte kurz darauf wieder an seinen Arbeitsplatz kam, stürmte er gleich ins Büro von Braunert und Lohmann.

„Bernhard, hast du schon die Namen der Abgeordneten, die mit V anfangen, fertig?"

Lohmann nickte und wollte in seiner gemütlichen Art gerade zu einer ausführlichen Beschreibung über die geschickte Vorgehensweise bei seiner Recherche anheben, da unterbrach Schulte ihn brutal:

„Ist einer dabei, der Martin Versteeg heißt?“

Wieder nickte Lohmann, diesmal etwas irritiert.

„Ja, aber wieso lässt du mich dann...,“ doch bei diesen Worten war Schulte schon wieder verschwunden.

82

Tage später, es war Montag, der einundzwanzigste Januar, war Schulte immer noch nicht weitergekommen. Immer wieder versuchte er, den Fall vor seinem inneren Auge ablaufen zu lassen. Doch mit einer Stiftung zum Wohle des Sportes und der Völkerverständigung konnte er nichts anfangen. Irgendwie passte das alles nicht ins Bild. Der Polizist wanderte durch sein Büro wie ein Tiger, der in einen zu engen Zirkuswagen eingesperrt ist. Was hatte er übersehen? War er mittlerweile schon betriebsblind? Irgendwo musste es eine Verzahnung geben. Doch wo griffen die von ihm gefundenen Details ineinander?

Schulte setzte sich wieder an seinen Schreibtisch. Er musste mit jemandem reden, der den Fall ähnlich gut kannte wie er selber. Also griff er zum Telefon und rief seinen Freund und Kollegen Potthast an. Der war gleich am Telefon. Schulte schilderte ihm kurz das Gespräch mit dem Wirtschaftsfachmann.

Potthast hörte sich alles in aller Ruhe an, bevor er antwortete.

„Ich kann mit dem, was du mir erzählt hast, auch nicht viel anfangen. Hast du denn schon mal im Internet nachgesehen, ob dir die Stiftungsseite von OWS was bringt?“

„Jetzt kommst du mir auch noch so blöde! Sieh du dir doch die Seite im Internet an. Ich habe noch nie im Leben auf eine Internetseite gesehen. Ich habe nicht mal einen PC zu Hause. Was soll ich damit? Ich kann meine Zeit auch anders totschlagen. Jetzt sag bloß, du kennst dich damit aus?“

„Jupp, ich habe drei Kinder. Bei mir steht bei jedem der Jungen so ein Dingen auf dem Schreibtisch. Da bleibt mir gar nichts anderes übrig, als mich mit solchen Sachen auseinanderzusetztenn. Es gibt aus der Sicht der Jungen sowieso schon viele Bereiche, wo sie der Meinung sind, ich hätte keine Ahnung. Ich bin einfach gezwungen, mich mit solchen Techniken zu beschäftigen, um nicht ganz der Blödel zu sein. Außerdem hilft es im Beruf, ob du das nun glaubst oder nicht!"

„Lass gut sein, Willi. Um wieder auf unseren Fall zu sprechen zu kommen. Findest du da eine Verbindung zwischen dieser Stiftung und der Hasselter Sache?"

„So auf den ersten Blick nicht. Wer steckt denn hinter OWS? Solche Stiftungen sind doch immer von Parteien oder großen Konzernen. Einer muss doch der Geldgeber sein."

„Das habe ich noch gar nicht nachgeprüft, keine Ahnung. Ich glaube, ich muss doch mal in dieses Internet gehen. Wenn ich was weiß melde ich mich wieder. Willi, sieh zu."

Schulte legte den Hörer auf. Mit Stiftungen kannte er sich auch nicht aus. Tja, wer steckt hinter OWS? Es wäre vielleicht ganz spannend, das mal rauszukriegen. Er warf seinen Bleistift auf den Tisch und ging zu Maren Köster ins Büro.

Die saß an ihrem Schreibtisch und blätterte im Angebot einer Umzugsfirma.

„Na, willst du wirklich hinter den Apenberg ziehen?", fragte Schulte sie, als er erkannte, was sie da vor sich auf dem Schreibtisch liegen hatte.

Die Polizistin nickte. „Ich hoffe, du hilfst beim Umzug."

„Wenn es denn sein muss. Aber bis dahin brauche ich erst mal deine Hilfe."

„Nach dem Kaffeeklau letzte Woche hatte ich mir eigentlich vorgenommen, nicht mal mehr den kleinen Finger für dich zu rühren."

„Maren, ich bitte dich! Ich hatte Besuch von der Wirtschaftskriminalität aus Bielefeld. Der Kaffee aus unserem Automaten ist doch was für Verbrecher, den kannst du doch keinem Kollegen anbieten.“

Maren Köster wollte etwas entgegnen, doch Schulte kam ihr zuvor. Die eine Hand hob er zum Schwur, mit der anderen kreuzte er Zeige- und Mittelfinger hinter seinem Rücken.

„Will ich nie mehr wieder tun!“

„Komm hör auf, du hast doch deine andere Hand nicht für umsonst auf den Rücken gehalten. Also, was willst du?“

Schulte berichtete ihr von dem Gespräch mit Hoppenbrink. Als er damit zu Ende gekommen war, sagte er:

„Nun würde ich mal gerne ins Internet gehen und mir die Seite von OWS ansehen.“

„Mach doch!“

„Maren, ich habe keinen blassen Schimmer wie das geht.“

Die Polizistin stand auf.

„Na, dann komm mal mit. Ich gebe dir mal eine erste Einführung. Aber wehe ich erwische dich dabei, wenn du auf irgendwelchen Schmuddelseiten bist. Dann kriegst du handfesten Ärger!“

„Die gibt es da auch?“, fragte Schulte scheinheilig und bekam dafür einen Schlag in die Magengegend.

Sie ging mit Schulte zu einem internettauglichen Rechner und startete ihn. Nachdem sie auf der Oberfläche einer Suchmaschine war, gab sie *OWS Stiftung* ein. Sie bekam nach kurzer Zeit verschiedene Internetadressen, die *OWS* und *Stiftung* im Namen hatten. Sie wählte eine Adresse aus und klickte sie an. Auf dem Bildschirm erschien auf blauem Hintergrund das Logo *OWS* und das Wort *Stiftung* lief animiert über den Bildschirm. Im oberen Drittel war eine Leiste zu sehen, die es ermöglichte auf verschiedene Seiten zu gelangen.

Maren Köster klickte auf *Kuratorium*. Es erschienen eine Reihe von Unternehmen und Konzernen, die nach Alphabet aufgelistet waren und deren namentliche Vertreter im Kuratorium. Schulte blieb der Atem weg. Eines der Unternehmen, die ein Kuratoriumsmitglied stellten, hieß *HELI*. Maren Köster wechselte die Seite. Sie blätterte zurück. Als sie wieder auf der Eingangsseite waren, wurde Schulte auf einmal hellwach. Da stand *Spielervermittlung*.

„Maren, diese Spielervermittelung müssen wir uns ansehen, Ich sage dir, das ist eine ganz heiße Spur. Ich habe es im Gefühl." Sie gingen auf die Seite. Doch auch hier war auf den ersten Blick nichts Verdächtiges zu erkennen.

„Maren, zieh alles raus, was diese Kiste über Spielervermittlung hergibt. Da muss etwas sein. Ich weiß das! Ich sehe inzwischen noch einmal meine Unterlagen durch. Wäre doch gelacht, wenn wir da nichts finden würden."

Schulte ging zur Tür. Dann drehte er sich noch einmal zu seiner Kollegin um.

„Schau doch bitte noch mal rein! Vielleicht steht da ja was über die Leute, die diese Stiftung führen. Ich glaube, ich hatte da eben so was gesehen."

Die Kommissarin ging noch einmal die Menüleiste der Homepage durch und klickte dann auf *Generalsekretär*.

Diesmal erschien das Bild eines alten, aber sehr kraftvoll wirkenden Mannes mit dessen Kurzlebenslauf. Auf den ersten Blick fiel Schulte am Namen nichts auf. Dann spürte er, wie sich sein Magen vor Aufregung zusammenzog.

„Den Namen kenne ich! Das ist kaum zu glauben!" Seine Stimme war heiser geworden. „Wir brauchen neben den Infos über die Spielervermittlung bitte sofort ein Dossier über diesen Mann. Kannst du mir das ebenfalls besorgen?"

„Ja, was ist denn mit diesem Menschen? Warum regst du dich so auf?", fragte Maren Köster etwas ärgerlich. Dann blickte sie wieder auf die Internetseite. Unter dem Bild stand der Name: Martin Versteeg!

83

Einige Stunden, nachdem Maren Köster und Schulte sich die Seiten der *OWS-Stiftung* angesehen hatten, verschaffte sich die Polizistin einen Überblick über Spielervermittlungen. Sie ging zu Schulte ins Büro um ihm Bericht zu erstatten.

Maren setzte sich auf den einzigen freien Stuhl im Zimmer und brachte sich in Position. Sie hatte so ihre Techniken, Schulte auf die Folter zu spannen. Dieser wurde denn auch entsprechend unruhig.

„Na, nun leg schon los, Mädchen!“, forderte er sie ungeduldig auf.

„Also!“

Pause

„Maren...,“ Schulte wurde zunehmend ungeduldiger.

„Okay, zunächst einmal ist zu sagen, dass die Spielervermittlung als solches eine sehr komplexe Angelegenheit ist, die man in so kurzer Zeit nicht erfassen kann. Die großen Sportverbände und ihre Unterorganisationen versuchen das Procedere in Satzungen und Vereinsbeschlüssen zu regeln. Ein Weiteres taten und tun europäische Gerichte. Das bekannteste Urteil der letzten Jahre ist hier sicherlich das Bosmanurteil. Das wurde von einem belgischen Spieler namens Bosman erwirkt. Die Rechtsprechung erfolgte am 15. 12. 1995 vom Europäischen Gerichtshof in Luxemburg. Ich habe dir hier das Wichtigste ausgedruckt, also:

„Der Europäische Gerichtshof in Luxemburg hat das Transfersystem und die Ausländerklausel im Profifußball innerhalb der EU gekippt. Wechselt ein Spieler zu einem Verein in einem anderen Staat der Europäischen Union, so darf der abgebende Club künftig keine Ablösesumme mehr verlangen, entschieden die Europarichter. Nicht betroffen von dem Urteil sind die Transfersummen für Vereinswechsel innerhalb eines Landes. Der Gerichtshof verwarf zudem die

Beschränkung für die Zahl ausländischer Fußballer als eine unzulässige Diskriminierung aufgrund der Staatsangehörigkeit. Die Europarichter gaben mit ihrem Urteil dem einunddreißigjährigen belgischen Spieler Bosman recht. Sowohl der internationale Fußballverband als auch der DFB bedauerten die Entscheidung. Der DFB sprach in einer ersten Stellungnahme von einem ,sportwidrigen Urteil'.

Dieses Urteil hat nicht nur im Fußball für gravierende Veränderungen gesorgt, die für viele Vereine auch wirtschaftliche Folgen hatten."

„Maren, zur Sache!"

„Moment Jupp! Gut Ding will Weile haben. In einem Zeitungsbericht des Handelsblattes vom 3.5.1999 ist unter der Überschrift: ***Fifa steht unter Druck*** *Härtere Zeiten für Vermittler von Fußballern* Folgendes zu lesen.

Den Vermittlern von Fußballspielern drohen härtere Zeiten. Der Grund: Immer mehr große internationale Sportvermarktungsagenturen und Rechteverwertungsgesellschaften drängen in das Vermittlungsgeschäft. Die Agenturen betreuen die Sportler und beraten sie immer häufiger auch bei einem möglichen Klubwechsel, ohne dafür einen der knapp 500 lizenzierten Sportvermittler des Weltfußballverbandes Fifa einzubeziehen. Dies rügte Urs Scherrer, Vorstandsmitglied der International Sport Lawyers Association (ISLA), Schweiz, bei einer Veranstaltung des Sportrechtenvermarkters UFA SPORTS GmbH in Hamburg. Die Agenturen würden damit die geltenden Fifa-Vorschriften unterlaufen. Danach dürfen nur natürliche Personen eine Vermittlerlizenz erwerben.

Nach Ansicht von Scherrer tummeln sich zudem immer mehr schwarze Schafe unter den Vermittlern. Auch Vereinsvorstände würden immer häufiger die Fifa-Reglements missachten. Er plädierte deshalb für eine dringende Novellierung der Fifa-Bestimmungen. So sollte sich der Weltfußballverband darauf beschränken, die Lösung der Probleme rund um die Spielervermittlung künftig an die jeweiligen nationalen Verbände zu delegieren. Sie würden diese dann mit den jeweiligen nationalen Rechtsordnungen umsetzen.

Im Zuge der Neuregelung des Fifa-Spielervermittlungsstatus sollte auch über eine Herabsetzung der Sicherheitsleistung nachgedacht werden. So dürfen nur Personen eine Fifa-Lizenz erhalten, die eine Bankgarantie von 200 000 Sfr vorlegen können. Durch diese Maßnahme schränke das Fifa-Reglement die ‚freie Berufswahl' erheblich ein. Bewerber aus wirtschaftlich schwachen Ländern können somit die Voraussetzung für eine Lizenz nicht oder nur äußerst selten erfüllen. So war Anfang Dezember vergangenen Jahres unter allen lizenzierten Agenten nur ein Afrikaner bei der Fifa registriert.

Scherrer bemängelt auch die Anforderungen für den Erwerb einer Fifa-Lizenz. Obwohl der Fußballverband eine einheitliche Prüfungsrichtlinie erlassen habe, unterscheiden sich die Eignungstest massiv von Land zu Land. Während in Deutschland ein mehrstündiger Test notwendig sei, würden in anderen Ländern ‚gemütliche Runden bei Kaffee und Kuchen' stattfinden.

So steht es da. Mit anderen Worten, neben den seriösen und von den Sportverbänden lizenzierten Spielervermittlern gibt es auch schwarze Schafe, die quasi Menschenhandel betreiben. Ich kann mir gut vorstellen, dass so manche schwarze Perle für 'nen Appel und 'nen Ei in Afrika angeheuert wird und von irgendeinem windigen Unternehmer in ein Sportinternat gesteckt wird. Und dann nach allen Regeln der Kunst, gesund oder ungesund, gefördert und später Gewinn bringend verkauft wird. Ich stelle mir die Praktiken bei manchen Spielervermittlerorganisationen ähnlich vor, wie bei der Bestückung von Heiratskatalogen durch Thai-Mädchen.

Eine weitere Meldung ist interessant: *Rumänischer Fußball: Spielertransfer statt mit Geld mit Treibstoff bezahlt!*

In der rumänischen Erstliga gab es einen nicht alltäglichen Spielerwechsel: Weil der Verein Asta Ploiesti keine liquiden Geldmittel zur Verfügung hatte, wurde der Transfer mit Benzin gleichen Werts beglichen. Der Hauptsponsor lieferte das Benzin im Wert von 50.000 US-Dollar an den FC Brasov, der seinen Mittelfeldspieler an Poisti abgab.

Was schließen wir daraus? Dass in den osteuropäischen Ländern durchaus afrikanische Verhältnisse vorhanden seien könnten, wenn es um den Transfer von talentierten, jungen Spielern geht.

Was mich gewundert hat: Man kann im Internet entsprechende Transferlisten einsehen und sich die Spieler aussuchen um sie einzukaufen. Ob diese Spielervermittlungen seriös sind oder nicht, wer weiß das schon. Aufgefallen ist mir die Tatsache, dass *OWS* keine natürliche Person ist, wie es Scherrer fordert, sondern eine Stiftung. Bedenklich finde ich, dass die Stiftung *OWS* nicht nur ihre Förderleistungen anbietet, sondern gleich die Ware aus dem Bauchladen, der da heißt Spielervermittlung mit anpreist.

Alles das, was ich dir jetzt vorgetragen habe, bezog sich zwar auf den Fußball. In Deutschland ist das ja auch das lukrativste Geschäft. Es gilt aber auch für alle andern Sportarten, in denen für Leistung Geld gezahlt wird. Das war es!"

Schulte atmete nach dem langen Vortrag tief durch. Er hatte den Eindruck, dass hier etwas ganz gewaltig stank.

„So Jupp! Das erst mal zum Thema Spielervermittlung. Ein Dossier über Versteeg ist in der Mache und wird so schnell wie möglich nachgeliefert."

84

In Schultes Büro platzte ein fröhlicher Axel Braunert herein. „Wir haben ihn!" rief er, für seine Verhältnisse ungewöhnt laut. Schulte hatte im Moment keine Vorstellung, wer hier wen haben könnte. Braunert nahm einen A4-Zettel, den er in der Hand hielt, zu Hilfe.

„Maren hatte keine Zeit, deshalb hat sie mich gebeten, diese Sache zu übernehmen. Und ich habe was gefunden. Ich habe deinen Herrn Versteeg geortet! Martin Versteeg, siebenundsechzig Jahre alt, Unternehmer und Politiker im Ruhestand, wohnhaft in Schlangen. Was sagst du nun? Hier, da steht alles drauf! Das ist alles, was ich über ihn in der kurzen Zeit zusammentragen konnte."

Mit diesen Worten wollte er den A4-Zettel, einen Computerausdruck, auf Schultes Schreibtisch legen. Da er aber keine freie Fläche fand, drückte er Schulte den Zettel direkt in die Hand. Der las:

Martin Versteeg, geb. 18. Mai 1934 in Barntrup/Lippe. Vater: Hermann Versteeg, Pastor der evangelisch-reformierten Kirchengemeinde Barntrup. Mutter: Wilma Versteeg, geb. Hauenschild, Hausfrau. 1942 Umzug der Familie nach Detmold. Von 1944 an Besuch des Leopoldinums in Detmold. Abitur im Mai 1953. Anschließend Studium der Theologie in Göttingen. 1959 Abbruch des Studiums und Aufnahme einer beruflichen Tätigkeit in der Chemiefabrik Altmann in Lage als stellvertretender Geschäftsführer, später als Geschäftsführer. Ab 1965 jüngstes Mitglied des lippischen Kreistages 1972 Insolvenz der Firma Altmann. Versteeg kauft die Insolvenzmasse und wird alleiniger Inhaber der neu strukturierten Firma. Bis 1974 zwei Prozesse gegen Altmann, beide gewonnen. Dezember 1974 Verkauf der Firma. Ab 1975 Mitglied des NRW-Landtages (Experte für EG-Fragen). Ab 2000 Rückzug aus der aktiven Politik. Wohnsitz Schlangen, Kreis Lippe.

Schulte wusste noch nicht, was er davon halten sollte. Konnte das wirklich der Mann sein, hinter dem er seit Wochen her war? Was hatte der in seiner Biografie mit Futtermitteln zu tun? Sicher, da war mal vorübergehend diese Chemiefabrik. Aber als die Ereignisse passierten, die letztendlich zu zwei Morden geführt hatten, war dieser Versteeg schon lange aus dem Geschäft, saß im Düsseldorfer Landtag und konnte sich nicht mit dunklen Machenschaften befassen. Andererseits, da ein Landtagsmandat zwar eine sehr ehrenvolle Angelegenheit ist, aber nicht zwangsläufig zur charakterlichen Läuterung führt, muss das eine nicht unbedingt das andere ausgeschlossen haben. Wie auch immer, es musste jetzt ein Gespräch mit diesem Mann her! Und zwar noch heute. Er rief im Sekretariat an und bat die Kollegin, ihn für 17 Uhr bei einem Herrn Versteeg in Schlangen anzumelden. Bis dahin hatte Schulte noch etwas Zeit, das gesamte Material dieses Falles noch einmal zu sichten, zu ordnen und sich auf einen aktuellen Stand zu bringen. Außerdem musste er dringend mit diesem Altmann sprechen. Wenn der mal Versteegs Chef war und anschließend zweimal gegen ihn geklagt hatte, dann musste er einiges über Versteeg zu erzählen wissen. Schulte war noch nie ein Freund langen Grübelns, deshalb ließ er sich über die Telefonzentrale eine Verbindung zu Rudolf Altmann heraussuchen.

Das Gespräch war kurz und heftig. Altmann verabscheute Versteeg aufs tiefste. Am Ende konnte Schulte dem Dossier Versteeg folgendes hinzufügen:

Während der Studienzeit lernte V. den Kommilitonen Rudolf Altmann kennen, Sohn eines Fabrikbesitzers aus Lage. 1959 stirbt Altmanns Vater und der Sohn übernimmt die Chemiefabrik. Er überredete den Freund Versteeg, als stellvertretender Geschäftsführer mit einzusteigen. Ab 1968 zog sich Altmann ganz aus der aktiven Geschäftsführung zurück und Versteeg übernahm die Firmenleitung allein. Lt. Altmann hat V. dann vorsätzlich die Zahlungsunfähigkeit der Firma herbeigeführt, mit dem Ziel, anschließend die Konkursmasse billig aufzukaufen. Altmann verlor zwei Prozesse und gab dann auf. Nach seiner Aussage ist Martin Versteeg „alles“ zuzutrauen. Auch nach seiner Wahl in den Landtag habe sich Versteeg nur nominell von der Firma verabschie-

det. Der neue Geschäftsführer sei lt. Altmann eine Marionette von Versteeg gewesen. Versteegs Rolle in diversen Landtagsausschüssen habe wohl vor allem darin bestanden, EU-Subventionen für seine Firma abzuschöpfen. Irgendwann sei Versteeg auch nach Belgien gegangen mit seiner Firma. Mehr wusste Altmann nicht zu berichten.

Aber das war doch immer schon mal was. Dieser Versteeg schien ein durchtriebener Typ zu sein.

„Theologiestudent!" stöhnte Schulte. „Das sind die Gefährlichsten!"

85

Das Haus wirkte in der Dämmerung wie ein riesiger Quader. Das ganze Anwesen war mit einer hohen Mauer umgeben. Der Eintritt über den Zufahrtsweg wurde durch ein schmiedeeisernes Tor verhindert. Wütendes Hundegekläff war zu hören. Schulte fiel der Satz von Heinrich Zille ein: Es gibt Wohnungen, die können einen Menschen erschlagen. Gebäude auch, dachte er und drückte auf den Klingelknopf. Es ertönte eine Stimme: „Sie wünschen?"

Der Kommissar stellte sich vor und sagte, er würde gerne Herrn Versteeg sprechen. Die Stimme sagte: „Bitte warten Sie einen Moment."

Nach sich endlos hinziehenden Minuten meldete sich die Person am anderen Ende der Wechselsprechanlage wieder.

„Bitte warten Sie einen Moment, Sie werden abgeholt."

Wieder vergingen endlose Minuten. Dann hörte er Schritte. Das Hundegebell verstummte. Plötzlich tauchte aus dem Dunkeln ein Mann mit katzenartigem Gang auf. Schulte fragte sich, ob es sich bei dem Mann um einen Butler oder einen Bodyguard handelte. Nur eins wusste er: Einer handfeste Auseinandersetzung mit diesem Kerl als Gegner würde er lieber aus dem Weg gehen.

Der Mann öffnete die Tür. „Bitte kommen Sie herein!" Danach ging er wortlos vor dem Polizisten her zum Haus.

Am Eingang wurde ihm der Mantel abgenommen und sein Polizeiausweis kontrolliert.

„Eine reine Formsache", sagte der Katzenartige.

Da Schulte darauf nicht antwortete, setzte sich der Mann wieder in Bewegung und deutete dem Polizisten ihm zu folgen.

Er wurde in ein Zimmer geführt, das mindestens fünfzig Quadratmeter maß. In ihm stand ein riesiger Schreibtisch. Weiter befand sich in dem Raum eine Ledersitzgarnitur, um einen dazu passenden Tisch drapiert. Drei Wände des Zimmers waren mit Bücherregalen verstellt. Sie erweckten den Eindruck, dass man sich bei der Auswahl der Bücher mehr an ästhetischen Kriterien orientiert hatte als an Inhalten.

An der freien Wand hing ein Ölgemälde, das auf einen alten niederländischen Meister schließen ließ.

Schulte bekam einen Platz auf einem der Ledersessel zugewiesen. Als er saß, wurde er gefragt, ob er etwas trinken wolle. Er lehnte ab.

„Herr Versteeg lässt sich noch für ein paar Minuten entschuldigen. Er wird so schnell wie möglich zur Verfügung stehen." Der Mann verließ das Zimmer und Schulte musste wieder das tun, was er am wenigsten konnte, warten. Die Zeit, die ihm sonst unter den Händen zerrann, zog sich auf einmal wie Kaugummi.

Dann endlich, nach subjektiven Ewigkeiten, betrat ein Mann den Raum. Er maß annähernd einen Meter fünfundneunzig. Eben noch kam Schulte das Zimmer riesig vor, jetzt, nachdem der Mann den Raum füllte, hatte der Polizist das Gefühl, nach einem Platz für sich suchen zu müssen.

Der Riese kam auf Schulte zu und gab ihm die Hand. Nachdem sich die beiden Männer begrüßt hatten, warteten beide eine Weile ruhig ab. Dann setzte Versteeg sich und fragte nach Schultes Ansinnen.

Schulte räusperte sich. Er hatte einen Kloß im Hals.

„Herr Versteeg, ich arbeite an einem Mordfall. Umgebracht wurde ein Journalist namens Rauscher. Im Laufe der Ermittlungen sind wir unter anderem auf Ihren Namen gestoßen und das in mehrfacher Hinsicht. Dazu hätte ich einige Fragen."

Dann formulierte er einige Fragen nacheinander, ohne zwischendurch auf eine Antwort zu warten. Versteeg hatte sich das in aller Ruhe angehört. Sein massiges Gesicht zeigte keinerlei Regung.

„Herr Kommissar, wenn Sie an meiner Stelle wären, was würden Sie mir raten?"

Mit einer solchen Frage hatte Schulte nicht gerechnet. Er schwieg.

„Sehen Sie, Sie schweigen. Das Gleiche gedenke ich auch zu tun. Falls Sie noch etwas von mir wollen, hier ist die Karte meines Anwalts, den können Sie mit allen Fragen behelligen. Und nun entschuldigen Sie mich bitte, meine Zeit ist kostbar. Mein Butler wird Sie hinausbegleiten."

Versteeg stand auf und ging zur Tür. Bevor er den Raum verließ, drehte er sich noch einmal um und sagte von oben herab: „Sie hätten wenigstens einen Cognac trinken sollen. Der ist nämlich nicht schlecht. Ich bin mir nämlich fast sicher, dass Sie einen solchen Tropfen in den nächsten Jahren nicht mehr vorgesetzt bekommen. Dann hätte ihr Kommen wenigstens einen kleinen Sinn gehabt. Guten Abend, Herr Hauptkommissar!"

Nun verließ der Mann endgültig den Raum.

Schulte hatte das Gefühl, selten so erniedrigt worden zu sein. Er kochte. Erst draußen ließ er Dampf ab, indem er heftig gegen das schmiedeeiserne Gartentor trat.

86

Am späten Montag Nachmittag rollte Schultes schwarzer Volvo, von dem er nur noch liebevoll als *Black Beauty* sprach, auf den Besucherparkplatz der Paderborner Polizeibehörde an der Riemekestraße. Der Detmolder Polizist musste einige Minuten warten, bis sein Paderborner Kollege Willi Potthast von einer Dienstfahrt zurück war. Dieser begrüßte seinen Kumpel freundlich aber müde.

„Viel zu tun, Willi?“ fragte Schulte höflich.

Potthast winkte schlaff ab.

„Frag nicht! Es wird immer schlimmer. Und du?“

„Ist auszuhalten! Wir beiden werden eben auch älter, kannste nichts machen!“

Potthast quittierte diese Bemerkung mit einem leisen Brummen. Dann kamen die beiden zügig zum Thema. Schulte informierte seinen Freund und Kollegen über den aktuellen Informationsstand bei den Ermittlungen im Falle Rauscher. Ein Fall, dessen Verbindung zum Paderborner Fall Kötterhagen mittlerweile mehr als offensichtlich war. Schulte berichtete von seinen Funden in Rauschers Dateien, von Erkenntnissen aus dem Internet, von Rauschers finanziellem Desaster, von der Aussage Frau Dr. Klöbeners und von dem peinlichen Versuch eines Verhörs mit dem Hauptverdächtigen.

„Aus dem, was diese Frau Dr. Klöbener gesagt hat, geht eindeutig hervor, dass zwischen unseren beiden Fällen ein elementarer Zusammenhang besteht. Wir wissen, dass dein Kötterhagen in einen Futtermittelskandal verwickelt war. Wir haben genügend Indizien dafür, dass ein gewisser Martin Versteeg damals ebenfalls eine wichtige Rolle in dieser Geschichte spielte. Und dass eben dieser Martin Versteeg den ermordeten Marco Rauscher als Ghostwriter engagiert hat. Jetzt habe ich sogar von Versteegs ehemaligem Unternehmerkollegen gehört, dass Versteeg in Belgien ein Chemiewerk aufgemacht hat. Ich habe dann nachgeforscht. Was meinst du, wo das Chemiewerk steht?"

„Sag bloß, in Hasselt?"

„Jawohl, in Hasselt! Und es hieß bis zum Jahre 1988 *HELI*. Dann wurde es verkauft und machte als *ChemIn* weiter. Das alles hätte ich dem Kerl gern unter die Nase gerieben, aber der hat mich derartig eiskalt und aalglatt abgewimmelt, dass ich nichts, aber auch gar nichts erfahren konnte. So verhält sich nur einer, der es gewohnt ist, mit einem schlechten Gewissen zu leben. Willi, du weißt, ich gehöre nicht zu den Bullen, die gewaltige Theoriegebäude errichten. Ich bin eher ein Wühler. Aber ich behaupte jetzt: Martin Versteeg hat deinen Kötterhagen und auch meinen Rauscher auf dem Gewissen! Und wenn das nicht stimmt, dann lasse ich mich zusammen mit meinem Leichenwagen beerdigen!"

Jetzt war auch Potthast hellwach. „Mensch! Dann müssen wir sofort drangehen und rausfinden, ob jemand was über das Verhältnis von Kötterhagen zu diesem Versteeg weiß. Ich werde gleich mit Kötterhagens Bruder und auch mit seinem anderen Skatkumpel sprechen. Politiker war der auch, sagst du? Was hat der denn noch alles gemacht?"

„Er war zuerst Unternehmer und ist dann in die Politik gegangen. Anscheinend war er aber weiterhin gleichzeitig Hauptanteilseigner seiner alten Firma und hat seine politischen Beziehungen für diese Firma ausgenutzt. Subventionen und so weiter! Die gab es in den achtziger Jahren noch reichlich. Anscheinend hat das zusammen ganz gut funktioniert. Sein Haus ist 'ne Pracht! Musst du dir mal von außen und innen angucken!"

„Dazu brauche ich aber erst mal einen Haftbefehl! Wer ist denn hier eigentlich zuständig? Detmold oder Paderborn?"

„Ich würde sagen, Detmold. Schließlich wohnt Versteeg in Schlangen, und das gehört immer noch zu Lippe. Die

Querverbindungen zu dem Paderborner Fall sind noch recht dürftig. Außerdem habe ich einen guten Draht zur Staatsanwaltschaft. Lass mich mal machen! Um was ich dich dringend bitten möchte, ist folgendes!"

Schulte fummelte einen zerknitterten Zettel aus der Hemdtasche.

„Wenn du mit diesen beiden Leuten mal sprechen würdest? Ist brandeilig! Die können uns bestimmt auch noch etwas über Versteeg sagen!"

Potthast schaute neugierig auf das Blatt und fand die Ausdrucke der Dossiers von Rauscher. Er las:

„Paul Nassauer! Wohnhaft Paderborn. Und Hans-Martin Reermann, wohnhaft Delbrück. Was haben die beiden angestellt?"

Dann las er sich die Dossiers komplett.

Als Schulte kurz darauf gehen wollte, fragte Potthast noch:

„Sag mal, weißt du eigentlich was über diesen Futtermittelzusatz, den Kötterhagen und dein Versteeg damals getestet haben?"

„Nee! Du?"

„Nein! Aber ich wüsste das gerne. Wir sollten das rausfinden, denn wenn es zum Prozess gegen Versteeg kommen sollte, könnte das eine wichtige Rolle spielen. Mann, oh Mann! Dass es hier auf dem Land überhaupt solche Geschichten gibt. Das sind ja richtige Mafiosi!"

Schulte erinnerte sich plötzlich an eine Geschichte, die van Duin ihm letztens erzählt hatte.

„Das gibt es leider häufiger als wir beiden bisher geglaubt haben. Ich habe da letztens von einer Sache in Belgien erfahren, also da bist du platt!"

Er berichtete davon, dass 1995 in der Nähe von Antwerpen ein Tierarzt erschossen wurde, weil der einer Hormonmafia auf der Spur war. Hier ging es um Wachstumshormone für Kälber. Um solche ähnlichen Hormone werde es sich wohl auch damals im Delbrücker Land gehandelt haben. Die Parallelen seien auffallend. Allerdings spiele im aktuellen Fall kein Tierarzt eine Rolle.

Schulte verabschiedete sich und verschwand. Als er bereits auf der dichtbefahrenen B1 angelangt war, durchzog es ihn heiß. Ihm war etwas eingefallen. Er hatte letztens etwas gelesen, was war das noch? Richtig, es war Rauschers Bericht gewesen, seine Zusammenfassung der Protokolle der *HELI*-Forschungsgruppe. Wie Rauscher an diese Protokolle gekommen sein konnte, wusste Schulte nicht, aber in einem dieser Protokolle hatte etwas von einem Tierarzt gestanden! Von einem renitenten Tierarzt, von dem man annahm, dass er Schwierigkeiten machen würde. Was war aus dem geworden?

Schulte griff zu seinem Handy und wählte Potthast an.

„Sag mal, Willi. Kannst du herausfinden, welcher Tierarzt damals für dieses Dorf zuständig war? Ja, könnte wichtig sein!"

87

Am Dienstag Morgen führte Schultes erster Weg zur Staatsanwaltschaft. Er hatte überhaupt keine Bedenken, dass die Staatsanwältin, Frau Müller-Stahl, seiner Argumentation folgen und den Haftbefehl für Versteeg ausstellen würde. Dann der Schreck.

„Frau Müller-Stahl ist im Urlaub! Wussten Sie das nicht?"

Nein, das hatte er nicht gewusst. Nach seinem Hasselt-Abenteuer hatte er noch keinen Kontakt zu ihr gehabt. Seine Stimmung sackte ab.

„Wer ist denn jetzt zuständig?"

Ihm wurde ein Name genannt, den er noch nie gehört hatte. Schulte wurde von diesem Vertreter empfangen. Der

Vertreter erwies sich als jüngerer und sehr genauer Beamter, der sich Schultes Begehren anhörte und dann kurz und bündig ablehnte.

„Das sind keine Beweise, Herr Hauptkommissar! Das sind alles nur Vermutungen! Vielleicht haben Sie ja recht, aber das vielleicht reicht nicht. Das ist keine ausreichende Basis für einen Haftbefehl gegen einen verdienten Bürger unseres Landes. Dieser Versteeg ist ja nicht irgendwer, wenn ich Sie recht verstanden habe. Nein, nein! Ich werde meine Entscheidung erst ändern, wenn Sie mir neue und stichhaltige Beweise bringen."

Für Schulte war der Tag gelaufen. Was sollte er denn da noch bringen? Es war doch alles da! Den Rest würden die Verhöre mit Versteeg ergeben. Niedergeschlagen fuhr er zum Büro. Dort wartete bereits Erpentrup auf ihn.

„Der stellvertretende Staatsanwalt hat mich eben angerufen und mir von Ihrem Besuch erzählt. Schade für Sie, Herr Schulte, dass Frau Müller-Stahl nicht da ist, oder? Sie genießen ja, wie man sich erzählt, das volle Vertrauen der Frau Staatsanwältin. Kurz und gut, die Argumente des Stellvertreters leuchten mir ein und treffen bei mir auf fruchtbaren Boden. Wissen Sie warum? Weil ich gestern Abend noch einen Anruf dieses Herrn Versteeg bekommen habe. Er hat mir mit großem Ärger gedroht, wenn meine Leute ihn weiter wie einen Verbrecher behandeln. Er hat..."

„Dieser Scheißkerl! Was bildet der sich ein?" Schulte wurde laut.

„Ruhig, Herr Schulte! Ruhig!" Erpentrup hob abwehrend beide Hände. „Ich weiß genau, was Sie jetzt denken. Dieser Scheißkerl Versteeg fühlt sich bedroht, er ruft meinen Vorgesetzten an und spielt den starken Mann. Was macht Erpentrup? Dieses Weichei lässt sich einschüchtern. Ja, ja, Herr Schulte. So ist das doch, Ihrer Meinung nach, oder? Die Kleinen hängt man auf, die Großen lässt man laufen! Aber es gibt Regeln für unsere Arbeit und diese Regeln verlangen Beweise. Egal, ob groß oder klein. Mir ist klar, dass es für Sie unbefriedigend ist, aber ich muss Ihnen eines ganz klar sagen: Bringen Sie bessere Beweise oder lassen Sie Versteeg in Ruhe! Keine weiteren Besuche mehr! Ist das klar?"

„Herr Erpentrup! Dieser Mann hat höchstwahrscheinlich zwei Morde auf dem Gewissen. Und einen versuchten an mir! Den kann ich doch nicht einfach so in Ruhe lassen. Wie soll ich Beweise liefern, wenn ich nicht mal mit ihm reden darf?"

„Gerade die Tatsache, dass Sie behaupten, es sei von Versteeg ein Mordversuch gegen Sie selbst in Auftrag gegeben worden, macht Ihre Position so unhaltbar, Herr Schulte. Sie spielen hier eine gefährliche Rolle. Sie sind gleichzeitig Ermittler und privater Rächer. Das kann und das darf ich als Leiter dieser Behörde nicht zulassen. Außerdem stehen im Mordfall Rauscher zwei dringend tatverdächtige Männer vor dem Richter in Hasselt. Es gibt vorläufig keinen einzigen konkreten Hinweis darauf, dass diese beiden nicht aus eigenem Antrieb gehandelt haben sollen. Noch mal, Herr Schulte: Ich mache das nicht, um Sie zu ärgern. Aber ich muss Schaden von dieser Behörde abwenden. Deshalb wiederhole ich meine Anweisung: Lassen Sie Versteeg in Ruhe!"

Das alles war genau das, was Schulte nicht hören wollte. Aber er hatte keine Wahl, als sich dieser Anweisung zu fügen. Gelegentlich mal die strengen Regeln des Berufes etwas freier auslegen, ist die eine Sache. Aber eine so konkrete Anweisung zu unterlaufen konnte sehr ernsthafte Folgen haben.

Und bei allem Ehrgeiz war Schulte kein Idiot. Es gab nur eine Möglichkeit für ihn. Zähneknirschend die Anweisung Erpentrups umsetzen und darauf hoffen, dass nach dem Urlaubsende der regulären Staatsanwältin ein anderer Wind weht.

Wütend und grußlos wandte er sich von seinem Vorgesetzten ab und ging in sein Büro. Was würde er machen, wenn auch die Staatsanwältin die Sache so sieht wie ihr Stellvertreter? Einfach den Mann, der vermutlich zwei Killer auf ihn gehetzt hatte, so mir nichts dir nichts laufen lassen? Nein! Dann würde er irgendwas unternehmen, auch auf die Gefahr hin, sich nicht nur mit Erpentrup und Versteeg, sondern auch mit der Staatsanwältin anzulegen. Diese Vorstellung behagte ihm gar nicht, aber dann siegte sein Galgenhumor.

„Der schönste Platz ist immer der zwischen allen Stühlen!"

88

In Detmold und Umgebung herrschte frühlingshaftes Wetter. Allem Anschein nach hatte es jedoch keine positiven Auswirkungen auf die Kolleginnen und Kollegen der Polizei.

Maren Köster war auf dem Weg zu einem Vortrag. *Kundenorientierung in der Kreispolizeibehörde Detmold.* Gehalten von Polizeirat Erpentrup.

So ein Schwachsinn, unsere Aufgabe ist es Verbrecher zu jagen, dachte sie. Was hat das mit Kundenorientierung zu tun?

Gestern hatte ein externes Beratungsteam seine Grundüberlegungen zur Verwaltungsreform der Behörde vorgestellt.

Maren Köster rief sich einige der dort genannten Ziele noch einmal in Erinnerung:

Kommunikation und Informationsaustausch zwischen Polizeiabteilungen und Verwaltungsspitze, *Ausrichtung des Haushalts und der Produkte über das operative Controlling hinaus auch an strategischen Überlegungen, Klare Orientie-*

rung am Bürger- bzw. Kundennutzen, Verbesserung der Motivation und Reformfreudigkeit der Mitarbeiter und Mitarbeiterinnen (inklusive des Bewertungs- und Anreizsystems).

Um die Verwaltungsreform der lippischen Polizeibehörde weiter voranzubringen, hatte das Beratungsunternehmen im Rahmen seines Auftrags die Entwicklung einer *Balanced Scorecard* für die Behörde vorgeschlagen.

Balanced Scorecard, so ein Quatsch. Kommt natürlich aus Amerika, dachte Maren Köster. Ausgleichend, zielgerichtet, systematisierend, seien die Hauptmerkmale dieser sogenannten *Balanced Scorecard*. Und Erpentrup war natürlich voll drauf abgefahren. Jetzt stand die Polizistin vor dem Sitzungszimmer.

„Scheiß was auf Kundenorientierung!“ Sie entschloss sich, den Vortrag zu schwänzen und ging zurück ins Zimmer. Hier setzte sie sich in ihren Schreibtischstuhl und sah aus dem Fenster. Sie fing an, über die letzten Monate nachzudenken. Die Zeit war ins Land gegangen. Es war Ende April geworden. Nach dem turbulenten Jahresanfang war alles ins Stocken geraten. Obwohl sie jetzt alle wussten, dass Versteeg Dreck am Stecken hatte, kam man nicht an ihn heran. Selbst Erpentrup, der, wenn es darum ging, einen Verbrecher zu überführen, die Methoden von Schulten Jupp akzeptierte, wenn auch nur zähneknirschend, achtete mit Argusaugen darauf, dass die Kollegen in Sachen *OWS* und Versteeg die Füße ruhig hielten. Dieser Mann musste wirklich mächtige Freunde haben.

Maren Köster konnte sich nicht wirklich vorstellen, dass Schulte sich in erster Linie mit Budgetierungskonzepten für die einzelnen Polizeiabteilungen beschäftigte. Sie war sich sicher, dass er im Verborgenen weiter an dem Fall Versteeg arbeitete. Dafür kannte sie ihn gut genug. Schulte war zwar ein Mann, der nicht mehr arbeitete als nötig, doch wenn er sich an einer Sache festgebissen hatte, entwickelte er Terrierqualitäten.

Auch Maren Köster hatte sich festgebissen. Immer wieder steckte sie ihre Nase in die Unterlagen, die sie zum Thema Spielervermittlung zusammengetragen hatte.

OWS, das war ihr mittlerweile klar, war keine saubere Geschichte. Sie hatte herausgefunden, dass hinter der sogenannten Entwicklung der jungen Spieler und anschließendem Transfer in aller Herren Länder nur das Geldinteresse der Vermittler stand. Die Förderung der Jugendlichen war den Organisatoren völlig egal. Es gab ihres Wissens keinen Schulunterricht für die Jugendlichen. Sie wurden immer mal wieder nach Polen und in andere ostereuropäische Länder verfrachtet und wieder zurück in das sogenannte Trainingszentrum. Und dann irgendwann verschwanden die Jugendlichen, wurden verkauft.

Doch sie fand keine Beweise. Sie musste zugeben, dass bei ihren Ergebnissen zu viele vage Vermutungen dabei waren. Von den Jugendlichen wollte keiner etwas sagen. Alle träumten vom großen Geld. Da war es ratsam die Klappe zu halten. Ein zweites Mal bekam die Polizistin keinen Zutritt zu dem Trainingscenter von *OWS*. Ein netter Rechtsanwalt zeigte ihr sofort nach ihrem Eintreffen den Ausgang.

Sie war zu Erpentrup gegangen. Aber dieser wollte an die ganze Geschichte nicht ran. Viel zu vage, meinte er, und Versteeg sei ein einflussreicher Mann. Wenn das nach hinten los ginge, so würden er und die Detmolder Polizei sich nicht davon erholen. Er wiegelte ab und wurde sogar unfreundlich, als Maren Köster ihn weiter bedrängte.

Sie merkte, dass Trotz in ihr aufstieg. Wenn Erpentrup nicht sich an die Spielervermittlung von *OWS* rantrauen wollte, okay. Sie wollte nicht an die Verwaltungsreform der Detmolder Polizei. Sie würde sie boykottieren und unterlaufen, wo es nur ging. Dazu war sie ab jetzt fest entschlossen. In diesem Sommer brauchte sie ihre Zeit für den Umzug nach Lemgo.

89

Eigentlich hätte es jetzt, einen Tag nach Pfingsten, viel wärmer sein müssen! Aber es war noch einmal fies kalt geworden im Lipperland. So kalt, dass Josef Schulte, als er am Morgen zur Arbeit fuhr, wieder seine alte und speckige, aber warme Lederjacke hervorgekramt hatte. Seit der kategorischen Anweisung Erpentrups, Versteeg in Ruhe zu lassen, war viel Zeit vergangen. Auch die Staatsanwältin hatte nach ihrem Urlaub keine Möglichkeit gesehen, daran etwas zu ändern. In den folgenden Wochen hatten die beiden wenig miteinander zu tun. Und als Mitte April die Nachricht kursierte, dass Frau Müller-Stahl einem Ruf nach Bielefeld gefolgt war, wo die Position einer Oberstaatsanwältin auf sie wartete, fand Schulte es schade, dass er in Zukunft nicht mehr mit ihr zusammenarbeiten konnte. Er behielt dies jedoch für sich.

Die alte Lederjacke und die feuchte Kälte waren es, die bei ihm Erinnerungen an seinen Aufenthalt in Hasselt hochkommen ließen. Für einen alten Ganovenjäger wie ihn war der ganze Fall Rauscher mit seinen Nebenkriegsschauplätzen etwas, was er am liebsten verdrängt hätte. Selten hatte er sich so reingehängt, selten war er persönlich so stark betroffen, ja gefährdet gewesen. Und dann dieses abrupte und unrühmliche Ende! Er hatte sich in den vergangenen Monaten sehr bemüht, diesen Fall aus seinem Gedächtnis zu tilgen, aber es blieb bei dem Versuch.

Frustriert schlurfte der Kommissar nach Feierabend durch die Detmolder Innenstadt. Die sonst so lebhafte Lange Straße war durch das schlechte Wetter wie ausgestorben. Mutig hatten einige Gastronomen Tische und Stühle draußen stehen, aber nicht ein Tisch war besetzt. Schulte blieb vor dem Schaufenster der Buchhandlung *Libris* stehen. Einem Impuls folgend, ging er hinein und stöberte die Auslagen durch. Dabei fielen ihm zwei Bücher auf. Die Autoren waren ihm völlig unbekannt, aber auf dem Cover stand: *Regionalkrimi aus Lippe!* Das interessierte den Polizisten in ihm. Er blätterte den Band *Der Berber* durch und musste zum erstenmal an diesem Tag schmunzeln. Das war ja drollig! So stellten sich also Laien die Arbeit der lippischen Polizei vor. Viel Action! Nichts stand da von der trostlosen Routine des normalen Polizistenalltags. Aber irgendwie nett geschrieben! Schulte kaufte den Band und nahm sich vor, demnächst ebenfalls einen Krimi zu schreiben. Aber nicht jetzt, als Rentner vielleicht. Als er bezahlen wollte, suchte er sein Portemonnaie. Da er es nicht gleich fand, tastete er hektisch die dicke Lederjacke ab. In der linken Innentasche stieß er auf etwas Hartes. Er griff in die Tasche und zog zu seinem Erstaunen eine Negativfilmrolle hervor. Wie kam die in seine Jacke? Und wem gehörte die? Dann fand er endlich seine Geldbörse und bezahlte. Der Geschäftsführer, ein noch junger, großer, schlanker Mann, schloss hinter ihm die Ladentür ab, es war bereits fünf nach sieben.

Kurz vor dem Rathaus fiel bei ihm der Groschen! Die Filmrolle war in einem der Umschläge gewesen, die er damals im Winter aus dem Postfach geholt hatte! Die hatte er eingesteckt, um sie von Heinz Krause entwickeln zu lassen... und dann völlig vergessen!

Sofort nahm er sein Handy und rief in der Dienststelle an. Heinz Krause hatte aber auch schon Feierabend. Mittlerweile hatten alle Geschäfte geschlossen, es gab also keine Möglichkeit mehr, auf diesem Wege den Film noch entwickeln zu lassen. Aber Schulte hatte jetzt keine Ruhe mehr. Auf dem Metallkörper stand, dass es ein Schwarz-Weiß-Film war. Das müsste doch gehen. Wozu hat man Beziehungen? Er stürmte zu seinem Auto, das vor der Kaiser-Wilhelm-Kirche geparkt war, zog den Bußgeldbescheid hinter der Windschutzscheibe hervor, knüllte ihn zusammen und steckte ihn in die Hosentasche. Unglaublich, diese Politessen haben nicht mal vor einem Leichenwagen Respekt! Der hätte doch gerade im Einsatz sein können. Schulte dampfte die Lagesche Straße hoch und hielt kurz darauf vor dem imposanten Gebäude der *Heimatzeitung*.

Hermann Rodehutskors war natürlich noch in seinem Büro. Zeitungsmenschen ticken eben ganz anders. Die beiden hatten sich lange nicht mehr gesehen, die Begrüßung fiel dennoch herzlich, aber kurz aus. Rodehutskors; der ja auch persönlich in den Fall involviert war, fackelte nicht lange und ging mit Schulte in das mittlerweile durch den Gebrauch von Digitalkameras wenig genutzte Fotolabor. Eine viertel Stunde später schauten sich beide die Negative an, die sie mit Hilfe eines kleinen Scanners gleich in Positive umwandeln konnten.

Es waren Fotos von drei verschiedenen Bauernhöfen, aus mehreren Perspektiven aufgenommen, einem Ortschild, einer schmalen Straße, die eine scharfe Kurve macht, und mehrere Fotos eines älteren Mannes.

Rodehutskors und Schulte schauten sich fragend an. Was hatte das zu bedeuten? An was hatte Rauscher da gearbeitet?

Der ältere Mann war Schulte völlig unbekannt, die Straße sowieso und woher sollte er diese Bauernhöfe kennen? Den einzigen konkreten Hinweis konnte das Foto mit dem Ortsschild liefern. Schulte nahm sich dieses Foto zur Hand. Der Ortsname sagte ihm gar nichts. Aber unter dem Ortsnamen stand *Stadt Rietberg*, das gab doch immerhin etwas her. Dann würde er auch das Dorf orten können. Schulte spürte leichte Kopfschmerzen. War dieses Dorf nicht im Zusammenhang mit dem Futtermittelskandal vorgekommen?

Während Rodehutskors sich wieder an seine reguläre Arbeit machte, steckte Schulte die Fotos ein, bedankte sich und verließ die Redaktion der *Heimatzeitung*. Draußen im Auto rief er im Büro von Willi Potthast an. Der hatte natürlich auch schon die Segel gestrichen und war vermutlich längst zu Hause, oder bei seinem Schützenverein oder sonst wo.

Doch Schulte ließ auch hier nicht locker und rief Potthast privat an. Der Paderborner Kollege war gar nicht erbaut, als er zu dieser Stunde, es war jetzt beste Fernsehzeit, noch mit dienstlichen Dingen belästigt wurde. Doch ein Schulte im Jagdfieber war nicht der Typ, der auf solche Befindlichkeiten Rücksicht nahm. Eine Stunde später saß Schulte bei Potthast in der Küche. Ins Wohnzimmer durften sie nicht, weil Potthasts Frau dort mit Günther Jauch und seinen Kandidaten um eine Million Euro bangte.

„Klar! Das war das Dorf!" war sich Potthast sofort sicher. „Und das waren auch die Bauernhöfe, die das Dreckszeug verfüttert haben. Ich habe sie ja alle abgeklappert."

Dann reichte Schulte ihm das Bild von dem alten Mann. Potthast wurde ganz still.

„Kötterhagen!" murmelte er dann betroffen. „Keine Frage."

Das Bild der schmalen Straße sagte Potthast nichts. Aber das würde er morgen rausfinden.

„Uns stellt sich jetzt die Frage: Warum hat Rauscher diese Fotos gemacht?" stellte Potthast weiter fest. „Was hatte er mit dieser Futtermittelgeschichte zu tun?"

Schulte saß mit zusammengepressten Lippen auf der Kücheneckbank und starrte auf den Fußboden. Er hatte seine Bierflasche noch nicht mal angerührt. Dann endlich machte er den Mund auf.

„Rauscher sollte die Memoiren des Herrn Versteeg schreiben. Versteeg hat sich einen Ghostwriter gesucht, der steuerbar sei. Diese Möglichkeit bot dessen finanzieller Misere. Er hatte gemeint, ihn absolut beherrschen können. Ich glaube gar nicht mal, dass Rauscher plötzlich vom Ehrgeiz zerfressen war. Viel eher vermute ich, dass er so viel von Versteegs Schweinereien mitbekommen hatte, dass er sich auch ein großes Stück vom Kuchen hatte abschneiden wollten. Dazu musste er mehr Informationen haben. Informationen, die würde ihm Versteeg natürlich nicht liefern. Also ging er auf eigene Rechnung an die Sache heran. Wie ich Versteeg kennen gelernt habe, wird er Rauscher wohl kaum sympathisch gewesen sein. Ich kann mir das lebhaft vorstellen, Rauscher wittert Morgenluft, er fordert mehr Geld für seine Arbeit. Versteeg lacht ihn aus, ja, demütigt ihn wahrscheinlich sogar. Bei Rauscher wachsen Geldgier und Wut über die Demütigung zusammen und heraus kommt ein Mann, der jedes Augenmaß verliert. Der seine ganze Freizeit opfert, der Kopf und Kragen riskiert."

Endlich hob Schulte die Bierflasche an und trank. Er verschluckte sich und hustend dozierte er weiter.

„Es ist logisch, dass er bei diesen Nachforschungen irgendwann auf den Futtermittelskandal und damit auf Kötterhagen gestoßen ist. Kötterhagen wird sich natürlich Sorgen gemacht haben. Da sind nun so viele Jahre vergangen und plötzlich taucht diese alte Geschichte wieder auf. Er hat zwar nicht viel zu befürchten, denn so schrecklich war sein Vergehen ja nun nicht. Er hat ja keinen umgebracht. Zumindest wissen wir davon nichts. Wahrscheinlich hat er danach Versteeg angesprochen um mit ihm darüber zu reden. Versteeg erkennt, dass Rauscher nun eine echte Gefahr für ihn wird. Er beschließt, Rauscher bei der nächstbesten Gelegenheit auszuschalten. Was zwischen ihm und Kötterhagen passiert ist, weiß ich natürlich nicht. Entweder haben sie sich gestritten oder Versteeg hat auch Kötterhagen als gefährlichen Mitwisser gesehen und ihn umgebracht."

„Nein!" warf Potthast ein. „Das alles wegen so ein bisschen Betrug? Das hieße doch mit Kanonen auf Spatzen schießen. Das ist doch das Risiko nicht wert!"

„Dann steckt eben mehr dahinter! Vielleicht wissen wir ja noch nicht alles." Schulte hatte jetzt seinen Weg eingeschlagen und ließ sich durch nichts mehr davon abbringen. „Es muss so gewesen sein! Wann ist Kötterhagen eigentlich gestorben?"

Potthast musste kurz in seinem Notizbuch nachschauen.

„Wahrscheinlich am 20. Dezember! Warum ist das wichtig?“

„Weil das ausschließt, dass Rauscher ihn umgebracht haben kann. Der war nämlich zu diesem Zeitpunkt schon längst in Hasselt. Versteeg wird entweder selbst nach Hasselt gefahren sein, um Rauscher auszuschalten, oder aber hat er die Sache in Auftrag gegeben, wie es sich für einen sauberen Geschäftsmann und Politiker gehört.“

„Beweise, Jupp! Beweise! Du kannst nicht mal beweisen, dass sich Versteeg und Kötterhagen kannten.“

Schulte grübelte wieder.

„Fingerabdrücke!“ murmelte er leise. „Habt Ihr eigentlich in Kötterhagens Wohnung Fingerabdrücke gefunden?“

„Massenhaft! Aber was heißt das schon? Die von seinem Bruder und dem anderen Skatkumpel haben wir natürlich identifiziert, aber der Rest? Wie soll man das herausfinden?“

„Wenn ich von Versteeg Fingerabdrücke besorge; würdest du dann noch mal euren Apparat in Gang setzen und die mit denen aus der Wohnung vergleichen?“

Potthast lachte.

„Natürlich würde ich das! Keine Frage. Aber wie willst du da ran kommen? Dein Chef wird dir niemals erlauben, von Versteeg Fingerabdrücke einzufordern. Vergiss es!“

Doch Schulte ließ sich nicht beirren. Er schlug mit der flachen rechten Hand auf den Küchentisch.

„Versteeg!“ brummte er. „Versteeg, jetzt kriege ich dich!“

90

Der Mittwoch versprach ein schöner trockener Maitag zu werden. Schulte stand früh auf, obwohl er am Vorabend erst spät aus Paderborn zurückgekommen war. Er war seinem Hund einen längeren Morgenspaziergang schuldig, da er sich am Abend zuvor gar nicht um das arme Tier gekümmert hatte. Den Vormittag verbrachte er dann damit, sich noch einmal in den Fall Rauscher einzulesen. Viel war bei ihm in den fast vier Monaten versackt. Aber er wollte nichts vergessen! Er wollte auch nicht die kleinste Kleinigkeit übersehen.

Einige Mühe kostete es ihn allerdings, herauszufinden, ob und wann Martin Versteeg zu Hause war. Als er das schließlich mit der unbewussten Hilfe von Versteegs Putzfrau rausgefunden hatte, musste er sich was einfallen lassen, um sich von der Mittwochs-Besprechung loszueisen, ohne Erpentrups Verdacht zu erregen. Das gelang ihm nur, indem er für sechzehn Uhr einen dringenden Termin mit einem Zeugen vortäuschte.

Als er dann am Nachmittag bei strahlendem Frühlingssonnenschein die Gausekötte überquerte, hatte er keinen Blick für das zarte Mai-Grün der Buchen, achtete nicht auf die Blütenpracht am Straßenrand, nahm die ganze Strecke, die zweifellos zum Schönsten gehört, was Deutschland oberhalb des Mains zu bieten hat, nicht zur Kenntnis. Schulte hatte den Tunnelblick. Er konzentrierte sich voll und ganz auf das kommende Gespräch mit seinem persönlichen Gegner.

In Schlangen fand er den imposanten Quaderbau schnell wieder. Erst hatte er daran gedacht, sein Auto in einiger Entfernung zum Haus zu parken, um einen respektablen Eindruck zu machen. Dann amüsierte ihn aber doch die Vorstellung vom Effekt, den ein vor dem Haus vorfahrender Leichenwagen auslösen dürfte.

Diesmal öffnete Versteeg selbst die Haustür. Er brauchte einige Sekunden, um sich an Schulte zu erinnern. Es war ihm anzusehen, dass er den Polizisten am liebsten gar nicht hereingelassen hätte. Da dies aber wohl nicht klug gewesen wäre, überwand sich der alte gewiefte Politiker und bat Schulte mit eisiger Höflichkeit in das gleiche Zimmer wie vor einigen Monaten. Als sich die beiden Männer in den

Polstersesseln gegenüber saßen, war die Spannung zwischen beiden fast mit den Händen greifbar. Die Situation glich ein wenig einem Duell, bei dem sich zwei Kontrahenten gegenüber stehen und hoch konzentriert jede Bewegung, jedes Lidschlagen des anderen beobachten, um dann sofort zu reagieren. Schulte war es, der sich als erster aus der Abwartestellung wagte.

„Herr Versteeg, Sie erinnern sich sicher noch an meinen Besuch im Januar. Ich fürchte, dass es damals zu Missverständnissen gekommen ist. Es war nie meine Absicht gewesen, Sie zu beschuldigen. Ich wollte Ihnen lediglich einige Fragen stellen. Mittlerweile hat sich die Situation sowieso grundlegend geändert. Wie Sie vielleicht in der Zeitung gelesen haben, stehen für den Mord an dem Detmolder Journalisten Marco Rauscher zwei Männer in Hasselt vor Gericht. Ein umfassendes Geständnis der beiden ist nur eine Frage der Zeit. Damit wäre das Thema dann auch für uns abgeschlossen."

Schulte gab sich alle Mühe, den Ball flach zu halten. Versteeg war aber viel zu gerissen, um sofort auf Schultes vermeintliches Friedensangebot einzugehen. Er reagierte überhaupt nicht, sondern ließ den Kommissar einfach zappeln, indem er weiterhin in seinen Sessel gelehnt saß und abwartete, was sein Gegenüber sonst noch anzubieten hatte. Das ging eine Zeitlang so weiter. Schulte spielte den Polizisten, der vor Monaten in der Hitze des Gefechtes zu weit gegangen war und der nun kleine Brötchen backen muss. Versteeg wartete einfach ab und ließ ihn seelenruhig auf Grund laufen. Doch auch Schulte konnte stur sein. Er zog seine Rolle gnadenlos durch und schwätzte unsinniges Zeug. So richtig wusste er nicht, welches Ziel er eigentlich mit diesem Gespräch verband. Ihm ging es mehr darum, seinen Gegenspieler zu beobachten, ihn kennen zu lernen. Vor ihm saß ein großer, trotz seines Alters von fast siebzig Jahren sehr kräftig wirkender Mann mit dichtem weißen Haarschopf. Die buschigen weißen Augenbrauen, der stechende, ja anmaßend arrogante Blick, sowie die scharfgeschnittene Hakennase erinnerte an einen Uhu. Auch seine Körpersprache wirkte wie die eines Raubvogels gegenüber einer Maus, die er gleich fressen würde. Und die Maus ging ihm zunehmend auf die Nerven, das konnte Schulte immer deutlicher erkennen.

„Herr Kommissar, ich finde es ja sehr aufmerksam, dass Sie extra den Weg von Detmold hierher gemacht haben, aber ich verstehe den Zweck Ihres Besuches noch nicht ganz. Sie sind doch sicher ein vielbeschäftigter Mann, oder?"

Schulte schien der ganze Besuch ziemlich peinlich zu sein. Er wand sich wie ein Aal, bevor er endlich eine konkrete Frage stellte.

„Eine Frage muss ich Ihnen leider noch stellen. Einfach nur, damit wir unsere Akten abschließen können, Sie verstehen?"

„Na, dann fragen Sie doch endlich!" Versteegs Tonfall verriet den wachsenden Unmut.

„Herr Versteeg, als wir die Konten des verstorbenen Herr Rauscher überprüften, fiel uns auf, dass dort einige Einzahlungen in recht stattlicher Höhe von der Stiftung OWS eingegangen waren. Sie sind der Vorsitzende dieser Stiftung. Können Sie uns sagen, wofür dieses Geld gezahlt wurde. Wirklich nur der Vollständigkeit halber!"

Versteeg stand auf und drehte eine Runde durch die weitläufige Wohnlandschaft, in der Absicht, seinem Gegenüber jede Regung zu verbergen. Es war für Schulte fast körperlich spürbar, wie erleichtert Versteeg war. Als dieser sich wieder zu Schulte umdrehte, war seinem Gesicht anzusehen, dass er dachte: Na, wenn's mehr nicht ist! Mit dieser läppischen Frage werde ich schon fertig!

Er ging zu seinem wunderschönen *Art nouveau*-Schreibtisch und öffnete eine Flügeltür im unteren Bereich.

„Darf ich Ihnen etwas anbieten? Vielleicht ein Glas dieses großartigen Cognac, den Sie im Januar ablehnten?" fragte Versteeg, ungewohnt leutselig. Schulte gab sich dankbar für das Friedensangebot.

„Gern, Herr Versteeg! Sie sprachen ja schon damals von einem nicht alltäglichen Tropfen."

Versteeg stellte zwei bauchige Gläser auf den Tisch und schenkte aus einer Karaffe ein. Dann schien ihm noch etwas einzufallen.

Er holte aus der selben Vitrine eine noch ungeöffnete Packung *Lindt Bitter Schokolade*. Umständlich entfernte er die Verpackungsfolie und bot Schulte eines der kleinen, dünnen und fast schwarzen Schokoladentäfelchen an. Die Folie legte er achtlos auf den Tisch, wie Schulte erfreut feststellte.

„Probieren Sie beides gleichzeitig! Die Schokolade und der Cognac sind wie füreinander geschaffen. So etwas werden Sie nicht oft bekommen!"

Schulte überhörte die Großkotzigkeit hinter diesen jovial vorgetragenen Worten. Er hatte ganz andere Interessen!

Und er war fast da, wo er hinwollte. Er lobte mit großen Worten sowohl den Cognac als auch die Schokolade und erst recht den großen Genuss, den beides zusammen ergab. Zufrieden kam Versteeg zum Thema zurück.

„Rauscher war Journalist und ein guter Schreiber. Ich habe ihn häufiger engagiert. Wie sie sicher wissen, war ich lange Jahre im Landtag. Rauscher hat mir einen Teil meiner Reden geschrieben. Für die Stiftung hat er ebenfalls gearbeitet. Er hat uns beratend zur Seite gestanden, wenn es um Verbindungen zur Presse ging. Dafür hat ihn die Stiftung natürlich bezahlt. Für gute Arbeit gab es auch gutes Honorar. Haben Sie sonst noch Fragen?"

Nein, hatte Schulte nicht. Er bedankte sich noch einmal überschwänglich für das nette Gespräch und ließ sich dann vom sichtlich erleichterten Gastgeber zur Haustür begleiten.

Versteeg wollte gerade die Haustür hinter ihm zuschlagen, da rief Schulte:

„Sekunde bitte!“ Er klopfte sich Jacke und Hose ab. „Ich glaube, mir ist mein Autoschlüssel aus der Tasche gerutscht. Entschuldigen Sie bitte, aber dürfte ich noch einmal ganz kurz in Ihr Wohnzimmer?“

Ohne auf Versteegs Antwort zu warten, huschte Schulte an ihm vorbei, zurück ins Wohnzimmer, griff zu der abgelegten Verpackungsfolie und steckte sie blitzschnell in die Jackentasche. Als Versteeg ebenfalls wieder ins Zimmer trat, strahlte Schulte ihn an, hob demonstrativ seinen Schlüsselbund hoch und sagte:

„Da ist es! Was man nicht im Kopf hat...!“

Er hatte Mühe, sich ein diebisches Grinsen zu verkneifen, als er endgültig das Haus verließ. Zurück im Auto holte er als erstes die Folie aus der Tasche. Das gute Stück sollte möglichst wenig knittern, denn es barg einen kostbaren Schatz, für das bloße Auge fast nicht erkennbar: Die Fingerabdrücke Versteegs!

91

„Sie passen!“ rief Potthast aufgeregt durchs Telefon.

Josef Schulte wusste trotz dieser dürren Worte sofort, was sein Paderborner Kollege meinte. Noch am gestrigen Abend war er, direkt nach dem Besuch Versteegs, weiter nach Paderborn gefahren und hatte dort die wertvolle Folie ins Labor gebracht.

„Die Kollegen haben heute sofort die Abdrücke mit denen aus Kötterhagens Wohnung abgeglichen. Wir haben jetzt den Beweis, dass Versteeg in der Wohnung von Kötterhagen gewesen ist!“ Potthast schrie das so euphorisch, dass er die Strecke Paderborn – Detmold auch ohne Telefon locker akustisch überbrückt hätte.

Schulte atmete tief durch.

„Zusammen mit den Indizien reicht das jetzt für einen Haftbefehl aus. Endlich! Ich werde mich sofort darum kümmern!“

„Brauchst du nicht! Das habe ich schon gemacht. Immerhin ist es unsere Leiche, nicht deine!“ Potthast hatte recht. „Aber wir können gerne zusammen zu Versteeg fahren und ihn abholen. Was meinst du?“

„Ist mir ein Vergnügen! Wann?“

„Ich bekomme den Haftbefehl heute Nachmittag. Wir treffen uns um fünfzehn Uhr vor Versteegs Haus. Alles klar? Übrigens, ich habe eine Namensliste der Tierärzte, die für die Gegend zuständig waren. Einer, der hieß Jakob zu Schwelle-Wenkhausen, ist damals während dieser Zeit bei einem Verkehrsunfall ums Leben gekommen.“

Schulte war aufgeregt wie schon lange nicht mehr, als er wieder nach Schlangen fuhr. Endlich war er am Ziel! Endlich würde dieser Mann, der so rücksichtslos mit anderen Menschen umsprang, seiner gerechten Strafe zugeführt werden! Endlich hatten alle Mühe, alle Entbehrungen und auch die Prügel damals in Hasselt einen Sinn bekommen!

Potthast war mit zwei Mitarbeitern bereits da, als Schulte eintraf. Zusammen gingen sie zum Haus und klingelten. Heraus kam eine ältere Frau, die sich als Putzfrau auswies.

„Herr Versteeg ist nicht zu Hause! Der ist ein paar Tage auf Geschäftsreise! Wohin? Das hat er mir nicht gesagt. Tut mir leid. Kann ich was ausrichten?“

92

Es war zum Heulen! Jetzt hatte Schulte doch wirklich alle Trümpfe in der Hand gehalten. Er hatte die Beweise zusammen und den Haftbefehl in der Tasche. Er hatte alles, fast alles... nur das Wichtigste nicht. Versteeg war noch immer nicht wieder aufgetaucht. Und jetzt, am Freitag Abend, musste Schulte die schmerzhafte Erkenntnis zulassen, dass es wohl noch einige Zeit dauern würde, bis Versteeg endgültig gefasst war. Ihm blieb nur die Hoffnung, dass Versteeg von dem Haftbefehl nichts wissen konnte und sich in völliger Sicherheit wiegen musste.

Zuhause machte Schulte einen langen Spaziergang mit seinem Hund. Ein Spaziergang, der wie so oft damit endete, dass er noch einmal im *Dorfkrug* einkehrte. In der Schenke saßen bereits die üblichen Freitagabendtrinker, unter anderem auch sein Nachbar Anton Fritzmeier. Der versuchte gerade, dem Wirt etwas auszureden. „Nee! Lass mal stecken!" dröhnte er. „Was soll ich beim Handball? Hier, der Herr Kommissar, der ist jung und sportlich. Frag den doch mal!"

Der junge und sportliche Kommissar fragte, was denn anliege. Der Wirt erklärte ihm:

„Morgen Abend ist doch das Spiel der Spiele! Lemgo gegen Minden. Es geht um alles oder nichts! Ich habe vier Karten besorgt, nur durch Beziehungen habe ich die bekommen, kannste mir glauben. Und jetzt haben wir für Samstag Abend eine große Feier im Saal bekommen. Da kann ich natürlich nicht weg. Meine Frau und mein Sohn natürlich auch nicht. Jetzt muss ich die Karten loswerden."

Schulte überlegte nur kurz. Er hatte in den letzten Monaten durch seine Arbeit Interesse am Handball bekommen. Warum eigentlich nicht? Außerdem hatten an diesem Wochenende weder er, noch Axel Braunert noch Maren Köster Dienst. Vielleicht könnte man ja zusammen...? Außerdem könnte er noch Potthast einladen. Kurz entschlossen nahm er die vier Karten.

Der Wirt erläuterte ihm dann ausführlich die historische Bedeutung dieser Begegnung.

„Unsere (damit meinte er Lemgo) können noch Meister werden! Aber nur, wenn Kiel und Nordhorn verlieren. Und wenn der TBV mit sechzehn Toren Unterschied gewinnt."

„Was? Ist das denn nicht ’n bisschen happig?“ fragte Schulte staunend. „Sechzehn Tore Unterschied?“

„Nee, beim Handball kommt so was schon mal vor. Aber es wird eng, verdammt eng! Mann, was beneide ich dich, dass du dahin darfst!“

93

Am Samstag Abend drängten sich die drei Detmolder Kriminalbeamten zusammen mit dem Paderborner Kollegen im Foyer der Lemgoer Lipperlandhalle.

„Wo sind denn unsere Plätze?“ fragte Maren Köster.

„Block M, zweitunterste Reihe.“

Es herrschte eine erwartungsvolle Stimmung unter den fast viertausend Zuschauern. Nachdem einige Spieler, die den Verein verlassen würden, offiziell verabschiedet worden waren, ging es los.

Der Einlauf der Gladiatoren, in diesem Fall der Spieler, wurde dramatisch inszeniert. Schulte nickte Potthast anerkennend zu. Die Dramaturgie war bühnenreif! In den ersten Minuten konnte keine der beiden Mannschaften echte Akzente setzen. Beide agierten nervös und zeigten Symptome von Übermotivation. Ein typisches Derby! Dann gelang dem TBV unter großem Jubel das erste Tor. Braunert, der sehr lange nicht mehr beim Handball war, bemerkte, dass der Almdudler, früher die mitreißende Torhymne der Lemgoer, nicht mehr eingesetzt wurde. Minden hielt mit. Es ging hin und her, keine Mannschaft konnte sich wirklich absetzen. Lemgo hatte allerdings leichte Vorteile. Bis zur Halbzeit hatten die Zuschauer ein durchwachsenes Spiel gesehen. Der TBV führte mit zwei Toren. Der Hallensprecher teilte mit, dass sowohl Kiel als auch Nordhorn zurücklägen. Alles war wieder drin! Jetzt hieß es für die zweite Hälfte: Volldampf voraus! Gleich zu Beginn der zweiten Halbzeit hatten zahlreiche Zuschauer das Gefühl, in einen ganz anderen Film geraten zu sein. Der TBV Lemgo kam aus der Kabine und legte in einem Tempo los, das die Mindener wie Statisten dastehen ließ. Vor allem der Schweizer Marc Baumgartner, der nach einer für ihn nicht sehr starken Saison in der ersten Halbzeit verkrampft und ängstlich wirkte, wuchs über sich hinaus und wurde zum entscheidenden Spieler. Tor um Tor wuchs der Vorsprung der Lemgoer. Nach einem Tor durch Markus Baur führte der TBV plötzlich mit zehn Toren. Die Erregung der Zuschauer stieg noch weiter an. Auch die vier Polizisten hatte es gepackt. Die ersten Fans zogen kleine Transistorradios aus der Jacke um die Zwischenergebnisse der anderen Spiele im Radio zu hören. Dann Siebenmeter für Minden. Ramota hält und ein rasanter Tempogegenstoß durch den überragenden Baumgartner. Tor! Elf Tore Vorsprung. Kiel lagt zu diesem Zeitpunkt sechs Tore zurück, Nordhorn sogar mit acht Toren! Und weiter gings.

„Unser Florian Kehrmann erhöht auf zweiunddreißig zu achtzehn!“ jubelte der Hallensprecher. Die Menge tobte. Noch sechs Minuten zu spielen. Wenn alles so bliebe, war der TBV Lemgo Deutscher Meister. Noch drei Minuten.

Da plötzlich, inmitten eines Mindener Gegenstoßes, bliebt Schultes nervös vagabundierender Blick an einem Gesicht auf der Gegentribüne hängen. Träumt er das? Er wischte sich über die Augen, aber es blieb dabei: Auf der Gegentribüne, in der vierten Reihe von unten, saß... Martin Versteeg!!!

Gerade griff Minden wieder an, diesmal mit Tomas Axner, doch Volker Zerbe erkämpfte sich den Ball und stürmte in Richtung gegnerisches Tor. Der Ball zappelte im Netz! Schulte nahm dies alles aber gar nicht mehr wahr. Er sprang auf, drückte die beiden Männer, die in der Reihe unter ihm saßen, zur Seite und quetscht sich rücksichtslos an ihnen vorbei. Dann hob er das seitliche Netz an, gerade in dem

Moment, als Christian Schwarzer mit einer unfassbar schnellen Drehung den Vorsprung auf 39:23 erhöhte. Das reichte! Die Mindener schnappten sich mit dem Mut der Verzweiflung noch einmal den Ball und versuchten einen Gegenstoß, da war Josef Schulte bereits mitten auf dem Spielfeld. Er rammte mit voller Wucht den Mindener Blazo Lisicic, der wie ein gefällter Baum aufs Spielfeld kracht. Der Schiedsrichter pfiff, zwei Lemgoer Spieler stürzen sich auf Schulte, der verzweifelt darum kämpfte, seinen Weg fortsetzen zu können. Aus den Augenwinkeln konnte er noch erkennen, dass Versteeg kreideweiß geworden und aufgesprungen war. Dann wurde es um Schulte herum schwarz. Eine dichte Traube von Lemgoer und Mindener Spielern warf sich auf ihn, um ihn festzuhalten. Immer noch pfiff der Schiedsrichter, die Zuschauer blickten konsterniert auf den Tumult. Eben noch Deutscher Meister, jetzt das totale Chaos! Alle waren starr vor Schreck. Bloß einer nicht! Versteeg reagiert blitzschnell. Er drängte sich, nicht weniger rücksichtslos als vorher Schulte, nach oben zum Ausgang. War wieder einmal alles zu spät?

Aber da war noch jemand, der blitzschnell reagierte. Maren Köster kannte den Mann nicht, der da auf der Gegentribüne aufgesprungen war und nun die Flucht ergriff. Aber sie brauchte nur Schultes Verhalten richtig zu deuten und eins und eins zusammenzählen. Das konnte nur dieser Versteeg sein, den Schulte schon so lange fassen wollte. Sie war fast ebenso schnell durch die Reihen nach oben gelangt wie Versteeg. Draußen im Foyer der Halle rannte sie zum nächsten Sicherheitsposten, wies sich kurz als Polizistin aus und gab Anweisungen, sofort alle Hallenausgänge zu besetzen. Der Mann zögerte auch nicht lange, zückte sein Walky-Talky und gab die Anweisung mit dem ausdrücklichen Befehl: „Höchstes Tempo“ an seine Kollegen weiter.

Als ein großer, weißhaariger Mann mit nunmehr hochrotem Kopf die Treppe heruntergerannt kam, Richtung Ausgang, war dieser bereits besetzt. Versteeg bremste seinen Lauf, schaute sich verwirrt um und entdeckte eine sehr hübsche junge Frau, die ruhigen Schrittes auf ihn zukam und ihm einen Polizeiausweis unter die Nase hielt.

„Herr Versteeg, Sie sind verhaftet!"

94

Maren Köster telefonierte um einen Streifenwagen zu ordern. Noch während des Gespräches kamen Braunert und Potthast zu ihr nach draußen. Doch bevor die beiden Männer nach einer Erklärung fragen konnten, sagte Maren Köster: „Holt Schulte da raus und dann nichts wie in die Kreispolizeibehörde. Das wird eine lange Nacht. Ich erkläre euch alles Weitere auf dem Rückweg."

Eine halbe Stunde später begann das Verhör. Versteeg hatte seinen Anwalt her bestellt. Als dieser eintraf, ging es los.

Braunert und Potthast übernahmen die erste Schicht. Maren versuchte Erpentrup zu sprechen um ihm die Situation zu erklären. Dieser war jedoch auf einer Feier seines Golfclubs und heute nicht mehr zu erreichen. Schulte war nach dem Zusammenprall mit dem Mindener Handballspieler doch etwas lädiert. Seine Lippe blutete, er hatte Kopfschmerzen und Schwindelanfälle. Doch er wollte dabei sein.

Die Polizisten hatten abgesprochen, dass zwei Personen das Verhör führten und nach einer Stunde immer jeweils einer wechselte. So hatten sie Kontinuität und konnten die Konzentrationsfähigkeit auf Polizeiseite länger sicherstellen.

Das Verhör zog sich, doch morgens um fünf Uhr hatten die Polizisten den Durchbruch erreicht. Die Beweislast und die Indizien waren immer erdrückender geworden. Versteeg sah keine Hintertür mehr, aus der er entwischen konnte. Der

Mann war erfahren genug, um einzuschätzen zu können, wann er verloren hatte.

Bevor er eine umfassende Aussage machte, bat er um eine kurze Beratungspause mit seinem Anwalt. Diese wurde ihm gestattet. Anschließend legte er ein Geständnis ab.

Er berichtete, dass die Firma *HELI* in den achtziger Jahren an Hormonpräparaten geforscht hätte. Sie betrieb illegale Versuche in Kälbermastbetrieben. Später wurden diese Mittel produziert, *Implex M* und *Implex W.* Diese Präparate wurden dann im großen Stil in der Kälbermast verwendet, da sie das Wachstum der Tiere beschleunigten. Da es in Deutschland schon damals ziemlich harte Kontrollen gab, wurden die Präparate in Belgien produziert, anschließend in die Bundesrepublik importiert und illegal über einige Futtermittelhändler vertrieben. Im übrigen gab es in Belgien äußerst günstige Strukturen, bis in die Politik hinein, gestand Versteeg.

Der größte Skandal war damals in Borken und Umgebung. Aber auch in der Wiedenbrücker und Paderborner Gegend waren einige Bauern aufgeflogen. Der Händler, der die Hormonpräparate im Paderborner Raum für HELI vertrieb, war Kötterhagen. Ihm saß damals ein junger Tierarzt im Nacken, der diesbezüglich einen Verdacht hatte. Dem wollten die Betreiber von HELI unter der Federführung von Versteeg einen Denkzettel verpassen. Sie beauftragten Kötterhagen einen Unfall zu provozieren, bei dem der Tierarzt leider starb. Versteeg und Kötterhagen, der über diese Tat nie hinweg kam, hatten sich darüber entzweit.

Im vergangenen Jahr traten nun sogenannte alte Freunde, unter anderen Poortvliet, auf den Plan und wollten ihn wegen des Hormonhandels und einiger anderer Dinge, die hier nicht zur Debatte standen, erpressen. Also engagierte er Rauscher, der seine Memoiren schreiben sollte. Damit wollte er seinen Gegnern signalisieren: Achtung! Ich weiß auch was über euch!

Dieser Rauscher entpuppte sich jedoch als völlig illoyal. Er machte Entdeckungen und versuchte diese in Geld umzusetzen. Mit anderen Worten: Er versuchte Versteeg zu erpressen. Eines Tages im letzten Dezember tauchte Rauscher bei Kötterhagen auf, der anschließend sofort wütend bei Versteeg anrief. Dann fuhr Rauscher nach Hasselt, in der Hoffnung, dort noch mehr zu entdecken. Er suchte Spuren und er fand den Tod.

Versteeg fuhr zunächst zu Kötterhagen, um ihn zu beschwichtigen. Dieser war jedoch so sehr aufgebracht, dass kein Gespräch mehr möglich war. Irgendwann zog er eine Pistole, eine *Walther PPK* und fuchtelte ihm damit unter der Nase herum. Versteeg fühlte sich bedroht. Es kam zu einem Handgemenge, bei dem sich ein Schuss löste, der Kötterhagen tötete. Versteeg versuchte die Fingerabdrücke zu verwischen und verschwand.

Jetzt war ihm klar, Rauscher musste aus dem Weg geräumt werden, wenn er überhaupt noch eine Chance haben wollte. In Hasselt hatte er genug Kontakte und so halfen ihm alte Freunde. Einer von denen, mit Namen Poortvliet, kannte zwei Männer, die solche „nassen Jobs" gern und gründlich erledigten. Versteeg musste sich nicht die Finger schmutzig machen.

Auf die Spielervermittlung angesprochen, sagte Versteeg, dass man mit talentierten Spielern aus den osteuropäischen Ländern ähnlich gut verdienen könne, wie mit Afrikanern im Fußball. Der Vorteil der Sportler aus Osteuropa läge darin, dass man hier für fast alle Sportarten große Talente finden könne, die schon eine Grundförderung genossen hätten. Er, Versteeg, sei viele Jahre Sportfunktionär gewesen und hätte dadurch beste Kontakte. Diese habe er sich bei dem neuen Job zu nutze gemacht. Kriminell sei an dieser Beschäftigungssparte seines Wissens nichts. Vielleicht gesellschaftlich nicht in allen Punkten integer, aber das sei mehr eine moralische Frage.

Um halb Sieben verließ Schulte das Polizeirevier. Auf dem Weg zu seinem Auto kamen ihm zwei uniformierte Kollegen entgegen, die gestern auch beim Handballspiel waren. Schulte grüßte sie, doch sie gingen an ihm vorbei, als sei er nicht vorhanden.

„Was ist denn mit denen los?", brummte Schulte und stieg in sein Auto. Die Tankanzeige signalisierte, dass es nicht sicher war, ob er mit dieser Spritmenge bis zu sich nach Hause kam. Also zunächst zur Tankstelle. Hier füllte er seinen Tank und ging bezahlen. Als er einen Blick auf die *Heimatzeitung* warf, wäre er beinahe gestorben! Die fette Schlagzeile lautete: **Kommissar verhindert Meisterschaft des TBV!!!** Daneben war sein Konterfei zu sehen.

In dem Moment fiepte sein Handy. Der Kommissar sah auf das Display und erkannte die Nummer seines Chefs, Erpentrup. Er drückte den Anruf weg und schaltete das Telefon ab. Er fühlte sich unendlich müde.